悲惨世界

[法]维克多·雨果(Victor Hugo) 著

李玉民 译

（上）

中国画报出版社·北京

图书在版编目(CIP)数据

悲惨世界：全2册/(法)雨果(Hugo, V.)著;李玉民译. --北京：中国画报出版社.2013.4(2019.3重印)

ISBN 978-7-5146-0787-1

Ⅰ.①悲… Ⅱ.①雨… ②李… Ⅲ.①长篇小说-法国-近代 Ⅳ.①I565.44

中国版本图书馆 CIP 数据核字(2013)第 061860 号

悲惨世界(上、下) [法]维克多·雨果(Victor Hugo) 著 李玉民 译
出 版 人：于九涛
责任编辑：陈 君
插图作者：姚逸飞
责任印制：焦 洋
出版发行：中国画报出版社
（中国北京市海淀区车公庄西路33号 邮编：100048）
开 本：32开(880mm×1230mm)
印 张：16.5
字 数：340千字
版 次：2013年7月第1版 2019年3月第15次印刷
印 刷：三河市龙大印装有限公司
定 价：49.80元

总编室兼传真：010-88417359 版权部：010-88417409
发 行 部：010-68469781 010-88417417(传真)

译　序

《悲惨世界》作为一部文学名著，卷帙浩繁，作者从1828年开始构思，到1845年动笔创作，直至1861年才完稿出书，历时三十余年。

雨果的创作动机来自这样一件事实：1801年，一个名叫彼埃尔·莫的穷苦农民，因饥饿而偷了一块面包，被判5年苦役，刑满释放后，持黄色身份证找活干又处处碰壁。到了1828年，作者又着手搜集有关米奥利斯主教及其家庭的资料。这样，他就掌握了这部小说的原始素材，开始酝酿写一个释放的苦役犯受到一位圣徒式的主教的感化而弃恶从善的故事。继而，他又设想把苦役犯变成企业家。在1829年和1830年间，作者还大量搜集有关黑玻璃制造业的材料，这便是冉·阿让到海滨蒙特伊，化名为马德兰先生，开办工厂并发迹的由来。

到了1832年，这部小说的构思已相当明确，然而，作者还迟迟不动笔，继续搜集素材，在此基础上写了几部小说；他还参观了布雷斯特和土伦的苦役犯监狱，在街头目睹了类似小说中芳汀受辱的场面。

这部小说酝酿了20年之久，到了1845年11月17日，雨果终于开始创作，同时还继续增加材料，丰富内容，写作也顺利进行。写完第一部，定名为《苦难》。书稿已写出将近五分之四,不料雨果又卷入政治旋涡,于1848年2月21日停止创作,竞选参议员,转向左派,同右派决裂。结果1851年被"小拿破仑"政府驱逐,书稿一搁置又是9年。他在盖纳西岛流亡期间,于1860年四五月间,重新审阅《苦难》手稿,花了7个半月的时间深入思考整部作品。接着,又用半年时间修改原稿,增添新内容,续写完第四部最后一卷和第五部,最后定为现行的书名。

1861年10月4日,雨果同比利时年轻出版商拉克鲁瓦签订合同。1862年,这部巨著终于问世,并且立即获得出乎意料的成功。

这部小说从构思到出版,延宕三十余年。早在1832年,构思就已相当明确,假设雨果当即动笔创作,以他的写作才能,他一定能履行同出版商签订的合同,按时交稿出书,那么继1831年发表的《巴黎圣母院》之后,又有一部姊妹篇问世了;或者在1848年写出五分之四的时候,再一鼓作气完成,那么在雨果的著作表中,便多了一部学院式的惩恶劝善的小说,虽然出自雨果之手,也能算上一部名著,但是在世界文学宝库里,就很可能少了一部屈指可数的压卷之作了。

这三十余年,物非人亦非,发生了多大变化啊!如果说1830年,在他的剧本《艾那尼》演出的那场斗争中,雨果接受了文学洗礼,那么1848年革命和他在1851年开始的流亡,则是他的社会洗礼。流亡,不仅意味着离开祖国,也意味着离开所有的一切,包括文坛领袖的头衔、参议员的地位等。流亡,不仅意味着同他的本阶级决裂,还意味着同他所信奉的价值观念、文学主张决裂。流亡，给他一个孤独者的自由：从此他再也无所顾忌了，不再顾及团体精神和党派之争，不再顾及社会、法律、信仰、民主、人权和公民权，甚至不再顾及自己成功的形象和艺术追求。流亡使他置身于这一切之外，给他取消了一切禁区，也就给了他全方位的活动空间、达到所有视听的声音。

雨果在盖纳西岛流亡期间，就是以这种全方位的目光、全方位的思想反思一切，重新审阅《苦难》手稿。他不仅对原稿作了重大修改，增添新内容，并续写完全书，而且整部作品焕然一新，似乎随同作者接受了洗礼，换了个灵魂。这是悲惨世界熔炼出来的灵魂，它不代表哪个阶层、哪个党派，也不代表哪部分人，而是以天公地道、人性良心的名义，反对世间一切扭曲人的生存的东西，不管是多么神圣的、多么合法的东西。

世间的一切不幸，雨果统称为苦难。因饥饿偷面包而成为苦役犯的冉·阿让、因穷困堕落为娼妓的芳汀、童年受苦的珂赛特、老年生活无计的马伯夫、巴黎流浪儿伽弗洛什，这些生活在社会边缘，有代表性的人物所经受的苦难，无论是物质的贫困还是精神的堕落，全是社会原因造成的。而且，雨果作为人类命运的思想者，其深刻性正在于，他把这些因果放到社会历史中去考察，以未来的名义去批判社会的历史和现状，以人类生存的名义去批判一切异己力量，从而表现了人类历史发展中的永恒性矛盾。《悲惨世界》作为人类苦难的"百科全书"，是世界文学的一个丰碑，在世界文学宝库中占有无可争议的不朽地位。

1885年5月22日，雨果逝世，享年83岁。参议院和众议院立即宣布全国哀悼，并一致通过政府提案，决定为雨果举行隆重的国葬。5月30日，雨果的遗体停放在凯旋门下，供热爱他的民众瞻仰。6月1日举行国葬，鸣礼炮21响，有200万人自发地送行。这种葬礼的盛况，是任何帝王临终时可望而不可即的。尤其意味深长的是，柩车所经之处，人们不断高呼："雨果万岁！"这不是对一代文学大师的最好的哀悼和怀念吗？

李玉民

2005年3月于北京花园村

作者序

值此文明的鼎盛时期,只要还存在社会压迫,只要还借助于法律和习俗硬把人间变成地狱,给人类的神圣命运制造苦难;只要本世纪的三大问题:男人因穷困而道德败坏,女人因饥饿而生活堕落,儿童因黑暗而身体孱弱,还不能全部解决;只要在一些地区,还可能产生社会压抑,即从更广泛的意义来说,只要这个世界还存在愚昧和穷困,那么,这一类书籍就不是虚设无用的。

1862 年 1 月 1 日于上城别墅

目 录

作者序 ·· 7

第一部 芳汀

第一卷 沉沦 ···································· 20
  一 一天行程的傍晚 ························ 20
  二 向明智提议谨慎小心 ···················· 34
  三 盲目服从的英勇气概 ···················· 35
  四 宁静 ································ 41
  五 冉·阿让 ······························ 42
  六 绝望的内涵 ···························· 48
  七 人醒来 ······························ 53
  八 他干的事 ···························· 57
  九 主教工作 ···························· 61
  十 小杰尔卫 ···························· 66

第二卷 一八一七年 ······························ 75
  一 两伙四人帮 ·························· 75
  二 四对四 ······························ 78
  三 托洛米埃乘兴唱起西班牙歌 ·············· 81

四　一场欢乐的欢乐结局 …………………………… 83
第三卷　寄放，有时便是断送 …………………………… 88
　一　一个母亲遇见另一个母亲 …………………………… 88
　二　两副贼面孔的素描 …………………………… 95
第四卷　下坡路 …………………………… 99
　一　黑玻璃制造业一大进步 …………………………… 99
　二　马德兰 …………………………… 100
　三　在拉斐特银行的存款 …………………………… 104
　四　马德兰先生服丧 …………………………… 105
　五　天边隐约的闪电 …………………………… 105
　六　割风老爹 …………………………… 108
　七　割风在巴黎当园丁 …………………………… 111
　八　维克图尼安太太为道德花了三十五法郎 …………………………… 112
　九　维克图尼安太太得逞了 …………………………… 113
　十　得逞的后果 …………………………… 114
　十一　基督解救我们 …………………………… 119
　十二　巴马塔林先生的无聊 …………………………… 120
　十三　警察局处理问题 …………………………… 121
第五卷　沙威 …………………………… 128
　一　开始休息 …………………………… 128
　二　"冉"如何变成"尚" …………………………… 129
第六卷　尚马秋案件 …………………………… 133
　一　脑海中的风暴 …………………………… 133
　二　尚马秋越发惊奇 …………………………… 141

第七卷 祸及 ································· 144
　　一 马德兰先生在什么镜中照发 ··············· 144
　　二 芳汀幸福了 ····························· 144
　　三 沙威得意 ······························· 145
　　四 重新行使权利 ··························· 146
　　五 合适的坟墓 ····························· 150

第二部　珂赛特

第一卷 奥里翁战舰 ····························· 154
　　一 24601号变成9430号 ····················· 154
　　二 只有事先准备好才会一锤断脚镣 ··········· 156

第二卷 履行对死者的诺言 ······················· 160
　　一 蒙菲郿的用水问题 ······················· 160
　　二 孤苦伶仃的小姑娘 ······················· 161
　　三 珂赛特同陌生人并排走在黑夜中 ··········· 162
　　四 接待一个可能富有的穷人的麻烦 ··········· 164
　　五 德纳第耍手段 ··························· 166
　　六 9430号再现，珂赛特中彩 ················· 169

第三卷 戈尔博老屋 ····························· 171
　　一 两种不幸连成幸福 ······················· 171
　　二 二房东的发现 ··························· 172
　　三 一枚五法郎银币的落地声 ················· 173

第四卷 夜猎狗群寂无声 ························· 177
　　一 曲线战略 ······························· 177

二	看看一七二七年巴黎市区图	178
三	有煤气路灯便不可能	181
四	谜的开端	185
五	谜上加谜	187
六	佩带铃铛的人	188
七	沙威如何扑空	193

第五卷 墓地来者不拒 ………… 204
- 一 如何进入修道院 …………… 204
- 二 割风为难 …………………… 205
- 三 冉·阿让俨然读过欧斯丹·卡斯提约 … 206
- 四 酒鬼不足以长生不死 ……… 213
- 五 在棺木里 …………………… 220
- 六 "别遗失工卡"这句成语的出典 … 222
- 七 答问成功 …………………… 232
- 八 隐修 ………………………… 233

第三部 马吕斯

第一卷 大绅士 ……………………… 238
- 一 九十岁和三十二颗牙 ……… 238
- 二 两个不成双 ………………… 239

第二卷 外祖和外孙 ………………… 241
- 一 古老客厅 …………………… 241
- 二 当年一个红鬼 ……………… 241
- 三 匪徒的下场 ………………… 244

	四	去做弥撒能变成革命派 ············	248
	五	遇见教堂财产管理员的后果 ·········	250
	六	大理石碰花岗岩 ················	251
第三卷		苦难的妙处 ·····················	257
	一	马吕斯穷困潦倒 ················	257
	二	马吕斯长大成人 ················	258
	三	穷是苦的睦邻 ··················	262
第四卷		双星会 ·······················	264
	一	绰号：姓氏形成方式 ··············	264
	二	有了光 ······················	265
	三	春天的效力 ···················	268
	四	大病初发 ·····················	269
	五	布贡妈连遭雷击 ················	272
	六	被俘 ························	273
	七	猜测U字谜 ···················	274
	八	失踪 ························	276
第五卷		坏穷人 ·······················	280
	一	马吕斯寻觅一个戴帽子姑娘，却遇到一个戴鸭舌帽的男子 ······················	280
	二	发现 ························	282
	三	四面人 ······················	284
	四	贫穷一朵玫瑰花 ················	286
	五	天赐的窥视孔 ··················	292
	六	人兽窟 ······················	293

七　战略战术	294
八　光明照进陋室	296
九　客德雷特几乎挤出眼泪	297
十　包车每小时两法郎	299
十一　穷苦为痛苦效劳	301
十二　白先生那五法郎的用场	303
十三　警察给律师两个"拳头"	305
十四　陷阱	307
十五　还应先捉受害人	314

第四部　普吕梅街牧歌和圣德尼待史诗

第一卷　爱波妮	318
一　马伯夫老头儿见了鬼	318
二　马吕斯见了鬼	322
第二卷　普吕梅街的宅院	325
一　幽室	325
二　换了铁栅门	328
三　玫瑰发现自己是武器	329
四　开战	331
五　你愁我更愁	333
第三卷　结局不像开端	335
一　珂赛特的恐惧	335
二　石头下面一颗心	337
三　珂赛特看信之后	338

| 四 | 老人往往走得好 | 339 |

第四卷　销魂与忧伤 ⋯⋯ 344
一	充满阳光	344
二	马吕斯回到现实，住址给了珂赛特	345
三	年老心和年轻心开诚相见	348

第五卷　他们去哪里 ⋯⋯ 354
| 一 | 冉·阿让 | 354 |
| 二 | 马吕斯 | 355 |

第六卷　一八三二年六月五日 ⋯⋯ 358
一	一次葬礼：再生之机	358
二	沸腾的场面历历在目	363
三	新战士	365
四	在劈柴街入列的那个汉子	366

第七卷　马吕斯走进黑暗 ⋯⋯ 372
| 一 | 从普吕梅街到圣德尼区 | 372 |
| 二 | 边缘 | 372 |

第八卷　绝望的壮举 ⋯⋯ 376
一	旗——第一幕	376
二	旗——第二幕	378
三	当初伽弗洛什还不如接受安灼拉的卡宾枪	379
四	火药桶	380
五	生也苦死也苦	382
六	计程能手伽弗洛什	387

第九卷　武人街 ⋯⋯ 390

一	吸墨纸，泄密纸	390
二	流浪儿敌视路灯	394
三	在珂赛特和都圣睡梦之时	397

第五部　冉·阿让

第一卷　四堵墙中的战争 …… 400
一	明与晦	400
二	减五加一	402
三	马吕斯怔忡，沙威干脆	405
四	形势严重	407
五	炮手引起重视了	409
六	运用偷猎者的古老技巧和这种百发百中的枪法影响了一七九六年的判决	411
七	掠过的希望之光	413
八	伽弗洛什出击	414
九	冉·阿让报复	417
十	英雄们	423
十一	俘虏	432

第二卷　出污泥而不染 …… 435
一	阴沟及其惊人处	435
二	说明	440
三	跟踪	442
四	他也背负十字架	446
五	地陷	448

六	有时以为到岸却搁浅	449
七	撕下的一块衣襟	452
八	行家看马吕斯似已殒命	457
九	不要命的孩子回来了	462
十	于绝对中动摇	464
十一	外祖父	466

第三卷 沙威出了轨 …… 469

第四卷 祖孙俩 …… 475
  一 马吕斯走出内战,准备家战 …… 475
  二 吉诺曼小姐终于不再小视割风先生腋下夹来的东西 …… 476
  三 现金存放在森林远胜于交给公证人 …… 479
  四 两个无法寻到的人 …… 480

第五卷 不眠之夜 …… 483
  一 一八三三年二月十六日 …… 483
  二 形影不离 …… 484

第六卷 最后一口苦酒 …… 486
  一 七重天和天外天 …… 486
  二 披露中的模糊处 …… 494

第七卷 人生苦短暮晚时 …… 497
  一 楼下房间 …… 497
  二 又退几步 …… 500
  三 吸力和止息 …… 504

第八卷 最终的黑暗,最终的曙光 …… 507

一　墨水却还人清白……507
二　黑夜后面有光明……518
三　荒草掩蔽雨冲洗……526

#　第一部　芳　汀

第一卷 沉 沦

［一］一天行程的傍晚

一八一五年十月初，约莫日落的前一小时，有位旅客走进小小的迪涅城。在这种时分，只有寥寥无几的居民还站在窗口或门口，他们望见这个旅客，心中隐隐感到不安。很难遇见比他衣衫更褴褛的行人了。此人中等个头儿，身体粗壮，正当壮年，看样子有四十六岁至四十八岁。头戴一顶皮檐鸭舌帽，遮去流汗的、风吹日晒黑了的半张脸。身穿黄色粗布衫，领口搭了一个小银锚扣，露出毛茸茸的胸膛，领带皱巴巴的像根绳子；蓝色棉布裤已经很旧，一个膝头磨白，另一个膝头磨出窟窿；外罩灰色外套十分破旧，一个袖肘上用粗线补了一块绿呢布；背上有一个崭新的军用袋，装得满满的，袋口紧紧扎住；他手里拿一根多节的粗棍，脚下没有袜子，直接穿一双打了铁掌的鞋；他的头发短短的，胡须长得很长。

他浑身破烂不堪，再加上汗水、热气、风尘仆仆，给他增添一种说不出来的肮脏。

他推成平头，但是头发又开始长了，都竖起来，仿佛有一段时间没理了。

谁也不认识他，显然只是一个过路人。他是从哪里来的呢？是从南边来的。可能是从海边来的。因为，他进迪涅城所走的街道，正是七个月前拿破仑皇帝从戛纳前往巴黎的路线。这个人肯定走了一整天，样子十分疲惫。城南老镇的一些妇女，看见他停在加桑迪大街的树下，并在林荫道尽头的水泉喝水。他一定渴极了，因为在后边跟随的那些孩子，看见他走了二百步远，到了集市广场又停下，对着水泉喝水。

他走到普瓦什维街口，便朝左手拐去，径直走向市政厅，进去之后，过了一刻钟又出来。一名宪警坐在门旁的石凳上——三月四日，德鲁奥将军正是站在那个石凳上，向惊慌失措的迪涅居民宣读瑞安海湾宣言①。那汉子摘下帽子，冲那宪警恭恭敬敬施了一礼。

那宪警没有回礼，只是定睛注视他，目送了一程，便走进市政厅。

且说那汉子走向当地最好的"柯耳巴十字架"旅馆，进入临街的厨房，只见所有炉灶都生了火，壁炉里的火很旺。老板同时也是掌勺的厨师，他正在炉灶和炒锅之间忙碌，给车老板准备丰盛的晚餐，隔壁就传来那些车老板谈笑的喧哗声。凡是旅行过的人都知道，谁也没有车老板吃得好。一根长铁扦上插着几只白竹鸡和雄山雉，中间插着一只肥肥的土拨鼠，正在火上转动烧烤；炉子上则炖着两条洛泽湖的大鲤鱼和一条阿洛兹湖的鳟鱼。

店主听到门打开，走进一位新客，没有从炉灶抬起眼睛就

---

① 瑞安海湾位于戛纳附近，拿破仑在此登陆时曾发表宣言。

问道：

"先生要什么？"

"吃饭睡觉。"那人答道。

"再容易不过了。"店主又说道。这时，他回过头来，从头到脚打量一下旅客，便补充一句，"……交现钱。"

那人从外套兜里掏出一个大皮钱包，答道：

"我有钱。"

"那好，这就伺候您。"

那人把钱包放回兜里，卸下行囊，撂在靠门的地上，手里还拿着棍子，走到炉火旁，坐到一张矮凳上。迪涅城位于山区，十月的夜晚很冷。

这工夫，店主来回走动，总是打量旅客。

"很快就能吃上吗？"那人问道。

"稍等一会儿。"店主答道。

这时，新来的客人转过背去烤火，可敬的店主雅甘·拉巴尔则从兜里掏出一支铅笔，又从靠窗放的小桌上的旧报纸上撕下一角，在白边上写了一两行字，再折起来，但是没有封上，交给一个看样子是给他又当厨役又当小厮的孩子，还对着耳朵吩咐了一句，于是，那孩子便朝市政厅的方向跑去。

那旅客一点也没有看见这场面。

他又问了一声：

"很快就能吃上吗？"

"稍等一会儿。"店主答道。

那孩子回来，又带回那张字条。店主急忙打开，就好像等候回音似的。他仿佛仔细看了一遍，接着摇了摇头，沉吟了片刻。那旅客心神不宁，似乎在想事儿。店主终于跨上前一步，说道："先生，我不能接待您。"

那人在座位上猛然一挺身子。

"怎么！您怕我不付钱吗？您要我先付钱吗？跟您说，我有钱。"

"不是这个缘故。"

"那是为什么？"

"您有钱……"

"不错。"那人答道。

"可是我，"店主却说，"我没有客房了。"

那人平静地又说道："那就把我安顿在马棚里吧。"

"不行。"

"为什么？"

"地方全让马匹占了。"

"好吧，"那人又说，"阁楼有个角落也行，放上一捆草。这事儿吃了饭再说吧。"

"我也不能供给您饭吃。"

这种表示，虽然说得慢条斯理，但是语气很坚定，那旅客感到事情严重了，立刻站起身。

"哼，算啦！我可饿得要死。太阳一出来我就赶路，走了十二法里①。我付钱嘛。我要吃饭。"

---

① 合48公里。

"什么吃的也没有。"店主说道。

那人放声大笑,身子转向壁炉和炉灶。

"什么也没有!这些食物呢?"

"这些全是定做的。"

"谁定的?"

"那些车老板先生。"

"他们有多少人?"

"十二人。"

"这里的食物够二十人吃的。"

"他们全定下了,预先付了钱。"

那人重又坐下,还以原来的声调说:"我来到旅店,肚子饿了,我不走。"

这时,店主俯下身,对着他耳朵,用一种令他惊抖的口吻说:"走开。"

那旅客正弯下腰,用他棍子的包铁头往火里拨弄几块炭,他听见这话,猛地转过身,正要开口反驳,而店主却盯着看他,又低声说道:

"喂,别废话了。要我说出您的姓名吗?您叫冉·阿让。现在,要我说您是什么人吗?我看见您进来,就觉得有点不对头,于是派人去市政厅问一问,这就是给我的回答。您识字吗?"

店主说着,就把打开的字条递给旅客。那张字条刚从旅馆传到市政厅,又从市政厅传回旅馆了。那人朝字条上瞥了一眼。

店主沉默片刻，接着又说道："我一向对所有人都客客气气。走开。"

那人低下头，拾起撂在地上的行囊，便离去了。

他上了大街，漫无目的地走去，而且溜着墙根儿，如同一个丢了面子而伤心的人。他一次也没有回头。他若是回头，就会看见"柯耳巴十字架"旅馆老板站在门口，被他所有旅客和街上行人围着，正用手指着他高声谈话，而且，从那众人惊疑的眼神里，他就能猜出他刚一到达，就闹得满城风雨了。

整个场面，他一点也没有瞧见。失魂落魄的人不朝身后看，他们十分清楚，追随他们的是厄运。

他就这样走了一阵，一直信步朝前走，穿过一条条他不认识的街道，忘记了疲劳，正像人在伤心时常有的那样。突然，他感到饥肠辘辘。天快黑了。他四下张望，看看能否发现一处可以过夜的地方。

那家华丽的旅馆拒不接待他，那么，他就找一家大众酒馆，找一家下等酒吧。

正巧街那端点亮一盏灯，悬挂在直角形铁架上的一根松枝，映现在暮晚的白色天空上。于是，他朝那里走去。

那的确是一家酒馆。在沙佛街开的一家酒馆。

那旅客停了一会儿，隔着玻璃窗朝里望望，只见顶棚低矮的餐厅，由桌上一盏小灯和壁炉里的旺火照明。有几个人正在喝酒，老板在烤火。一口挂在吊钩上的铁锅在火上烧得哗哗作响。

这家酒馆也兼客店，有两个门出入。一扇通街，另一扇门对着满是粪土的小院。

悲惨世界

那旅客不敢从临街的前门进去,溜到院子里,又停了一会儿,这才小心翼翼地拉起门闩,将门推开。

"谁在那儿?"老板问道。

"一个要吃饭和过夜的人。"

"好哇。这里可以吃饭过夜。"

于是,他走进来。喝酒的人全都扭头看,他一侧有灯光,另一侧有火光照着。在他卸行囊的工夫,大家打量他好一会儿。

老板对他说:"这儿有火。锅里煮着晚饭。过来烤烤火吧,伙计。"

他走过去,坐到炉灶旁边,将走远路磨破的双脚伸到火前,闻到锅里飘出的香味儿。他的帽子仍然压得低低的,露出半张脸;从脸上能隐约看出一种舒适的表情,但是掺杂着饱受苦难所具有的凄然神态。

不过,他的侧影显得坚强有力,也显得忧伤。他这相貌的组合非常奇特:乍看上去低下谦卑,最后又呈现出一副凛然正色。眼睛在眉毛下炯炯发亮,犹如荆丛里的火堆。

且说围着餐桌喝酒的人中间,有一个马贩子,他先去将马拴到拉巴尔的马棚里,然后才进沙佛街这家酒馆。也是碰巧,当天早晨,从布拉—达斯村到……(地名我忘了,想必是埃库布龙)的路上,他遇见这个一副狼狈相的旅客。路上遇见时,这人看样子已经疲惫不堪,还求过让他坐到马后臀捎一段路。马贩子的回答,就是催马加快脚步。半小时之前,这个马贩子也在围着雅甘·拉巴尔的那堆人中间,他还对"柯耳巴十字架"旅馆的那帮顾客,亲口叙述了他早上那次不愉快的相遇。现在,他从座位上偷偷向店主使了个眼色。店主走过去,二人低声交谈了几句。刚来的旅客重又陷入沉思。

老板回到壁炉前,一只手突然按在那人肩上,对他说道:"你给我从这儿走开。"

那旅客转过身来,口气温和地回答:

"唔!您知道啦?"

"是的。"

"另一家旅馆把我赶出来了。"

"我也同样把你从这里赶走。"

"您要我去哪儿呢?"

"别的地方去。"

那人拾起他的棍子和行囊,便离去了。

几个孩童从"柯耳巴十字架"跟来,好像守在这儿等着他,见他出了酒馆,就朝他扔石块。他气愤地回身走几步,举起棍子威胁,吓得孩子像群小鸟一样逃散了。

他从监狱门前经过,看见门上垂着一条铁链,便上前拉响门铃。

一个小窗口打开了。

"看守先生,"他恭恭敬敬摘下帽子,说道,"您能打开门,留我住一夜吗?"

一个声音回答:

"监狱不是客店。您设法让人抓起来,这门才能给您打开。"

小窗口又关上了。

他走上一条小街，只见两侧有许多花园，其中几座只用篱笆围着，给街道增添欢快的气氛，只见花园和篱笆之间有一所小平房，窗口有灯光，他像到那家酒馆那样，先隔着玻璃窗朝里张望。房间很大，墙壁刷了白灰，一张床上铺着印花布床单，角落里放着摇篮，屋里还摆了几张木椅子，墙上挂着一支双响猎枪。房间正中的桌子上摆了饭食，一盏铜碗灯照见粗麻布白色台布，上面盛满酒的锡壶像银器一样闪亮，棕褐色汤盆热气腾腾。餐桌旁边坐着一位四十来岁的男子，他喜笑颜开，在膝盖上站着一个小孩。他身边坐着一位很年轻的女子，正给另一个孩子喂奶。父亲欢笑，孩子欢笑，母亲微笑。

悲惨世界

面对这温馨宁静的家庭场景，那个外乡人出了一会儿神。他心中想些什么呢？只有他本人才可能说清楚。也许他想到，这个愉快的家庭很可能好客，他看见洋溢幸福的地方，也许能找到一点怜悯之心。

他极轻地敲了一下窗玻璃。

里边人没有听见。

他又敲第二下。

他听见女人说："当家的，好像有人敲门。"

"没有。"丈夫答道。

他再敲第三下。

这回，丈夫站起来，端上油灯，走过去开门。

这人身材高大，半务农半工匠。他扎了一条肥大的皮围裙，一直搭到左肩上，腹部鼓起来，皮裙里边装着一把锤子、一块红手帕、一个火药壶,以及各种各样的物件,像装在口袋里一样,由一条腰带兜住。他朝后仰着头,衬衣大敞着口,露出赛似公牛的白净脖颈。他长着两道浓眉、一脸很重的黑髯须、一对金鱼眼睛,下颏儿尖尖的,整个相貌上,还有一种难以描绘的在自家家中的神态。

"先生,"那旅客说道,"打扰了。我付钱,您能给我喝点菜汤,让我在园中那个棚子角落里睡一夜吗?请告诉我,可以吗?我付钱行吗?"

"您是什么人?"房舍主人问道。

那人答道:"我从皮—穆瓦松村来,走了一整天,走了十二法里。您能接待吗?我付钱行吗?"

"我不会拒绝一个正经人花钱投宿的,"农夫说道,"不过,为什么您不去旅馆呢?"

"旅馆没地方了。"

"唉!不可能。又不是庙会赶集的日子。拉巴尔那儿您去过了吗?"

"去过了。"

"怎么样?"

那旅客有点尴尬地回答:"我不清楚,他没有接待我。"

"沙佛街那家叫什么来着,您去过了吗?"

那外乡人更加尴尬了,结结巴巴地回答:

"他也没有接待我。"

农夫的脸上换了怀疑的表情,他又从头到脚打量不速之客,突然提高嗓门,声音有些战抖地说:

悲惨世界

"莫非您就是那个人?……"

他又瞥了外乡人一眼,倒退三步,将油灯撂在桌上,从墙上摘下猎枪。

就在农夫说"莫非您就是那个人?……"的工夫,那女人已经站起身,将两个孩子抱在怀里,慌忙躲到丈夫的身后,还敞着胸口,瞪大眼睛,惊恐地望着那外乡人,嘴里咕哝着:"错马罗德①。"

所发生的这一切,只是一眨眼的工夫。房主就像观察毒蛇一样,打量一阵那人之后,又来到门口,说了一声:

"滚!"

"行行好吧,"那人又说,"给碗水喝。"

"给你一枪!"农夫答道。

他啪的一声又把门关上,求宿人听见插了两道门闩的声响。过了一会儿,又传来上窗板和别铁杠的声音。

天色越来越黑了。阿尔卑斯山区的冷风飕飕刮起来。那外乡人借着苍茫暮色,望见临街一个园子里有一草棚,仿佛是用草皮垒起来的。他把心一横,跨过一道木栅栏,溜进园子里,走近草棚,看到它的门就是又窄又矮的洞口:这类草棚,很像养路工在路边搭的窝棚。他一定认为这确是一名养路工的窝棚,而且他饥寒交迫,饥饿只好忍了,但这至少是个避寒的场所。一般来说,这类窝棚夜晚没人住,于是他趴下来,匍匐着爬进去。里面相当暖和,地上还铺了厚厚一层麦秸。他实在太

---

① 错马罗德:法国境内阿尔卑斯山区方言,意为"偷东西的野猫"。——原注

累了，一动不动，就这样躺了一会儿。继而，他觉得背上压着行囊不舒服，卸下来就是现成的枕头，于是他动手解皮背带。正在这时，旁边响起吓人的吼声。他抬头一看，只见黑暗中草棚洞口映现出一条大狗的脑袋。

原来这是个狗窝。

他本人身强力壮，样子又凶猛，还有棍子当家伙，拿行囊当盾牌，挣扎着退出狗窝，只是破衣烂衫的口子又撕大了。

同样，他挥舞棍子，且战且退，不得不用剑术师所说的"玫瑰护身剑法"，逼使恶犬不敢近前，终于退出园子。

他费了好大劲才重又跨过栅栏，回到大街上，孤苦伶仃，无家可归，连个躲风避寒的地方都找不到，甚至钻进破烂狗窝里，躺在铺地的麦秸上也被赶出来。他看见一块石头，不是坐下，而是一屁股跌落在上面，一个过路人仿佛听见他恨恨说道："我连一条狗都不如！"

过了一会儿，他又站起来往前走，出了城，希望在田野上找到树木或者草堆，也好避避风寒。

他始终低着头，走了一段时间，直到觉得远离了所有住户人家，他才举目四望。他来到一片田地中间，前面有一个矮丘，覆盖着收割后的麦茬儿，就像剃光了的脑袋。

天边已经完全黑了，那不仅仅是夜色，还是低沉沉的乌云，乌云仿佛压着山丘，又渐渐升起，要布满整个天空。然而，月亮要升起来了，苍穹还飘浮着暮色的余光，而云彩在高空形成淡白色的圆顶，上面的微光落到大地上。

因此，大地比天空还要亮一些，这就显得格外阴森可怕。

悲惨世界

荒凉的矮丘光秃秃的，由黑黝黝的天边衬出灰色模糊的轮廓。整个形象又丑陋又卑琐，又凄惨又狭小。无论田野还是矮丘上，都空荡荡的，只有一棵歪七扭八的树，在离这旅客几步远的地方瑟瑟发抖。

显而易见，在智慧和精神方面，这个人远远没有养成细腻敏锐的习惯，对事物的神秘现象麻木不仁。然而，在这天空中，在这座丘冈上，在这片平野里，在这棵树木枝叶中，有一种无限凄惶的意味，他呆立在那里出了一会儿神之后，就猛然沿原路折回去了。有些时刻，大自然也显出敌意。

他原路返回。迪涅城门已经关闭。在宗教战争中，迪涅城屡遭围困，直到一八一五年，老城墙两侧还有不少方形堡垒，后来才拆毁。他从城墙豁子回到城里。

约莫已经晚上八点钟了。他不熟悉街道，又开始漫无目的地游荡。

走着走着，又来到市政厅，继而又到神学院，经过大教堂广场时，他朝天主教堂挥起拳头。

广场一角有一家印刷所。在厄尔巴岛由拿破仑口授的皇帝诏书，以及羽林军告全军书，带回大陆时，头一版就是这家印刷所印制的。

他精疲力竭，再也不抱任何希望，就躺在印刷所门前的石椅上。

恰好这时，一位老妇人从教堂里出来，她发现黑暗中躺着一个人，便问道："您在那儿干什么呢，朋友？"

他粗暴而气愤地回答：

"您瞧见了,老太婆,我在睡觉。"

老太婆,就是 R 侯爵夫人,她的确当得起这种称呼。

"睡在这石椅上?"她又问道。

"我拿木板当褥子,已经睡了十九年,"那人答道,"今天,我又拿石头当褥子。"

"您当过兵吧?"

"不错,老太婆,当过兵。"

"为什么您不去住旅店呢?"

"因为我没钱。"

"唉!"R 侯爵夫人说,"我的钱袋里只有四个苏了。"

"给我就是了。"

那人接过四个苏铜钱。R 夫人继续说道:

"您拿这点钱不够住旅店。您就没有去试一试吗?您这样过夜怎么行呢。您一定又冷又饿。总有人发善心,留您住一夜。"

"每扇门我都敲过了。"

"怎么样呢?"

"到处都赶我走。"

"老太婆"捅了捅那汉子的胳臂,指了指广场对面挨着主教府的一所矮小的房子。

"每扇门您都敲过了吗?"她重复说道。

"不错。"

"那扇门敲过了吗?"

"没有。"

"去敲敲那扇门吧。"

[二] 向明智提议谨慎小心

这天晚上，迪涅的主教先生上街散步回来，便关在自己房间里待到很晚。他正潜心著述，写一本大部头的《论义务》，可惜后来没有完稿。他细心查阅神甫和神学博士就这一重大问题所发表的各种言论。

八点钟时他还在工作，一大厚本书摊在双膝上，往小方块纸上摘录，姿势很别扭。这时，马格洛太太照习惯进来，从床边的壁橱里取出银餐具。过了一会儿，主教约莫餐桌摆好了，妹妹也许在等他，他这才合上书，离开书案，走进餐室。

餐室是个长方形的屋子，有壁炉，房门临街（我们已经说过），窗户对着园子。

马格洛太太果然摆好餐具了。

她一边忙碌，一边还跟巴蒂丝汀小姐聊天。

靠近壁炉的餐桌上放了一盏灯。壁炉里的火燃得挺旺。

主教先生进来的时候，马格洛太太说得正起劲儿呢。她跟小姐谈一个熟悉的而主教也听惯了的话题，就是临街房门的门闩问题。

好像马格洛太太听说有情况，她去为晚餐买食品时，在好几处听人说，城里来了个形迹可疑的流浪汉，样子很凶，到处转悠，这天晚上深夜回家的人都很可能遭劫。

"哥，您听见马格洛太太说的话了吗？"

"恍恍惚惚听到一点儿。"主教答道。接着，他半转过椅子，双手放在膝盖上，抬起由炉火照亮下颏儿的那张诚恳而喜气洋洋的脸，望着老女仆，问道，"说说看，出什么事儿啦？出什么事儿啦？我们面临什么巨大的危险吗？"

于是，马格洛太太又把整个事情从头至尾讲了一遍，无意中未免夸大了几分。

恰好这时，有人重重地敲了一下门。

"请进。"主教应了一声。

［三］盲目服从的英勇气概

房门推开了。

房门猛地大敞四开，就好像有人决心用力推门似的。

一个汉子走进来。

这人我们已经认识了，正是刚才我们看见到处投宿的那个旅客。

他走进屋，朝前跨了一步，又站住了，还让身后的门敞着。他肩上扛着行囊，手中拿根棍子，眼神里有一种粗鲁、放肆、疲惫而狂暴的表情。在壁炉的火光中，他那样子十分丑恶，就好像魔鬼显形。

马格洛太太连惊叫一声的气力都没有了，她浑身一抖，在原地目瞪口呆。

巴蒂丝汀小姐转过头，瞧见进屋的汉子，吓得半欠起身，继而，头又慢慢转回壁炉，瞧瞧她哥哥，于是，她的脸色又恢复沉静安详了。

主教目光平静地注视来客。

那人双手扶住棍子,眼睛来回打量老人和两位妇人,未待主教开口问他有什么事,他就高声说道:

"是这样。我叫冉·阿让。我是个苦役犯。我在苦役场度过了十九年,四天前刑满释放,要去蓬塔利埃。我从土伦动身,走了四天路。今天我走了十二法里,傍晚到达这地方。我持黄纸通行证,去市政厅验了,这是规定的,结果再去旅店,就被人赶出来了。我又去投另一家旅店,人家对我说:滚开!无论到哪家,谁也不肯接待我。我到监狱去,看守不给我开门。我钻进一个狗窝里,那条狗咬了我,也把我赶走,就好像它是人似的,就好像它知道我是什么人。我又跑到田野里,打算睡在星光下,可是天空没有星星。我以为要下雨了,又没有仁慈的上帝阻止天下雨,只好回城来,找个门洞避一避。在那边广场上,我躺到石板上准备睡觉,一位老太婆指着您的房子对我说:去敲敲那扇门吧。于是我敲了门。这是什么地方?是客店吗?我有钱。我有积蓄,总共一百零九法郎零十五苏,是我在苦役场干了十九年活挣的。我付钱。这有什么关系?我有钱。我累极了,走了十二法里,我饿得很。您能让我留下吗?"

"马格洛太太,"主教说道,"您再加一副餐具。"

那人走了三步,靠近放在桌子上的那盏灯。"听我说,"他好像没怎么听明白,又说道,"不是这个意思。您听见了吗?我是个苦役犯。罚做苦役的罪犯。我刚从苦役场出来。"他从兜里掏出一大张黄纸,打开来,说道,"这是我的通行证。您瞧,是黄色的。拿着这东西,我走到哪儿都被人赶开。您要念念吗?我也识字,是在苦役场里学的。那里有一所学校，愿意学的就能进去。喏，通行证上就是这样写的：'冉·阿让，苦役犯，刑满释放，原籍……'这对您无所谓，'在苦役场关了十九年。因破坏性盗窃判五年。四次企图越狱，加判十四年。此人非常危险。'就是这样。人人都把我赶到外面。您呢，您愿意接待我吗？这是旅店吗？您愿意给我吃的，给我住处吗？您有马棚吗？"

"马格洛太太，"主教说道，"您去里间铺上白床单。"

我们已经解释过，这位妇人的服从是什么性质的。

马格洛太太照吩咐出去办了。

主教转向那汉子，说道："先生，您请坐，烤烤火。过一会儿我们就吃晚饭；就在您吃饭的工夫，会给您收拾好床铺的。"

至此，那人才恍然大悟，他脸上表情变了：刚才一直阴沉冷峻，现在显出惊愕、怀疑、快乐，变得异乎寻常了。他就像发了疯，说话结巴起来：

"真的吗？什么？您留下我？您不赶我走！一个苦役犯！您称我'先生'！您不用'你'称呼我！'你给我滚，狗东西！'别人总是这么对我说。我原以为您也一定赶我走。因此，我先就说明我是什么人。啊！那位好婆婆，指点我来这儿！我有晚饭吃啦！还有床铺！有褥子和床单的床铺！跟别人一样！我有十九年没有睡在床铺上啦！您当真不让我走啊！你们真是大好人。再说，我有钱，会付账的。对不起，店主先生，您怎么称呼？您要多少钱我都照付。您是大好人。您是旅店老板，对吧？"

"我是住在这儿的神甫。"主教答道。

"一位神甫!"那人又说道,"啊!大好人的神甫!这么说,您不要我钱啦?是本堂神甫,对吧?这座大教堂的本堂神甫?对呀!真的,我真蠢,我没有瞧您这顶圆帽!"

他边说边把行囊和棍子放到角落里,又把通行证揣进兜里,这才坐下。巴蒂丝汀小姐和蔼地看着他。他接着又说道:

"您有人性,本堂神甫先生。您不嫌弃人。做一个善良的神甫真好。这么说,您不要我付账吗?"

"不用付账,"主教答道,"钱您留着吧。您有多少啦?您对我说过有一百零九法郎吧?"

"零十五苏。"那人补充说。

"一百零九法郎十五苏。您用了多少年挣了这些钱?"

"十九年。"

"十九年!"

主教深深叹了一口气。

那人继续说道:"这笔钱我还一点儿没花呢。这四天我只用了二十五苏,还是我在格拉斯帮人卸车挣的。既然您是神甫,我就要告诉您,我们苦役场那儿有个宣教神甫。还有一天,我见到一位主教。别人管他叫大人。那是马赛的德·拉马若尔主教。他是一般本堂神甫头上的本堂神甫。请原谅,我不会说话,要知道,对我来说,离得太远啦!——您明白,我们是什么人!——他做过弥撒,站在苦役犯监狱的祭台上,头顶戴着金子的尖尖的东西,让中午的太阳照得闪闪发光。我们都排成队列,站了三面。在我们对面是一排大炮,火绳都点着了。我们看不大清楚。他对我们讲话,但是站得太靠里了,我们听不见。原来主教就是那样子。"

在他说话的工夫,主教过去把还敞着的房门关上。

马格洛太太拿着一套餐具回来,摆到餐桌上。

"马格洛太太,"主教吩咐道,"您把这套餐具摆在靠火最近的座位上。"然后转过身,又对客人说,"阿尔卑斯山区的晚风很厉害。您一定冷了吧,先生?"

他每次说"先生"这个词,声音又和蔼又严肃,就像好伙伴之间,那人听了总是喜形于色。称一名苦役犯为"先生",就等于给"美狄斯号"船的遇难者一杯水。蒙受耻辱就渴望得到尊重。

"这盏灯照明太差了。"主教又说道。

马格洛太太会意,便去主教的卧室,从壁炉台上取来两支银烛台,点着放到餐桌上。

"本堂神甫先生,"那人又说,"您真好。您没有瞧不起我,让我住在您家里,还为我点上蜡烛。然而我却没有瞒您说,我是从哪儿来的,我是一个不幸的人。"

主教在他身边坐下,轻轻地按住他的手。

"您不必对我说您是谁。这里也不是我的家,而是耶稣-基督的家。这扇门并不问进来的人有没有姓名,而要问他有没有痛苦。您现在受苦,又饥又寒,这里欢迎您。不要感谢我,也不要对我说我让您住在我家里。除了需要栖身之所的人,这里不是任何人的家。我要告诉您这位过路人,这里是我的家,倒不如说是您的家。这里的东西全是您的。我有什么必要知道您的姓名呢?

况且，您在向我道出姓名之前，您有个名字我早就知道了。"

那人惊奇地瞪大了眼睛。

"真的吗？您早就知道我叫什么？"

"对，"主教答道，"您就叫'我的兄弟'。"

"喏，本堂神甫先生！"那人提高声音说，"我进来时很饿，可是您对我这么好，也不知道怎么回事儿，现在我不饿了。"

主教注视他，说道："您受了不少苦吧？"

"唔！穿上红色囚衣，脚上拖着铁球，睡在一块木板上，忍受酷暑、严寒，要干活，做苦役，挨棍子！动不动就加镣铐，说句话就下地牢。甚至病倒了，还戴着锁链。不如狗，狗的生活要好得多！十九年啊！我已经四十六岁了。现在，又拿着黄纸通行证。就是这样。"

"是啊，"主教接口说，"您从一个悲惨的地方出来。请听我说。比起一百个义人所穿的白袍来，一个忏悔的罪人流泪的脸，在上天能赢得更多的快乐。您离开那个痛苦的地方，如果对人怀着仇恨和激愤的念头，那么您是值得可怜的；如果怀着慈善、温良与平和的念头，那么您就胜过我们任何人。"

这工夫，马格洛太太已经摆好了晚餐。有一盆汤，是用白水、油、面包和盐做的，还有一点咸肉、一块羊肉、一些无花果、鲜奶酪和一个大黑面包。除了主教日常食物之外，她还主动加了一瓶陈年莫福酒。

主教的脸豁然开朗，换上热情好客所特有的快活神情，爽快地说："入座！"他像往常晚餐有外客那样，让来客坐在他右首。巴蒂丝汀小姐坐在他左首,她的神态完全平静而自然。

主教按照习惯先祷告,再亲手分汤。那人狼吞虎咽吃起来。

主教突然说道:"咦,桌上好像缺点儿什么东西。"

的确,马格洛太太只摆上三套必要的餐具,然而按照这里的习惯,主教留客吃饭时,要把六套银餐具全摆在台布上。这是一种天真的陈列。在这个温馨而严肃的家庭里,这种类似奢华的雅致,显得有几分幼稚,但极富情趣,将清贫提到尊严的高度。

一点就明白,马格洛太太一声不响出去了,过了一会儿,主教要的那三套餐具,就与三位进餐的人对应整齐地摆出来,在台布上闪闪发亮。

[四] 宁静

卞福汝主教向妹妹道过晚安,从桌上拿起一支银烛台,并把另一支银烛台交给客人,对他说:"先生,我来带您去睡觉的房间。"

那人跟随他走了。

从上文叙述中可以看出这所房子的布局,要出入凹室所在的祈祷室,必须穿过主教的卧室。

他们穿过主教房间时,马格洛太太正往床头壁橱里收银器。这是她每天晚上睡觉前要做的最后一件事。

主教将客人安顿在凹室里。床上新铺了白床单。那人将烛台放在小桌上。

"好了,"主教说道,"好好睡一夜吧。明天早晨动身前,您再喝一杯我们这儿的热牛奶。"

"谢谢，神甫先生。"那人说道。

这句平静的话刚一出口，他没有过渡，就突然来了个奇异的举动，如果让两位圣女瞧见，她们准会吓得魂不附体。直到今天我们还弄不清楚，当时究竟是什么促使他这么做的。难道他要给个警告，或者发出个威胁吗？难道他只是顺从连他自己都懵然无知的本能的冲动吗？他猛然转向老人，叉起胳臂，用野蛮的目光注视着房主，粗声粗气地说：

"哼，就这样！说话算数！您让我睡在离您这么近的地方！"

他顿了一顿，嘿嘿狞笑了一下，又补充道：

"您完全想好了吗？谁跟您说我没有杀过人呢？"

主教举目望着天花板，回答说："这是仁慈的上帝的事。"

接着，他敛容正色，嚅动着嘴唇，好像在祈祷或者自言自语；他举起右手，用两根指头为这人祝福，这人接受祝福时连头也不低一低。然后他头也不回，也不朝后看看，就回自己屋了。

过了几分钟，这所小房子里的人就全入睡了。

[五] 冉·阿让

睡到半夜，冉·阿让醒了。

冉·阿让生在布里地区的贫苦农家里。童年时没有上过学。成年之后，他在法夫罗勒当树枝剪修工。他母亲叫让娜·马蒂厄，父亲叫冉·阿让，或者吾阿让，大概是外号，也是

"我是阿让"的简化。

冉·阿让生性沉静,但并不忧郁,这是天生富于情感的人的特点。总之,冉·阿让整个人儿显得昏头昏脑,碌碌无能,至少表面看来是这样。他幼年就父母双亡。母亲害了乳腺炎,因诊治不当而死了。父亲和他一样,也是树枝剪修工,不幸从树上掉下来摔死了。冉·阿让只剩下带着七个子女孀居的姐姐。正是这个姐姐把冉·阿让抚养成人。丈夫在世时,她一直负担弟弟的食宿。丈夫死的时候,最大的孩子才八岁,最小的一岁。冉·阿让刚满二十五岁,他代行父职,协助支撑家庭,回报姐姐的养育之恩。这事做起来自然而然,就跟天职一样,即使冉·阿让有时显得有点粗暴。他的整个青春,就消耗在收入微薄的重活儿当中。当地人从来没有听说他有过"女朋友"。他没有时间去谈情说爱。

傍晚回家累得要命,他一声不吭,闷头喝菜汤。就在他吃饭的时候,他姐姐让娜"妈妈"时常从他那汤盘里取出最好的东西:一块瘦肉、一片肥肉、一块菜心,给她的一个孩子吃。冉·阿让呢,却总是伏在桌上,脑袋差点浸在汤里,长头发垂落在盘边,遮住他眼睛,任凭姐姐怎么做,他好像什么也没有看见。在法夫罗勒,住着一个叫玛丽-克洛德的农妇,离冉·阿让茅屋不远,就在小街的斜对面。阿让家的孩子饿肚子是常事,有时他们假冒母亲的名义,到玛丽-克洛德那儿借一品脱①牛奶,躲到篱笆后面或者小道的角落里喝起来,可是你

---

① 品脱:法国旧制容量单位,1品脱合0.93升。

争我抢，小女孩又喝得急，奶往往洒到罩衣上，流进脖子里。母亲若是知道了这种欺骗行为，肯定要严厉惩罚这些小骗子。冉·阿让好发火又好嘟囔，但是他却背着孩子的母亲，把牛奶钱照付给玛丽-克洛德，几个孩子才没有受惩罚。

悲惨世界

在修剪树枝的季节里，每天他能挣二十五苏。过后他就打短工，给人收割小麦，做粗活，放牛，给人卖苦力。力所能及的活计他全干，他姐姐也干活，然而有七个小孩拖累，又能干什么呢？这是一家愁苦的人，被穷困包围，渐渐围紧。果然，有一年冬季特别艰难，冉·阿让找不到活儿干。家中没有面包，一点面包渣儿都没有。只有七个孩子！

法夫罗勒的教堂广场旁边有家面包店，一个星期天晚上，老板莫贝尔·伊扎博正要睡觉，忽听店前安了铁条的玻璃橱窗咔嚓响了一声。他及时出来察看，只见一条胳膊探进铁条，从用拳头打破的玻璃橱窗里抓起一个面包。伊扎博急忙赶出来，那小偷撒腿就逃，他追上去，把那人抓住。小偷已经把面包丢下了，但是胳膊还在流血。那正是冉·阿让。

事情发生在一七九五年，冉·阿让被指控为"夜闯民宅行窃"罪，送上当时的法庭。他有一支枪，而且比世界上任何枪手都射得准，不过，他有点好偷猎，这对他相当不利。大家早有一种合情合理的成见，反对偷猎的人。偷猎者跟走私者一样，都和盗匪相去不远。然而，我们顺便要指出一点，这类人和城里那些凶恶的刽子手相比，还是有天渊之别的。偷猎者生活在森林，走私者生活在山里或海上。城市腐化人，因而使人变得凶残。山林和海洋使人变得粗野，激发野性而一般不摧毁人性。

冉·阿让被判有罪。法典上有明文规定。在我们的文明里，有些时刻的确叫人胆战心寒，这就是刑法置人于死地的时刻。这是何等凄惨的时刻，社会逐斥并无可挽回地遗弃一个有思想的生灵！冉·阿让被判处五年苦役。

一七九六年四月二十二日，巴黎正欢呼意大利军团的总指挥在蒙特诺特所获得的胜利；共和四年花月二日，督政府呈给五百人院的咨文中，称那位总指挥为布奥拿巴①；就在同一天，在比塞特监狱里，给押解的罪犯扣上了长锁链，冉·阿让就是锁链上的一名罪犯。当年一名监狱看守，如今年近九旬，他还记得清清楚楚，那天，那个不幸的人在院子北角，锁在第四条铁链的末端。他和其余犯人一样坐在地上，仿佛糊里糊涂，只知道自己的处境很可怕。这个蒙昧无知的可怜人在模糊的思想里，也许看出了过火的成分。有人在他脑后用大锤往他的锁链上打铆钉，他忽然哭起来，泣不成声，只能断断续续地说："我是法夫罗勒的树枝剪修工。"接着，他边哭边抬起右手，逐渐往下比画了七下，仿佛依次摸到七个不同高度的头，让人从这动作上猜出，他无论做了什么事，都是为了供七个孩子穿衣吃饭。

他被押解去土伦，脖子上锁着铁链，乘坐大板车，颠簸了二十七天才到达。到了土伦，他就换上红色囚衣。他从前的生活，直至他的名字，全都一笔勾销了，他不再是冉·阿让，而是24601号。他姐姐怎么样？七个孩子怎么样了？谁照顾那一

---

① 拿破仑生于科西嘉岛，该岛原属意大利，波拿巴的姓按意大利文写法为布奥拿巴。

大家人?一棵年轻的树被齐根锯断,上面的树叶怎么样了呢?

悲惨世界

总是千篇一律的故事。那些活在世上的可怜人,上帝的创造物,从此往后无依无靠,无人指引,也无栖身之所,到处漂流,谁说得准呢?也许四分五散,各奔西东,逐渐隐没在凄冷的迷雾中,那正是孤独命运的葬身之地,多少不幸的人,加入人类的悲惨行列,陆续消失在那幽冥之中。他们背井离乡。村庄里的钟楼把他们忘却,他们田地的界石也把他们忘却。冉·阿让在监狱关了几年,也同样把钟楼和界石忘记了。他这颗心上有过一条伤口,便留下一道伤疤,如此而已。他在土伦的那段时间,只有一次听人说起他姐姐。大约是在他服刑快满第四年的时候,我不记得他是从什么途径得到的音信。有个认识他们的当地人,在巴黎遇见过他姐姐。他姐姐到了巴黎,住在揉面工街,那是圣绪尔皮斯教堂附近的一条穷街。她身边只有一个孩子了,是最晚生的小男孩。另外六个孩子在哪儿?也许连她本人都不知道了。她当了装订工,每天清晨去木鞋街三号一家印刷厂上班。早晨六点钟必须赶到,如在冬季,那时候离天亮还早呢。印刷厂里有一所小学校,她每天早晨领七岁的孩子上学。只是她六点钟要到厂,而学校七点钟才开门,孩子只好在院子里待一小时,等学校开门,到了冬季,就要露天在黑暗中待一小时。印刷厂不准孩子进去,说是妨碍干活。一清早,工人经过院子时,就看见可怜的小家伙坐在石头地上打瞌睡,往往看见他蜷缩在黑暗的角落里,伏在他的篮子上睡着了。下雨的时候,看门的一位老婆婆可怜他,让他进屋。那破屋里只有一张简陋的床、一架纺线车和两张木椅。孩子就在角落里睡一觉，怀里搂着猫，好暖和一点儿。到七点钟学校一开门，他就跑进去了。这就是有人告诉给冉·阿让的情况。有一天，有人把这些情况告诉他，一时间，就像一道闪电，一扇窗户突然打开，显现他从前爱过的那些人的命运，随即又完全关闭了，他再也没有听人提起来，音信永远断绝。他再也没有得到他们一点消息，再也没有见到他们，再也没有碰见他们，而在这悲惨故事的接续部分，我们再也见不到他们了。

快满第四个年头的时候，轮到冉·阿让越狱了。狱友帮他越狱，在那暗无天日的地方，大家都那么做。他逃走了，在田野里自由地游荡了两天，如果说被追捕也算自由的话。他时时要回头看，听见一点动静就心惊肉跳，什么都怕，怕冒烟的屋顶，怕过路的行人，怕汪汪叫的狗，怕奔跑的马，怕报时的钟鸣，怕看得见东西的白天，怕看不见东西的黑夜，怕上大路，怕走小道，怕钻树丛，还怕打瞌睡。越狱的第二天晚上，他被抓回去了。三十六小时他没吃没睡。由于这次越狱行为，海港法庭判处延长他三年刑期，一共八年。到第六个年头，又轮到他越狱了，他利用了这次机会，可是未能逃脱。点名时发现他不见了，就放了警炮；到了晚上，巡夜的人发现他躲在一只正建造的船的龙骨里。他拒捕，但还是被监狱看守抓回去了。越狱又拒捕，根据特别法典的条文，就加判五年刑期，要戴两年双脚镣。总共十三年。到第十个年头，再次轮到他越狱。他又抓住机会，但是同样没有成功。由于这次新的企图，他又被加判三年苦役。到末了，我想是第十三个年头上，他最后一次试图越狱，只逃出四个钟头就被抓回去了。逃出去四小时，加刑三年。总共十九年。一八一五年十月，他刑满释放。他是一七九六年入狱的，只为打碎一块玻璃，拿了一个面包。

冉·阿让入狱时战战兢兢，痛哭流涕，出狱时却神情冷漠。他入狱时艰苦绝望，出狱时神色黯然。

这颗心灵里发生了什么变化呢？

[六] 绝望的内涵

让我们试着说明一下。

这类事情，社会既已做出，就应当正视。

我们已经说过，冉·阿让是个无知的人，但并不是愚蠢的人。性灵之光在他心中点亮。不幸的遭遇也有其亮光，能增强他思想中的微光。在棍棒下，在铁链下，在地牢里，在劳累中，在苦役场的烈日下，在苦役犯的木板床上，他反视良心，反躬自省。

他为自己组成法庭。

他开始审判自己。

他承认自己并不是无辜受害，判罪并不冤枉。他也承认他那是极端的行为，应当受到谴责。假如他向人家讨那个面包，也许人家不会不给。不管怎样，最好应当等待，或者通过怜悯，或者通过劳动得到那个面包。有人说，肚子饿了能等待吗？这并不完全是一种无可辩驳的理由：首先，真正饿死人的事是罕见的；其次，不管不幸还是幸运，人天生在精神上和肉体上就能长期忍受很多痛苦，而不至于丧命，因此必须忍耐，甚至为了那些可怜的孩子，最好也应当忍耐。像他这样一个微不足道的不幸者，居然铤而走险，抓住整个社会的衣领，以为通过盗窃就能脱离贫困，这简直是一种疯狂的举动。不管怎么说，走出贫困而又进入卑鄙，这就是一道恶门。总而言之，他承认自己错了。

然后他又提出疑问：

在他毁掉一生的经历中，难道唯独他错了吗？首先，他这个劳动者没有活儿干，他这勤劳的人缺少面包，如果这还不算一件严重的事情的话，那么后来，有了过错又承认了，惩罚是不是太残忍，是不是太过火呢？执法方面是不是比有罪方面的过错更大呢？天平的两个盘子，惩罚的一端放的砝码是不是太重了呢？加重惩罚是不是根本不能消除犯罪，是不是会达到这种结果：扭转情势，以惩罚的过错取代犯罪者的过错，把犯罪者转化为受害者，将债务人转化为债权人，而最终把权利赋予侵犯人权的一方了？这种惩罚又因企图越狱而屡屡加重，结果是不是构成了最强者对最弱者的侵害，社会对个人的犯罪，而这种罪行天天重犯，一直延续十九年呢？

他还想到，人类社会对其成员是否有这种权利：在某种情况下毫无道理也缺乏预见，在另一种情况下又冷酷无情富于预见，从而把一个可怜的人永远置于缺少和过分的境地，即缺少工作和过分惩罚。财富分配往往是偶然造成的，因此，最穷的人最应该受到照顾，而社会又偏偏那样对待他们，是不是太过分了呢？

他提出并解决这些问题之后，就审判社会并判了它的罪。

他判处社会接受他的仇恨。

他认为社会应为他的遭遇负责,心想有朝一日,也许他毫不犹豫地要同社会算账。他向自己申明,他造成的损害和别人给他造成的损失,两者并不平衡。他最后得出结论,其实,对他的惩罚并非不正义,而是肯定极不公道。

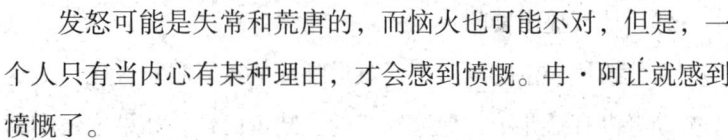

发怒可能是失常和荒唐的,而恼火也可能不对,但是,一个人只有当内心有某种理由,才会感到愤慨。冉·阿让就感到愤慨了。

再说,人类社会对待他唯有残害。他所见到的社会,总是一副自称为正义的怒容,怒视它所要打击的人。别人同他接触,只是为了伤害他。他同别人接触,对他也是一次次打击。他从童年起,从失去母亲,失去姐姐时起,就从来没有听到一句友好的话,从来没有见到一个善意的目光。从痛苦到痛苦,他逐渐确信这一点:人生就是一场战争,而且他在这场战争中是战败者。他只有仇恨这一件武器了。他决心在狱中把这件武器磨锋利,携带出狱。

在土伦,无知兄弟会①办了一所囚犯学校,向有诚意学习的那些不幸者传授最基本的知识。冉·阿让就是有诚意学习的一个人。他四十岁入学,学习认字,写字,计算。他感到强化他的智力,就是强化他的仇恨。有时候,教育和智慧能助纣为虐。

说起来令人伤心,他审判了造成他不幸的社会之后,又审

---

① 1680年创建的法国一个基督教团体的绰号。

判了创造社会的天主。

他也判了天主的罪。

在酷刑和奴役的十九年过程中,他的灵魂就这样同时升华和堕落。他一方面进入光明,另一方面又进入黑暗。

我们已经看出,冉·阿让并不是生性顽劣的人。他入狱时还是善良的。他在狱中判了社会的罪,就感到自己的心变狠了;他在狱中判了天主的罪,就感到自己变成不信教的人。

这不能不引人深思。

他体魄强悍,监狱里没人可比。论体力,放缆绳,推绞盘,冉·阿让一人顶四人。他能抬起或用后背扛极大的重物,有时就代替千斤顶。那种工具从前叫"骄子",顺便说一句,巴黎菜市场附近的骄子山街,就是由此得名的。狱友送给他一个绰号,叫冉千斤。有一次,土伦市政厅正在整修阳台,阳台下有几根精美的普杰①雕的女像柱,其中一根脱了榫,险些倾倒,正巧冉·阿让在场,他用肩膀扛住,直到其他工人赶来。

他的身体不但力气大,而且尤为敏捷。有些苦役犯终日梦想越狱,无时不羡慕飞蝇和飞鸟,天天练习,想掌握一整套神秘的飞行状态。攀登陡壁,在不易发现凸处的地方找到支撑点,这对冉·阿让来说如同儿戏。假如在墙角,他用脊背和膝弯的张力,同时用臂肘和脚跟卡住石头的不平处,就能像变魔术似的登上四楼,甚至爬上监狱的房顶。

他寡言少语,也不爱笑。一年难得有一两回,他特别激

---

① 普杰(1620-1694):法国雕塑家、画家和建筑师。

动，才会笑一笑。不过，苦役犯的笑是阴惨的，好似魔鬼笑的影像。他笑的时候，仿佛久久盯着看什么可怕的东西。

悲惨世界

冉·阿让，法夫罗勒安分守己的树枝剪修工，土伦的凶悍的苦役犯，十九年间，由于苦役监牢的逆塑造，已经具备两种坏行为的能力：第一种坏行为是急切的，不假思索，冒冒失失，完全出于本能，是对他所受痛苦的一种报复；第二种坏行为是严肃认真的，经过反复思考，而思考时还带着这样不幸遭遇所能产生的错误念头。他的预谋连续经过三个阶段：推理，决心，执著；要有一定毅力的人，才可能走这种过程。他的动机是日常的愤慨、心灵的苦痛、遭受不公正的深切感受、反击，甚至反击善良的、无辜和公正的人，如果世上还有这几种人的话。他的所有思想的出发点和目的，就是对人类法律的仇恨。这种仇恨在发展过程中，如果没有上天制止，到了一定时机，就会变成仇恨社会，进而仇恨人类，进而仇恨天地万物，表现为一种模糊的、持续不断和凶残的欲望，要危害，不管什么人，逢人便危害——正如我们所见，通行证上称冉·阿让是"非常危险的人"，不是没有道理的。

年复一年，这颗心灵逐渐干涸，缓慢的，却是不可避免的。心灵干涸，眼睛也干涸。直到出狱，十九年他没有流一滴眼泪。到了出狱的时候，冉·阿让耳边听见这样一句奇特的话："你自由啦！"那一刻不像真的，而且闻所未闻，一道强烈的光线，一道人世的真正的光线，突然射入他的心田。然而不久，这道光线就暗淡了。起初想到自由，冉·阿让不禁目眩神摇，他以为要开始新生活。但是，他很快就明白，一张黄纸通行证，究竟通向什么自由。释放并不等于解放。他离开监狱，却没有摆脱罪名。

[七] 人醒来

大教堂的钟敲凌晨两点钟的时候，冉·阿让醒来了。

促使他早早醒来的原因，是床铺太舒服了。将近二十年他没有在床上睡觉，这次虽然和衣而卧，但是感觉太新奇，反而打扰了睡眠。

他睡了四个多小时，已经歇过乏来。他早已习惯不在睡眠上多花时间了。

他睁开眼睛，在黑暗中向四周望了一阵，又合上眼睛，想重新入睡。

如果白天感触太多，思虑重重，那么可以入睡，但是醒来就再难入睡了。睡意初来容易，再来就难了。冉·阿让就是这种情况。他再也睡不着了，就开始想事儿。

他正处于思想混乱的时候，头脑里思绪乱纷纷的。往事和刚刚经历的事一齐涌上心头，混杂交错，乱作一团，丧失各自的形状，又无限膨胀起来，继而又倏忽消失，仿佛沉入汹涌的浊流中。他想到许多事情，其中有一个念头挥之又来，反复出现，驱逐其他所有念头。这个念头，我们这就点明：他注意了马格洛太太摆到餐桌上的六副银餐具和大汤勺。

六副银餐具缠住他的思想。——东西就放在那儿——只有几步远。——他经过隔壁房间来这屋睡觉的时候，就瞧见老女仆将餐具放进靠床头的小壁橱里。——他特别注意看了那个壁

悲惨世界

橱。——从餐厅进来。靠右首。——餐具很粗大。——都是旧银器。——再加上大汤勺,少说能卖二百法郎。——是他十九年所挣的钱的两倍。——当然官府若不掠夺,他本可以多挣一些。

他的思想起伏动荡,犹豫不决,斗争了足足一小时。三点钟敲响了。他又睁开眼睛,一屁股坐起来,伸手摸了摸他放在屋角的旅行袋,然后,他垂下双腿,两脚沾地,不知道怎么就这样坐在床上了。

他保持这种姿势,发了一阵呆。整所房子都在沉睡中,独有他醒着,坐在黑暗里,有人若是看见,肯定会毛骨悚然。忽然,他弯下腰,脱掉鞋子,轻轻放到床前的席子上,继而又恢复原来发呆的姿态,一动不动了。

在这种邪恶的思考中,我们所指出的念头,在他的脑海不停地折腾,进进出出,给他造成一种压力。继而,不知为什么,他还想起一个人,而且这个念头像梦想那样不由自主而又固执:他想到一个叫布列卫的苦役犯,是在苦役场认识的。那人穿的裤子只有一根用线绳编织的背带。那根背带上的棋盘图案,就不断地出现在冉·阿让的脑海里。

他保持这种姿势,一直待下去,如果不是挂钟敲了一下——是报一刻或者半点,也许会待到天亮。一声钟响仿佛对他说:走吧!

他站起来,又迟疑了片刻,侧耳听了听,房子里一点动静也没有,于是,他小步径直走向隐约可见的窗户。夜色还不算太暗,正是望月,但风吹得大片大片乌云飞驰,时时遮掩。

悲惨世界

月亮时隐时现,因此窗外时暗时明,而屋内也有点微光,足够给屋里人照亮走动。不过,由于云影的关系,屋里的微光也断断续续,就好像凭气窗透光的地下室,因过往行人使室内忽明忽暗。冉·阿让走到窗前,便察看窗户。窗户对着园子,没有安铁栏,只按当地习惯,用一个小插销关着。他打开窗户,但是一股冷空气突然涌进屋,他又赶紧关上。他观察园子而眼神那么专注,不像观察而像研究了。园子有一道白色围墙,墙头相当低,容易翻越。园子尽头那边,均匀排列的树冠依稀可辨,表明墙外是一条林荫路或者栽有树木的小街。

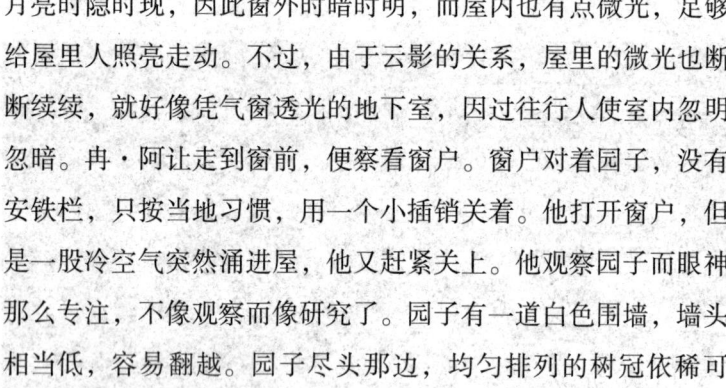

他观察一下之后,便做了一个决心已定的动作,返身回来,拿起并打开旅行袋,伸手进去摸索,掏出一样东西撂到床上,又将自己的鞋装进袋中一个隔兜里,再把整个口袋扎好,放到肩上,齐眉戴上鸭舌帽,摸到他的棍子,拿过去放到窗户一角,回到床边,毅然决然地抓起刚才撂在床上的东西。那好像是一根短铁棍一端磨尖,就跟标枪一样。

黑暗中看不清楚,难说铁棍磨成那样是干什么用的。也许是一根撬杠吧?也许是一根冲子吧?

如果在白天,就能认出那不过是一支矿工用的蜡烛扦。当时常派苦役犯去土伦周围的山上采石头,因此,他们有矿工的器械也是常见的。矿工蜡烛扦是用粗铁条做的,下端呈尖锥状,可以插进岩石缝里。

他右手操起蜡烛扦,屏住呼吸,放轻脚步,朝隔壁的房门走去,我们知道那是主教的房间。到了门口,他发现房门虚掩着。主教根本就没有插门。

[八] 他干的事

冉·阿让侧耳听了听。没有一点儿动静。

于是他推门。

他用手指尖推门,轻轻地,就像要进屋的猫那样,悄悄地又胆怯地推门。

门被推动了,没发出一点儿声响,不易觉察地开大了一点缝儿。

他等了一下,接着第二次推门,这次胆子大些了。

房门无声地继续开启,现在足能容人通过了。然而,门旁有一张小桌子,和门形成碍事的角度,挡住去路。

冉·阿让看出难以通过,无论如何还要把门开大些。

他打定主意,第三次推门,比前两次用劲儿更大了。这回,一个润油干了的门合页,在黑暗中突然发出吱扭一声嘶哑的长音。

冉·阿让浑身一抖。门合页的响声传到他耳中,仿佛特别响亮,犹如最后审判的号角。

开头由于幻觉的扩大,他几乎想象这门合页活起来,突然有了巨大的生命力,像狗一样狂吠,要向大家报警,要把睡觉的人叫醒。

他住了手,浑身发抖,不知所措,踮起走路的脚跟也落了地。他听见太阳穴的脉搏怦怦作响,就像打铁的两只大锤,只觉得胸中呼出的气息像空穴的风声。愤怒的门合页这声断喝,好似地震一般,他认为不可能不震动整所房子;他推开的门发出警报，发出呼号；那老人要起来，那两个老太婆要喊叫，邻人要来救助；用不了一刻钟，就会闹得满城风雨，警察也要出动。一时间，他以为自己完蛋了。

悲惨世界

他站在原地呆若木鸡，一动也不敢动。

几分钟过去了。房门完全敞开了。他壮着胆子朝房间里望一眼，里边什么也没有动。他侧耳细听，这所房子也没有一点儿动静。上锈的门合页的响声没有惊醒任何人。

初遇的危险过去了，但他内心仍然惊恐万状。然而，他并不退却。甚至在他以为自己完蛋了的时候，他也没有往后退。他只有一个念头，赶快了结。他朝前跨了一步，进入隔壁房间。

房间里寂静无声，只见散乱的有些模糊不清的形状，如在白天就能看出，那是放在桌上的零散纸张、展开的对开本书、摞在凳子上的书籍、搭着衣服的一把安乐椅、一张祈祷凳，而在此刻，这些东西都成为黑乎乎的角落和白蒙蒙的场所。冉·阿让小心翼翼地朝前走，避免碰着家具，他听见主教在房间里端睡觉，发出均匀平静的呼吸。

他猛地站住，已经到了床前，没料到这么快就走到了。

大自然有时以其姿态和景象参与我们的行为，显示一种深沉而聪明的契合，就好像要促使我们思考似的。大约半个钟头以来，一大片乌云遮住天空，就当冉·阿让站到床前的时候，乌云忽然散开，好像特意让一束月光射进长窗，忽然照亮主教那张苍白的脸。他睡得十分安稳，在床上几乎和衣而眠，因为下阿尔卑斯地区夜晚很冷。他穿着一件长袖棕褐色毛衣，头仰

悲惨世界

悲惨世界

在枕头上,是一种完全放松休息的姿势,戴着主教指环的手垂在床外,而这只手完成过多少善事和圣事。他脸上隐隐表现出满足、期望和至福至乐。那不仅是一种笑容,还几乎神采奕奕;那额头难以描摹,反射着肉眼看不见的灵光。正义者的灵魂在睡眠中,正瞻仰神秘的天空。

这天空的一束反光射在主教身上。

这额头同时也是通明透亮的,因为这天空也在他心中。这天空,就是他的良心。

可以这么说,月光射来,与主教内心的明光重合的时候,他的睡容就好像罩在灵光中。不过,这灵光始终非常柔和,而周围半明半暗,形成一种难以形容的氛围。这天空的月亮、这沉睡的自然、这纹丝不动的园子、这十分宁静的房舍,此时此刻,万籁俱寂,给这圣贤可敬的睡容增添一种说不出来的庄严,并以一种崇高安详的光环,罩住这头白发和闭着的眼睛,罩住这张唯有期望唯有信赖的面孔,罩住这老人的头和这孩子式的睡眠。

在这如此圣洁而不自知的人身上,可以说有一种神性。

冉·阿让站在暗处,手里拿着蜡烛扦,一动不动,畏惧地看着这光明的老人。他从未见过这种情景。这种信赖令他惊慌失措。道德世界没有比这更伟大的场面了:一个心神不宁、濒于作恶的人,瞻仰一个义人的睡眠。

这种睡眠,在这种孤独中,旁边站着他这样一个人,确实有某种崇高的意味,他隐约地,但是强烈地感觉到了。

谁也说不清他内心的活动,连他自己也不清楚。要想领会，就必须想象出最狂暴的东西面对最温和的东西。即使他那张脸，也根本分辨不出是什么神色。这是一种惶恐的惊奇。他看着眼前的情景。仅此而已。但是他想什么呢？这是无从猜测的。有一点显而易见，就是他很激动，又惊慌不安。然而，他为什么这样激动呢？

他目不转睛地注视老人。他那姿态和面部表情唯一明显的流露，是一种古怪的犹豫不决，就好像徘徊在两个深渊之间，即自绝和自救。他仿佛准备好击碎这个头颅，或者亲吻这只手。

过了半晌，他缓缓地把左手举到额头，摘下帽子，又同样缓慢地放下手臂。冉·阿让重又陷入冥思，他左手拿着帽子，右手拿着蜡烛扦，粗野的头上毛发倒竖。

在这可怕目光的注视下，主教继续安然酣睡。

一缕月光依稀照见壁炉上的耶稣受难像：耶稣似乎向他们二人张开双臂，为一个赐福，为另一个赦罪。

突然，冉·阿让又戴上帽子，不再看主教，顺着床快步走去，径直走到挨着床头隐约可见的壁橱。他举起蜡烛扦，仿佛要撬锁，可是钥匙放在上面，他打开橱门，看见的头一样东西，就是盛银器的篮子。他抓起篮子，大步流星穿过房间，不再加小心，也不怕弄出声响了。他走到房门，又回到祈祷室，打开窗户，操起棍子，跨过窗台，将银器倒进旅行袋里，扔掉篮子，穿过园子，像只猛虎似的跳过围墙，逃之夭夭了。

[九] 主教工作

第二天迎着日出，卞福汝主教在园中散步。马格洛太太慌慌张张朝他跑来。

"大人，大人，"她嚷道，"您可知道盛银器的篮子在哪儿吗？"

"知道。"主教回答。

"谢天谢地！"她又说道，"我不知道哪儿去了。"

主教从花坛中拾起篮子，递给马格洛太太。

"给您。"

"啊？"她说道，"里面空啦！银器呢？"

"唔！"主教又说道，"原来您是找银器呀？我也不知道哪儿去了。"

"上帝老天爷呀！银器给人偷啦！就是昨晚来的那人偷走的！"

于是，动作敏捷的老太婆风风火火，转眼工夫就跑到祈祷室，进入内室，又回到主教跟前。主教则弯下腰，惋惜篮子落到花坛压折一株吉永的特产辣根菜。他听见马格洛太太的惊叫声，又直起身来。

"大人，那人走啦！银器给偷走啦！"

她一边惊叫，一边察看，目光落到园子的一角，只见那里有越墙的痕迹，墙头掀掉了一块。

"瞧！他就是从那儿逃走的。他跳墙到船网巷！噢！真该死！他偷走了我们的银器！"

主教默然半响，继而抬起严肃的目光，和颜悦色地对马格洛太太说："首先，那些银器是我们的吗？"

马格洛太太一时语塞。主教又沉默一会儿，才继续说道：

悲惨世界

"马格洛太太,我不该这么久占用那些银器。那本来就是穷人的。那个人是什么人呢?显然是个穷人了。"

"唉,耶稣啊!"马格洛太太又说道,"这不是为我,也不是为小姐。我们都无所谓。这可是为大人啊。现在,大人用什么餐具吃饭呢?"

主教惊讶地看着她:"唉!怎么这么说!不是有锡餐具吗?"

马格洛太太耸耸肩膀。

"锡餐具总有一股怪味儿。"

"那就用铁盘吧。"

马格洛太太不屑地做了个鬼脸。

"铁盘子有一股锈味儿。"

"那好,"主教说,"就用木制餐具吧。"

过了一会儿用早餐,还是昨晚冉·阿让就座的餐桌。卞福汝主教一边用餐,一边让一言不发的妹妹和咕咕哝哝的马格洛太太注意,往牛奶杯里泡面包,根本用不着勺子,也不用叉子,连木制的也不用。

"怎么想得出来!"马格洛太太走来走去,一边自言自语,"就这么随便接待一个人,还让他睡在身旁!幸好他只偷了东西!上帝啊!一想起来就叫人心惊胆战!"

兄妹二人正要离开餐桌的时候,有人敲门。

"请进。"主教说道。

房门打开了,门口出现几个怪模怪样、气势汹汹的人。三个人揪住另一个人的衣领。那三人是警察,另一个人是冉·

阿让。

一个带队模样的小队长站在房门旁边，他进了屋，走过去朝主教行个军礼。

悲惨世界

"主教大人……"他说道。

冉·阿让一直垂头丧气，好像十分沮丧，一听这种称呼，立刻愕然地抬起头。

"主教大人！"他咕哝道，"这么说，他不是本堂神甫？……"

"住口！"一名警察喝道，"这是主教大人。"

卞福汝主教尽管高龄，这时也尽量快步迎上去。

"哦！是您啊！"他看着冉·阿让，高声说道，"很高兴看见您。怎么回事儿！烛台我也送给您了，跟其他几件都是银器，您可以卖上二百法郎。为什么您没有把烛台连同餐具一齐带走呢？"

冉·阿让睁大眼睛，注视年高德劭的主教，脸上的表情用人类任何语言都难以描述。

"主教大人，"警察小队长说道，"这人讲的是真话啦？我们遇见他，看他急匆匆的样子像个逃跑的人，就把他叫住检查一下，发现他带着这些银器……"

"于是他就对你们说，"主教笑呵呵地接口说道，"这是一个老神甫送给他的，他还在那神甫家住了一宿？我明白是怎么回事。你们就把他带这儿来啦？这是一场误会。"

"既然这样，我们就可以把他放啦？"小队长又说道。

"当然。"主教回答。

警察放开冉·阿让，而冉·阿让退了两步。

64

"真放我了吗?"他含混不清地问道,仿佛是在说梦话。

"对,放你了,你没听见吗?"一名警察说。

"我的朋友,"主教又说道,"这是您的烛台,您走之前拿着吧。"

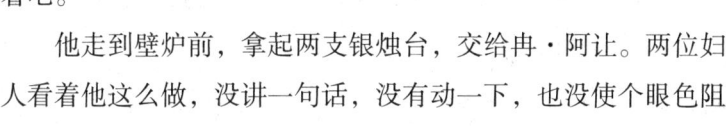

他走到壁炉前,拿起两支银烛台,交给冉·阿让。两位妇人看着他这么做,没讲一句话,没有动一下,也没使个眼色阻挠主教。

冉·阿让四肢颤抖,他神态怔怔的,机械地接过两支烛台。

"现在,"主教说道,"您可以放心走了。——对了,我的朋友,下次您再来,不必穿园子。您随时都可以从临街的房门进出。无论白天晚上,这扇门只搭上一根活闩。"

他转身对警察说:

"先生们,你们可以走了。"

几名警察便离去了。

冉·阿让这时的样子,就好像要昏倒的人。

主教走到跟前,低声对他说:"不要忘记,永远也不要忘记您向我作的保证:您用这钱是为了当个诚实的人。"

冉·阿让瞠目结舌,他根本不记得作过什么保证。主教讲这话时还加重了语气。他又郑重地说道:

"冉·阿让,我的兄弟,您不再属于恶的一方,而属于善的一方了。我买下了您的灵魂。我把您的灵魂从邪恶的念头和沉沦的思想中赎出来,交给上帝了。"

[十] 小杰尔卫

冉·阿让像逃窜似的出了城。他脚步匆急，慌不择路，不管大道小径遇到便走，也没有发觉总在田野里原地兜圈子。整个上午，他就是这样游荡，没有吃饭，也不觉得饿。乱纷纷的新感触萦绕心头。他感到无名火起，却又不知道冲谁发，难说他究竟是受了感动还是受了侮辱。他不时萌生一股奇异的柔情，每次他都想压下去，拿他近二十年来的冷酷无情与之对抗。这种状态令他疲惫。他不安地看到，不公正的惩罚毁了他一生，在他内心所形成的凶险的冷静，渐渐动摇了。他不禁想到，能用什么取而代之呢？有时，他真希望事情不是这样，还不如让警察押进监狱，也免得让这事儿搅得意乱心烦。尽管已是晚秋，绿篱间还时有晚开的野花，他走过时闻到清香，便忆起童年往事。那些往事长久没有再现，现在几乎不堪回首了。

难以表述的思绪，就这样整整一天在他心头堆积起来。

太阳西沉了，照得地面上最小的石子也拖长影子。冉·阿让坐到一片荆丛的后面，这是一大片红土平原，渺无人迹，只有远处的阿尔卑斯山，连远村的钟楼也不见。估计离迪涅有三法里。离荆丛几步远，有一条小路横贯平野。

有人若是撞见，看他思索的神态，再看他那身褴褛的衣服，一定会感到格外可怕。他正思索的时候，忽然听见欢快的声音。

他扭头望去，只见从小路走来一个十岁左右的小男孩，看似萨瓦人，斜挎着一把手摇弦琴，背着套箱，裤子破洞里露出膝盖，是一个走村串乡的快活的乖孩子。

那孩子唱唱咧咧，时而停下脚步，抛着几枚铜钱做"抓子儿"游戏。那几枚铜钱大约是他的全部财富，其中有一枚银币，面值四十苏。

孩子停到荆丛旁边，没有看见冉·阿让。他相当灵巧，抛起几枚铜钱，总能用手背全部接住。

可是这回失了手，四十苏的钱币掉下去，朝荆丛滚去，到了冉·阿让的脚边。

冉·阿让一脚踩住。

可是，孩子的目光盯着钱币，看见他踩住了。

他一点也不惊讶，径直朝那人走去。

这地方寂无一人。举目四望，平原和小路上不见一个人影儿，只听见掠过高空的一群飞鸟的微弱鸣声。孩子背对着夕阳，在日光中，他的头发变成缕缕金丝，而冉·阿让的野蛮面孔血红血红。

"先生，"萨瓦孩子说，带着儿童那种又无知又天真的自信的口气，"我的钱呢？"

"你叫什么名字？"冉·阿让问他。

"小杰尔卫，先生。"

"走开。"冉·阿让说。

"先生，"孩子又说，"把钱还给我。"

冉·阿让低下头，不再答理。

孩子又说：

"我的钱，先生！"

冉·阿让的目光仍然盯着地上。

"我的钱!"孩子嚷道,"我的白币!我的银币!"

冉·阿让好像根本没听见。孩子抓住他的外衣领摇晃,同时用力要推开踩着他那宝贝的铁掌大鞋。

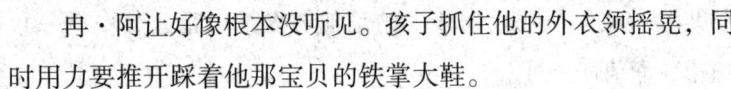

"我要我的钱!我的四十苏钱!"

孩子哭了。冉·阿让又抬起头。他一直坐着,现在眼神有点慌乱。他有点惊奇地打量小孩子,接着伸手去抓棍子,厉声喊道:"谁在这儿?"

"是我,先生。"孩子答道,"小杰尔卫!是我!是我!请把四十苏钱还给我!请您把脚挪开,先生!"

他恼火了,虽然人小,口气变了,几乎威胁地说:

"哼!您的脚挪开不挪开?哎,挪开您的脚。"

"啊!又是你!"冉·阿让说着,霍地站起来,但是那只脚始终踩着银币,他又补充说,"不要命啦,还不快逃!"

孩子吓坏了,看着他,接着,就开始从头到脚打哆嗦,怔住几秒钟,这才撒腿拼命逃掉,没敢回头,也没有叫一声。

不过,他跑了一段距离,喘不过气来,不得不停下。冉·阿让在胡思乱想中,听见他哭泣。

又过了一会儿,孩子不见了。

太阳也落了。

冉·阿让周围渐渐昏暗。他一天没吃东西,也许他正发高烧。

他始终站在原地,自从那孩子逃掉之后,他就没有变换姿势。他的胸膛起伏,呼吸不均匀,间歇很长。他的目光投向十几米远,仿佛在专心研究掉在杂草中的一块蓝色旧瓷片的形状。突然,他打了个寒战,他刚刚感到夜晚的寒冷。

他压低鸭舌帽,遮住额头,还机械地抿了抿外套并扣上,走了一步,哈腰拾起地上的棍子。

就在这时,他瞧见四十苏的银币,有半截被他的脚踩进土里,在石子中间闪闪发亮。

他就像触了电似的,低声咕哝一句:"这是什么东西?"接着倒退三步,站住,但是目光无法移开,仍然盯住他刚才脚踏的那一点,仿佛那闪光的东西,在黑暗中就是一只瞪着他的眼睛。

过了几分钟,他痉挛一般扑向银币,一把抓起它,又直起身,开始向平原四周远眺,目光投向天边的每一点,他站在那儿瑟瑟发抖,就好像一只受惊的野兽要寻找藏身之所。

他什么也没有看见。夜幕降临,大片的紫雾从暮色中升起,平原寒气袭人,一片苍茫。

他"啊"了一声,便急忙朝那孩子消失的地方走去。走出百十来步远,他又站住,用目光搜寻,什么也没有看见。

于是,他全力呼喊:

"小杰尔卫!小杰尔卫!"

他住了声等待。

没人应答。

平野荒凉凄迷,四周一片空旷,只有望不穿的黑暗和叫不应的岑寂。

他遇见一个骑马的教士,便走上前去打听:

"神甫先生,您看见有个孩子走过去了吗?"

"没看见。"教士答道。

"一个叫小杰尔卫的孩子?"

"一个人我也没看见。"

他从钱袋里取出两枚五法郎的硬币,送给教士。

"本堂神甫先生,这是给您的穷人的。——本堂神甫先生,那孩子有十岁左右,我想是背着套箱,还有一把手摇弦琴。他朝那边去了。是萨瓦地方的人,您知道吗?"

"我根本就没看见。"

"小杰尔卫?他不是这一带村庄的人吗?您能告诉我吗?"

"照您这么说,我的朋友,那他就是个外乡的孩子。他们经过这地方,不会有人认识。"

冉·阿让又猛然掏出两枚五法郎的银币,给了教士。

"给您的穷人。"他说道。

接着,他又昏头昏脑地补充说:

"本堂神甫先生,您让人把我抓起来吧。我是个窃贼。"

教士吓得魂不附体,双腿一夹镫,催马跑掉。

冉·阿让继续朝他认定的方向跑去。

他跑了好长一段路,左右张望,连声呼唤喊叫,可是再也没有碰见一个人。他在平野上,有两三回望见像是卧着或蹲着的东西,便跑过去,近前一看却是一簇荆草,或是露出地面的一块石头。最后,他来到一个三岔路口,便停下脚步。月亮升起来了。他向远处眺望,最后又喊了一次:"小杰尔卫!小杰尔卫!小杰尔卫!"他的呼叫消失在迷雾中,没有唤起一点回音。他又喃喃说了一句："小杰尔卫！"但是声音微弱，有些含混不清。这是他最后的努力。他的双膝忽然一弯，就好像有一种无形的威力，用他黑良心的重负一下子将他压垮似的。他颓然倒在一块大石头上，两个拳头插进头发里，脸埋在双膝之间，他喊道：

"我是个无赖！"

这时，他的心碎了，失声痛哭。十九年来，他这是第一次流泪。

看得出来，冉·阿让离开主教家的时候，已摆脱了他一贯的思想，一时还不明白内心发生了什么变化。他还故意对抗那老人的天使般的行为和温柔的话语。"您向我保证要当个诚实的人。我买下了您的灵魂。我把您的灵魂从邪恶的思想中赎出来，交给仁慈的上帝了。"这话萦绕在他的脑际。他以傲气对抗这种上天的宽宥，而傲气在人身上好似恶的堡垒。他模模糊糊地感到，那个教士的宽恕是最强大的攻势、最猛烈的冲击，给他以极大的震撼。如果他顶住了这种宽恕，那么他就会顽梗到底，至死不悟了；如果他退让了，那么他就必须放弃仇恨，放弃多少年来别人的行为在他心中积满的、他也自鸣得意的那种仇恨。而这一战，非胜即败，这是一场大决战，在他的凶恶和那人的仁慈之间展开。

他身上一切都变了，他再怎么做，也不可能消除主教对他讲过话并触动了他的事实。

就在这种思想状态中，他遇见了小杰尔卫，抢了那四十苏钱。为什么呢？肯定他自己也解释不了：难道这是他从狱中带出来的恶念的余威，仿佛最后挣扎，是冲动的余力，就像静力学所说的"致动力"的效果吧？是这种情况，也许比这种情况还要轻得多。一言以蔽之，抢钱的并不是他，并不是他这个人，而是这只兽，正是这只兽凭着习惯和本能，愚蠢地把脚踏在银币上，尽管当时他感触万端，心智还在搏斗。等心智清醒了，才看到这种兽性的行为。于是，冉·阿让惶恐地退却，惊叫起来了。

他抢了那孩子的钱，干了一件他已经干不出来的事情，这种怪现象，只有处于他这种思想状态里，才有可能发生。

无论怎样，这最后一次恶劣的行为，对他却产生了决定性的效果：这次行为突然穿越心智，廓清混乱，将晦暗浊重排到一边，将光明清亮排到另一边，而且作用于他那种状态的心灵，就像催化剂作用于一种混浊液体那样，使一种物质沉淀，使另一种物质变清了。

事情一发生，他还没有自省和思考，先就像要逃命的人那样惊慌失措，他企图找到那孩子，把钱还给人家，等他明白这是徒劳而不可能的，他才停了下来，悲痛欲绝。他喊出"我是个无赖！"的时候，开始看清他的样子了，而在相当程度上，他同自身分离了，就觉得他不过是个鬼魂，面对着一个血肉之躯，正是凶相毕露的苦役犯冉·阿让：手里拿着木棍，身上穿着破罩衫，身后背着装满偷来的东西的行囊，脸上一副毅然决然的阴沉相，头脑里装满了为非作歹的方案。

我们已经注意到，过分深重的苦难，在一定程度上使他产生幻觉。他眼前恰似一种幻景。他确确实实看见了这个冉·阿让，面对着这副狰狞的面孔。他几乎产生疑问：此人是谁，而且他非常憎恶。

他的头脑正处于汹汹纷扰，又极度平静的时刻，幻想深不可测，吞噬了现实，再也看不见周围的实物，却恍若看见心中的影像在体外活动了。

可以说，他同自身面面相觑，与此同时，他穿过这种幻视，望见一种神秘的幽深之处有光亮，起初以为是火炬；再仔细观察在他心中出现的亮光，便认出那火炬具有人形，而且正是主教。

他的良心轮番打量这样立在面前的两个人：主教和冉·阿让。少了前一个，是不可能消除第二个的。这种凝望往往产生特别的效果，他幻想的时间越久，在他眼里，主教的形象就越发高大，越放光彩，而冉·阿让却越来越小，越来越模糊了。到了一定时候，冉·阿让便成为一个影子，继而倏然消失了，只剩下主教一人了。

他使这个无赖的整个灵魂充满灿烂的光辉。

冉·阿让哭了很久，热泪满面，泣不成声，哭得比女人还脆弱，比孩子还惊慌。

就在他哭泣的时候，他的头脑渐渐敞亮了，这是一种异乎寻常的光，既迷人又可怕的光。他以往的生活、头一个过失、长期的赎罪，以及他的外表如何变得粗野，内心如何变得残忍，打算出狱后如何大肆报复，他在主教家里干了什么事，而他最后干的一件事，如何抢了一个孩子的四十苏钱，还是在得到主教宽恕之后干的，罪行就尤为卑鄙，尤为可恶，这一切都

重新浮现在脑海，显得十分清晰，而且笼罩在他从未见过的明光里。他看自己的生活，觉得十分可恶；他看自己的灵魂，觉得十分丑恶。然而，在这种生活和这颗灵魂上面，却有一片柔和的光。他仿佛借着天堂的光看到了撒旦。

　　他究竟哭了多久呢？哭过之后他又做了什么呢？他去了哪里？从来没有人知道。只有一个情况似乎得到证实，就在那天夜晚，格勒诺布尔的驿车大约凌晨三点到达迪涅城，在穿过主教府街时，黑暗中车夫看见有个人跪在马路上，好像对着卞福汝主教家的门在祈祷。

第二卷 一八一七年

[一] 两伙四人帮

一八一七那一年,四个巴黎青年搞了一场"恶作剧"。

这伙巴黎青年中,第一个是土鲁兹人,第二个是利摩日人,第三个是卡奥尔人,第四个是蒙托邦人。他们都是大学生,是大学生就是巴黎人,在巴黎上学,就算生在巴黎。

这几个青年都微不足道,他们这类面孔人人都见过。普通人的四个样板,既不善,也不恶,既不博学,也不无知,既不是天才,也不是蠢蛋,但是都青春貌美,正当所谓阳春三月的二十岁。

这几个青年,土鲁兹城来的叫菲利克斯·托洛米埃,卡奥尔城来的叫李斯托利埃,利摩日城来的叫法梅伊,最后这个从蒙托邦城来的叫布拉什维尔。自不待言,他们每个都有一个情人。布拉什维尔爱的人叫宠姬,因为她去过英国;李斯托利埃钟情于大丽,她起这花名被人误以为是战争名字呢;法梅伊视瑟芬为天仙,这名字是约瑟芬的简化;托洛米埃则有芳汀,号称金发美人,只因她那头美发赛过太阳的光辉。

宠姬、大丽、瑟芬和芳汀,是四个秀色可餐的少女,一个个香气袭人,神采飞扬,还未脱尽女工的本相,也没有彻底放

下针线。尽管偷情幽会,但是脸上还残留两分劳作的庄重之色,而灵魂里还开着贞洁之花:这朵花在女人身上,并未因初次失身而立即凋落。四人中年龄最小的叫小妹,还有一个叫大姐,年龄也不过二十三岁。不必讳言,在人生的尘嚣之中,头三人阅历多些,放得开些,浪相也更加明显,而金发美人芳汀,还沉迷于初次的幻想中。

小伙子是同学,姑娘们是好友。这类爱情总是多出一份友情。

检点和达观是两回事。这里有例证,抛开他们不合规矩的苟合不谈,宠姬、瑟芬和大丽都是达观的姑娘,而芳汀则是检点的姑娘。

能说检点吗?那么托洛米埃又怎么样呢?所罗门可能这样回答:爱情是一件审慎检点的事情。我们只能说,芳汀的爱情是初恋,是唯一的爱,忠贞不渝的爱。

她们四人中,唯独她只许一个人以"你"相称呼。

芳汀这个姑娘,可以说是从平民的底层成长起来的。她从深不可测的社会黑暗中脱颖而出,额头却毫无表明家庭身世的特点。她生在海滨蒙特伊。父母是什么人呢?谁又知道呢?无论她父亲还是她母亲,谁也没有见过。她叫芳汀。为什么叫芳汀呢?别人根本不知道她还有什么别的名字。她出世那年,正是督政府时期。她没有家,也就没有姓,当时那里没教会了,她也就没有教名。她很小的时候,赤着脚走在街上,随便一个过路人高兴这么叫她,她就有了名字。她接受这个名字,就像雨天额头接受乌云洒下来的水一样。大家叫她小芳汀。除此之外，谁也不了解其他情况了。这个人就是这样来到人间的。十岁时，芳汀出城到周围的农户人家找活儿干。十五岁上，她来到巴黎"碰运气"。芳汀长得美，又尽量把贞洁保持得时间长些。她是个漂亮姑娘，头发金黄，牙齿雪白，有黄金和珍珠当嫁妆，不过，她的黄金长在头上，珍珠含在口里。

她为生活而劳作。后来，她爱上一个人，还是为生活，因为心也会饥渴。

她爱上托洛米埃。

他是情场作戏，她却一片痴情。充斥拉丁区街巷的大学生和青年女工，目睹了这场梦幻的开场。在先贤祠所在的山丘一带迷宫里，发生了多少悲欢离合的故事。而芳汀长时间逃避托洛米埃，但是逃避的方式又总是为了遇见他。有一种躲避的方式，同追求何其相似。总而言之，一幕浪漫曲开场了。

布拉什维尔、李斯托利埃和法梅伊，组成以托洛米埃为首的小团体，他是最有智谋的。

托洛米埃是个老而又老的大学生，他有钱，有四千法郎的年息。在圣日内维埃芙山，有四千法郎的年息，就可以随心所欲了。托洛米埃活了三十个年头，没有很好地爱惜身体。他脸上起了皱纹，牙齿也脱落了几颗，而且还秃了顶，他倒是满不在乎地说："三十秃了顶，四十双膝硬。"他的消化能力不强，有一只眼睛常流泪。然而，随着他的青春渐渐熄灭，他却点燃了寻欢作乐的蜡烛。他用插科打诨代替牙齿，用欢乐代替头发，用嘲讽代替健康，他那只泪汪汪的眼睛也总是笑眯眯的。他的身体衰微败破，但整个儿是颗花花心。

有一天,托洛米埃将其他三人拉到一边,打了个手势,以权威的口气对他们说:

"芳汀、大丽、瑟芬和宠姬,要我们给她们一个惊喜,说话过去快有一年了。当时,我们郑重其事答应了她们。这事儿她们总提起来,尤其是对我讲。正像那不勒斯城老太婆冲圣让维埃叫嚷:'黄脸皮,快显灵①!'那样,我们的美人也不断对我说:'托洛米埃,你那让人惊喜的事儿,什么时候才能分娩出来呀?'与此同时,我们父母也来信。真是两面夹攻。我看时候到了,咱们商量一下。"

说到此处,托洛米埃压低声音,面授机宜,讲的话一定十分有趣,只见四张口同时发出一阵狂笑,布拉什维尔还高声说:"这主意太妙啦!"

他们走到一家烟雾腾腾的小咖啡馆,便蜂拥而入,他们密谈的下文就消失在那昏暗中了。

幽暗中这种密谈的结果,却是一次耀眼的郊游:安排在星期天,四名青年邀请四位姑娘。

[二] 四对四

如今已难想象,四十五年前大学生和青年女工郊游的情景。

这四对情人尽情嬉戏,把当时郊外所有的游乐场所都玩了个遍。已经开始度暑假了,这是一个温暖晴朗的夏日。他们五

---

① 原文为意大利文。

点钟就起床了,乘公共马车去圣克卢,看了一回干涸的瀑布,大家嚷道:"若是有水,一定非常好看!"接着到加斯丹还没有去过的黑头餐馆用午餐;再到大水池梅花形林荫道,花钱玩了一场骑木马摘环游戏;又登上狄奥仁灯塔;在塞夫尔桥,拿杏仁饼去赌转盘;经过普陀采几束野花;在纳伊买几支芦笛,每到一处都吃苹果馅饼,真是其乐无穷。

几个姑娘叽叽喳喳,不停地喧闹,好似逃出笼子的几只莺,使劲撒欢儿。她们不时同几个青年撩逗,拍拍打打。这是生命清晨的陶醉!美妙的岁月!蜻蜓的翅膀在震颤。啊!无论你是谁,你总会记得吧。你曾经穿行过荆丛,为跟在身后的可爱的人分开树枝吧?你曾经跟心上的女人笑着,一齐从雨水浇湿的坡上往下滑吧?那女子拉着你的手,高声说道:"哎呀!瞧我这双新鞋!弄成什么样子啦!"

至于芳汀,就像快乐女神。她那两排光灿灿的牙齿,显然从上帝那里接受了一种笑的使命。她那顶白色长带的精美小草帽,戴在头上的时候少,戴在手上的时候多。她那头厚厚的金发,动不动就飘舞,披散开来,不时要拢一拢,仿佛垂柳为了掩护逃匿的该拉忒亚①。她那粉红色嘴唇莺声呖呖;两边嘴角往上翘,极性感,如同古代的埃里戈涅②雕像,一副挑逗的情态;但是,她那满是阴影的长长睫毛,却谨慎地低垂着,好像

---

① 该拉忒亚:希腊神话中的海中女神,爱上一个青年牧人,在山洞幽会,被独眼巨怪发现,用石头将牧人砸死。她把牧人变成河流,又顺流回归大海。

② 埃里戈涅:罗马神话中酒神巴克斯的情人。

要制止下半张脸喧闹欢笑。她的全身打扮，透出难以描摹的欢悦和光彩。

芳汀很美，但她本人却不大了解。屈指可数的沉思者，那些审美的神秘的教士，总是默默地以十全十美的标准来衡量一切事物，他们若是遇见这个小小的女工，就可能从这种透明的巴黎风采中，看出古代神像的和谐美。这位来自幽暗底层的姑娘是纯种的。她从两方面体现出美来，即风度和容止。风度是理想的形态，容止则是理想的动态。

我们说过，芳汀是快乐女神，芳汀也是贞洁的化身。

一个善于观察的人，如果仔细打量过她，就会明白她虽然完全陶醉在青春年华、美好季节和爱恋之中，但是周身表露出来的，却是一副含蓄庄重的凛然难犯的神态。她本人也颇惊奇，正是普绪喀①区别于维纳斯的细微差异。芳汀白白的手指又细又长，胜似拿着金针拨弄圣火灰烬的贞女。尽管她对托洛米埃有求必应，这一点以后会看得十分清楚，但是安静下来的时候，她的面孔却完全是处女的神态。在某种时刻，她会突然换上一种庄重严肃，近乎庄严的神情，看到她脸上快乐倏然消失，没有过渡，就从喜气洋洋转入沉思冥想，世间再也没有比这更奇特，更令人心跳的变化了。这种突然转换的严肃，有时显得过分严厉，宛如女神的鄙夷的表情。她的额头、鼻子和下颏儿，构成线条的平衡，明显地不同于比例的平衡，这就是为什么她的面孔看上去很匀称。从鼻尖到上唇的间距极有特色：

---

① 普绪喀：希腊神话中人类灵魂的化身，以少女的形象出现，她和爱神厄洛斯相爱，后来几经磨难而结为夫妻。

这道细微难辨的纹路十分迷人,是贞洁的神秘的标志。正是由于这一点,红胡子爱上了从圣像堆中发现的一幅狄安娜像。

爱情是一种过失,就算这样吧,芳汀却是浮游在过失上面的天真。

[三] 托洛米埃乘兴唱起西班牙歌

这一天从早到晚都布满朝霞。整个大自然仿佛在过节,在尽情欢笑。圣克卢的花坛芬芳扑鼻;从塞纳河吹来的清风拂动树叶,树枝在风中轻摇;蜜蜂正在掠夺茉莉花粉;一群流浪的蝴蝶扑向蓍草、三叶草和野燕麦;在森严的法兰西国王的御花园中,还有一帮流浪汉,即一群鸟雀。

四对欢快的情侣,投入阳光、田野、鲜花和树木之中,一个个容光焕发。

她们这群天上来的仙客,又说又唱,又跑又跳,忽而追扑蝴蝶,忽而采摘牵牛花,在深草中沾湿了粉红桃花袜,她们都那么鲜艳,都那么放情嬉戏,随时接受每个男人的亲吻,唯独芳汀还似乎固守抗拒,一副沉思而易受惊吓的样子,但是她已动了春心。

吃过午饭,四对情侣又去当时所谓的国王花园,观赏刚从印度移植来的一株植物,名称现在我忘了,那时期把巴黎人全吸引到了圣克卢。那是一棵奇特而悦目的灌木,主干挺拔,无数枝条细如丝缕,纷披下来,没有叶子,却盛开千百万朵小白花,好似一头插满花的长发。一群群游人不断前去观赏。

观赏完了奇树,托洛米埃嚷了一句:"我请你们骑毛驴!"

悲惨世界

于是同一个赶驴的人讲好价钱,他们便从汪弗和伊西转回来。到伊西还有意外收获。当时由军需官布尔干占用的一座国有园子,门正巧大敞四开。他们从铁栅门进去,参观了在洞穴里的那个隐修士模拟像,到著名的镜厅试了神秘的小效果,那是色情的陷阱,适于一个成为百万富翁的好色之徒,或者变成普里阿普斯①的杜卡莱②。在由贝尔尼③神甫赞美过的两棵栗树上吊了一个大秋千,他们用力荡了一阵。几个美人轮流上去,裙子飞舞,惹得大家咯咯大笑。格勒兹④若是看到裙子的飞纹,准能受到很大启发。而土鲁兹入托洛米埃,倒有两分西班牙人的气质,因为土鲁兹和托洛萨是姊妹城,他用忧伤单调的旋律,唱起一支西班牙的老歌,也许是看着两棵树之间的秋千荡着一个美丽的姑娘而兴致大发吧。还了毛驴,又找新的乐子。他们乘船渡过塞纳河,从帕西步行,一直走到星形广场城关。我们还记得,他们五点钟就起床了,不过,没什么!"礼拜天,没有疲倦一说,"宠姬说道,"礼拜天,疲倦是不上工的。"约莫下午三点钟,这四对乐不可支的情侣,竟然爬上了游艺场滑车道。那是一个奇特的建筑,坐落在伯戎高地上,从香榭丽舍大街的树梢能望见那起伏不平的线路。

宠姬不时就嚷一句:"让人惊喜的事儿呢?我要那件让人

---

① 普里阿普斯:希腊罗马神话中男性生殖力和阳具之神。
② 杜卡莱:18世纪法国作家勒萨日的同名喜剧中的人物,原为仆人,以欺诈手段而成为富翁。
③ 贝尔尼(1715-1794):诗人,外交家,历任大主教和红衣主教。他赞美过的栗树在孔蒂亲王府的园中。
④ 格勒兹(1725-1805):法国画家。

惊喜的事儿。"

"别急呀。"托洛米埃答道。

[四] 一场欢乐的欢乐结局

她们走完滑车道，便想到用晚餐。快活的八仙毕竟有点累了，就在绷吧达酒馆歇下来。这家咖啡馆，是著名的绷吧达饭店在香榭丽舍大街开的分店，望得见在德洛姆巷旁边的里沃利大街上总店的招牌。

这时，宠姬叉起胳臂，头往后一仰，凝视托洛米埃，说道：

"算啦！那件意外的事儿呢？"

"对呀，时候已到。"托洛米埃答道，"先生们，要让这些女士大吃一惊的时刻已经敲响了。各位女士，请稍候片刻。"

"先得亲一下。"布拉什维尔说道。

"亲一下脑门儿。"托洛米埃补充一句。

于是，他们都一本正经地亲了各自情妇的额头。接着，四个男人将一根指头放在嘴边，鱼贯走出去了。

宠姬鼓掌送行。

"已经有点意思了。"她说道。

"不要走得太久，"芳汀轻声说道，"我们等着你们呢。"

几位姑娘单独留下来，每两个人俯在一个窗口闲聊，伸出头去，同另一个窗口的人说话。她们瞧见那几个青年挽着手臂走出绷吧达酒馆；几个青年还回过头来，笑着向她们挥手，随即消失在每个星期天都充满在香榭丽舍的尘嚣中了。

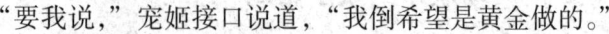

"不要走得太久!"芳汀嚷道。

"他们要给我们带回来什么东西呢?"瑟芬说道。

"肯定是好看的东西。"大丽也说道。

"要我说,"宠姬接口说道,"我倒希望是黄金做的。"

她们透过大树的枝杈,望见河边的热闹景象,觉得很有趣,注意力很快就被吸引过去了。这正是邮车和驿车起程的时刻,当时驶往南部和西部的客货车,几乎全要经过香榭丽舍。大部分车辆沿着河滨路,从帕西关厢出城。每隔一会儿,就有一辆漆成黄色和黑色的大车经过,马匹嘶鸣,车上满载着大小包裹、篮子和箱子,堆得奇形怪状,车窗露出一个个脑袋,车轮碾着路面,将每块路石都变成打火石,像铁匠炉一样火花四溅,烟尘滚滚,在人群中横冲直撞,飞驰而去。这种喧嚣令姑娘们开心,宠姬感叹道:

"发出这么大声响!就好像一堆堆铁链抛到空中。"

有一次一辆马车停了一会儿,然后又疾驶而去,但是由于茂密的榆树枝叶遮着,她们看不大清楚。芳汀觉得很奇怪。

"真怪啦!"她说道,"我还以为驿车中途从来不停呢。"

宠姬耸了耸肩膀。

"这个芳汀,真叫人吃惊。我出于好奇观察她。她见到最普通的事情都大惊小怪。假设一种情况:我是旅客,关照驿车车夫说,我先走一步,您经过河滨的时候,就把我捎上。驿车过来了,看见我就停下,让我上去。这种事儿天天都有。你不了解生活呀,亲爱的。"

几个人就这样消磨了一段时间。宠姬仿佛猛醒过来,突然说道:"咦!要让我们惊喜的事儿呢?"

"对了,真的,让人眼巴巴盼望的惊喜的事儿呢?"

"他们去的时间可够久的!"芳汀说道。

芳汀刚叹了一口气,伺候晚餐的那个伙计走进来,他手里拿着什么东西,好像是封信。

"这是什么?"宠姬问道。

伙计回答:"是那几位先生留给你们几位太太的字条。"

"为什么没有立刻送来?"

"因为几位先生吩咐过,"伙计又说道,"要过一个钟头,才能交给你们几位太太。"

宠姬一把将字条从伙计手中夺过去。果然是一封信。

"咦!"她说道,"没有地址,但是上面有这样一行字:

这就是出人意料的事。

她急忙拆开信,打开念着(她识字):

啊,我们的情妇!

要知道,我们在家有双亲。双亲,你们不大了解是什么。在天真和公正的民法中,双亲叫作父亲和母亲。然而,那些父母双亲总是哀叹,那些老人总召唤我们,那些老头儿和老太婆管我们叫浪子,盼望我们回去,要为我们杀猪宰牛。我们是讲道德的人,就要服从他们。在你们看这封信的工夫,五匹烈马就送我

们去见爸爸妈妈了。正如博须讲的,我们滚蛋了。我们动身,我们动身走了。我们在拉菲特驿车的怀抱,插上卡雅尔驿车的翅膀逃走了。驶往土鲁兹的驿车,把我们从深渊中拉出来,而深渊,正是你们呀,我们美丽的姑娘!我们以每小时三法里的速度,飞快回到社会中,回到职责和秩序中去。根据祖国的需要,我们跟别人一样,必须去当省督、家长、乡吏和政府顾问。尊重我们吧,我们这是作出了牺牲。快快为我们痛哭一场,快快找人代替我们吧。如果这封信撕碎你们的心,那么就以牙还牙,将这封信撕碎。永别了。

在将近两年期间,我们让你们得到了幸福。千万不要怨恨我们。

布拉什维尔
法梅伊
李斯托利埃
菲利克斯·托洛米埃
(签字)

附言:餐费已付。

四位姑娘面面相觑。
宠姬首先打破沉默,高声说道:
"好啊,这个玩笑开得还真够意思。"
"非常有趣。"瑟芬说道。
"这主意,肯定是布拉什维尔想出来的,"宠姬又说道,

"这倒让我爱上他了。人一走,爱不够。人总是这样。"

"不对,"大丽说道,"是托洛米埃的主意。一眼就能看出来。"

"如果是这样,"宠姬接口说道,"布拉什维尔该死,托洛米埃万岁!"

"托洛米埃万岁!"大丽和瑟芬嚷道。

接着,她们敞声大笑。

芳汀也随着其他人大笑。

一小时之后,芳汀回到自己的房间,却又失声痛哭。前面说过,这是她的初恋,她委身给托洛米埃,把他看成丈夫了;而且,可怜的姑娘已经有了一个孩子。

第三卷 寄放,有时便是断送

[一] 一个母亲遇见另一个母亲

本世纪头二十五年间,在巴黎附近叫蒙菲郿的地方,有一家类似大众饭馆的客栈,如今已不复存在了。这家客栈是德纳第夫妇开的,位于面包师巷。店门楣墙上横钉着一块木板,上面画的图案像一个人背着一个人,背上那人佩戴着有几颗大银星的金黄色将军大肩章;画面上有些红点,表示血迹,其余部分则是硝烟,大概表明那是战场。木板下端有一行字:"滑铁卢中士客栈"。

客栈门前有两个女孩,打扮得很可爱,显然得到精心照料,像两朵玫瑰。她们的眼睛神气十足,鲜嫩的脸蛋儿笑开了花。母亲蹲在几步远的客栈门口,那女人的面目并不和善,不过在此刻,她用长绳拉着摇摆的两个孩子,眼睛紧紧盯住,唯恐孩子有个闪失,完全是一副母性所特有的野兽加天使的神情,倒显得令人感动了。

她只顾唱歌和注视两个女儿,也就听不到也看不见街上所发生的情况。

就在她开始唱歌的工夫,有人走到近前,她猛然听见有人在她耳边说:"太太,您这两个孩子真漂亮。"

……对美丽温柔的伊默琴说。

那母亲又唱了一句表示回答,这才转过头来。

一位妇人站在她前面几步远的地方,怀里也抱着一个孩子。

此外,她还挎一个相当大的旅行袋,装满衣物,显得很沉。

她那孩子就是降世的小仙女,有两三岁,衣着打扮可以同另外两个孩子相媲美。小女孩戴一顶镶瓦朗西纳花边①的细布帽,穿一件饰飘带的花衣;裙摆撩起来,露出白胖胖结实的大腿根。她的身体很健康,脸蛋儿红扑扑的,好像苹果,好看极了,叫人见了恨不得咬上一口。她的眼睛一定非常大,睫毛十分秀美,此外再也说不出什么。她在睡觉。

她睡得极为香甜,只有这种年龄的孩子,才有这样绝对安稳的睡眠。母亲的手臂是柔情构成的,孩子在里面可以酣然大睡。

至于她的母亲,那样子既穷苦又忧伤。她是工人模样的打扮,又有种做农妇的迹象。她还年轻。长得美吗?也许吧,但是这身打扮显不出美来。一绺金发散落下来,表明她有一头浓发,可惜让扎在下颌的一条丑陋的头巾紧紧包住了。人有美丽的牙齿,笑一笑就能露出来,而她却毫无笑意。看她那双眼

---

① 这种花边原由法国瓦朗西纳市生产,后由比利时生产。

睛,不久前似乎还哭过。她的脸色苍白,样子十分疲惫,有几分病容。她瞧着睡在怀抱里的女儿,那神态也是亲自哺乳的母亲所特有的。一条伤兵用来擤鼻涕的那种蓝粗布大毛巾,对角折起来,围在她腰上,看来很蠢笨。她的双手发黑,布满斑点,食指皮变硬,尽是针痕;肩上披一条棕褐色粗羊毛斗篷,穿一条粗布衣裙,足上蹬一双粗大鞋子。她就是芳汀。

悲惨世界

那次"恶作剧"之后,十个月过去了。

这十个月期间,发生了什么情况呢?可想而知。

遭到遗弃之后,便是困苦。芳汀当即见不到宠姬、瑟芬和大丽了。这种关系,男子方面挣断了,女子方面也就解体了。半个月之后,如果有人说她们是朋友,她们会感到十分诧异,再也没有理由做朋友了。只剩下芳汀孤零零一个人。孩子的父亲走了,唉!这种关系一断绝,就不可挽回了。她孑然一身,只是少了劳动的习惯,多了享乐的爱好。她同托洛米埃发生关系之后,受其影响,渐渐轻视她学得的小手艺,忽视了自己的生活出路。出路全堵塞,就走投无路了。芳汀识不了几个字,又不会写字,她小时候只学会签名。于是,她请摆字摊的先生代写一封书信,寄给托洛米埃,随后又寄第二封、第三封。托洛米埃一封信也没有回复。有一天,芳汀听见一些饶舌的女人看着她的女儿说:"谁认这种孩子呢?看到这种孩子,只能耸耸肩膀!"于是芳汀就想到托洛米埃要对她孩子耸肩膀,不认这无辜的小生灵,对于这个男人,她心灰意冷了。然而怎么办呢?她不知该投奔谁了。她是犯了一个错误,但在本质上,我们还记得,她是贞洁贤淑的。她隐约感到,自己很快就要受穷，就要坠入悲惨的境地。要拿出勇气来，勇气是有的，她自然就绷足了劲儿。她灵机一动，想回家乡海滨蒙特伊城去。回到家乡碰见个熟人，也许会雇她干活儿。这主意不错，不过，必须隐瞒自己的错误。这样，她又隐约看到，自己很可能面临比第一次更为痛苦的离别。她感到一阵揪心，但还是毅然作出决定。后面我们会看到，芳汀在生活中，表现出多么非凡的勇气。

她已经毅然卸去了装饰，又穿上粗布衣裙，而她所有的丝绸、服饰、缎带和花边儿，全用到女儿身上了。她所有东西都变卖了，共得二百法郎，再还些零星债务，大约只剩下一百八十法郎。在二十二岁的妙龄，于春天的一个晴朗的早晨，她背着孩子离开巴黎。谁若是看见这母女俩经过，准会觉得可怜。这女人在世间只有这个孩子，而这孩子在世间也只有这女人。芳汀哺乳过女儿，胸脯耗损，现在有点咳嗽。

芳汀赶路，有时要歇歇脚，搭乘当时所谓的郊区小马车，每法里花三四法郎，这样，中午时分就到达蒙菲郿，走进面包师巷。

她从德纳第客栈门前经过，看见两个小女孩儿玩得那么开心，一时看呆了，不觉在这欢乐的景象面前站住。

世上确实存在有魅力的东西。在这位母亲看来，两个小女孩儿就是一例。

她心情激动地望着两个小女孩儿。有天使降临，就宣告了天堂。在这家客栈的上方，她似乎看见"主在此"的神秘召示。两个小女孩儿的幸福是一目了然的！她注视她们，啧啧称赞，触景生情，心里十分激动，就在那位母亲唱歌换气的工夫，她禁不住赞了一句，即我们在前面看到的那句话：

"太太，您这两个孩子真漂亮。"

再凶猛的禽兽，看见有人抚摩它们的崽子，也会变得温顺起来。那母亲抬起头，道了谢，请过路的女子坐到门旁的条凳上，而她仍蹲在门口。两个女人攀谈起来。

"我叫德纳第太太，"两个女孩儿的母亲说道，"这客栈是我们开的。"

这位德纳第太太有一头棕发，身体肥胖，是个性情暴躁的女人，毫无风韵，属于女大兵的类型。

过路的女人讲了自己的身世，不过稍微改变一点儿事实：

她是个工人，丈夫死了，而巴黎又找不到活儿干，她只好到外地谋生，要回家乡。当天早晨她离开巴黎，带着孩子走累了，路上遇见去蒙勃勒的大车，便搭乘到那里；接着，她又从蒙勃勒走到蒙菲郿，小家伙能走几步路，到底太小，走不多远就得让人抱着，小宝宝在怀里睡着了。

她说到这里，就亲吻一下女儿，将女儿弄醒了。孩子睁开眼睛，蓝色的大眼睛同母亲的一样，她望着，望什么呢？什么都望，什么也不望，那副认真的，有时还很严肃的孩子神态，是他们通明透亮的天真面对我们道德的昏暮所显示的一种神秘。仿佛他们感到自己是天使，而且知道我们是凡人。继而，孩子笑起来，挣脱母亲的怀抱，滑到地上，拉也拉不住，表现出一个小生命要奔跑的那种约束不住的劲头儿。她猛然瞧见秋千上的两个孩子，立刻站住，伸出舌头，显得十分羡慕。

德纳第太太将两个女儿解开，扶下秋千，说道：

"你们三个一块儿玩吧。"

这种年龄的孩子，到一起就熟，一分钟之后，德纳第家的两个女孩儿就和新来的孩子玩起来，一同在地上挖洞，其乐无穷。

新来的孩子非常快活，母亲的善良就刻在孩子的快乐中。她捡了一个小木片儿当铲子，用劲掘了一个能容一只苍蝇的小坑，掘墓工人所干的事，出自孩子的手，就变为嬉笑了。

两个女人继续聊天。

"您这小家伙叫什么？"

"珂赛特。"

"她几岁啦？"

"快三岁了。"

"同我的大女儿一样。"

这工夫，三个小姑娘聚在一堆，显得极度不安又乐不可支，因为出了一件大事：一条大蚯蚓从地里钻出来，她们见了又害怕，又看得出神。

三个容光焕发的额头相互挨着，就好像三个头罩在一个光环里。

"孩子就这样，"德纳第太太高声说道，"一见面就熟啦！真让人以为是三姐妹！"

这句话大概就是另一位母亲所期待的火花吧。她一把抓住德纳第太太的手，定睛看着她，说道：

"您肯照管我的孩子吗？"

德纳第太太不禁吃了一惊,那种表情既非同意也未拒绝。

珂赛特的母亲接着又说道:

"您明白,我不能带着孩子回家乡。带孩子没法儿干活儿,也找不到工作。那地方的人特别古怪可笑。是仁慈的上帝让我从您的客栈门前经过。我一看见您的女儿这么漂亮、这么洁净,又这么高兴,就动心了,心里说道:这才是个好母亲。不错,她们真像三姐妹。再说,不用多久,我还要回来的。您肯照管我的孩子吗?"

"我得想想。"德纳第太太说道。

"每月我可以付六法郎。"

说到这里,一个男人的声音在店里嚷道:

"少于七法郎不行。还要先交六个月的钱。"

"六七四十二。"德纳第太太说道。

"我照付就是。"那位母亲答道。

"另外,还要付十五法郎,作为初来的花费。"那男人的声音又补充道。

"总共五十七法郎。"德纳第太太说道。

"我照付就是,"那位母亲答道,"我有八十法郎。剩下的够我回家乡了。当然要走着回去。到了那儿,我能挣钱,等攒了一点儿,就回来接我的心肝儿。"

男人的声音又说:"小丫头有衣服包吧?"

"他是我丈夫。"德纳第太太说道。

"可怜的宝贝儿,她当然有一包衣服了。我看出来他是您丈夫。这还是一大包衣服!衣服多得叫人难以相信,全是成打成打的,有些跟贵妇人绸缎衣裙一样。全在这旅行袋里。"

"您得全交出来。"那男人的声音又说道。

"这还用说,我全交出来!"那母亲回答,"我怎么能让自己的女儿打赤膊,那不是笑话吗!"

这时,男主人才露面。

"好吧。"他说道。

买卖成交了。那母亲在客栈过夜,付了钱,留下女儿,取出孩子衣物,重又扎上轻了许多的旅行袋,第二天早晨就走了,一心打算很快回来。人们总是从容地安排起程,殊不知往往是生离死别。

等珂赛特的母亲一走,那男的就对老婆说:

"这回,我就可以付明天到期的期票了,要一百一十法郎,本来还差五十法郎。你知道吗?到时候法院执达吏①会拿着拒付证书来找我。你靠两个孩子作诱饵,巧妙地安放了一个捕鼠器。"

[二] 两副贼面孔的素描

逮住的老鼠非常瘦小,不过,即使瘦小的老鼠,猫儿逮住也高兴。

那么,德纳第夫妇究竟是什么东西?

这类小人,一旦受邪念的煽动,很容易变得穷凶极恶。这个女人具有悍妇的本质,这个男人是个无赖的材料。两个人都

---

① 是一种为法庭服务,负责执行及传达法官裁决的官吏、职员。

可能最大限度地作恶。世间就有一种人像虾子一样，不停地退向黑暗，他们不思前进，只是回头看生活，阅历只用来增加他们的扭曲形态，而且越变越坏，心肠越来越污黑丑恶。这一对男女就是这种人。

他们的大女儿叫作爱波妮，小女儿叫作阿兹玛。

一味恶狠并不能发财致富。这家客栈生意很清淡。

幸亏那个过路的女人拿出五十七法郎，德纳第才如期付款，免遭法院的追究。可是下月，他还是缺一笔钱；他的女人便带着珂赛特的衣物去巴黎，到虔诚山当铺当了六十法郎。这笔钱用完之后，德纳第夫妇就把小姑娘看成是好心收养的孩子，并以收养者的态度对待她，而且习以为常了。小女孩的衣物典当了，就给她穿德纳第家孩子的旧衣裙，也就是破烂的衣裙。还让她吃残羹剩饭，比狗食好点儿，比猫食差些。而且，猫狗往往与她共餐，珂赛特跟猫狗用同样的木盆，一起在餐桌底下吃饭。

一年还未到头，德纳第就说："她给了我们好大面子啊！她这七法郎能顶什么用呢？"于是，他写信去要求增加到十二法郎；他们在信中一再强调孩子很快乐，"一切均好"，孩子的母亲也就相信了，只好迁就，照寄十二法郎。

这期间，德纳第不知通过什么秘密途径打听到，那孩子可能是私生的，母亲不便承认，他就要求每月付十五法郎，说"那丫头"长大了，是个"吃货"，威胁要把她打发走。"她可别把我惹火啦！"德纳第嚷道，"我不管她搞什么鬼名堂，闯去把孩子往她怀里一丢。不给我加钱不行。"那孩子的母亲就照寄十五法郎。

一年又一年，孩子长大了，苦难也随之增长。

只要珂赛特还太小，她就是另外两个孩子的出气筒。稍微长大一点儿，也就是说连五岁还不到，她又成为这家的仆人。

过了这三年，那位母亲若是回到蒙菲郿看一看，肯定认不出她的孩子了。珂赛特刚到这家的时候，又美丽又红润，现在又枯瘦又苍白，她那样子难以形容，总像局促不安。"鬼头鬼脑！"德纳第夫妇如是说。

不公正的待遇使她性格暴躁，困苦的生活也使她变丑了。只剩下那对美丽的眼睛，显得那么大，似乎有无限的愁苦，看着令人难受。

可怜的孩子还不到六岁，冬天衣不蔽体，天不亮就抱着一个大扫把扫街，冻得小手通红，浑身发抖，大眼睛里闪着泪花，这情景见了确实令人心碎。

当地人叫她云雀。小姑娘比鸟儿本来也大不了多少，总是战战兢兢，神色惶恐，在全家乃至全村，每天早晨总是头一个醒来，天不亮就在街上或田里，而村里喜欢比喻的人就给她起了这个名字。

不过，这只可怜的云雀从来不唱歌。

悲惨世界

第四卷　下坡路

[一] 黑玻璃制造业一大进步

蒙菲郿村里人都说，那位母亲已经抛弃了她的孩子，然而，她究竟怎么样啦？她在哪里，又在干什么呢？

她把小珂赛特交给德纳第夫妇之后，又继续赶路，到达海滨蒙特伊城。

大家记得，那是在一八一八年。

芳汀离开家乡已有十年。海滨蒙特伊城已经改变了面貌。这期间，芳汀一步步走下坡路，渐渐陷入穷困的境地，而她的家乡却繁荣起来。

大约两年来，这座城市工业有了一项成就，这在小地方就是重大事件。

这件事关系重大，我们认为有必要详细叙述，几乎可以说应当着重介绍一下。

记不清从什么时代起，海滨蒙特伊有了一种特殊的工业，就是仿造英国的墨玉和德国的黑玻璃。这项工业发展始终非常缓慢，因为原材料昂贵，从而影响工人的收入。芳汀回到海滨蒙特伊城的时候，"黑玻璃饰品"制造业正进行一项空前的改革。一八一五年底，一个陌生男子来到这里落脚，在生产中提

悲惨世界

出用漆胶代替树脂,尤其在制作手镯方面,提出用接头靠拢的活扣环代替焊死的方法。这一小小的改动却是一场大变革。

这一极小的改动,的确大幅度降低了原材料的成本,这样,首先可以提高工资,给地方带来实惠;其次可以改进制作工艺,有利于消费者;三可以降低售价,而利润又增加两倍,厂主也有利可图。

因此,一个主意产生三种效果。

不到三年工夫,这种方法的发明人就发财了,这是好事儿,也使他周围的人全富裕起来了,这就是大好事了。他不是本省人。他的籍贯无从知晓,他前一段经历也不甚了了。

据说,他初到本城时,所带的钱很少,顶多有几百法郎。

他就是用这微薄的资本来实施那种巧妙的主意,再加上管理有方,考虑周全,终于赚了大钱,也给当地带来收益。

他初到海滨蒙特伊城,衣着、举止和谈吐,还是个地地道道的工人。

情况似是这样:十二月份一天傍晚时分,他背着行囊,手里拿着荆棍,悄悄地走进海滨蒙特伊这座小城,碰巧市政厅失火,火势很猛;这个人不顾生命危险,跳进火中救出两个儿童,正巧又是警察队长的孩子,因此也就没有检查他的通行证。从那时起,大家知道他名叫马德兰老爹。

[二] 马德兰

此人五十岁上下,总是心事重重,但对人十分和善。城里人能讲的只有这一点。

幸亏这项工业经他出色的改造，发展迅速，海滨蒙特伊城才成为重要的贸易中心。西班牙是重要的墨玉消费国，每年都来大量定货。在这项生意上，海滨蒙特伊几乎能跟伦敦和柏林竞争。马德兰老爹获利极高，第二年就建了一个大厂，有男女两个车间。衣食无着的人都可以去报名，准有活儿干，有面包吃。马德兰老爹要求男人要善良，女人要正经，无论男女都要诚实。他把男工女工分在两个车间，就是要让少女和少妇能够安分。这一点他规定得很死。可以说，唯独这一点他毫不宽容。他这种严格规定还基于一种特殊的考虑：海滨蒙特伊城有驻军，女人堕落的机会多得很。再说，他来到这里是件好事儿，他留在这里更是一种天佑。他来之前，这地方一片死气沉沉；现在这里人人都安居乐业，好比强劲的血液循环，不但温暖全身，而且渗透肌体的各部分。失业和穷困的现象不见了。多么不起眼的衣袋，也无不有一点儿钱；多么穷苦的人家，也无不有一点儿欢乐。

马德兰老爹雇用所有的人，他只要求一点：做诚实的男人！做诚实的姑娘！

马德兰老爹是这种经济活动的动力和中枢，前面说过，他发财，然而颇为奇怪的是，作为一个普通的商人，他主要关注的似乎根本不是钱财。他好像多是考虑别人，很少想到自己。到一八二〇年，他以个人名头，在拉斐特银行存了六十三万法郎。不过，他在为自己存下这六十三万法郎之前，已为这座城市和穷人用去了一百多万。

看到医院设备不足，他就给添了十个床位。海滨蒙特伊分上下两城,他居住的下城只有一所学校,校舍也是破烂不堪的危房。于是,他又另建了两所:一所男子学校,一所女子学校。他出钱给两名教员发津贴,数目是他们微薄薪金的两倍。有一天,他对一个感到奇怪的人说:"政府公务员首要的两种,就是乳母和小学教师。"他还出钱建了一个托儿所,当时这在法国还是新鲜事儿,另外还为老弱残废工人创办了救济基金。以他的工厂为中心,很快形成一个新的居民区,穷苦人家都纷纷搬来。他在这新区开设一个免费药房。

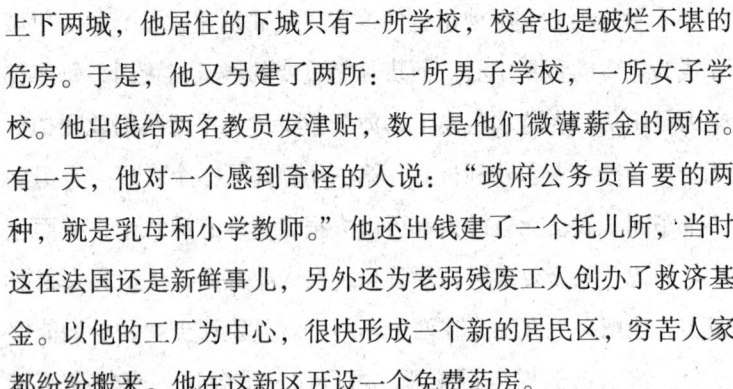

当初看到他创办工厂,好心肠的人就说:这家伙想发财。可是,看到他发财之前先让这个地区富起来,那些好心肠的人又说:他是个野心家。这种说法很有可能,因为这人信教,甚至在一定程度上还参加宗教活动,这在当时是备受赞扬的行为。

然而到了一八一九年,有一天早晨,城里忽然传说马德兰老爹由省督举荐,考虑到他对地方的贡献,不久要被国王任命为海滨蒙特伊的市长。那些断言这个外来者是个"野心家"的人,听到这个消息正中下怀,立刻抓住机会,激愤地叫嚷:"怎么样,让我们说中了吧?"这事儿在海滨蒙特伊闹得满城风雨,而传闻也是有根据的。几天过后,委任令果然在《公报》上刊登出来了。不料第二天,马德兰老爹却辞谢不受。

就在一八一九年这一年,用马德兰发明的新方法制造的产品,在工业展览会上展出了。国王根据评委会的报告,将荣誉团勋章授予这位发明人。小城里又议论开了。哦!原来他是想要勋章!不料,马德兰老爹连勋章也拒不接受。

毫无疑问，这个人是个谜。那些好心肠的人只好用这话搪塞，不管怎么说，他是个冒险家。

他给这地方带来很多好处，给穷人带来一切。这是有目共睹的。这个人太有用了，到头来大家都不能不尊敬他；这个人也太和善了，到头来大家都不能不喜爱他；尤其他那些工人，对他更是敬佩得五体投地。然而，他接受这种敬佩时，却是一副忧郁而严肃的神情。一旦确认他是富翁、"上流社会人士"，大家见面就同他打招呼了，在城里称他马德兰先生。可是，他那些工人和一般儿童仍旧叫他马德兰老爹，这是最能令他解颐的事儿。他的地位越来越高，请柬也就像雪片儿一样飞来。"上流社会"需要他。海滨蒙特伊那些装腔作势的小客厅，当初对这名工匠自然闭门不纳，如今面对这位百万富翁却敞门欢迎了。他们一再殷勤邀请，而他都一一谢绝。

即便如此，还堵不住那些好心肠的人的嘴。"他是个愚昧无知、没受过什么教育的人。不知道他是从哪儿来的。到交际场上，他会不知所措。他识不识字还很难说呢。"

那些人啊，看到他赚钱，就说他是个商人；看到他往外撒钱，就说他是个野心家；看到他谢绝荣誉，就说他是个冒险家；看到他谢绝社交活动，又说他是个野蛮人。

到了一八二〇年，是他来到海滨蒙特伊的第五个年头，由于他对当地的贡献太突出了，大家的愿望完全一致，国王再次任命他为市长，他又辞谢，但是这回，省督坚持成命，当地所有名流都来恳请，老百姓也聚集在街头请愿，敦请的场面十分热烈，最终他不得不接受了。有人注意到，促使他下此决定的,似乎主要是一个平民老太婆的话。那老妪站在家门口,几乎气冲冲地对他喊道:"一个好市长,是有用的。要干好事怎么能往后退呢?"

这是他升迁的第三阶段。马德兰老爹成为马德兰先生,马德兰先生又成为市长先生。

[三] 在拉斐特银行的存款

身为市长,他仍然那么朴实,一如初到的那天。他头发花白,眼神严肃,面孔还像工人那样呈褐色,若有所思的神态像个哲学家。他常戴一顶宽檐帽,穿一件粗呢长礼服,一直扣到领口。他履行市长的职责,下班之后便独来独往。他不大同人说话,总躲避寒暄虚礼,遇见人就侧身略一施礼,然后匆忙避开。他微笑是要避免交谈,他给钱是要避免微笑。妇女都说他:"多么善良的一只熊!"他的兴趣就是到田野里散步。

他总是独自用餐,眼前摊开一本书,边吃边看。他有一个做工精美的小书橱。他喜欢书,书籍是冷淡却又可靠的朋友。随着财富增加,空闲时间也多了,他似乎用来学习,提高智慧。别人注意到,他来到海滨蒙特伊之后,谈吐一年比一年更谦和,更文雅,更平易了。

他善气迎人又神情忧郁。老百姓都说:"这个人富有,态度却不傲慢;这个人幸福,神情却不快活。"

有人还窃窃私议他有"巨款",存在拉斐特银行可以随时提取,甚至还补充说,没准儿哪天上午,马德兰先生跑到拉斐特银行,签一张收据,只用十分钟,就能提走他的两三百万法郎。而其实,那"两三百万"要大大缩减,我们说过,只有六十三四万。

[四] 马德兰先生服丧

一八二一年初,报纸刊登了一则讣告:迪涅主教米里哀先生,别号"卞福汝主教大人"入圣了,享年八十二岁。

海滨蒙特伊地方报纸转载了他去世的讣告。第二天,马德兰先生就全身换上黑服,帽子上也缠了黑纱。

一天晚上,这个小小的上流社会的一位夫人,自以为年序最长,资格最老,有权垂问,便贸然问他:

"市长先生一定是已故迪涅主教的表亲啦?"

"不是,夫人。"马德兰先生回答。

"那您怎么为他服丧呢?"老妇人又问道。

"因为我年轻的时候,在他家里当过仆人。"他又答道。

大家还注意到一个情况:只要给人通烟囱游串四乡的萨瓦少年经过本城,市长先生就要派人叫来,问清姓名,给些钱打发走。这消息一传十,十传百,许多萨瓦少年都要经过这地方。

[五] 天边隐约的闪电

马德兰先生走在街上,神态平静而亲热,被众人感恩的话所包围,时常遇见一个高个子的人,那人穿一身铁灰色礼服,拿一根粗手杖,头戴一顶垂边帽,同马德兰先生交叉而过,又猛地转过身,目送他直到望不见为止。那人叉着双臂站在那里,缓缓地摇着头,上下嘴唇撅到鼻子下,那副怪相分明是说:"这个人究竟是干什么的呢?……我一定在什么地方见过。……不管怎样,我是不会让他骗过去的。"

他神态严肃,带几分威严,属于哪怕匆匆一见也令人不安的那种人物。

悲惨世界

他叫沙威,是警察局的。

阿斯图里亚斯那地方的农民都确信,在一窝狼崽子里,必有一只属狗性,要被母狼咬死,否则它长大会吃掉其他小狼。

这条狼生的狗崽子,加上一副人的面孔,就是沙威了。

沙威生在监狱,母亲是用纸牌算命的人,父亲是个苦役犯。他长大之后,就想到自己处于社会之外,无望回到社会中了。他注意到社会注定要把两类人排斥在外:攻击社会的人和保卫社会的人;他只能在这两类人之间作出选择,同时却觉得,自己身上有一种说不出来的刻板、规矩而廉正的特质,而对于他出身的游民阶层,却怀着一种难以言传的仇恨。于是,他当了警察。

他干得出色,四十岁上升为探长。

他年轻时,在南方的监狱里任过职。

往下深谈之前,我们先来弄清刚才加给沙威"人面"的说法。

沙威的人面上长着一个塌鼻子,鼻孔很深,鼻孔边往外延伸两大片络腮胡子,初看像两片森林和两个石窟,让人感到不自在。沙威难得一笑,但是笑起来样子狰狞可怕:两片薄嘴唇张开,不但露出牙齿,还露出牙床,鼻子四周像猛兽的嘴那样，也会起扁圆野性的皱纹。沙威表情严肃时是猎犬，笑起来时是只猛虎。此外，他的腭骨宽阔，头盖骨扁平，头发遮住前额，垂至眉睫，双眼之间常皱起一个疙瘩，犹如一颗怒星，目光阴沉，嘴唇闭得紧紧的，令人生畏，总而言之，是一副恶面凶相。

这个人由两种情感构成：尊敬官府，仇视反叛。这两种情感本来很朴实，也相当好，然而他做得过分，就几乎变坏了。在他眼中，偷盗，杀人害命等所有犯罪都是反叛的形式。凡是在官府任职的人，上自内阁大臣，下至乡村巡警，他都盲目地深深地信赖。而曾一度犯过法的人，他一概予以鄙视、憎恨和厌恶。他事事走极端，不承认例外。沙威清心寡欲，认真严厉，有一副若有所思的忧伤神态，像狂热信徒那样又恭顺又倨傲。他的目光就是一根钢钻，闪着寒光，透人心脾。他一生只包含在两个词中：警戒和监视。

沙威好似始终盯着马德兰先生的一只眼睛，一只充满怀疑和猜测的眼睛。后来，马德兰先生也发觉了，但是他毫不在意，甚至没有问一问沙威，既不接近也不躲避他，承受这种令人发窘而几乎无法忍受的目光，又显得并没有注意。他对待沙威，像对所有人那样又自然又和善。

从沙威流露出来的口风里，可以猜出他带着他那种人所特有的好奇心，半由于本能半出于自愿，暗中调查过马德兰老爹从前在别处可能留下的痕迹。他似乎查出了底细，有时还用隐晦的话，说是某人去某个地方，了解某个消失的家庭的某些情况。有一回，他还自言自语地说："我相信抓住他啦！"继而，一连想了三天,没讲一句话,仿佛他以为掌握的线索中断了。

此外,在此有必要纠正一些词语可能表现出的绝对意义。一个人不可能真正做到万无一失,而本能的特点,恰恰容易受干扰,容易迷失方向并误入歧途。否则的话,本能就高于智慧,禽兽就比人聪明了。

显而易见,沙威看到马德兰先生衣着那么自然,神态那么安详,不免有些困惑不解。

然而有一天,他那怪异的行为,似乎震动了马德兰先生。当时的情况是这样的。

[六] 割风老爹

一天早晨,马德兰先生经过海滨蒙特伊城一条未铺石的小街,听见呼噪声,望见远处有一堆人。他赶过去只见马倒车翻,一个叫割风老爹的老头儿被压在车底下了。

割风这个人,是当时少数还同马德兰先生作对的一个冤家。他是农民出身,粗通文墨,当过乡间小吏,在马德兰初到这地方的时候,他的生意正在走下坡路。割风眼睁睁看着这个普通工人富起来,而自己这个老板却濒临破产了。因此,他嫉妒得要命,一有机会,就竭力毁损马德兰。后来他破产了,又上了年纪,只剩下一辆马车和一匹马,没有家室也没有儿女,为了生计只好赶大车。

那匹马两条后腿骨折了,爬不起来,而老头儿正卡在两个轮子中间,他一跤跌到车下,不巧让整个一辆车压住胸膛。割风老爹喘不上气,连声惨叫。有人试着要把他拉出来,但是徒劳，用力不得当，救助不得法，车子一倾斜，就可能结果他的性命。只能从下面把车顶起来，否则救不了他。沙威在出车祸时，也突然赶来，他叫人去找一个千斤顶。

马德兰先生来到。围观的人都恭敬地让开一条路。

"救命啊！"割风老头儿呼叫，"哪个孩子心好，救救老头儿？"

马德兰先生转身，问围观的人："有千斤顶吗？"

"有人去拿啦。"一个农民答道。

"要多长时间才能拿来？"

"去最近的地方，到弗拉绍那里，那儿有个铁匠，不管怎样，也得足足等上一刻钟。"

"一刻钟！"马德兰高声说。

头一天下过雨，地湿透了，车子不断往下沉，越来越压迫老车夫的胸膛。显而易见，过不了五分钟，他的肋骨就会给压断。

"等一刻钟可不行。"马德兰对瞪眼看着的农民说。

"就得等着。"

"那就来不及啦！你们没有瞧见车子往下陷吗？"

"当然看见啦！"

"大家听着，"马德兰又说道，"车下面有空地儿，能容一个人爬进去，用背把车顶起来。只用半分钟，就能把这个可怜的人救出来。这里哪个有劲儿又有胆量？能得到五个金路易！"

人堆里谁也没有动弹。

"十个路易。"马德兰又说。

在场的人纷纷垂下目光。其中一个咕哝道：

"那得大力士来才行。再说，弄不好自己也给压死！"

"来吧！"马德兰又说道，"二十路易！"

还是没人应声。

"不是大家不肯帮忙。"一个声音说。

马德兰转身一看，原来是沙威，他刚到时没有看见。

沙威接着说道："只是没有那么大力气。用背把大车拱起来，要力大无比的人才做得到。"

说罢，他凝视马德兰先生，又一字字加重语气说道："马德兰先生，我只认识一个人，能按照您的要求做。"

马德兰不禁一抖。

沙威眼睛始终盯着马德兰，又若不经意地加了一句：

"他从前是苦役犯。"

"唔！"马德兰应了一声。

"在土伦的苦役犯监狱里。"

马德兰的脸色刷地白了。

这工夫，大车还慢慢地往下陷。割风老爹倒着气号叫：

"我要憋死啦！肋骨要压断啦！千斤顶！找点儿什么东西来！噢！"

马德兰扫视一周："没人肯赚这二十路易，救这个可怜的老人吗？"

在场的没人动弹。沙威又说道：

"我只认识一个人能代替千斤顶，就是那个苦役犯。"

"噢！我就要被压死啦！"老人叫喊。

马德兰抬起头，又遇见沙威死盯住他的那对鹰眼，瞧了瞧伫立不动的农民，苦笑了一下，然后，他一言未发，双膝跪下，未待围观的人惊叫，就钻进车下。

这一刻等待惊心动魄，大家都敛声屏息。

只见马德兰几乎趴在这骇人的重载下面，收拢双肘和双膝，两次往上用力都徒然。有人冲他喊："马德兰老爹！快从下面出来吧！"割风老头儿也对他说："马德兰先生！出去吧！喏，命里该着我死啦！丢下我吧！您别跟着压死在下面！"马德兰不应声。

围观的人都屏住呼吸。车轮还继续往下陷，马德兰再想从车下爬出来已经不可能了。

突然，大家看见那庞然大物摇动了，货车慢慢升起来，车轮也从辙沟里出来半截了，只听一个窒息的声音喊道："快，快！帮把手！"那正是马德兰，他使出了最后一点儿力气。

大家一拥而上。一个人奋不顾身，激发所有人的力量和勇气。大车被众多的手臂抬起来。割风老头儿得救了。

马德兰也站起来，他大汗淋漓，却脸色铁青，衣服撕破了，沾满了泥水。众人都流下眼泪。老人吻着他的双膝，称呼他是仁慈的上帝。然而，他脸上的表情难以描摹，是一种透出快慰的极痛深悲；他的目光平静，注视着一直死盯着他的沙威。

[七] 割风在巴黎当园丁

割风从车上摔下去膝骨脱臼了。马德兰老爹叫人把他送进医疗室。那医疗室是为本厂工人设置的，就在工厂大楼里，由两名修女照看。次日早晨，割风老头儿发现床头柜上有一张一千法郎的支票，附了马德兰老爹亲笔写的一句话："我买下您的车和马。"其实，车已经散了架，马也死了。割风医好了伤，膝盖却僵直了。马德兰先生通过两位修女和本堂神甫的介绍，将老头儿安置到巴黎圣安托万区女修道院当园丁。

芳汀回乡时，没人记得她了，幸好马德兰先生工厂的大门好似友人的面孔，她去报名做工，被收录到妇女车间。

[八] 维克图尼安太太为道德花了三十五法郎

芳汀看到自己能谋生了，一时很高兴。正正经经地自食其力，这是上天赐予的多大的恩惠啊！她真的恢复了劳动的乐趣。她买了一面镜子，欣赏自己的青春，欣赏美丽的头发和美丽的牙齿，从而忘却许多事，只想珂赛特和可能的未来，还真感到几分幸福。她租了一间小屋，又以将来的工资为担保，赊账买了些家具：这是她浮浪习惯的残余。

她不能讲自己结了婚，就绝口不提自己的小女儿，这一点在前面已经透露过了。

我们也已看到，起初阶段，她总能按时向德纳第家付款。她只会签名，就不得不让摆摊儿的先生代写书信。

她时常寄信，就引起注意。妇女车间里，有人开始悄悄议论，说芳汀"常写信"，"行为有点怪"。

因此，有人注意观察芳汀。

代写书信的老先生，是个肚子里不灌满红酒，就不会把秘密倒出来的老东西，把他请到酒馆里一灌，他就全说出来了。总之，他们了解到芳汀有一个孩子。"大概是个丫头。"有一个好事的老婆子，还真往蒙菲郿走了一趟，跟德纳第夫妇谈了话，回来就说："我花了三十五法郎买了个明白。我见到那孩子啦！"

干这件事的老婆子是个母夜叉，叫作维克图尼安太太，自诩为所有人节操的守护和卫士。

发生这些事情，也就过去了一段时间。芳汀到工厂干活儿有一年多了，一天早晨，车间女管理员按市长先生的吩咐，交给她五十法郎，说她不算工厂的人了，而且市长先生要求她离开本地。

恰巧在这个月，德纳第夫妇要价从六法郎涨到十二法郎之后，又要求付十五法郎。

芳汀惊呆了。她不能离开这地方，还欠房租和买家具的钱，五十法郎不够清债的。她结结巴巴哀求了几句。那管理员却叫她立刻从车间出去。芳汀毕竟只是个极普通的工人。她非常痛苦，更受不了这种侮辱，便离开车间，回到自己的住处。她的过失，现在已经尽人皆知啦！

她觉得没有勇气再说什么了。有人劝她去见见市长，她不敢前往。市长先生给她五十法郎是因为心地善良，赶她离开是因为办事公正。这样一项决定她只好屈服。

[九] 维克图尼安太太得逞了

不过，马德兰先生根本不知道这件事。

悲惨世界

芳汀在当地挨门挨户自荐当用人,但是没人雇用。她又不能离开这座城市。卖给她家具(什么家具啊)的那个旧货商对她说:"您若是走了,我就叫人把您当贼抓起来。"从此她没有工作,又无依无靠,家徒四壁,仅有一张床铺,还欠着约一百法郎的债务。

她开始为卫戍部队士兵做粗布衬衫,每天可以赚十二苏。女儿要用去十苏。正是这时候,她不能按时寄钱给德纳第夫妇了。

在这种苦境中,有小女儿在身边,自然是莫大的幸福。她真想把女儿接来。可是接来干什么?跟她一起受苦吗?再说,她还欠德纳第家的钱!如何还清呢?还有旅费!怎么付呢?

开始一个阶段,芳汀深感羞愧,不敢出门。

如同过惯了清贫生活一样,她也必须习惯别人的蔑视。两三个月之后,她就克服了耻辱心,若无其事地出门上街了。

维克图尼安太太有时看见她从窗下经过,注意到"这个坏女人"遭难了,不禁自鸣得意,心想多亏了自己,那女人才"回到原来的地位上"。恶人自有邪恶的快乐。

芳汀干活过度劳累,干咳越来越厉害了。

[十] 得逞的后果

芳汀挣得太少,入不敷出,债越背越重。德纳第夫妇未能按时足数收到钱,就总写信来,信中内容令她伤心,信中的要求会让她破产。有一天,他们写信来,说她的小珂赛特在冷天一件衣裳也没有,孩子需要一条羊毛裙,母亲至少得寄十法郎才能买一条。芳汀收到信,拿在手中揉搓了一整天。到了晚上,她走进街角的一个理发馆,取下梳子,一头令人赞叹的金发一直垂到腰上。

"这头发真美!"理发匠高声赞道。

"您肯出多少钱?"芳汀问。

"十法郎?"

"剪吧。"

德纳第收到裙子,立刻火冒三丈。他们要的是钱,于是把裙子给爱波妮穿了。可怜的云雀继续冻得发抖。

芳汀心想:"我的孩子不再冷了。我给她穿上我的头发了。"她自己则戴上小圆帽,盖住光头,这样看上去还是很美。

芳汀心中越来越暗淡了,她看到自己不能再梳头发,就开始怨恨周围的一切。在很长一段时间,她跟所有的人一样敬重马德兰老爹;然而,她心里一个劲儿地重复,是他把她赶走的,是他造成她的不幸,重复到后来也恨起他了,还尤其恨他。她在工人聚在工厂门口的时刻经过那里,故意又笑又唱。

有一天,她收到德纳第夫妇一封信,信中这样写道:

"珂赛特病了,患了一种地方病,叫粟粒热。必须吃贵药,这下子把我们家给毁了,我们付不起药费。一周之内您不寄来四十法郎,小姑娘就死定了。"

看完信,芳汀哈哈大笑,对邻居老太婆说:

"哈!他们心肠真好!四十法郎!只要这么点儿!就是两个金路易!我到哪儿去拿呢?这些乡巴佬,都没长脑子!"

然而,她走到楼梯,还凑近天窗又看一遍。

接着,她冲下楼梯,跑出去,边跑边跳,还笑个不停。

有个人碰见她,问道:"您有什么事儿这么高兴?"

她答道:"两个乡巴佬刚给我写来一封信,说了天大的蠢话。他们向我要四十法郎!乡巴佬,算了吧!"

她经过广场时,看见许多人围着一辆造型很怪的马车。一个穿红衣服的男子站在车顶上,正在摇唇鼓舌。那是个走江湖的牙医,正兜售整套假牙、牙膏、牙粉和药酒。

芳汀挤进人群,边听边跟大家一起大笑。那拔牙的郎中胡吹胡侃,既讲下层人熟悉的江湖话,又讲体面人能懂的俗语,他看见这个咧嘴大笑的漂亮姑娘,就突然高声说:"站在那边笑的姑娘,您的牙齿真漂亮。您若是肯卖您那两个门牌,每个我出一个金路易。"

"我的门牌,是指什么呀?"芳汀问道。

"门牌嘛,"牙科医生回答,"就是上排前头的两颗门牙。"

芳汀逃开,捂住耳朵不听,可是,那人沙哑的声音却冲她喊:"想想吧,美人!两枚拿破仑金币,能办不少事儿。您若是同意,今晚儿就到'银甲板'客栈,在那儿能找见我。"

她回到屋里,又向在她身边做活儿的玛格丽特说:

"粟粒热是怎么回事儿?您知道吗?"

"知道,是一种病。"那老姑娘回答。

"那种病要吃很多药吗?"

"嗯!要吃猛药。"

"那种病是怎么得的?"

"不知怎么就得上了。"

"孩子也得那种病吗?"

"孩子最容易得。"

"能死吗?"

"很容易死。"玛格丽特答道。

到了晚上,她下了楼,只见她朝客栈集中的巴黎街走去。

次日清晨,天没亮玛格丽特就来了,平时她俩总在一起做活儿,只点一支蜡烛就够了,老太婆这次走到芳汀的房间,看见她坐在床上,脸色惨白,浑身冻僵了。她没有睡觉,布帽落在双膝上。蜡烛点了个通宵,差不多烧完了。

玛格丽特走到门口,就被这异常混乱的景象惊呆了,高声说道:"天主啊!蜡烛全烧完啦!出什么事儿啦!"

然后,她打量芳汀,而芳汀也把没了头发的脑袋转过来。

一夜工夫,芳汀老了十岁。

"耶稣啊!"玛格丽特问道,"您怎么啦,芳汀?"

"我没什么,"芳汀回答,"倒是我的孩子有救了:那种病真可怕,不治就没命了。现在我放心了。"

她说着,就指给老姑娘看在桌子上闪闪发亮的两枚金币。

"啊,耶稣上帝呀!"

玛格丽特叹道:"这不是发财啦!这些金币您是从哪儿弄来的?"

"反正我弄到手了。"芳汀答道。

她边说边微笑。烛光照亮她的脸。这是流血的微笑,淡红的涎水弄脏嘴角,口中有个黑洞。

两颗门牙拔掉了。

四十法郎她寄往蒙菲郿。

那不过是德纳第夫妇骗钱的一个计谋，其实珂赛特并没有害病。

芳汀把镜子从窗户扔出去了。她早已从三楼的单间搬上只有木门闩的阁楼：这类阁楼屋顶和地板构成斜角，稍一走动就碰脑袋。穷苦人要逐渐弯腰，才能走到屋子的尽头，如同走到命运的尽头。床铺没了，只留下她叫作被子的一大块破布、一张铺在地下的睡垫以及一把坐垫露麦秸的破椅子。一盆枯萎的小玫瑰，遗忘在角落里。另一角落有一个奶油盆，现在用来盛水，冬天结了冰，一圈圈高低不等的冰碴儿长时间标示水面的高低。她早已丢掉廉耻，现在又丢掉修饰。这是最后的标志。她戴着脏帽子就出门。不知是没时间，还是满不在乎，衣裙破了她不再缝补了。袜跟磨破，就往鞋里褪一截，这从袜子的几条竖纹上就能看出来。她那件胸衣又旧又破，用零碎布头补了又补，稍一动弹就会撕开。债主们总跟她吵闹，不让她消停片刻。她在街上常碰见他们，在楼梯上也常碰见他们。她往往整夜啜泣，整夜冥思苦想。她的眼睛非常明亮，左肋靠上一点儿疼痛不止，咳嗽也很厉害。她恨透了马德兰老爹，但是不发怨言。她做衣裳每天干十七个钟头，但是一个监狱包工用女囚犯干活压低了工钱，自由女工每天就只能挣九苏了。一天干十七个钟头，只挣九苏！逼债的人越发冷酷无情。那个旧货商几乎把她的全部家具搬走了，见面还不断对她说："你什么时候付我钱，臭娘们儿。"仁慈的上帝啊，别人还要把她逼到什么份儿上？她感到自己被人追捕，产生了困兽的心理。就在这种时候，德纳第又写信来，说他仁至义尽，等待一百法郎欠款，必须马上付清，否则就把小珂赛特赶出门，不管她病刚好，在大冷天里往哪儿走，冻死饿死随她便。"一百法郎！"芳汀心想，"可是，到哪儿去找工作，一天能挣五法郎呢？"

"豁出去啦！全卖了吧！"她说道。

这个苦命人做了公娼。

[十一] 基督解救我们

惨剧发展到这一地步，芳汀已不复存在，根本不是从前那个人了。她变成污泥的同时，也化为石头了。触摸她的人感到寒气逼人。她经过一下，以身相事，却不问你是什么人，她完全是一尊受屈辱而又冷峻的雕像。生活和社会秩序已经给她下了最后的判语。该发生的事情都发生了：她什么都感受了，什么都忍受了，什么都经受了，什么苦都吃过了，什么都失去了，什么都哭过了。她逆来顺受，而这种逆来顺受类似无动于衷，正如死亡类似睡眠。她再也不躲避什么了，再也不怕什么了。漫天大雨都浇在头上，全部海洋都倾泻在身上，又有什么关系！她是一块浸泡水的海绵。

至少她是这么想的，不过，想象自己穷尽了命运，接触到了什么东西的底端，那就大错特错了。

唉！这种种命运，乱纷纷受到驱使，究竟是怎么回事儿呢？要走向何处呢？为什么会这样呢？

了解这些情况的，就是洞悉全部黑暗者。

他是独一无二的。他叫上帝。

[十二] 巴马塔林先生的无聊

雪后的一天晚上,一个公子哥儿,正在调戏一个女人。那女人穿着舞裙,上身开领很低,头上插着花,在坐满军官的咖啡馆玻璃窗前走来走去。那公子哥儿吸着烟,不用说那很时髦。

那女人每次从他面前经过,他就喷她一口烟,同时甩一句自以为诙谐有趣的风凉话,诸如:"你可真丑啊!""你还不快躲起来!""你没牙啦!"等等,不一而足。那个先生叫巴马塔林。那个愁眉苦脸、打扮得妖里妖气的女人,在雪地上走来走去,并不答理他,连瞧都不瞧一眼,照样默默地徜徉。她的脚步均匀而沉郁,每隔五分钟就受一次嘲弄,如同受罚的士兵按时来受鞭笞一样。那个闲得无聊的人见他的嘲笑没什么效果,不免恼火,就趁她转过身去的工夫,憋住笑,蹑手蹑脚地跟上去,弯腰从地上抓起一把雪,猛地从她赤裸的肩膀中间塞进后背里。那妓女吼叫一声,转过身来,像豹子似的一蹿,扑到那男人身上,用指甲抓破他的脸,同时臭骂他,骂的话十分下流,不堪入耳,从她口里倾泻出来,嗓音因酒精中毒而嘶哑,而口里又缺两颗门牙,的确非常丑恶。她便是芳汀。

那些军官听见打斗的喧闹声,都蜂拥着从咖啡馆里出来,行人也聚拢来,他们围了一大圈儿,又笑又叫,还为之鼓掌,而圈里那两个人扭作一团,很难分清是男女相斗。那男人只有招架之功,帽子掉在地上;那女的拳打脚踢,帽子也丢了,只见她豁牙露齿，又没有头发，脸色气得发青，扯着嗓子喊叫，真是可怕极了。

突然，一条大汉从人群里冲进去，一把揪住那女人沾满泥水的缎衫，对她说了一声："跟我走！"

那女人抬头一看，她那咆哮声戛然止息，眼睛也没神了，脸色由铁青转为死灰，而且吓得魂不附体。她认出是沙威。

那个公子哥儿乘机溜掉了。

[十三] 警察局处理问题

沙威分开围观的人，拖着那个不幸的女人，大步走向广场另一边的警察局。

芳汀一进来，便走到角落里，颓然缩成一团，一动不动，一声不吭，如同一条害怕的狗。

一名士官拿来一支点燃的蜡烛，放到办公桌上，沙威坐下，从衣袋里掏出一张公文纸，开始写起来。

他写完了签上名，将纸折起来，交给值勤的士官，对他说道："带三个人，将这个婊子押进牢里。"他转身又对芳汀说："你要关上六个月。"

那不幸的女人浑身战栗，号叫起来：

"六个月！六个月关在牢里！六个月，每天只能挣七苏！我的珂赛特可怎么办啊！我的女儿！我的女儿！我还欠德纳第家一百多法郎，探长先生，这情况您知道吗？"

她合拢双手，跪在所有男人的泥靴踏湿了的石板上，用双膝大步往前爬行。

"沙威先生,"她说道,"求您开开恩吧。我敢保证我没有过错。您若是看到开头的情况,就会明白啦!我向仁慈的上帝发誓,我没有过错。我的珂赛特呀,我的慈悲圣母的小天使,可怜的小宝宝,她怎么办呢?告诉您说吧,德纳第那家人,是开客店的,是乡下人,不讲什么道理不道理,他们只要钱。不要把我投入监狱!请想一想,一个小女孩儿,让人丢在大路上,又是天寒地冻,到处流浪,善良的沙威先生,这种情况怎不让人可怜!她人大一点儿,还可以自己养活自己,可是,她那小小年龄不可能。其实,我并不是坏女人。我落到这一步,并不是因为好吃懒做。"

她身子弯成两折,不住地抽动,泪水模糊了眼睛,胸口裸露,双手绞来绞去,就这样哭诉,结结巴巴,低声下气,还不断地干咳,就像要咽气一样。极痛深悲是一道神威之光,能改变悲惨之人的形象。在这一时刻,芳汀重又变美了。她时而住声,深情地吻这名警探的下摆。她能打动一颗花岗岩的心,然而一颗木头的心是不会软的。

"好啦!"沙威说道,"我听你陈述了,全讲完了吧?现在走吧!你得关上六个月。永恒的天父亲自来这儿,也无能为力了。"

"永恒的天父也无能为力了",她听见这句庄严的话,就明白判决宣布了,于是瘫在地上,有气无力地说:"饶了我吧!"

沙威转过身去。

几名警察扭住芳汀的胳膊。

几分钟之前进来一个人，谁也没有注意。他关上门，靠在上面，听见了芳汀苦苦的哀告。

警察上前扭住这个不肯起来的不幸女人，这时，他跨了一步，从暗地走出来，说了一声："请等一下！"

沙威抬头一看，认出是马德兰先生，他脱下帽子，不自然而又有点恼怒地向他敬礼："对不起，市长先生……"

这一声"市长先生"，在芳汀身上产生奇异的效果。她就像从地下钻出的僵尸，忽地站起来，两臂推开警察，未待他们阻拦，就径直走向马德兰先生，眼睛直愣愣地瞪着他，喊道："哼！市长先生，原来就是你呀！"

接着，她放声大笑，朝他脸啐了一口。

马德兰先生揩了揩脸，又说道："沙威探长，把这女人放了。"

这时候，沙威感到自己要发疯了。此刻，他接连感受到有生以来最强烈的，几乎同时混杂而来的震撼。目击一个公娼啐一位市长的脸，这件事简直荒谬到了极点，无论怎样大胆设想，哪怕相信会发生这种事，他也认为是一种亵渎。另一方面，他在思想深处却隐约而丑恶地拉近这两者，拉近这个女人的状况和这位市长可能的身份，于是他在这种大不韪的冒犯中，恐惧地看出一点极为简单的什么情由。等到这位市长，这位行政官平静地擦脸，并且说"把这女人放了"，沙威见了不禁愕然，仿佛一时目眩，不能思考也说不出话来：这种惊愕超出了他可能承受的限度。他呆若木鸡。

这句话给芳汀的震动也同样怪异。她抬起赤裸的胳臂，抓

住炉门的扳手,好像站立不稳似的。同时,她四面张望,又仿佛自言自语,低声说道:

"放啦!放我走!我不去坐六个月牢啦!这话是谁讲的?谁也不可能这么说。我听错了。这个魔鬼市长不可能讲这话。是您吧,善良的沙威先生,是您说的放了我吧?唔!瞧着吧!我对您说了,您就放我走。这个魔鬼市长,这老浑蛋市长,他是整个事情的祸根。您想想看,沙威先生,是他把我从工厂里赶出来!就因为他听信了工厂里那些臭女人胡说八道。一个可怜的女人,老老实实地干活,却被开除啦!这不是非常残忍吗?这样,我挣的钱就不够用了,厄运也就来了。首先,警察局这些先生应当改善一点,就是禁止监狱那些包工来坑害穷人。喏,这事儿我一说您就明白。您做衣服每天挣十二苏,可是一下子减到九苏,就没法儿活了。这样,要活下去什么都得干。我呢,我还有个孩子珂赛特,被逼无奈,我才成为坏女人。现在您明白了,我的不幸,完全是这个浑蛋市长造成的。"

沙威一直伫立不动,目光垂视地面,仿佛一尊雕像放在这个场合,极不适当,等待搬到别处去。

拉门闩的声响把他惊醒,他抬起头,神态极其威严。职权越低,这种神态越凶,表现在猛兽面上是凶猛,表现在小人脸上是凶残。

"警士!"他喊道,"您没看见那坏女人要走吗!谁跟您说放她走的?"

"我。"马德兰说道。

芳汀听见沙威的声音，浑身不禁颤抖，放下门闩，就像被捉住的小偷丢下偷窃的物品。听见马德兰的声音，她又转过身来，从这时候起，她不吭一声，甚至不敢出大气儿，目光来回转移，从马德兰到沙威，又从沙威到马德兰，随着哪位说话而定。

显而易见，沙威到了常言说的"怒不可遏"的程度，才敢在市长要求释放芳汀之后，还气指颐使地申斥警士。居然到了无视市长在场的程度吗？难道他最终确认一位"行政官"不可能发出这种命令，市长先生肯定无意中说走嘴了吗？抑或这两小时，他目睹了骇人听闻的事情，心想必须采取决断，要小人物充当大人物，警探扮演行政官，警察变成法官吗？而且在这种紧急关头，秩序、法律、道德、政府、整个社会，要在他沙威身上体现出来吗？

不管怎么说，马德兰先生讲的"我"字一出口，沙威探长便转向市长，只见他脸色苍白，表情冷峻，嘴唇发青，目光凶顽，浑身不易觉察地微微颤抖，而且见所未见的是，他说话眼睛垂视，但是口气坚决："市长先生，这样处理不行。"

"什么？"马德兰先生问道。

"这个疯女人侮辱了一位绅士。"

"沙威探长，"马德兰先生声调委婉平和，又说道，"听我说。您是个正直的人，不难向您解释。事实是这样，您带走这个女人的时候，我刚巧经过广场，围观的人还没有全散，经过调查，我全了解了，是怪那位绅士，好警察应当逮捕他。"

沙威又说道："这个贱货又侮辱了市长先生。"

"这是我的事儿,"马德兰先生答道,"对我的侮辱也许属于我的。我愿意怎么处理都行。"

"我请市长先生原谅。对市长的侮辱不属于市长,而属于法律。"

"沙威探长,"马德兰先生反驳,"首要的司法,是良心。我听了这个女人的陈述,我明白我所做的事。"

"市长先生,请允许……"

"不要讲了。"

"然而……"

"出去!"马德兰先生说道。

沙威像个俄国士兵,站立着迎面挺胸接受这一打击。他向市长先生一躬到地,便往外走。

芳汀闪开门口,惊愕地看着他从面前走过。

这工夫,她也受到震撼,感到难以名状的惶恐。她看见在某种程度上,自己成为两种相反力量的争夺对象。两个人在她眼前搏斗,他们掌握着她的自由、生命、灵魂和她的孩子,一个人要把她拖向黑暗,一个人要把她拉向光明。这场搏斗通过她恐怖的视觉扩大了,这二人好似两个巨人,一个讲话的口气像是她的恶魔,另一个讲话的口气就像她的守护天使。天使战胜了恶魔。然而,一个情况令她从头到脚战栗:这个天使,这个救星,恰恰是她深恶痛绝的人,恰恰是这位市长——她长期认作造成她全部苦难的罪魁祸首,恰恰是这个马德兰!就在她无耻地辱骂了他之后,他却救了她!难道她弄错了吗?难道她应该改变整个灵魂吗?……她弄不清楚,只是浑身颤抖。她越听越不知所措,越看越心惊胆战。马德兰先生每讲一句话,芳汀都感到仇恨的可怕黑影在她身上融化并消散,同时内心不知萌生什么感觉,既温暖又不可言喻,似欣喜,似信心,又似爱。

等沙威一出去,马德兰先生就转向她,声音缓慢地,就像不易动感情的男人忍住眼泪那样吃力地说:

"我听到了您的叙述。您讲的情况我一无所知。我相信这是真的,我也觉出这是真的。我甚至不知道您离开了工厂。当初为什么您不找我呢?这样吧,我替您还债,再派人把您的孩子接来,或者您自己去找她。今后,您要在这里,到巴黎或别的地方,由您自己决定。您和孩子的生活费用由我负担。您要是愿意,就不必干活了,需要多少钱我都给您。您重获幸福生活,也就重做正派人了。甚而,请听清楚,如果您的话句句属实,当然我并不怀疑这一点,那么现在我就明确告诉您,在上帝面前,您始终是个圣洁的女人。噢!可怜的女人!"

可怜的芳汀再也忍不住了。接回珂赛特!脱离这种可耻下贱的生活!同珂赛特一起过上自由的、富裕的、快活而又体面的日子!在悲惨的绝境,眼前忽然展现所有这些天堂般的现实美景!她仿佛痴呆了,看着对她讲话的这个男人,只能"噢!噢!噢!"发出三两声抽泣。她双膝弯下来,跪到马德兰先生的面前,未待他制止,就拉起他的手,嘴唇贴在上面。

她随即昏了过去。

第五卷　沙威

［一］开始休息

马德兰先生让人把芳汀抬到他工厂的诊所，交给嬷嬷护理。她发了高烧，在病床上昏迷中高声说胡话，闹了大半夜才睡着。

次日近午时分，芳汀醒来，听见旁边有人呼吸的声息，便拉开床帷，看见马德兰先生站在那里，注视她头上的什么东西，那祈祷的眼神满含怜悯和不安。她顺着那视线看去，明白他在注视钉在墙上的一尊耶稣受难像。

当天晚上，沙威写了一封信。次日早晨，他亲自送到海滨蒙特伊邮局。信寄往巴黎，收信人是这样写的："警察总督先生的秘书夏布叶先生亲启。"

马德兰先生赶紧给德纳第夫妇写信。芳汀欠他们一百二十法郎，马德兰先生寄去三百法郎，告诉他们扣除欠款，余下的做旅费，立刻把孩子送到海滨蒙特伊城，因为母亲害了病，想看孩子。

德纳第喜出望外，他对老婆说："见鬼啦！这孩子不能放手。真的，这只小云雀要变成奶牛了。"

这期间，芳汀的病情毫无起色。她一直住在诊所。

马德兰先生每天来探望两次,每次她都问:

"很快我就能见到我的珂赛特了吧?"

然而,德纳第不肯"放那孩子",还找出各种各样拙劣的借口。

"我派个人去接珂赛特,"马德兰老爹说,"实在不行,我亲自去一趟。"

就在这时候,出了一个严重的意外事件。

[二]"冉"如何变成"尚"

一天早晨,马德兰先生在办公室里,正忙着提前处理市政府的几件紧急公务,以便一旦需要就能随时去蒙菲郿。这时来人通报,探长沙威求见。

"请他进来。"他说道。

市长先生终于放下笔,半转过身来:

"说吧!什么事?有什么话要说,沙威?"

"市长先生,六个星期以前,为了那个女人发生争执之后,我非常恼火,就告发了您。"

"告发!"

"向巴黎警察总署告发您。"

马德兰先生不见得比沙威爱笑,这回却不免笑起来。

"告发我以市长身份干涉警务吗?"

"告发您从前是苦役犯。"

市长的脸刷地白了。

沙威没有抬眼睛,继续说道:

"当初我是那样想的。我早就有想法了。相貌一样,您派人去法夫罗勒打听过情况,在割风老头儿发生车祸那次,您显示了那么大力气,您的枪法又那么准,还有,您走路时腿脚有点拖,我知道还有什么!犯傻呀!总而言之,我把您当成一个叫冉·阿让的人了。"

"叫什么?……您说的是什么名字?"

"冉·阿让。那是个苦役犯,二十年前,我在土伦当副典狱长时见过。那个冉·阿让出了狱,好像在一位主教家中偷了东西,后来又在大道上,手持凶器,抢过一个通烟囱的孩子的钱。八年来,他躲藏起来,不知道在什么地方,还在通缉他。当时,我就想象……总之,我干了这件事!一气之下作出决定,我向警察总署告发了您。"

马德兰先生刚又拿起材料,他以十分坦然的声调问道:

"那么,是怎么答复您的呢?"

"说我胡闹。"

"是吗?"

"是啊,说得对。"

"您承认这一点很好啊!"

"只得承认,因为真的冉·阿让抓到了。"

马德兰先生拿的材料从手中脱落,他抬起头来,定睛看着沙威,以难以捉摸的声调"啊!"了一声。

沙威则往下说:

"事情是这样,市长先生。据说在本地,靠近埃利高钟楼那边,有一个叫尚马秋的老家伙,是个穷鬼,没有人注意。那种人，不知道他们靠什么活着。最近，就在今年秋天，尚马秋被逮住了，因为偷了人家造酒的苹果，作案是在……他到了奥弗涅，那地方人发音不同，把'让'说成'尚'，大家叫他尚马秋。去土伦调查。有两名苦役犯见过冉·阿让，他们都毫不犹豫，认定那人是冉·阿让。同样年龄，五十六岁，同样个头儿，同样神态，总之是同一个人，就是他了。我写信给那位初审法官，他让我去，并把那个尚马秋带到我面前……"

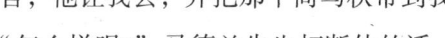

"怎么样呢？"马德兰先生打断他的话。

沙威脸上还是那副廉正而忧伤的表情，答道：

"市长先生，事实就是事实。我很遗憾，那个人就是冉·阿让。我也认出他了。"

马德兰先生声音压得很低，又问道："您有把握吗？"

沙威笑起来，那是深信不疑时所发出的惨笑。

"哈！有把握！"

"哦，当然！市长先生，这案件可不妙。若真是冉·阿让，就是重犯，就要判终身苦役了。嘿！那家伙真狡猾。可是没关系，证据摆在那儿。那老浑蛋肯定会被判刑。要押上阿拉斯的刑事法庭。我要上庭做证，已经指定了。"

马德兰先生已经重新伏案工作，平静地翻材料，时而念念，时而写写，像个大忙人。他扭头对沙威说：

"您不是要外出吗？您不是对我说过，八九天之后，您要为那个案子去阿拉斯吗？"

"还要早走，市长先生。"

"哪天呢？"

"我好像对市长先生说过,明天就开庭审理,今天夜晚,我就得搭乘驿车前往。"

马德兰先生动了一下,但不易觉察。

"那案子要审理多长时间?"

"顶多一天工夫。最迟明天夜晚就宣判。肯定要判决,但是我不会等到最后,一做完证就立刻赶回来。"

"很好。"马德兰先生说道。

他摆了摆手,让沙威退下。

沙威却不走。

"对不起,市长先生。"他说道。

"还有什么事儿?"马德兰先生问道。

"市长先生,还有一件事需要我提醒您。"

"哪件事儿?"

"就是应当免我的职。"

马德兰先生站起。

"沙威,您是个正派人,令我敬佩。您夸大了自己的过错。况且,您那次冒犯的不是我。沙威,您应该晋升,而不应该降级。我看您还是保留原职。"

第六卷　尚马秋案件

[一] 脑海中的风暴

马德兰先生不是别人，正是冉·阿让。

小杰尔卫事件之后冉·阿让的情况，读者已经了解，稍需补充一点就够了。我们看到，从那时起，冉·阿让变了一个人。那位主教期望他做什么样的人，他完全照办了。这不仅仅是改变，而是脱胎换骨。

他做到销声匿迹了，卖掉主教的银器，只保存两支烛台作留念，从一座城市溜到另一座城市，穿越法国，来到海滨蒙特伊，发明了前面讲过的新方法，完成了前面叙述的事业，自己也成功地变成了不可捉摸又难以接近的人。他在海滨蒙特伊定居，欣慰的是既追悔前半生，又用后半生来弥补缺憾，生活安定，有了保障和希望，心中只有两个念头：隐姓埋名而修成圣徒，逃避世人而皈依上帝。

在他的头脑里，这两个念头紧密相连，已经形成一种意愿了。两个念头都同样强烈，同样具有吸引力，控制他的一举一动。平时，两者并行不悖，指导他的行为，把他拉向隐居的生活，让他成为平易和善的人，两者都提醒他做同样事情。然而，也有发生冲突的时候。大家还记得，一旦出现这种情况，海滨蒙特伊所有人都称为马德兰先生的这个人，就毫不犹豫做取舍，肯为后者牺牲前者，能舍身求义。因此，他尽管有所顾忌，尽管小心谨慎，还是保存了主教的烛台，为主教服丧，把过路的所有通烟囱的少年叫来询问，打听在法夫罗勒的家庭情况，而且不理会沙威含沙射影的威胁话，救了割风老头的命。我们已经注意到，他似乎效法所有圣贤忠义之士，认为他首要的天职不是为自身。

沙威走进他的办公室，刚说几句话，他内心就隐隐约约明白了。他深深埋藏的名字，又如此离奇地听人提起，他当即大为骇然，仿佛为自己命运的奇异恶兆所震慑，他在惊愕中不禁悸动，这预示着巨大的打击。他俯下身子，宛如暴风雨逼近时的一棵橡树，又如快要冲锋的一名士兵。他感到乌云压顶，就要雷电交加。他听沙威讲的时候，头一个念头就是立刻走，跑去自首，将那个尚马秋救出牢房，自己入狱受罚。这样想就跟剜肉一般钻心疼痛，继而，这种念头过去，他心中暗道："再瞧瞧吧！再瞧瞧吧！"他压下慷慨之心的最初冲动，在英勇行为面前退却了。

万千愁绪，翻腾不已，但是他的勇气并没有减退，唯有头脑疲惫了，便不由自主地想别的事，开始想一些不相干的事情。

"哦，对啦！"他自言自语，"我决定自首。"

继而，他忽然想起芳汀。

"噢！"他叹道，"还有那个可怜的女人！"

想到这里，又爆发一场新的危机。

芳汀突然出现在他的冥想中，宛如意外射进来一束光线。他立刻觉得周围全变了，不禁喊道：

"哎呀，糟糕！直到现在，我还只考虑自己，只为自己着想！想自己最好隐瞒还是自首，最好隐藏自身还是拯救灵魂，最好做一个受人尊敬而可鄙的官吏，还是当一个受人景仰而下贱的苦役犯，想的是我，总想我自己，只想我自己！可是，上帝啊，这完全是自私自利！假如我自首呢？他们就逮捕我，释放那个尚马秋，重新把我押往苦役场，这很好。然后怎么样呢？这里会出什么事呢？噢！这里，这里是一个地区，有一座城市，有工厂，有工业，有工人，有男人，有女人，有老爷爷，有小孩子，有穷人！我创造了这一切，养活了这一切。哪里有冒烟的烟囱，就是我往火里加的柴，往锅里放的肉；我带来富裕、流通和信贷；在我之前，什么也没有，是在我的推动下，整个地方才复苏，有了生机，才活跃，繁荣，富足起来；失去我，便失去灵魂。我一撤掉，就全死了。——还有那个女人，受了多少苦难，在沉沦中表现出多高的品德，她的整个不幸是我无意中造成的！还有那个孩子，我本来想去接来，让她们母女团聚！我害了那女人受苦，难道不应该补偿一点儿吗？如果我一走，情况会怎么样呢？那母亲要死掉，孩子要流离失所。如果我自首，就会产生这种后果。——如果我不自首呢？想想看，如果我不自首呢？

"我还留在这里，继续我的事业。再过十年，我就能赚一千万，把钱撒给这地方，自己分文不留，我留钱财干什么呢？我赚钱不是为自己！大家都越来越富裕，工业兴起并发展，加工厂和大工厂越建越多,家家户户,千百个家庭都会幸福!想想这些,刚才我疯啦,昏了头,说什么要去自首?真应该当心,绝不能操之过急。怎么!就因为我要做个伟大而慷慨的人——说穿了,这是欺世盗名的把戏!——就因为我只考虑自己,只考虑我个人,怎么!为了救一个人免遭惩罚,谁知道他是什么人,也许有点夸大他的冤情,其实他就是个贼,显然是个坏蛋,为了救这样一个人,整个地方就要遭殃!一个可怜的女人就要死在医院里!一个可怜的小姑娘就要死在路上!就跟狗一样!哼!真是惨无人道!母亲就连再看孩子一眼都不可能!孩子就连认认母亲都不可能啦!而这一切,仅仅是为了救一个偷苹果的老无赖,他没有这个案子,也会因为别的事押往苦役场!堂而皇之的顾虑,为了救一个罪犯,竟要牺牲无辜的人,为了救一个没有几年活头,坐牢不见得比住在破屋里更苦的老乞丐,竟要牺牲这地方全体民众,牺牲那母亲、妻子和孩子!还有那可怜的小珂赛特,她在这世上只有我了,此刻,她在德纳第家的破仓房里,一定冻得皮肤发青啦!那家人也不是好东西!对所有这些可怜的人,我就不尽职责啦!我只顾去自首!去干那种糊涂透顶的蠢事!干脆做最坏的打算。假如我在这件事上干错了,有朝一日受良心的谴责,那么为了别人的利益,接受只牵涉我本人的这种谴责,接受只让我的灵魂堕落的这个坏行为,那才是真正献身,那才是真正美德。"

他站起身,又开始踱步。这回他感到颇为满意了。

"对,"他想道,"正是如此。这回才正确,我有了办法。最后总得坚持点儿什么东西。我已经决定了。由它去吧!再也

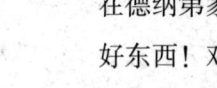
悲惨世界

不能犹豫了，再也不能退缩了。这符合所有人的利益，只对我不利。我是马德兰，今后仍然是马德兰，谁成了冉·阿让谁就倒霉！那不再是我了。我不认识那个人，也弄不清怎么回事儿了。此刻如果谁成了冉·阿让，那他自己想法子去吧，不干我的事，那个厄运的名字在黑夜里飘荡，如果停下来，落到谁的头上，那就算他倒霉！"

"好啦！"他说道，"既然拿定主意，不管有什么后果也不能犹豫了。还有些线连着我和冉·阿让，应当统统割断。在这里，就在这间屋里，还有一些物品能暴露我，有一些不会说话的物品可能做证，干脆，统统毁掉。"

他的目光忽然落到炉台上的两支反射亮光的银烛台。

"对啦！"他想到，"冉·阿让的所作所为，全在那里面。那东西也应当烧毁。"

他拿起两支烛台。

一炉火还很旺，烛台一扔进去，很快就能烧变形，化为难辨何物的条块。

他俯下身，烤了一会儿火，身子着实感到舒服。"好暖和呀！"他说道。

他用一支烛台拨火。

再过一分钟，两支烛台就要焚化了。

这时，他仿佛听见心里一个声音喊叫："冉·阿让！冉·阿让！"

他毛发倒竖，就像听见可怖的声音。

"对，就这样，干到底！"那声音说道，"把你做的事干完了！焚毁这两支烛台！销毁这种纪念物！忘掉主教！忘掉一切！

悲惨世界

毁掉那个尚马秋！干吧，很好啊。为你自己喝彩吧！就这样定了，打定主意，定死了，至于那个人，那个老头儿，还不知道别人打他什么主意，也许他毫无过错，并没有罪，整个祸端就是你的名字，你的名字作为罪名压在他头上，他要被人当做你抓起来，判罪，在卑辱和凄惨中结束余生！这很好。你呢，还当你的正人君子，还当你的市长先生，继续受人尊敬，有口皆碑，繁荣你的城市，救济穷人，抚养孤儿，过你快活的、清白而受人称赞的日子；而与此同时，你在这里沐浴在欢乐的光明之中的时候，却有个人穿上你的红色囚衣，顶替你的名字忍受耻辱，拖着你的锁链服苦役！是啊！这样安排很妙！哼！你这个无赖！"

他的额头淌下汗来，眼睛直瞪瞪地盯着烛台，这工夫，他内心的声音还未讲完，继续说道：

"冉·阿让！你周围会有许多人，一片喧闹，高声说话，为你祝福，但是，有一个声音谁也听不见，将在黑暗中诅咒你。好吧！你听着，无耻的东西！所有祝福还未到天上，就会跌落下来，只有诅咒的声音才能直达上帝！"

这个声音发自他内心最幽暗之处，起初十分微弱，逐渐升高，现在变得非常响亮，他听着就在耳边，就好像从他体内出来，到他体外讲话了。最后几句话，他听得十分真切，不禁毛骨悚然，四面张望一下房间。

"这儿有人吗？"他神态失常，高声问道。

接着，他傻笑一下，又说道："我真糊涂！这里不可能有人。"

这里确实有个人,不过,这个人,用肉眼是看不见的。

他将烛台放到壁炉上。

悲惨世界

有一阵,他瞻念未来。自首,上帝啊!自投罗网!想到一切要离开的东西,一切要恢复的旧状,他忧心惨切。必须告别如此美好、纯洁而灿烂的生活,告别大众的这种尊敬,告别声誉和自由!再也不能去田野散步,再也听不到五月时节的鸟鸣,再也不能向小孩子施舍钱啦!再也感受不到注视他的感激而爱戴的温和目光!他要离开他所建造的这座房子、这个房间,这个小小的房间!此刻,他看什么都悦目可爱。他再也不能看这些书,再也不能伏在这张小小的白木桌上写字啦!他唯一的女仆,那个看门的老妪,再也不会每天早晨上楼给他送咖啡了。老天啊!代替这一切的是苦役,是刑枷,是红色囚衣,是脚镣,是疲劳,是黑牢,是行军床,是众所周知的那些残暴!

他无论怎样做,总逃不脱他遐想深处的这种揪心的两难:留在天堂变成魔鬼!或者回到地狱变成天使!

老天爷!怎么办,怎么办啊?

有时,他强打精神同疲倦搏斗。应当自首呢?还是应当缄口不言?这个问题,可以说他绞尽了脑汁,现在又最后一次明确提出来。——结果,他还是什么也看不清楚。他胡思乱想所萌生的各种推理,模模糊糊,又摇曳不定,并且接连化作云烟。他只不过感到无论作出什么决定,他身上的一部分都必然死掉,不可能幸免,感到他向左还是向右,总要走进坟墓;并感到自己苟延残喘,不是他的幸福就是他的德行即将死去。

这颗不幸的灵魂，就这样在惶恐中苦苦挣扎。

其实，说穿了，他根本就不愿意去阿拉斯。

然而，他去了。

[二] 尚马秋越发惊奇

法庭里。书记员的灯光正好照见马德兰的脸。他的帽子拿在手中，衣着很整齐，礼服也扣得紧紧的。他脸色十分苍白，浑身微微发抖。刚到阿拉斯时，他的头发还是花白的，现在全白了。到这儿一小时的工夫，头发就全然变白了。

大家都抬起头。引起的轰动是难以描绘的，旁听者一时全愣住了。

马德兰先生转向陪审团和法庭，声音和婉地说道：

"各位陪审员先生，让人把被告放了吧。庭长先生，让人逮捕我吧。你们追捕的人不是他，而是我。我叫冉·阿让。

"我来告诉你们真相。此刻我的所作所为，在天上的上帝在注视着，这也就足够了。既然我来了，您就可以逮捕我。然而，我曾经尽力向善，更名改姓，隐藏身份，发了财，又当上市长，就是要回到善良人的行列里。看来是行不通了。总之，许多事情我还不能讲，不能向你们叙述我的一生，有朝一日大家会知道的。我偷了主教大人的东西，这是真的；我抢了小杰尔卫的钱，这也是真的。别人告诉你们，冉·阿让是个穷凶极恶的人，说得有道理。这也许不是他一个人的过错。各位审判官先生，请听我说，像我这样一个堕落的人，不应当指责上天，也不应当告诫社会；不过，要知道，我极力摆脱的那种侮辱，实在是害人的东西。苦役场制造苦役犯。你们若是愿意，请想一想这个问题。入狱之前，我是一个可怜的乡下人，智力很低，像个傻瓜。是牢狱改造了我的灵魂。原先愚蠢，后来变得凶恶了；原先是块劈柴，后来变成了焦木。严厉惩罚毁了我，后来宽厚和仁慈又救了我。哦，对不起，你们还听不懂我说的这些话。我不用再说什么了。抓起我来吧。上帝啊！检察官先生还摇头，您说：'马德兰先生疯了。'您不相信我。这实在叫人难过。至少，千万不要判处这个人！我真希望沙威在场，他一定能认出我来。"

讲这番话的声调所包含宽厚的忧伤、凄怆的意味，是绝难描绘出来的。

这个不幸的人转向听众和法官，脸上那副笑容，当年目睹的人至今想起来还难受。那是胜利的微笑，也是绝望的微笑。"现在你们明白了，我就是冉·阿让。"他说道。

在这法庭上，再也没有审判官，没有控告方，没有法警了，只有凝视的眼睛和感动的心。谁也不记得自己要扮演的角色：检察官忘记他在那里是为了起诉，庭长忘记他在那里是为了主持审判，被告律师忘记他在那里是为了辩护。令人惊讶的是，谁也没有提出问题，谁也没有行使职权干预。这种景象最奇妙之处，就在于抓住了每一颗心灵，并把所有见证人变为观赏者。也许谁也不明白自己的感受。毫无疑问，谁也没有考虑自己看见的是灿烂的光辉在照耀。不过，所有人内心都感到通明透亮。

显然，大家眼前看到的是冉·阿让。他是如此的光芒四射。这个人一出现，就足以照亮刚才还十分模糊的案子。此后无须任何解释，这群人仿佛受到启示而豁然开朗，一眼就看清这件事既简单又壮美，是一个人舍身阻止另一个人当他的替罪羊。原先的种种小动作、种种迟疑、种种可能的小小抵制，都在这光明磊落的壮举中化解了。

这种印象虽然转瞬即逝，但当时是无法抵抗的。

"我不愿意再打扰法庭了，"冉·阿让又说道，"既然不逮捕我，那我就走了，还要去办好几件事。检察官先生知道我是谁，也知道我要去什么地方，他随时都可以派人逮捕我归案。"

过了不到一小时，陪审团就决定撤销对尚马秋的全部指控，并立即释放。尚马秋走了，他心中不胜惊诧，认为所有的人都疯了，一点也不理解目睹的场面。

第七卷　祸及

[一] 马德兰先生在什么镜中照发

天刚刚破晓。芳汀发高烧，彻夜未眠，但是这一夜却充满幸福的幻影，直到凌晨，她才睡着。马德兰先生悄悄进来。

嬷嬷向他讲述了昨天的情况：芳汀病情加重，只因以为市长先生去蒙菲郿接她孩子，她现在才好些。嬷嬷不敢问市长先生，但是看他那神色，便明白不是从那里归来。

"这样很好，"他说道，"您做得对，不能向她说破。"

马德兰先生在床前站了一会儿，瞧瞧病人，又望望那耶稣受难像，正如两个月前，他初次来到病房探视的情景。他们二人，一个睡着，一个祈祷，各自还是原来的姿势，然而时过两个月，她的头发由白变灰，他却白发苍苍了。

嬷嬷没有跟进屋。他站在床前，一根手指放在嘴唇上，仿佛要让屋里什么人不要出声似的。

她睁开眼睛，看见他，微微一笑，平静地问道："珂赛特呢？"

[二] 芳汀幸福了

马德兰先生无言以对。

马德兰先生惴惴不安地注视着她。他来探视，显然是要告诉她一些情况，现在却犹豫了。医生诊视完已经离去了，只有辛朴利思嬷嬷留在他们身边。

就在这静默中，芳汀忽然喊道：

"我听见她啦！上帝呀！我听见她啦！"

"哦！"她又说道，"是我的珂赛特！我听出她的声音啦！"

"我们会多么幸福啊！首先，我们要有个小花园！马德兰先生答应过。我女儿就在花园里玩耍。现在，她应当认识字母了。我教她拼写。她在草地上追逐蝴蝶。我在一旁看她玩儿。"

她笑起来。

马德兰先生眼睛看着她，听这些话就好像倾听刮起的风声，精神沉入无底的思索中。戛然，芳汀停止说话，这使他下意识地抬起头。芳汀大惊失色。

她不说话了，也不再喘气了，用臂肘半支起身子，瘦削的肩膀从睡衣里露出来，刚才还喜悦的面孔忽然变得惨白，眼睛惊恐地张大，望着前方，仿佛盯着屋子另一端什么可怕的东西。

"上帝啊！"马德兰先生高声说，"您怎么啦，芳汀？"

她不回答，目不转睛地盯着她似乎看见的东西，她用手碰了碰他的胳臂，另一只手示意他朝后看。

他转身望去，看见沙威。

[三] 沙威得意

事情的经过是这样的。

马德兰先生从阿拉斯的重罪法庭出来,已经是午夜十二点半了。我们记得,他定了邮车的座位。他回到旅馆,正好赶上邮车,将近凌晨六点钟便回到海滨蒙特伊,第一件事就是把他给拉斐特先生的信投到邮局,然后到医务室来看芳汀。

他刚离开法庭,检察官就从最初的惊愕中醒来。陪审团只用几分钟,就决定对尚马秋免于起诉。

然而,检察官需要一个冉·阿让,抓不住尚马秋,那就抓住马德兰。

释放了尚马秋,检察官立即和庭长密谈,商议了"逮捕海滨蒙特伊的市长先生的本人的必要性"。这句话有许多"的"字,完全出自检察官的手笔,写在他呈给检察长的报告的底稿上。庭长一阵激动之后,也没有提出什么异议。司法必须运行。

就这样,签发了逮捕令。检察官派了专骑,星夜兼程送往海滨蒙特伊,责成沙威探长执行。

马德兰的目光和沙威的目光相遇的时候,沙威一动不动,并不走上前去,但是他立刻变得十分凶狠可怕了。人的任何情感,都不如得意之色那样显得可怕。

此刻,沙威简直飘飘欲仙。

[四] 重新行使权利

芳汀由市长先生从沙威手中救出之后,再也没有见到沙威。她在病中,头脑还不明白什么,不过,她并不怀疑,沙威是来抓她的。她看到那副凶相,就吓得魂不附体,觉得自己要

断气了,用双手捂住脸,惶恐地喊叫:

"马德兰先生,救救我!"

冉·阿让——此后我们不再用别的名字称呼他——站起来,他用极温柔极平静的声调说:"放心吧,他不是冲您来的。"

接着,他又对沙威说:"我知道您的来意。"

沙威回答:"喂,快走!"

沙威讲这句话时声音都变了,有一种说不出来的野蛮和疯狂的意味。他不是讲:"喂,快走!"而是讲:"喂寇!"任何文字都难以表示这种声调,这已不是人的语言,而是野兽的吼叫了。

他并不照例行事,并不说明情况,也不出示传票。在他的心目中,冉·阿让是一个捉不住的神秘对手,是他搂住五年而未能摔倒的阴险的角斗士。这次逮捕不是开始,而是结束角斗。因此,他仅仅说了一句:"喂,快走!"

他这么说,却没有向前跨一步,只是向冉·阿让抛去铁钩似的目光,他就是用这种目光硬把穷苦的人勾过去。

两个月前,芳汀也感到这种目光刺入骨髓。

芳汀听见沙威的吼叫,又睁开眼睛。但是市长先生就在跟前,她怕什么呢?

沙威走到屋子中间,嚷道:"嘿!你走不走?"

不幸的女人看看周围,屋里只有修女和市长先生。对谁这样轻蔑地称呼"你"呢?只可能对她。她不寒而栗。

这时,她看见一件怪事,闻所未闻,就是在发高烧做噩梦中,也没有见过。

她看见警探揪住市长先生的衣领,看见市长先生低下头。她觉得世界要消逝了。

的确,沙威揪住冉·阿让的衣领。

"市长先生!"芳汀喊道。

沙威哈哈大笑,在狞笑中露出所有牙齿。

"这里没有市长先生啦!"

冉·阿让并不想挣脱揪住他礼服领的手。他说道:"沙威……"

沙威接口说道:"叫我探长先生。"

"先生,"冉·阿让又说道,"我想单独跟您说句话。"

"大声说!你得大声说!"沙威答道,"跟我讲话要大声!"

冉·阿让压低嗓门继续说道:"我对您有个请求……"

"我跟你说了,要大声讲话。"

"可是,这事只能说给您一个人听……"

"这又怎么样?我不听!"

冉·阿让转向他,声音很低又很快地对他说:

"请您容我三天时间!用三天去接这个可怜女人的孩子。费用由我来付。您若是愿意,可以陪我去。"

"开什么玩笑!"沙威喊道,"来这套!我没想到你这么蠢!要我容你三天好溜走!你说是去接这个婊子的孩子!哈!哈!好啊!好极啦!"

芳汀浑身一抖。

"我的孩子!"她高声说,"去接我的孩子!原来她不在这里！嬷嬷，回答我，珂赛特在哪儿？我要我的孩子！马德兰先生！市长先生！"

沙威跺跺脚。

"现在，又掺和进来一个！还不闭嘴，骚货！这个脏地方，苦役犯当行政长官，妓女像伯爵夫人一样让人侍候！真邪门儿！这一切都要变变，到时候啦！"

他又揪住冉·阿让的领带、衬衫和衣领，眼睛盯着芳汀，又说道：

"告诉你，这儿根本没有马德兰先生，也根本没有市长先生，只有一个贼，一个强盗，一个叫冉·阿让的苦役犯！我抓住的就是他！就是这码事！"

芳汀扑棱一下起来，僵直的手臂支撑住身子，她瞧瞧冉·阿让，瞧瞧沙威，又瞧瞧修女，张嘴好像要说话，可是嗓子眼里只发出一声咕噜，她的牙齿打战，惶恐地伸出双臂，痉挛地张开手指，就像溺水的人那样向周围乱抓，继而，她颓然倒在枕头上。她的脑袋撞在床头，弹回到胸前，嘴张着，眼睛也睁着，但是暗淡无光了。

她死了。

冉·阿让把手放在沙威揪他的那只手上，如同掰孩子的手一样将它掰开，然后对沙威说："您害死了这个女人。"

冉·阿让臂肘倚在床头的圆球上，手托着额头，开始凝望躺着不动的芳汀。他这样静默地待着，心中想的显然不是这世间的事了。他的脸色和神态，只表现一种难以名状的痛惜。他这样冥想一会儿之后，又俯过身去，低声对芳汀说话。

他对她说什么呢？这个被社会排斥的男人，对这个已死的女人能说什么呢？讲的究竟是些什么话呢？尘世上任何人也没有听见。这个死去的女人听见了吗？有些动人的幻想，也许是最高的现实。有一点是毫无疑问的，当时的唯一见证人辛朴利思嬷嬷，常常讲起在冉·阿让对着芳汀的耳朵说话的时候，她清楚地看到在那灰白的嘴唇上，在那茫然的眸子里，浮现出一丝难以描摹的微笑。

冉·阿让像母亲对孩子那样，双手捧起芳汀的头，端正地放在枕头上，把她睡衣的带子系好，再把她的头发塞进睡帽里。然后，他闭上眼睛。

一时间，芳汀的脸庞仿佛出奇的明亮。

死亡，就是跨进大光明的境界。

芳汀的手耷拉到床外。冉·阿让跪到这只手前，轻轻把它拉起来，吻了一下。

然后，他站起来，转身对沙威说："现在，我跟您走。"

[五] 合适的坟墓

沙威将冉·阿让送进市监狱。

当天傍晚。

快到平日马德兰先生回来的时刻，忠实的门房机械地站起来，从抽屉里取出马德兰先生房间的钥匙，挂在他习惯自取的钉子上，又拿起他每晚上楼回房用来照亮的烛台，放在身边，就好像她还在等候他。

恰好这时，门房的玻璃窗开了，一只手伸进来，摘下钥匙，拿起烛台，凑到一支燃着的蜡烛点着。

门房老太婆抬头一看，不禁目瞪口呆，差点儿叫出声来。

她熟悉这只手，这条胳臂，这礼服的袖子。

正是马德兰先生。

"上帝呀，市长先生，"她终于高声说，"我还以为您……"

她戛然住口，这后半句话会抵消开头的敬意。在她心目中，冉·阿让始终是市长先生。

他替她把话说完。

"……进监牢了。"他说道，"我是进去了。不过，我折断窗口的铁条，从房顶跳下来，又回到这里。我要上楼回房间，您去替我叫一下辛朴利思嬷嬷。她一定守在那位可怜女人的旁边。"

老太婆遵命，急忙去了。

冉·阿让刚在一张纸上写了几行字，将这张纸递给修女，同时说道："嬷嬷，请将这个交给本堂神甫。"

这张纸没有折起来，修女望了一眼。

"您可以看看。"他说道。

修女念道："我请本堂神甫先生料理我留在这里的一切。请他用我留下的钱支付我的诉讼费和今天去世的这个女人的丧葬费。余款捐赠给穷人。"

一小时之后，一个汉子匆遽离开海滨蒙特伊，穿过树林和夜雾，朝巴黎方向走去。那人就是冉·阿让。

我们所有的人有一个母亲：大地。芳汀回到慈母的怀抱里。

第二部　珂赛特

第一卷　奥里翁战舰

[一] 24601号变成9430号

冉·阿让重又被捕。

那种惨痛的经过一笔带过，想必大家能见谅。我们只想转录两则小新闻，是在海滨蒙特伊轰动的事件发生之后几个月，由当时的报纸登载的。

两则新闻相当简略。要知道，当时还没有《法院公报》。

第一则录自一八二二年七月二十五日的《白旗报》：

> 加来海峡省的一个县刚刚发生罕见的事件。一个名叫马德兰的外地人，利用新方法生产人造墨玉，几年间振兴了地方旧工业。他发财致富了，也应当说，地方也因而富裕起来。为了表彰他的业绩，他被任命为市长。不料警方发现，这个马德兰先生真名叫冉·阿让，原是苦役犯，一七九六年因盗案判刑，刑满释放又违禁私迁。冉·阿让又重新被逮捕入狱。据说他在被捕前，从拉斐特银行提取存款五十多万，不过一般人认为，那是他在经营中所取得的非常合法的利

润。冉·阿让重又被押回土伦苦役犯监狱,但是他那笔款藏在何处却不得而知。

第二则新闻略微详细,是同一天《巴黎日报》的摘录:

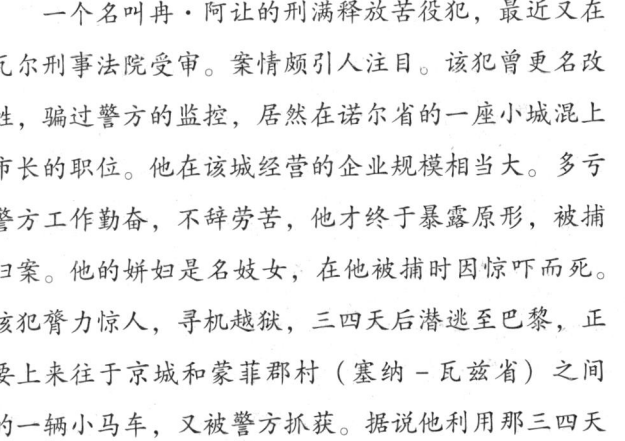

一个名叫冉·阿让的刑满释放苦役犯,最近又在瓦尔刑事法院受审。案情颇引人注目。该犯曾更名改姓,骗过警方的监控,居然在诺尔省的一座小城混上市长的职位。他在该城经营的企业规模相当大。多亏警方工作勤奋,不辞劳苦,他才终于暴露原形,被捕归案。他的姘妇是名妓女,在他被捕时因惊吓而死。该犯膂力惊人,寻机越狱,三四天后潜逃至巴黎,正要上来往于京城和蒙菲郡村(塞纳-瓦兹省)之间的一辆小马车,又被警方抓获。据说他利用那三四天的时间,从我国一家大银行提取大宗存款;又据起诉书称,那笔钱款隐藏的地点只有他一人知道,因而无法查获。总之,那个冉·阿让已被押到瓦尔省高等法院受审,审他约八年前手持凶器拦路抢劫案,受害者正是费尔内族长的千古流传的诗句中所说的那种诚实孩子。

该盗匪放弃申辩。由于司法机构妙审雄辩,已确定是团伙抢劫案,冉·阿让系南方一个匪团的成员。因此,冉·阿让被判有罪,处以死刑。该犯却拒不上诉。不过,国王宽大无边,减判终身苦役。冉·阿让随即押赴土伦苦役犯监狱。

冉·阿让到苦役犯监狱变了号码,他叫9430号。

[二] 只有事先准备好才会一锤断脚镣

悲惨世界

同一年,一八二三年大约十月底,土伦居民看见"奥里翁号"战舰回港。"奥里翁号"编在地中海舰队,在海上遇到大风浪,有些毁损,回港修理,后来被派往布雷斯特充当训练舰。

一艘战舰进入港口,不知为什么吸引了那么多人围观。大概因为那是庞然大物,民众喜欢巨大的东西。

一艘战舰,是人的智慧和自然力量的一种最巧妙的结合。

有一天早晨,围观的人目睹了一个事故。

船员正忙着起帆,负责大方帆右上角的那个海员忽然失去平衡,只见他身子摇晃不稳,大头朝下,身体转过帆桁,双手就伸向深渊了,码头上围观的人都惊叫起来。他跌下去时,幸好一手抓住了一条软踏绳索,接着另一只手也抓住,整个人就悬在半空,下面是深深的大海,叫人头晕目眩。而且,他跌落时带动软索,就像秋千一样猛烈摇荡。那人吊在绳索上荡来荡去,好似抛石机网兜里的一块石子。

要去救他就得冒生命危险。船上的海员,大多是新近招募的渔民,谁也不敢冒险去救人。那个不幸的帆工力量渐渐不支,只见他脸上现出惊恐的神情,肢体也显然无力了。他的胳臂拉得极长,他每次用力要上去,只能使软索摆得更厉害。他怕空耗力气,不敢喊叫。已经无望了,大家只等着他放开绳索的那一瞬间,不时扭过头去,不忍看他掉下去的惨景。有时,人的生命完全系在一段绳子、一根木竿、一根树枝上，而一个活生生的人，忽然脱手离开抓的东西，像一个熟果似的掉下去，那真是惨不忍睹。

突然，大家看见一个人敏捷如猫虎，攀缘直上帆索。他身穿红囚衣，显然是苦役犯，头戴绿帽子，无疑是终身苦役犯了。他到达桅楼那样高时，一阵风刮走了帽子，露出满头白发，原来他不是个年轻人。

不错，他是个苦役犯，在船上服苦役。事故一发生，船上人员一片慌乱，犹豫不决，所有水手都吓得发抖，纷纷退缩，而他却立刻跑去见值勤军官，请求允许他豁出命来去救那个帆工。军官只点了一下头。苦役犯一锤就砸断脚镣，操起一根绳子，飞身上了侧支索。当时，谁也没有留意脚镣那么容易就砸开了，事后才有人想起来。

眨眼工夫，他就登上帆桁，停了几秒钟，仿佛要目测一下。那个帆工在绳索末端随风摇荡，对围观的人来说，这几秒钟竟像过了几世纪。那苦役犯终于举目望着天空，向前跨了一步。众人这才松了一口气。只见他踏着帆桁跑过去，到了末端，把他带的粗绳一端系在杠上，双手抓住垂下的绳子溜下去；这时，众人担心到了极点：深渊上悬着的又多了一人。

那情景，就像一只蜘蛛捉住一只苍蝇；不过，那是救命而不是害命的蜘蛛。万目一齐注视那两个人，谁也不喊一声，不讲一句话，全皱着眉头，全都不寒而栗。人人都屏住呼吸，唯恐稍一喘气，就会助风摇晃那两个不幸者似的。

这工夫，那苦役犯已经顺着绳索滑到那海员身边。正是时候,再拖延一分钟,那人力竭绝望,就要脱手掉进深渊了。苦役犯一手抓住绳索,另一只手把绳索牢牢系在那人身上。然后,只见他重又爬上帆桁,将海员提上去,扶住那人停了一下,让他缓一缓劲儿,接着抱住他,沿着帆桁一直走到上下主桅连木,再从那里到桅楼,将他交给他的伙伴。

悲惨世界

这时,观众鼓掌喝彩。有些老狱卒还流下眼泪,码头上的女人都相互拥抱,众人感动极了,齐声狂呼:"赦免那个人!"

这工夫,那人又准备立刻下去,归队去干苦役。他要尽快赶回去,便顺着帆索滑下,又踏着下桅桁跑起来。所有的眼睛都跟着他,有一阵大家都担心,不知是他累了还是头晕,只见他脚步迟疑,身子摇晃。突然,大家惊叫一声,那苦役犯掉下海去了。

他摔下去的地方很危险。"阿尔西拉号"巡洋舰就停泊在"奥里翁号"旁边,可怜的苦役犯掉在了两艘舰的夹缝中,很可能被卷进哪艘舰下面去了。四个人急忙跳上小艇。众人也都给他们鼓劲儿,每颗心重又焦虑起来。那人没有浮上水面,沉入海里,没有激起一丝波纹,就仿佛掉进油桶里。艇上的人探测,还泅到水下寻找。结果不见踪影。一直寻找到傍晚,连尸体也没有见到。

次日,土伦报纸刊载这样几行消息:"一八二三年十一月十七日。——昨天,在奥里翁号舰上干活的一名苦役犯,在搭救一名海员之后归队时,不慎坠海溺死。没有找见他的尸体,推测他可能卷入海军修船厂入海尖端的桩基下面了。他在狱中的号码是9430,名叫冉·阿让。"

158

悲惨世界

第二卷　履行对死者的诺言

［一］ 蒙菲郿的用水问题

蒙菲郿位于利夫里和晒勒之间，坐落在分开乌尔克运河和马恩河的高地南麓边缘。人们过着丰衣足食的乡野生活。唯一不足之处是地势较高，缺乏水源。

因此，对每家来说，打水是一件苦差使。

那正是小珂赛特最怕的活儿。读者也许没有忘记那个可怜的小姑娘，记得珂赛特对德纳第夫妇有双重用处：既能向孩子的母亲要钱，又能让孩子干活。因此，在母亲完全停止寄钱之后——在前面几章已经看到她不再寄钱的原因——德纳第夫妇仍然扣留珂赛特：她在那里顶替一个女工。既然是这种身份，只要没水她就得赶紧去提。孩子一想到黑灯瞎火要去山泉提水，就胆战心惊，因此，她特别留意，从不让客栈里缺水。

圣诞节那天晚上，在德纳第客栈的楼下餐厅里，不少人，有车老板和货郎，围着餐桌四五支蜡烛坐着喝酒。德纳第曾是随军小贩，一路窥探，向这些人售兜，又向那些人偷窃。滑铁卢战役之后，拿他自己的话来说，他捞了点"油水"，便到蒙菲郿来开了客栈。

那些油水，无非是钱包和怀表，金戒指和银奖章，是收获季节从播满尸体的田垄中收获来的，但总数并不多，没有让这个当上客栈老板的随军小贩维持多久。

[二] 孤苦伶仃的小姑娘

珂赛特拎着水桶出门来。

她一路跑，一路想哭。

黑夜里的树林整个把她包围。她什么也不想，什么也看不见了。这个小小的生命面对无边的黑夜，一边是昏天黑地，一边是一粒原子。

从树林边到泉边，只需走七八分钟。这条路很熟，珂赛特白天常走。说来也怪，她没有迷失，残存的本能隐约在指引，虽然她不朝左看，也不朝右看，唯恐看见树枝间荆丛里有什么东西，但这样还是走到水泉边。

她提起几乎满满一桶水，撂在草地上。

这时她才发觉，自己一点劲儿也没有了。她本想立刻回去，可是，一满桶水提上来，力气用尽，一步也走不动，只好坐下歇一歇，身子就往下一瘫，蜷缩在草地上。

她提桶走出十来步，但是一桶水太满太沉，她不得不又撂在地上，喘了口气，再提起来往前走，这回坚持的时间稍长些。然而，她还得停一停，歇息几秒钟，接着再走，现在她低着头，弓着腰，好像个老太婆，两条瘦胳臂让沉重的桶给拉长，变得僵直了，一双湿手握着铁梁也冻木了。她不得不走走停停，每停一下，桶里的水就泼到两条光腿上。这样悲惨的事情发生在冬天的黑夜，发生在密林中，发生在一个八岁的孩子身上,无人知晓,此刻唯有上帝看见了。

唉!当然她母亲也看见了。

要知道,有些事情能让坟墓中的死者睁开眼睛。

可怜的孩子心中绝望,禁不住叫出声来:"天主啊!天主啊!"

声音未落,她突然感到水桶一点分量也没有了。有一只在她看来无比粗大的手,刚刚抓住桶梁,有力地提起来。她抬头一看,有一个高大直立的身影,在黑暗中挨着她往前走。这大汉是从后面赶上来的,她没有听见。这人一声不吭,只管抓过她提的水桶。

人一生面临各种际遇,都有本能的反应。这孩子并不害怕。

[三] 珂赛特同陌生人并排走在黑夜中

我们说过,珂赛特并不害怕。

那人同她说话,声音粗壮,几乎是低沉的。

"我的孩子,你提这东西,也太重了。"

珂赛特抬起头,答道:"是的,先生。"

"给我,"那人又说,"我替你拎着。"

珂赛特松开手,那人拎着水桶走在她身边。

"这确实很重。"他喃喃说道。继而他又问道:

"小姑娘,你几岁啦?"

"八岁了,先生。"

"你从好远的地方打来的水吧?"

"从树林里的水泉打来的。"

"你要去的地方还远吗?"

"从这里还要足足走一刻钟。"

那人沉默了片刻,随后又突然问道:"你没妈了吗?"

"不知道。"孩子回答。

未等那人再张口,她又补充说:

"我不相信我有妈。别的孩子都有,可我没有。"

她停了一下,又说道:"我想我就从来没有过妈。"

那人站住,放下水桶,俯下身去,双手放到孩子的肩上,在黑暗中极力想看清孩子的面孔。

天光惨淡,只隐约照见珂赛特那张瘦削的小脸。

"你叫什么名字?"那人问道。

"珂赛特。"

那人仿佛触了电。他又细细端详,接着把双手从珂赛特的肩上抽回来,提起水桶,继续往前走。

走了一会儿,他又问道:"小姑娘,你住在哪儿?"

"住在蒙菲郿村,也许您知道那地方。"

"我们就是去那儿吗?"

"对,先生。"

他又沉吟下,然后问道:"这么晚了,是谁让你到树林里打水的?"

"是德纳第太太。"

那人再说话时,想竭力保持无动于衷的口气,但是声音还是抖得出奇:"你那德纳第太太,她是干什么的?"

"是我的东家,"孩子答道,"她开客栈。"

"客栈?"那人又说道,"那好,今晚儿我就去那里住店。带我去吧。"

"我们正往那儿走呢。"孩子说道。

那人走得相当快。珂赛特跟着也不费劲,她不觉得累了。她不时抬眼看看那人,脸上显出一种难以描摹的平静和信赖的神态。从来没有人教她面向上帝并祈祷,然而,她自身有某种感觉,类似飞向天空的希望和欢乐。

过了几分钟,那人又问道:"德纳第太太没有雇女用人吗?"

"没有,先生。"

"就你一个人吗?"

"是的,先生。"

[四] 接待一个可能富有的穷人的麻烦

店门打开,德纳第婆娘举着蜡烛出现在门口。

"唔,是你呀,小贱货!谢天谢地,用了这么长时间!准是玩儿去了,鬼东西!"

"太太,"珂赛特浑身发抖地说,"这儿有位先生要住店。"

德纳第婆娘那副怒容立刻换成奸笑,用眼睛贪婪地寻找新来的客人,这种瞬间变脸术是客店老板的特长。

德纳第婆娘迅速打量一眼他的衣着和行囊,就立刻收起奸笑,重显怒容,她冷淡地说了一句:"进来吧,伙计。"

这工夫,那人已经把包裹和木棍放在板凳上,拣一张餐桌坐下来。珂赛特急忙给送上一瓶葡萄酒和一只玻璃杯。

那人倒了一杯酒，举杯抿了一小口，便开始出奇地注视那孩子。

"喂，您要用晚餐吗？"德纳第婆娘问这客人。

他没有应声，似乎陷入沉思。

"这是个什么人呢？"德纳第婆娘咕哝道，"肯定是个穷光蛋，连吃饭的钱都没有。我的房钱他付得起吗？"

这时，珂赛特看见德纳第小姐儿俩玩猫时扔在菜案旁边的布娃娃。

没人注意她。机不可失，她从菜案下爬出来，又瞧了瞧，确实没人窥视她，就赶紧溜过去，抓起布娃娃。对她来说，玩一个布娃娃的快乐实在难得，竟达到一种情欲的强烈程度。

这种快乐持续了将近一刻钟。

只听德纳第婆娘大吼一声，因盛怒嗓音都嘶哑了：

"珂赛特！"

珂赛特猛一惊抖，就好像脚下发生了地震。她扭过头来。

"珂赛特！"德纳第婆娘又喊一声。

珂赛特拿起娃娃，轻轻放在地上，她那虔敬的神态中透出绝望，眼睛还盯着娃娃，十根手指交叉起来，而且绞来绞去，一个八岁的孩子有这种动作，说起来真惨。接着，她哭了。

这时，那位旅客已经站起来。

"怎么回事儿？"他问德纳第婆娘。

"这个贱丫头，竟敢动我孩子的娃娃！"德纳第婆娘答道。

那人径直朝临街的店门走去，开门出去了。

店门重又打开,那人回来了,双手抱着全村孩子眼馋了一整天的那个神奇娃娃,放到珂赛特面前,说道:

"拿着,这是给你的。"

德纳第婆娘愣在那里,一句话也说不出来,心中又开始猜测:"这个老家伙究竟是什么人?是穷鬼还是百万富翁?"

珂赛特欣喜若狂地抓住布娃娃。

"我就叫她卡德琳。"她说道。

[五] 德纳第耍手段

第二天清晨。

那黄衣客手中拿着木棍和小包。

"起得这么早啊!"德纳第婆娘说道,"先生要离开客店啦?"

那旅客仿佛心事重重,心不在焉,随口应了一声:

"对,太太,我要走了。"

"先生,在蒙菲郿没有事情要办吗?"

"没有,我只是路过这里。太太,"他又说道,"我该付多少钱?"

德纳第婆娘没有回答,只把折起来的账单递给他。

那人将账单打开,瞧了一眼,但是,他的注意力显然在别处。

"太太,"他又说道,"你们在蒙菲郿这儿生意不错吧?"

"还凑合吧,先生。"德纳第婆娘答道。

她以哀伤的声调继续说道:

"唉！先生，这年头可够艰难的！再说，我们这地方有钱人家太少！要知道，全是小家小户的。如果不时常来些像先生这样，又慷慨又有钱的客人，那就更糟啦！我们的开销太大。喏，就说这个小丫头，叫我们搭上多少钱。"

"哪个小丫头？"

"您知道，就是那个小丫头呗！珂赛特！这地方人叫她悲云雀！"

"唔！"那人应了一声。

她接着说道：

"这帮乡下佬，都这么蠢，起这种绰号！她那样子，叫蝙蝠还差不多，哪儿像什么云雀。您瞧，先生，我们不求人施舍，但也无力施舍给别人。我们赚不了什么钱，却要付大量费用，什么营业税、人口税、门窗税、什一税！先生知道，政府要钱太狠啦！再说，我自己有女儿，没必要养活别人的孩子。"

那人接口说道："若是有人替您养活呢？"他说话的声音尽量显得平淡，但还是有点颤抖。

"养活谁？养活珂赛特？"

"对。"

这店婆的脸立刻涨成紫红色，喜逐颜开，越发丑恶了。

"唔，先生！我的行善积德的先生！领她走吧，留着她吧，带她去吧，带她去吧，给她加上糖，配上块菰，做好了喝掉她，吃掉她，您会得慈悲的圣母和天国所有圣徒的保佑！"

"说定了。"

"真的吗？您把她带走？"

"我把她带走。"

"马上带走？"

"马上带走。把孩子叫来吧。"

"珂赛特！"德纳第婆娘喊道。

这时，德纳第走到厅堂中央，说道："那孩子，我得跟先生稍谈谈。老婆，你走开一下。"

德纳第婆娘心头豁然一亮，仿佛意外照进智慧的光芒。她感到大角色登场了，便一声不吭出去了。

"先生，"他说道，"喏，我要告诉您，那孩子，我非常喜爱。"

外乡客眼睛盯着他，问道："哪个孩子？"

"嗳，我们的小珂赛特呀！您不是要从我们身边把她带走吗？那好，我就实话实说，我不能同意，这是实在话，就跟您是正派人一样。那孩子走了，我会想念的。我是眼看着她从小长大的。"

那外乡客一直凝视他，可以说目光直透他的心灵。德纳第这个人，一眼就能认清形势，他认为该是单刀直入的时候了。

"先生，"他说道，"必须给我一千五百法郎。"

这外乡客从侧兜掏出一个旧的黑皮夹，打开来，抽出三张现钞，放在桌上，又用粗壮的拇指按住，对店主说：

"把珂赛特叫来。"

不大工夫，珂赛特就走进楼下的大厅。

外乡客拿起带来的包裹打开，只见里边包着一件毛线小衣裙、一件罩衫、一件毛绒内衣、一条衬裙、一条方围巾、长统毛袜、皮鞋，是八岁小姑娘的一整套穿戴。全是黑色的。

"孩子，"那人说，"拿去赶快穿上吧。"

珂赛特走了。跟谁走呢？她不清楚。去哪儿呢？她也不知道。她仅仅明白丢下德纳第客栈走了。谁也没有想到同她告别，同样，她也没有想到向任何人告别。她走出了她恨人家，而人家又恨她的那个家。

可怜的小娇娃，一颗心始终受着压抑。

珂赛特板着脸朝前走，她睁着一对大眼睛望着天空，再瞧一眼这老人。她就觉得是慈悲的上帝走在身边。

[六] 9430号再现，珂赛特中彩

冉·阿让没有死。

他掉进海里，应当说他跳进海里的时候，正如人们所见的，已经卸掉了脚镣。他潜水游到一艘停泊的海船底下，旁边正巧有一只驳船，就爬上去躲起来，直到天黑。天黑之后，他又跳下水，游向离勃兰岬不远的海岸，上岸后弄了一身衣服。他身上有钱，在巴拉吉埃附近一家小咖啡馆专门向逃犯提供衣物，这是赚钱的特殊生意。然后，冉·阿让像所有狼狈的逃亡者那样，极力躲避法网和社会厄运，走上一条隐蔽而曲折的道路。他在博塞附近的普拉多，找到头一个避难所。继而，他又进入上阿尔卑斯省，奔向勃里昂松附近的大维拉尔。那是惶惶不安而时时探索的逃窜，走的路线就像鼹鼠的地道，净是摸不清的岔路。后来在许多地方，例如在安省西夫里厄地区，在比

利牛斯省阿空名叫杜海克仓的地方，在沙瓦伊村附近，在佩里格附近戈纳盖教堂地区的勃里尼镇，都发现了他的足迹。他到达巴黎。我们在上文看见他到过蒙菲郿。

悲惨世界

他到达巴黎要做的头一件事，就是为一个七八岁的小姑娘买一身孝服，然后找了一个住所。办完这两件事，他就前往蒙菲郿。

大家记得，他上次越狱后，曾到过那地方，或者到了那附近。那次诡秘的旅行，司法人员也查出了一些蛛丝马迹。

可是这回不同，大家以为他死了。这样，他的情况就更加隐晦难测了。他到巴黎，偶然看到一份登载这条消息的报纸，也就放下心来，心神几乎恬然，就好像真的死了。

冉·阿让从德纳第夫妇魔爪中救出珂赛特之后，当天晚上便回到巴黎。他带着孩子，在天黑的时候从蒙梭门进城，上了马车，到观象台广场下来，付了车钱，便拉着珂赛特的手，二人在黑夜中，沿着乌尔辛和冰库附近的僻静街道，朝济贫院路走去。

对珂赛特来说，这一天十分离奇，充满令人激动的事情。路上，他们在篱笆后面，吃了从偏僻客栈买来的面包和奶酪，换了几次马车，步行几段路，她并不叫苦，但是太累了，冉·阿让也发觉她越走越用力牵他的手了。于是，他背起孩子走。珂赛特仍抱着卡德琳，头枕着冉·阿让的肩膀睡着了。

170

第三卷 戈尔博老屋

[一] 两种不幸连成幸福

冉·阿让走到戈尔博老屋,便停下脚步。如同猛禽一样,他挑选最荒僻的地方做窝。

他摸坎肩的兜儿,掏出一把万能钥匙,开了门进去,又小心关上,一直背着珂赛特登上楼梯。

一种新的感受进入他的心扉。

冉·阿让从来没有爱过什么。二十五年来,他在世上孑然一身,从未当过父亲、情人、丈夫、朋友。在苦役犯监狱里,他显得凶恶、忧郁、洁身自好、无知而又粗野。这个老苦役犯的心充满童真。他姐姐及其子女给他留下的印象,已然模糊而遥远,最后几乎完全消逝了。他千方百计地寻找他们,未能找到,也就把他们忘了。这就是人的天性。

他一看见珂赛特,就抓住不放,把她带走并解救出来,当时他感到五脏六腑都搅动起来。他身上的深情和爱心一齐苏醒,冲向这个孩子。他走到孩子睡觉的床前,高兴得浑身颤抖,就像一位母亲似的感到一阵阵激动,却不明白是怎么回事,因为,一颗心产生爱时,那种伟大而奇异的悸动,是一件难以捉摸而又十分甜美的事情。

可怜的老人的心焕然一新!

一周一周过去了,这两个人在鄙陋的居所过着幸福的日子。

天一亮,珂赛特就又说又笑,唱个没完,儿童跟鸟儿一样有晨曲。

冉·阿让教她识字,有时一边教孩子拼读,心中一边想,当初在苦役犯牢房时,他读书是要作恶。原来的打算变了,现在教起孩子念书,老苦役犯想到这里,若有所思的脸上不由得露出天使般的微笑。

他感到这是上苍的一种安排,是超乎人的一种意志,于是陷入沉思。善的思想和恶的思想一样,都是深不可测的。

教珂赛特念书,让她玩耍,这几乎是冉·阿让生活的全部内容。后来,他向孩子讲了她母亲的事,让她祈祷。

孩子管他叫爹,不知道他有旁的称呼。

他保护这孩子,这孩子也使他坚强。多亏了他,孩子才能走上人生之路;也多亏了孩子,他才能继续走道德之路。他是这孩子的支柱,这孩子也是他的支点。天命的这种平衡,真是神秘莫测啊!

[二] 二房东的发现

冉·阿让很谨慎,白天从不出门,每天傍晚时分,他才出去一两个小时,有时独自散步,多数情况带着珂赛特,总走大道两侧最僻静的小街,或者在天黑的时候走进教堂。他爱去最近的圣美达教堂。

收拾房间，做饭买东西，都是老太婆的事。

那个"二房东"老太婆，是个看什么都不顺眼的人，以忌妒的眼光注视别人，也特别观察冉·阿让，但是没有让他察觉出来。一天早晨，这个总在窥伺的老太婆发现，冉·阿让走进破楼里没人住的一间屋，神色有点不对头，于是她像老猫一样悄悄跟过去，对着门缝观察，却不会被对方瞧见。冉·阿让也一定多加了一分小心，背对着房门。老太婆瞧见他从衣兜里掏出一个针盒、一把剪子和一团线，接着拆开上衣下襟儿的衬里，从拆开的缝里抽出一张发黄的纸片，将纸片打开。老太婆大呼一惊，她认出，那是一千法郎的钞票，这是她有生以来看到的第二张或第三张，吓得她仓皇逃开了。

[三] 一枚五法郎银币的落地声

有一个穷人，经常蹲在圣美达教堂旁边一口填平的古井台上，冉·阿让总爱向他施舍，从他面前走过时总要给几个钱，有时还同他说说话。眼红的人就说那乞丐是"警察的眼线"。那老头儿有七十五岁，从前当过教堂执事，因而口里总念念有词。

有一天傍晚，冉·阿让又经过那里，这回没带珂赛特，路灯刚刚点上，他看见那乞丐还在老地方，跟平时一样，佝偻着身子仿佛在祈祷。冉·阿让走过去，像往常那样把钱放到他手上。那乞丐猛地抬起头，注视冉·阿让，又迅速低下头去。这动作犹如一道闪电，冉·阿让心头一惊，刚才借着路灯的昏光，看到的仿佛不是老执事那张平静呆呆的脸，而是一张可怕而熟悉的面孔。当时的感觉,就像黑夜中突然撞见猛虎。他不胜骇然,吓得倒退一步,既不敢喘气也不敢说话,既不敢停留也不敢逃走,只是愣愣地看着那乞丐。那乞脑袋罩一块破布,低着头,似乎不知道他还站在那里。在这奇特的时刻,一种本能,也许是自卫的神秘的本能,使得冉·阿让一句话没讲。那乞丐个头儿、破衣烂衫和相貌,还跟平时一样。"咦!"冉·阿让说道,"我疯啦!简直在做梦!不可能啊!"他回到家里,心中惴惴不安。

他几乎不敢承认,看到的仿佛是沙威的面孔。

到了夜晚,了还想这事儿,后悔没有问问那人,好迫使他再抬一下头。

次日要黑天的时候,他又去那里。乞丐还在老地方。"您好,老伙计。"冉·阿让给了一苏钱,毅然问道。那乞丐抬起头,以忧伤的声调答道:"谢谢,我的好心的先生。"没错,正是那老执事。

冉·阿让完全放下心来。他嘿嘿一笑,心中想道:见鬼,我在哪儿看到沙威啦?怎么,我的眼睛要花啦?于是,他不再想这事儿了。

又过了几天,约莫晚上八点钟,他在房间里,正在让珂赛特高声拼读,忽然听见打开并关上楼门的声响,心中诧异。这破楼里除了他,只住着那个老太婆,她为了省蜡烛,总是天一黑就上床睡觉。冉·阿让示意珂赛特不要出声。他听见有人上楼。大不了,只能是老太婆病了,出去抓药回来了。冉·阿让侧耳细听,脚步很重,那声响像个男人走路。不过,那老太婆总穿一双大鞋,而一位老太太的脚步声,听起来比谁都更像一个大汉了。这工夫,冉·阿让吹灭了蜡烛。

他打发珂塞特去睡觉,悄声对她说:"去睡吧,别弄出动静。"就在他亲孩子的脑门儿时,那脚步停下了。他背对着房门,坐在椅子上没有动窝儿,不动也不出声响,在黑暗里屏住呼吸。过了好一阵儿,听不见动静了,他才无声无息地回过身,抬眼望望房门,只见锁眼儿透进亮光。在黑乎乎的房门和墙壁上,这点亮光真像一颗灾星。显然,门外有人举着蜡烛在偷听。

又过了几分钟,那光亮移走了。不过,一点脚步声他也没听见,这表明来到门口偷听的那个人脱掉了鞋子。

冉·阿让和衣躺下,一夜未合眼。

天蒙蒙亮的时候,他因疲倦昏昏睡去,忽然被开门的声响惊醒:声音是从走廊里端一间阁楼传来的,接着,他又听见跟昨夜上楼同样的男人脚步声。脚步声越来越近。他急忙跳下床,一只眼对着锁孔窥视,锁孔相当大,可望见昨夜潜入楼里到他门口偷听的那个人经过时,究竟是谁。从冉·阿让门外走过去的的确是个男人,这回没有停步。楼道里还太昏暗,看不清那人的面孔,不过,那人走到楼梯口时,外面射进来的一束阳光,正好鲜明地衬出他的身影,冉·阿让看到了他的整个背影。那人身材高大,穿一件长礼服,腋下夹一根短棍,正是沙威那副凶相。

早晨七点钟,老太婆来打扫房间。冉·阿让犀利的目光瞧了她一眼,但是没有盘问。老太婆的神色同往常一样。

等老太婆一走，他就把放在壁橱里的一百来法郎银币卷起来，揣进衣兜里。他收钱时尽管十分小心，怕人听见声响，还是有一枚五法郎的银币，丁零零滚在方砖地上。

黄昏时分，他下楼到街上，注意察看周围，没有看见一个人。这条大道似乎渺无人迹。当然，树木后面也许有人躲藏。

他又上楼去。

"走。"他对珂赛特说。

他拉起孩子的手，二人一道出门去了。

第四卷 夜猎狗群寂无声

[一] 曲线战略

冉·阿让立刻离开那条大道,拐进小街,尽可能转弯抹角,有时甚至突然折回去,看看是否有人跟踪。

珂赛特只跟着走,并不问什么。她来到世上不久,就经历了六年苦难,天性中潜入了某种被动性。还有一点,今后我们还要不止一次地指出,她在不知不觉中,早已习惯这老人的怪异行为以及命运的离奇变化。再说,同他在一起,她有安全感。

借着警察所门前的路灯,清清楚楚地看见三个紧紧跟随的人,靠街道昏暗的一侧鱼贯从那盏路灯下走过。其中一个走进警察所的甬道。打头的那个人十分可疑。

一轮皓月照在十字路口上。冉·阿让藏在一个门洞里,心里打算那三人若是还跟着,就得通过那片亮地,他也就必定看得一清二楚。

没过三分钟,那些人果然出现了。现在他们共四人,个个人高马大,身穿棕色长礼服,头戴圆顶帽,手持粗棍。他们在黑夜中的行迹就够阴森可怕的,那大块头儿和大拳头也同样令人胆战心惊,看上去真像化身士绅的四个鬼魂。

悲惨世界

他们走到十字街头中央便站住了,聚成一堆,似乎要商量事情,那样子显得犹豫不决。像是领头的那个人转过身来,气冲冲地抬起右手,指着冉·阿让所走的方向;另一个人好像固执地指着相反的方向。前者回身的时候,正巧月光照在他脸上。冉·阿让完全认出来,正是沙威。

悲惨世界

[二] 看看一七二七年巴黎市区图

冉·阿让走了三百来步,到了小街的岔口,分出左右两条斜街,展现在他面前的是两条路。选哪一条好呢?

他毫不犹豫,拐上左边一条。

为什么?

因为,左边一条通往城郊,也就是说有人住的地方,而右边一条通往郊外,也就是荒僻无人的地方。

不过,他不像先前走得那么快了,珂赛特慢下来,拖住他的脚步。

于是,冉·阿让又抱起珂赛特。孩子头枕在老人的肩上,一声也不吭。

他不时回头望望,而且留心一直靠街道昏暗的一侧。身后的街道笔直,他回头望了两三回,什么也没有看见,一片寂静,也就稍放宽心,继续往前走。过了一会儿,他又猛一回头,仿佛看见他刚走过的那段街上,远远的黑地里有东西在移动。

现在他的步伐不是走,而是往前飞奔了,只希望找到一条侧巷,赶紧逃避,再次甩掉跟踪的尾巴。

悲惨世界

他撞见一道围墙。

那道墙并没有挡住去路,而是贴着与冉·阿让所走的那条街连接的一条横巷。

到了街口,又得作出决定,是往右还是往左走。

往右边一望,只见小巷延伸,两侧全是板棚和仓库之类的建筑物,巷尾是死的,横着一堵白色高墙,清晰可辨。

再往左边一看,只见巷子二百来步远处,与另一条街相通,那才是生路。

冉·阿让正要拐进左边巷口,打算逃向隐约望见与巷尾相连的那条街上,忽然发现一尊黑乎乎的雕像,一动不动立在街巷的拐角。

那是一个人,分明是刚刚派去守住巷口。

冉·阿让慌忙后退。

怎么办?

走回头路已来不及了。先前他回头张望,看见远处暗地里有活动的影子,那一定是沙威和他的小队。冉·阿让走到街尾的时候,沙威很可能已经进入街口。看来,沙威非常熟悉这一小块迷宫似的地段,早就有所防备,派他手下一个人把住出口。这种种猜测显然都是事实,在冉·阿让伤透的脑子里立刻乱纷纷飞旋起来,就像一把灰尘被一阵风吹飞一样。他仔细望望洋罗死胡同,那里无路可通。他再仔细望望皮克普斯小街,那里有人把守。他看见明亮的月光映白的铺石街道,突兀地衬出那个黑黝黝的身影。往前走吧,必然撞到那个人。往后退吧,又要落入沙威的魔掌中。冉·阿让感到陷入罗网,感到罗网渐渐收紧了。他悲痛欲绝地仰望苍天。

一棵椴树的枝杈从斜壁上探出来，靠波龙索街的这面墙上爬满了常青藤。

情势凶险，在这千钧一发之际，冉·阿让见这座房子孤零零，好像没有住人，就想试一试。他急速用眼睛扫了一遍，心想若能进去，也许就能逃命。他这才有了一个主意，有了一线希望。

[三] 有煤气路灯便不可能成功

这时，远处传来低沉而有节奏的声响。冉·阿让冒险探出头，从街角向外张望一眼，只见七八名士兵列队走进波龙索街口，枪刺闪着寒光，正朝他走来。

他辨认出走在排头的大个子就是沙威。他们谨慎地缓缓行进，时常停下，显然是搜索每一处墙角、每一个门洞和每一条小道。

见此情景不会猜错，那支巡逻队是沙威半路遇见并调用来的。

沙威的两名助手也走在队列中。

根据他们行进的速度和停顿的情况，可以计算出他们还得一刻钟，才能到达冉·阿让所在的地点。这一时刻万分危急，他第三次面临可怕的深渊，再过几分钟就坠落下去。这回判处苦役，就不单纯是服苦役的问题了，还意味断送珂赛特一生，要成为孤魂野鬼了。

只有一个办法可行了。

冉·阿让有这样一个特点，可以说他身上有个褡裢，一头囊中装着圣徒的思想，另一头囊中装着苦役犯的惊人才能。他掏哪头行囊，要视情况而定。

从前他在土伦服苦役，曾多次企图越狱，练就一整套本领，其中攀登一技堪称高手，令人难以置信。我们还记得，他不用梯子，不用扣钉，仅凭自身肌肉的力量，运用后颈、肩头、臀部和双膝，稍稍撑一下砌石偶然的凸起部分，就能顺着两面墙构成的直角一直登上七层楼。二十年前，囚犯巴特摩勒就是运用这种技巧，从巴黎裁判所附属监狱逃走，致使那处墙角既令人惊恐，又大名鼎鼎。

冉·阿让看着探出椴树枝的墙头，目测一下高度，约有十八法尺。这堵墙和那座大楼的山墙的切角里，砌了一个三角形砖石墩，大概防范人称行人的那些粪虫到这异常方便的角落行方便。这类墙角防护墩在巴黎相当普遍。

这个砖石墩约五尺高。墩顶距墙头，多说有十四尺。

墙头盖了石板，没有披檐。

事情难在珂赛特，她不会爬墙。丢下她吗？冉·阿让连想也不想。驮她上去又不可能。这种奇特的攀登，需要他使出全身的力气，哪怕一点点累赘，也能让他失掉重心而栽下去。

要有一条绳子。冉·阿让身上没带。大半夜的，在波龙索街，到哪儿去找绳子呢？此刻，冉·阿让若是拥有个王国，也会拿去换一条绳子。

危难关头总有闪光，有时令我们头晕目眩，有时叫我们心明眼亮。

冉·阿让绝望的目光碰到洋罗死胡同的路灯杆。

当时巴黎街头还没有煤气路灯，只有带反射镜的油灯，每隔一段距离设一盏，天要黑时点亮，用绳子拉起或放下。那灯绳从空中横拉过街道，安在杆子的槽里，收放灯绳的绞盘装在灯下面一个铁盒里，钥匙由点灯工保管，灯绳下半段则用金属管保护。

冉·阿让拿出殊死斗争的劲头儿，一个箭步蹿过街道，冲进死胡同，用刀尖撬开小铁盒的销闩，转瞬间又回到珂赛特身边。他有了绳子。这些不幸的人，同命运搏斗总能急中生智，行动干脆利落。

前面交代过，这天夜晚没有点路灯。洋罗死胡同和别处一样，路灯是黑着的；就是有人从旁边走过，也不会注意那盏灯不在原来位置上了。

然而，时辰那么晚，在那种地方，周围那么黑暗，冉·阿让又神色惶遽，行为怪异，忽来忽往，这一切开始让珂赛特不安了。换个别的孩子，早就惊叫起来了，而她只是扯扯冉·阿让的衣襟儿。巡逻队走近的脚步声一直听得见，而且越来越清晰了。

"爹，"她小声说，"我怕。那是谁来啦？"

"别出声！"不幸的人回答，"那是德纳第婆娘。"

珂赛特打了个寒噤。冉·阿让又说道："别说话，让我来对付。你若是喊叫，若是哭，那么德纳第婆娘就会找来，把你抓回去。"

接着，他解下领带，扎在孩子的腋下，注意松紧适度，再

把领带同绳子一端系住,打了个海员所说的燕子结,咬住绳子另一端,脱下鞋袜扔过墙头,这一系列动作,不慌不忙,又干净利索,绝不重复,在巡逻队和沙威随时可能突然出现的这种时刻,尤为显得出色。然后,他跳上那砖石墩,身子贴住墙壁和山墙的切角往上升,动作十分沉稳,就好像脚跟和臂肘下有梯级似的。只用半分钟,他就跪在墙头上了。

珂赛特惊呆了,一声不响地望着他。冉·阿让的叮嘱,以及德纳第婆娘的名字,早把她吓呆了。

忽然,她听见冉·阿让轻声喊她:"背靠在墙上。"
她照办了。
"不要出声,也不要害怕。"冉·阿让又说道。
珂赛特感到双脚离了地。
她还未弄清是怎么回事,就被拉上墙头了。
冉·阿让抓住她,放到自己背上,用左手拉住她两只小手,匍匐爬到斜壁上。他判断得不错,果然有一座小房,房顶与那木墙头相连,拂着椴树枝,坡度也平缓,披檐离地面不高。

这境地很可喜,因为墙里比临街一面高得多。冉·阿让往下看,地面相当幽深。

他爬到斜屋顶,手还未放开墙脊,就听见一片喧扰,表明巡逻队赶到了,又听见沙威如雷的声音说道:"搜这个死胡同!直壁街有人把守,皮克普斯小街也守住了。我敢打保票,他在这死胡同里!"

士兵冲进洋罗死胡同。

冉·阿让背着珂赛特，顺屋顶滑下去，碰到椴树，便跳下地。也许由于恐惧，也许由于勇敢，珂赛特一声未出，她双手擦破了点皮。

［四］ 谜的开端

冉·阿让发现到了一座园子。园子很大，但形貌奇特，景色凄凉，仿佛建来专供人在冬夜观赏。园地呈长方形，里侧有一条林荫道，长着两排高大的杨树，角落还有一片高树，园中央是一片没有阴影的空地，只挺立一棵大树，另有几棵果树，枝干蜷曲，支楞八叉，好似大丛荆棘；此外，还有几畦菜地、一块瓜田，只见瓜秧培育罩在月光下闪闪发亮，旁边有一口排污水古井。几条石凳散布在各处，黑乎乎的，好像长了苔藓。一条小径两旁都栽有挺直幽暗的小树，路径半边杂草侵占，半边青苔覆盖。

冉·阿让的旁边有一所房子，他正是从那房顶滑下来的，还有一个柴堆，柴堆后面靠墙有一尊石像，面部损坏，成为一副畸形面具，在黑暗中若隐若现。

想象不出还能有比这更荒僻更冷清的园子了。园中一个人也没有，这很简单，时间太晚，可是这地方，即使在中午，好像也不适合人来散步。

冉·阿让要做的头一件事，就是找到鞋子，重新穿上，然后带珂赛特走进仓棚。逃跑的人，总觉得自己藏匿的地点不够隐蔽。孩子还一直想德纳第婆娘，她出于同样的本能，也尽量蜷伏起来。

珂赛特浑身战栗,紧紧靠着他。他们听见巡逻队搜索死胡同的喧闹声、枪托碰到石头的声响、沙威招呼他布哨的警察的喊声,以及他那掺杂着无法听清的话语的咒骂声。

过了一刻钟,那种狂吼的风暴渐渐离去。冉·阿让敛声屏息。

他的手一直轻轻按着珂赛特的嘴。

不过,他置身的荒僻之地幽静得出奇,外面的喧嚣那么凶,又那么近,却丝毫也没有惊扰这里面。这里的墙壁,就像是用《圣经》里所说的哑石砌成的。

然而,在这一片沉寂中,忽然响起一种新的声音,是来自上天的无比美妙的仙音,跟刚才那阵可怕的喧闹,恰成鲜明的对照。这是从黑暗中传出来的天主颂歌,是在朦胧夜色和可怕寂静中由祈祷与和声汇成的炫目之光;这是妇女的声音,由贞女纯洁的声调和女孩天真的声调组合,这不是人间的声音,而像新生婴儿还听得到、垂死之人已经听到的声音。这歌声从屹立在园中的灰暗大楼里传出来。在魔鬼的喧嚣离去的时刻,从夜色中继之而来的仿佛是天使的合唱。

珂赛特和冉·阿让一同跪下。

他们并不知道这是什么,也不知道身在何处,但是这老少二人,一个赎罪者和一个无罪者,都感到应当下跪。

这声音的奇特之处,就是并不妨碍大楼给人空荡荡的印象,听来就像空楼传出的超自然的歌。

冉·阿让听着歌声,什么也不想了。他眼前不再是漆黑的夜,而是蔚蓝的天空。他感到我们每人心中都有的翅膀要展开了。

歌声止息。这歌声也许持续很久。冉·阿让说不准。陶醉忘情的时间,从来就像一刹那。

周围又沉寂下来。街上悄无声息,园内也悄无声息了。凶险恐怖的、给人慰藉的,所有声响都消失了。只有墙头上的几株枯草在风中摇曳,微微发出凄惶的声响。

[五] 谜上加谜

孩子枕着石头睡着了。

冉·阿让在她身边坐下,开始端详她的睡容。在端详的同时,他的情绪也渐渐平静下来,又能重新把握思想的自由了。

他清楚地认识这样一个现实,也就是他余生的底蕴:只要这孩子还在,只要在他身边,他就除了为她以外什么也不需要,他就除了因她以外什么也不害怕了。他脱掉外衣盖在孩子身上,甚至没有感到自己身子很冷。

这阵工夫,他在冥思遐想中,听见一种奇特的声响,好像摇动的铃铛声。声音来自园内,虽然微弱,但是听得很真切,如同夜间牧场上牲口颈下小铃铛发出的幽微的音乐。

冉·阿让闻声回头张望。

他定睛一看,发现园里有一个人。

那像个男人,走在瓜田的秧苗培育罩之间,不时停下,弯下腰又直起来,仿佛在地上拖着或者展开什么东西。那人走路好像一瘸一拐。

他从里面观察瓜田上那个人的行迹。奇怪的是,铃声完全随着那人的动作而变异。人近声近,人远声远;他动作急促,铃声也急促,他停下不动,铃声也止息。显然,铃铛系在那人身上。可是,这其中有什么奥妙呢?那究竟是什么人,像牛羊一样系着铃铛呢?

他一面在心中提出这些疑问,一面伸手摸摸珂赛特的手,感到她的小手冰凉。

"上帝啊!"他叹道。

珂赛特面无血色,一动不动,瘫在他脚下的地上。

冉·阿让倾听她的呼吸,感到她还喘气,但气息微弱,快要断了。

怎么让她暖和过来呢?怎么把她叫醒呢?与此无关的念头,全从他头脑里消失了。他发狂似的冲出破屋。

刻不容缓,一刻钟之内,必须把珂赛特放到火前和床上。

[六] 佩带铃铛的人

冉·阿让径直朝园里那人走去,手里攥着从坎肩兜里掏出来的一卷钱。

那人低着头,没有瞧见他走近。冉·阿让几步就跨到他跟前。

他开口就喊道:"一百法郎!"

那人吓了一跳,抬起眼睛。

"一百法郎给您赚,"冉·阿让又说道,"只要您给我一个过夜的地方!"

月亮迎面照着冉·阿让那惊慌的脸。

"咦，是您啊，马德兰老爹！"那人说道。

这名字，在黑夜的这一时辰，在这陌生之地，由这陌生人叫出来，使冉·阿让连连后退。

他准备好应付任何局面，就是没有料到这一点。同他说话的是位老者，背驼腿瘸，身上的穿戴跟农民差不多，左膝绑条皮带，挂一个挺大的铃铛。他的脸背着月光，看不清楚。

这时，那老人摘下帽子，提高嗓门颤抖地说：

"天主啊！您怎么在这儿，马德兰老爹！耶稣上帝啊，您是从哪儿进来的？是从天上掉下来的吧？这不难猜，您若是真的掉下来，那只能是从天上。您怎么这身打扮！没扎领带，没戴帽子，也没穿外衣！不认识您的人见了会吓着的，您知道吗？天主上帝啊，如今的圣徒全疯了吗？真的，您是怎么进来的？"

一句紧接一句，老人像乡下人那样爽快，说起话来滔滔不绝，但绝不让人下不来台。语气中既流露出惊讶，又显得天真而淳朴。

"您是谁？这里是什么宅院？"冉·阿让问道。

"嘿，老天爷，太过分啦！"老人高声说，"我就是您安置在这儿的呀，这个宅院，就是安置我的地方啊。怎么！您认不出我来啦？"

"不认识，"冉·阿让说，"我怎么会认识您呢？"

"您救过我的命啊。"那人又说。

他转过身，一束月光照见他的侧面，这下冉·阿让认出是割风老头儿。

"哦！"冉·阿让说，"是您吗？对，我认出您了。"

"还真行！"老人带着责备的口气说。

"您在这儿干什么？"冉·阿让又问道。

"还用问！我在盖瓜秧苗呀！"

刚才冉·阿让上前搭话时，割风老头儿确实提着一片草席，正要盖在瓜田上。而且，他到园子里来已有个把钟头，盖了相当一片了。冉·阿让在破屋观察到的，正是他这种奇特的动作。

他继续说道：

"出来之前我心想，要上冻了，趁着月亮地儿，干吗不给瓜秧披上大衣呢？"他看着冉·阿让，哈哈大笑，又补充说道，"真的，您也应当披上一件啊！对了，您怎么在这儿呢？"

冉·阿让心中暗道，这人既然认识他，至少知道他叫马德兰，那么自己就要谨慎从事，于是一连串提了许多问题。事情也真怪，双方似乎调换了角色，他这个不速之客，反倒盘问起人家来了。

"您膝上挂个铃铛干什么？"

"这个？"割风回答，"这是让别人避开我呀。"

"什么？让别人避开您？"

割风老头儿诡秘的样子，挤眉弄眼地说：

"当然喽！这大楼里住的全是女的，还有不少年轻姑娘，好像撞见我会有危险。铃声警告她们回避。我一来，她们就纷纷走开。"

"这是什么宅院啊？"

"唉！您还不知道？"

"我真的不知道。"

"是您安置我到这儿来当园丁的呀！"

"回答我的话，就当我根本不知道。"

"好吧，这就是小皮克普斯修道院呀！"

冉·阿让想起来了。两年前，割风老头儿出了车祸，成了残废，由他介绍到圣安托万区修道院来，而他恰恰闯到这里，真是巧遇，也是上天的安排。他自言自语似的重复道：

"小皮克普斯修道院！"

"是啊，不过，"割风又说，"您，马德兰老爹，真见鬼，您是怎么进来的？您是个圣徒也没用，总归是个男人，是男人就不许进这里。"

"您不是能在这儿嘛。"

"只有我一个例外。"

"不管怎么说，我得留在这儿。"冉·阿让又说道。

"上帝啊！"割风叹了一声。

冉·阿让凑到老人面前，严肃地说："割风老爹，我救过您的命。"

"这还是我头一个想起来的。"割风回答。

"那好，从前我为您做的事，今天您也能为我做了。"

割风两只皱巴巴的老手，颤抖着拉住冉·阿让两只结实的大手掌，好一阵说不出话来，最后才高声说道：

"我若能报答您一点儿，那真是慈悲上帝的恩惠！我！救您的命！市长先生，用得着我这老头儿，您就吩咐吧！"

这老人一阵喜悦，连容貌都变了，脸上似乎焕发出光彩。

"您让我干什么？"他又说道。

"等一下我再向您解释。您有一间屋子吗？"

"有一所破板房，在老修道院破房后边，孤零零在一个隐蔽的角落，谁也看不见。有三个房间。"

果然，破棚在老楼后面，被遮住，十分隐蔽，谁也瞧不见，冉·阿让也没有发现。

"很好，"冉·阿让说，"现在，我要求您两件事。"

"什么事，市长先生？"

"头一件，关于我的情况，您对谁也不要讲。第二件，我的事您不要多问。"

"听您的。我知道您只能干正当的事，您始终是慈悲上帝的人。再说，是您把我安置在这儿的。这是您的事儿。我听您的。"

"一言为定。现在随我来，一道去找孩子。"

"啊！还有孩子！"割风说道。

他不再多说一句话，像狗随主人一样跟着冉·阿让。

没过半小时，珂赛特睡在老园丁的床上，烤着旺旺的炉火，脸蛋儿就又变红了。冉·阿让重又打上领带，穿上外衣，也找到了从墙头扔过来的帽子。冉·阿让这边穿上外衣时，割风那边也解下系铃带，挂到背篓旁边一根钉子上，算是墙壁的点缀。割风往桌子上放一块奶酪、黑面包、一瓶葡萄酒和两只杯子。二人臂肘撑着桌子烤火，老头儿一只手按住冉·阿让的膝盖，说道：

"唉！马德兰老爹！您没有一下子认出我来！您救了人家的命，却把人家给忘啦！噢！真不够意思！人家还总记着您！您这人真没良心！"

[七] 沙威如何扑空

这一系列事件，我们可以说只看到了其中一面，其实另一面发生的经过极其自然。

冉·阿让在芳汀去世的床边，被沙威逮捕，当天夜里，他就逃出了海滨蒙特伊市监狱。警方推测，这个越狱的苦役犯必定前往巴黎。巴黎是吞没一切的大旋涡，如同大海的漩流一样，任何进入这人世的漩流都会消失。巴黎藏匿一个人的踪迹胜过任何森林。各色各样的亡命之徒都深知这一点。他们奔向巴黎，就像钻进无底洞，而有些无底洞确是避难之所。警方也深知这一点，因此在别处丧失了线索，就到巴黎去寻觅。警方确实在巴黎察访海滨蒙特伊的前市长。沙威也调到巴黎协同破案，他在重新逮捕冉·阿让归案过程中，的确卖了很大力气。安格莱斯伯爵主管警察总署时，秘书夏布叶先生注意到在这件案子中，沙威表现出的忠勇和智慧，而且，当初他就提拔过沙威，趁这次机会，就把这个警探从海滨蒙特伊调到巴黎总署供职。沙威调到巴黎之后，屡次立功，其表现——还是明说吧，尽管这个字眼用于这种差使未免出人意料——忠勤可嘉。

天天出猎的狗追捕今天的狼，就会忘掉昨天的狼；同样，沙威也不再想冉·阿让了，直到一八二三年十二月，他这从不看报的人忽然看了一份报纸，作为保王党徒，他要了解"亲王大元帅"① 凯旋而归，进入巴约讷城的详细报道。他看完感兴趣的一篇报道，在版面下端发现一个名字，冉·阿让，这引起他的注意。报纸报道苦役犯冉·阿让死了，发布了正式消息。沙威看了深信不疑，随口说了一句："那真是个好下场。"他扔了报纸，就不再想这事了。

不久，赛纳一瓦兹省警察厅转给巴黎警察总署一份报单，是发生在蒙菲郿乡的拐带儿童案，情节相当离奇。一个七八岁的小姑娘，由母亲托付给当地一个小客店主抚养，被一个陌生人拐走；小姑娘名叫珂赛特，是一个名叫芳汀的女子的女儿，那女子已死在医院中，时间地点不详。沙威看到这份报单，便又想起旧事。

芳汀这名字，他很熟悉，还记得冉·阿让曾请求宽限三天，去领那贱人的孩子，当时引起他的哈哈大笑。

沙威又想起，冉·阿让是在去蒙菲郿的驿车上被捕的。有些迹象表明，当时他是第二次搭那趟车了，前一天他到过那村子附近，只是因为没人见他进村子。他到蒙菲郿那地方去干什么？当时令人费解。现在沙威恍然大悟。芳汀的女儿在那里，冉·阿让要去接她。而现在，那孩子被一个陌生人拐走。那陌生人究竟是谁呢？莫不是冉·阿让？可是冉·阿让死了啊。沙威没有对任何人提这事儿，就到木板死胡同锡盘车行租了一辆单人马车，前往蒙菲郿。

――――――

① 亲王大元帅指昂古莱姆公爵。1823年4月，他率法军进入西班牙，镇压那里的资产阶级革命。回国第一站便是临西班牙边境的小城巴约讷。

他满以为到了那里，就能弄个水落石出，谁料又坠入五里雾中。

出了那事儿的最初几天，德纳第夫妇心中懊恼，不免张扬了一阵。云雀失踪的消息在村子里传开了，而且立刻出现几种说法，最后归结成拐带儿童案。这就是警局报单的由来。然而，德纳第气过一阵之后，凭他那灵敏的本能，很快就意识到惊动检察官先生，绝不会有什么便宜，他就"拐走"珂赛特之事告官，产生的头一个后果，就是把司法那炯炯的目光引到他德纳第身上，引到他所干的许多不清白的事情上。猫头鹰最忌讳的事，就是有人把一支点燃的蜡烛拿到面前。首先一点，他收了一千五百法郎，又怎能脱离干系呢？于是，他来个急刹车，又把他老婆的嘴堵上，再有人向他提"拐走的孩子"，他就故作惊讶，表示莫名其妙，说他舍不得那宝贝孩子，出于感情想多留她两三天，可是人家不由分说把孩子"抢走"，当时他固然抱怨了几句，但来领孩子的人是她祖父，这是天经地义的事儿。他编出个祖父来，效果极佳。沙威来到蒙菲郿，听说的就是这个故事。出来个祖父，冉·阿让就化为乌有了。

不过，沙威还是追问了几句，想探探德纳第那套话的虚实。

"那祖父是个什么样的人？他叫什么名字？"

德纳第爽快地回答："是个有钱的庄稼人。我看了他的通行证，记得他叫吉约姆·朗贝尔先生。"

朗贝尔是个善良的名字，听了叫人放心，沙威又回巴黎去了。

"冉·阿让那家伙明明死了,"沙威心想,"我犯什么糊涂。"

这件事他又丢在脑后了,到了一八二四年三月间,他听说圣美达教区住着一个怪人,人称"好施舍的乞丐"。据说那人靠年息度日,真名实姓却无人知晓,独自带一个八岁的小女孩生活;那女孩也一无所知,仅仅知道她是从蒙菲郿来的。蒙菲郿!这个地名总是反复出现,这回又让沙威竖起耳朵。有一个老乞丐,从前在教堂当过执事,后来给警察当眼线,他就常得到那怪人的施舍,他还提供一些情况:"那个吃年息的人特别怕同人交往……总是天黑才出门……跟谁也不说话……只是偶尔跟穷人说两句……也不让任何人接近。他穿一件黄色旧礼服,破烂不堪,但里边缝满了钞票,价值几百万。"这些话引起沙威极大的好奇心,就想接触一下,瞧瞧那个怪息爷,又不打草惊蛇,有一天就向当过教堂执事的老眼线借了那身破衣裳,到他每天傍晚边念祷文边侦察的老地方。

"那可疑的人"果然来了,走到化了装的沙威面前,施舍了钱。沙威趁机抬头看一眼,以为见了冉·阿让,而冉·阿让也以为见了沙威,二人都同样一惊。

然而天太黑,可能认错人,冉·阿让的死讯正式公布过,因此,沙威还心存疑虑,而且是重大的疑问。沙威是个一丝不苟的人,在犯疑的时候绝不乱抓人。

他跟踪那人,一直跟到戈尔博老屋,向"老太婆"了解情况,这不费什么周折。老太婆向他证实了那外衣衬里有好几百万,还讲了兑换那张一千法郎钞票的事例。她亲眼看到!她亲手摸到!于是,沙威租下一间屋,当天晚上住进去,还到那神秘的房客门口偷听，渴望听到他的嗓音；然而，冉·阿让从锁眼发现了烛光，就不作声了，挫败了警探的计谋。

次日，冉·阿让准备溜之大吉，可是，那枚五法郎银币落地的声响，引起老太婆的注意，她心想那房客要迁走，就急忙通知了沙威。到了夜晚，冉·阿让出去的时候，沙威带两个人已经守候在大道旁的树后了。

沙威又到警署要了帮手，但是没有透露他要抓的那人姓名。这是他的秘密，他谨守秘密有三条理由：首先，稍有不慎，就可能引起冉·阿让的警觉；其次，追捕一个公认死了的老逃犯，追捕一个法院案底曾列入"最危险的匪徒"之类的一个罪犯，如能逮捕归案，就是大功一件，这样一个案子，巴黎警署的老人绝不会让沙威这样一个新来乍到的人去办；最后，沙威是个讲究技艺的人，喜欢出奇制胜，他讨厌那种老早就宣布、谈得乏了味才得到的功绩。他要暗中准备杰作，然后赫然展示出来。

沙威从一棵树到另一棵树，跟踪冉·阿让，再从一个街角到另一个街角，一刻也没有失掉目标。即使在冉·阿让自以为十分安全的时候，沙威的眼睛也盯着他。

为什么沙威不逮捕冉·阿让呢？那是因为他仍有疑虑。

回想一下，那时候警察不能为所欲为，还受自由言论的约束。报纸曾揭露几起武断的逮捕事件，在议会里引起反响，致使警署畏首畏尾了。侵犯人身自由是严重的事件。警察害怕错抓了人，署长责怪下来，一个过错就砸了饭碗。设想一下，二十种报纸同时刊登一则短讯，会在巴黎引起什么后果吧：昨天，一位可敬的老息爷领着八岁的孙女散步，被警察认作在逃的苦役犯逮捕，押进警署大牢！

此外，我们还要重复一遍，沙威本人也有顾虑：上级叮嘱，内心也百般叮嘱，让他确确实实把握不准。

冉·阿让背对着他，一直走在黑地里。

悲惨世界

往日的忧伤、不安、焦虑、沮丧，今天又遭不幸，不得不连夜潜逃，在巴黎临时为珂赛特和自己找个藏身之所，走路又必须适应这孩子的步伐，这一切，让冉·阿让在不知不觉中，改变了走路的姿势，还给他躯体的习惯动作增添了龙钟的老态，这就势必让沙威产生错觉，而且他确也产生错觉了。沙威本来就没有把握，跟踪又不能靠得太近，看那人一身落魄学究的打扮，想起德纳第把他说成祖父的证词，尤其公认冉·阿让已死在服刑期间，因此，这个警探就更加疑虑重重了。

有一阵，他真想突然上前检查那人证件。可是转念又一想，即使那人不是冉·阿让，也不是安分守己的老息爷，那他也不是个善类，很可能同巴黎的犯罪团伙有渊深而密切的关系，他很可能是匪帮的危险盗魁，平日施舍点钱财，以掩饰他其他的罪行，这是掩人耳目的老伎俩了。他一定有党羽，有同伙，有应急的巢穴。他在街上所走的迂回曲折的路线表明，那家伙绝不那么简单。下手太快，无异于"杀鸡取卵"。再等一等，又有何不可呢？沙威确信他跑不掉。

直到相当晚的时候，在蓬图瓦兹街，他才借着一家酒馆的明亮灯光，确认那是冉·阿让。

世上有两种生灵能在心灵深处战栗：一是寻回孩子的母

悲惨世界

亲,一是抓到猎物的猛虎。沙威就在内心深处战栗起来。

他一确认了可怕的苦役犯冉·阿让,就发觉他们只有三个人,于是到蓬图瓦兹街警察所请求帮手。

先要戴上手套,才能去抓带刺的木棍。

他又在罗兰十字路口同警探商量,这样一耽搁,就险些失掉目标。不过,他很快就断定,冉·阿让必是过了河,以便甩掉追踪的人。他低头想了想,就好像猎犬鼻子贴着地面要辨准踪迹似的。沙威凭着本能的精确判断,径直走向奥斯特利茨桥,一句话就问明了情况。"您看见一个男人带着一个小姑娘吗?"他问过桥收费员。"我让他交了两苏钱。"收费员答道。沙威一上桥,恰好望见冉·阿让在河对岸,拉着珂赛特走过月亮地的一片空场,还望见他走进圣安托万绿径街;他想到洋罗死胡同在那里好似陷阱,只有直壁街通往皮克普斯小街的唯一出口。正如猎人所说,他要"赶到前面堵截",急忙派了一个人绕道去守住那个出口。一个巡逻队要返回兵工厂营房,正巧经过那里,沙威就调用来协同追捕。在这类较量中,大兵就是王牌。再说,要猎获野猪,猎人用智,猎犬用力,这也是原则。这样布置完毕,沙威感到冉·阿让已入围,右有洋罗死胡同,左有埋伏,后有他沙威追赶,想到此处,他不禁取一撮鼻烟嗅嗅。

接着,他开始耍戏了。一时间,沙威心怀杀机,乐不可支,明知对手跑不掉了,还故意让他在前面奔逃,尽量推迟下手的时间,品味已捉住对手又看着他自由行动的快感,如同蜘蛛让苍蝇翻飞,猫儿让老鼠逃窜,拿眼睛盯着时所感到的乐趣。猛禽猛兽的利爪都有一种凶残的肉欲,感受爪下猎物的心惊肉跳。这种生杀予夺,该有多么快活!

沙威好不开心。他的网结得十分牢固,胜券在握,只须合拢手指了。

他的人手这么多,冉·阿让再怎么健壮,再怎么凶猛,再怎么拼命,也抗拒不了啦。

沙威稳步前进,一路搜索街头的每个角落,如同搜查窃贼的每个衣兜。

到了他结的蜘蛛网中心,苍蝇却不见了。

不难想象他该多么气急败坏!

他盘问布置在直壁街和皮克普斯小街路口的岗哨,那警察坚守哨位,根本没看见那人过去。

猎犬围住的鹿,有时会蒙混出去,也就是说逃脱,多老的猎人遇到这种情况,也只好哑口无言。杜维维埃、利尼维尔和德斯普雷兹也都不知所措。阿尔东日碰到了这种倒霉事,不禁嚷道:"那不是鹿,而是个巫师。"

沙威也真想这样大吼一声。

他那种失望,一时近乎绝望和盛怒。

毫无疑问,拿破仑在俄罗斯征战中犯了错误,亚历山大在印度征战中犯了错误,恺撒在非洲征战中犯了错误,居鲁士①在西徐亚征战中犯了错误,同样,沙威在征讨冉·阿让之战中也犯了错误。

他也许错在犹豫不决,没有确认这个老苦役犯,本来他看

---

① 居鲁士大帝二世:公元前550-前530年在位,波斯皇帝。

一眼就行了。他错在到那破楼房里，没有直截了当地去抓他。他也错在既然在蓬图瓦兹街认定了，却没有立刻下手。他还错在到了罗兰十字路口，站在月亮地里同助手商量。主意多固然有用，了解和征询忠实的狗的意见也是好的。然而，猎人追捕多疑的野兽，例如追捕豺狼和苦役犯时，就不应该过于审慎。沙威考虑太多，一路让狗群辨认踪迹，反而打草惊蛇，把野兽吓跑了。他尤其错在既然在奥斯特利茨桥上重又发现踪影，却还要搞那种奇特而天真的游戏，用一根线遥控那样一个人。他过高估计了自己，以为能跟一头狮子玩捉老鼠的游戏。同时，他又过低估计了自己，认为必须请求增援，以致延误了宝贵的时间，坐失良机。沙威犯了这一系列错误，仍不失为一个历来最精明最标准的警探。他完全够得上在围猎的术语中所说的"一条乖狗"。况且，谁又能十全十美呢？

最伟大的战略家也有失算的时候。

重大的蠢事，也跟粗绳索一样，是由许多股拧成的。把绳索一股一股拆开，把具有牵力的一丝一缕分开，然后一根根拉断，你就会说："不过如此！"再把那一根根编织起来，拧在一起，那就非同小可了；那就是为东征马西安还是西讨瓦伦提尼安，而游移不定的阿提拉①；那就是在加普亚流连忘返的汉尼拔②；那就是在奥布河畔阿尔西酣睡的丹东。

---

① 阿提拉（395-453）：匈奴王（434-453年在位），曾攻打东罗马帝国皇帝马西安、西罗马帝国皇帝瓦伦提尼安。

② 汉尼拔（公元前247-前183）：迦太基将领，曾率军攻陷罗马，一时在罗马东南的加普亚沉湎于酒色。

不管怎样，沙威发现冉·阿让逃脱了，并没有张皇失措。他确信在逃的苦役犯不会走远，便布置暗哨，设置陷阱和埋伏，在这个街区搜索了一整夜。他首先看到路灯错了位，灯绳剪断了。这一线索很宝贵，却把他引入歧途，使他搜索的重点转向洋罗死胡同。死胡同里有几处围墙相当矮，里面的园子隔着围篱就是大片荒地。冉·阿让显然从那里逃跑了。其实，当时冉·阿让若是往洋罗死胡同里多走几步，就很可能那样做，那么他就完了。沙威像找一根针似的，搜遍了那些园子和荒地。

黎明时分，他留下两个精干的人继续观察，而他返回警署，自觉汗颜，好似被个小偷耍了的一名警探。

第五卷　墓地来者不拒

［一］如何进入修道院

按照割风的说法，冉·阿让"自天而降"，正是掉进这所修道院里。

他从波龙索街拐角翻墙进入园子。他所听见的午夜仙乐，正是修女们唱的早弥撒；他在黑暗中窥探的那座大厅，正是小礼拜堂；他瞧见趴在地上的那个幽灵，正是行大赎礼的修女；他觉得十分怪异的铃声，正是系在园丁割风伯膝上的铃铛。

珂赛特睡下之后，正如我们见到的那样，冉·阿让和割风对着一炉木柴的旺火，喝了一杯葡萄酒，吃了一块奶酪。过后，他们就分头躺在就地铺的干草上，因为破房里只有一张床，让珂赛特占用了。冉·阿让合眼之前说了一句："从今往后，我得留在这里了。"

这句话在割风头脑里闹腾了一夜。

老实说，他们二人谁也没有睡着。

割风伯琢磨了一整夜，天亮的时候睁开眼睛，瞧见马德兰先生坐在草铺上，正注视珂赛特睡觉。割风翻身起来，说道：

"现在，您人在这儿了，再怎么办才能进来呢？"

一句话概括了当时的处境，把冉·阿让从沉思中唤醒。

两个老人开始合计。

第四阵钟声响了,割风连忙从钉子上取下拴铃铛的皮带,又系在膝上。

"这次叫我了。院长嬷嬷叫我去。马德兰先生,您别动窝儿,等着我。"

[二] 割风为难

院长纯洁嬷嬷,原是才貌双全的德·勃勒默尔小姐,是一副快活的神态。

园工敬畏地施了个礼,站在门口。院长正拨弄念珠,抬起眼睛,说道:"唔,您来了,割伯。"

修道院里都用这种简称叫惯了。

割风又施了个礼。

"割伯,是我叫您来的。"

"我来了,尊敬的嬷嬷。"

"我要同您谈谈。"

"我也有点事儿,要跟十分尊敬的嬷嬷谈谈。"割风壮着胆子说,而心里却直打鼓。

院长注视着他:"哦!您要向我反映什么情况。"

"有个请求。"

"那好,您说吧。"

他有个兄弟——(院长动了一下)——那兄弟年纪可不轻了——(院长又动了一下,却是放心的表示)——如果这里愿意要的话,他那兄弟可以来跟他住在一起,帮着干活儿,那兄弟是个出色的园艺工人,能给修道院出大力气,干活儿比他强多了;如果修道院不要他兄弟,他作为兄长,感到身体垮了,干活儿力不从心,就得说句对不起的话,只好离开了;——他兄弟身边有个小姑娘,也要带来,在修道院里培养她信奉上帝,也许有一天,谁说得准呢?她会当修女的。

院长没有再讲什么,起身走进隔壁房间。隔壁是会议室,参事嬷嬷可能聚在那里了。割风独自留在接待室。

大约过了一刻钟,院长回来,又坐到那张椅子上。

"割伯,明天就把您那兄弟带来,告诉他把小姑娘也领来。"

[三] 冉·阿让俨然读过欧斯丹·卡斯提约[①]

瘸子跨步,如同独眼人送秋波,都不能迅速抵达目标。此外,割风正意乱心烦。他几乎花了一刻钟,才回到园角的破屋。此时,珂赛特已经醒来。冉·阿让让她坐到火炉前。当割风进屋时,冉·阿让正指着园丁挂在墙上的背篓,对她说:

"好好听我说,我的小珂赛特。我们必须离开这房子,不过我们还要回来,以后就能安稳住在这里了。这里的老爷爷要把你放在那里面背出去。你在一位太太那里等我,我好去接你。你若是不想让德纳第那婆娘抓回去,就千万听话,一声也别吭!"

珂赛特一本正经地点了点头。

冉·阿让听到割风推门声,便转过身去:"怎么样?"

---

① 这多半是作者杜撰出的一个人。

"全安排好了,就有一点没安排好。"割风答道,"我得到允许让您进来;可是,先得带您出去,才能领您进来。就是这点让人伤脑筋。小丫头的事儿好办。"

"您背她出去吗?"

"她答应不出声吗?"

"这我敢担保。"

"可是您呢,马德兰老爹?"

在焦虑不安的气氛中,二人沉默片刻,然后割风嚷道:

"您从哪儿进来,再从哪儿出去,不就得啦!"

冉·阿让还像头一回那样,只回答一句:"不可能。"

割风咕哝着,倒像自言自语:

"还有一件事叫我不放心。我说了往里边装泥土。可是我想,不装尸体而放泥土,那不一样,这办法不成,泥土在里面会移动,会乱窜。那些人能感觉出来。您明白,马德兰老爹,政府会发现的。"

冉·阿让定睛注视他,以为他说起胡话了。

割风又说道:"真见……鬼,您怎么出去呢?要知道,明天全都得办妥!明天我要带您来。院长等着见您。"

于是,他向冉·阿让解释,这是他,割风,为修道院效力所得的报偿。协助办理丧事是他分内的事,他要钉上棺木,帮助掘墓工葬到墓地。可是,今天早晨去世的那位修女要求,把她装殓在她平日睡觉的棺木里,葬在礼拜堂的祭坛下面,这是违反警察条例的;而对她那样一位死者,别人什么也不能拒绝。院长和参事嬷嬷决定执行死者的遗愿。管他政府不政府呢。他,割风，要到太平间去钉上棺木，到礼拜堂去撬起石板，将死者下葬到地窖里。院长为了酬谢他，同意他带兄弟进修道院当园工，带侄女儿来寄读；他兄弟就是马德兰先生，他侄女儿就是珂赛特。院长对他说，等明天到墓地假安葬之后，傍晚把他兄弟带来；然而马德兰先生不先在外面的话，他就没法把人从外面带进来。这是头一个难题。还有一个难题，就是那口空棺材。

"什么空棺材？"冉·阿让问。

割风答道："政府部门的棺材。"

"什么棺材？什么政府部门？"

"一名修女死了。市政厅的医生来检查，然后说，有一名修女已死。政府就送来一口棺材。第二天，再派一辆灵车和几个掘墓工，将棺材抬走，运到墓地。那些掘墓工要来，要抬起棺材，可是里面什么也没有。"

"放进去点东西嘛。"

"放进去个死人？我没有啊。"

"不是。"

"那放什么？"

"放个活人。"

"什么活人？"

"我呀。"冉·阿让说道。

割风本来坐着，听了这话，就好像椅子下面响了一个爆竹，霍地站起来。

"您！"

"怎么不行呢？"

冉·阿让脸上露出难得的笑容，宛如冬季天空透出一束阳光。

"您不是说了么，割风，受难嬷嬷死了，我再补充一句：马德兰老爹埋葬了。事情就这么办了。"

"哦，好哇，您开玩笑。您讲的不是正经话。"

"非常正经。不是得从这里出去吗？"

"当然了。"

"我不是跟您说过，也给我找一个背篓和一块油布来。"

"那又怎样呢？"

"背篓将是松木做的，油布是一块黑布。"

"首先，那是块白布。埋葬修女用白色殓布。"

"白色殓布也成。"

"您这人真不一般，马德兰老爹。"

这种奇思异想，无非是苦牢里粗野而狂妄的创见，而割风生活在宁静的事物当中，现在他忽然看见这种奇思异想从宁静事物中出现，要参与他所说的"修道院里婆婆妈妈的事儿"，所感到的惊愕，就好比一个行人看见海鸥在圣德尼街水沟里捕鱼。

冉·阿让继续说："关键是从这里出去，又不让人瞧见。这就是个办法。不过，您先得把情况告诉我，事情是怎么安排的？那口棺材停放在哪儿？"

"那口空的吗？"

"对。"

"在楼下，所说的太平间里，停放在两个木架上，上面盖着殓布。"

"那口棺材有多长?"

"六尺。"

"那太平间是什么样子?"

"那是底层的一间屋子,对着园子有一扇安了铁条的窗户,窗板要从外面开合;有两扇门,一扇通修道院,一扇通教堂。"

"什么教堂?"

"临街的教堂,大家都能进去的教堂。"

"您有那两扇门的钥匙吗?"

"没有。我只有连修道院那扇门的钥匙,通教堂那扇门的钥匙掌握在门房手里。"

"门房什么时候开那扇门?"

"殡仪馆的人来抬棺木的时候,才开门放进去。棺木一抬走,门又重新关上。"

"谁钉棺木?"

"我钉。"

"谁盖殓布?"

"我盖。"

"您一个人干吗?"

"除了法医之外,男人一概不准进太平间。这一点甚至写在墙上了。"

"今天夜晚,等修道院所有人都睡下的时候,您能把我藏在那屋里吗?"

"不能。不过,我可以把您藏到通太平间的一间小黑屋里，我在那里放下葬工具，还掌握着钥匙。"

"明天几点钟灵车来运棺木？"

"约莫下午三点。天快黑的时候，在伏吉拉尔公墓下葬。那地方可不近。"

"我要在工具房里躲一整夜和一上午。那么吃饭呢？我会饿的。"

"我给您送吃的来。"

"下午两点钟，您就来把我钉在棺材里。"

割风退了一步，将手指骨节掰得嘎嘎响。

"这可不行！"

"嗳！拿个锤子，将几根钉子往木板上一钉就行啦！"

我们再说一遍，在冉·阿让看来很普通的事，割风就觉得闻所未闻。冉·阿让一生艰难险阻，是过来人。当过囚犯的人，都有一套技巧，能按照越狱途径的尺寸缩小自己的躯体。囚犯要逃跑，就像患者病情要发作，生死系于一线。越了狱，就等于治好病。要治愈病症，什么药方不能接受呢？让人钉在木箱里，像包裹一样运走，在箱子里尽量延长生命，缺少空气也要找到空气，连续几小时节省呼吸，善于闭气而不至于死去，这是冉·阿让的一种可悲的才能。

其实，活人躲进棺木里，苦役犯的这种应急办法，帝王也用过。假如欧斯丹·卡斯提约修士的记载属实，那么查理五世①逊位之后，想见卜隆白那女子一面，就用这种办法将她抬

---

① 查理五世（1500－1558）：神圣罗马帝国皇帝，1519 年－1556 年在位。

进圣茹斯特修道院，事后又抬出去。

割风稍微定下神儿来，高声说道："可是，您怎么呼吸呢？"

"我能呼吸。"

"就在那箱子里？我呀，只要想一想，就喘不上气来。"

"您一定有螺旋钻吧。在靠近我嘴的地方钻几个小洞，您钉盖板时，也不要钉得太死。"

"好吧！可是，万一您咳嗽或者打喷嚏呢？"

"要逃命的人不会咳嗽，也不会打喷嚏。"

冉·阿让还补充说："割风伯，要拿个准主意：要么在这里被人逮住，要么接受由灵车带出去的办法。"

大家都注意到一种现象，猫爱在虚掩的门前徘徊。谁没有对猫说过"倒是进来呀"！同样，有人碰到突然的事变，也容易举棋不定，左右为难，不惜让陡然截断冒险之路的命运给砸死。那些过分谨慎的人，完全属猫性，也正因为如此，才比敢作敢为的人冒更大的危险。割风生性就是这种首鼠两端的人，但是他见冉·阿让如此镇定，也就不由自主地服了，嘴里咕哝一句："老实说，还真没有别的办法。"

冉·阿让又说道：

"我唯一担心的事儿，就是到墓地会发生什么情况。"

"恰恰这一点我不担心，"割风高声说，"您有把握出得了棺材，我就有把握让您出得了墓穴。那个埋葬工人是我的朋友，又是个酒鬼，叫麦斯天老爹。那老家伙见酒没命。埋葬工把死人放进墓穴里，而我把埋葬工具放进我兜里。那里会发生什么情况，让我跟您说吧。我们在天黑之前，离关门还有三刻钟到达墓地。灵车一直驶到墓穴旁边。我跟到那里,那是我分内的活儿。我的兜里有锤子、凿子和钳子。灵车停住,殡仪馆的人用绳索套住棺材,将您放下去。神甫念了悼词,画个十字,洒了圣水,然后就溜了。只有我留下来陪麦斯天老爹。跟您说了,那是我的朋友。二者必居其一:他不是醉了,就是还没有醉。如果他还没醉,我就对他说:趁好木瓜酒馆还开着门,去喝一杯吧。我带他去,把他灌醉,麦斯天老爹灌不了几下就要醉倒,他每次开始喝酒就有几分醉意了,我替您把他撂倒在餐桌底下,拿着他的工卡回到墓地,抛下他,一个人回去。这样,您就只同我打交道了。如果他已经醉了,我就对他说:您走吧,这活儿我替您干了。他一走,我就从坑里把你拉出来。"

冉·阿让伸过手去,割风扑上来,以乡下人那种感人的热忱紧紧握住。

"就这样定了,割风伯。肯定会非常顺利。"

"但愿别发生意外,"割风心想,"万一出点事儿,那就不堪设想啦!"

[四] 酒鬼不足以长生不死

次日,太阳偏西的时候,一辆老式灵车行驶在曼恩大道上,寥寥的过往行人摘下帽子。灵车上画了骷髅、胫骨和眼泪,里面装一口棺木,盖着一块白殓布,殓布上平放着一个黑色大型十字架,好像一个高大的死人,垂着两条胳膊。后边跟随一辆布篷四轮马车,只见里面坐着两个人:身穿白色法袍的神甫和头戴红色瓜皮小帽的唱诗童子。两名殡仪馆的人走在灵车左右，他们身穿黑色镶边的灰制服。最后跟着一个身穿工装的瘸腿老人。这一队列正朝伏吉拉尔公墓行进。

那老人衣兜里露出一个锤子柄、一根冷淬钢凿刃，以及一把铁钳的两个把手。

悲惨世界

在巴黎的公墓中，伏吉拉尔公墓十分独特，还保存特殊的习惯，正如这个区的老人还认准老字眼，管墓地的大门和侧门叫跑马门和人行门一样。我们已经提过，小皮克普斯的圣贝尔纳-本笃会修女得到许可，单独划出一块墓地，并在傍晚下葬。那块地从前就属于修道院。正因为如此，那个墓地的埋葬工，在夏天黄昏和冬天夜晚还干活时，必须遵守一条特殊纪律。当年，巴黎各公墓都在日落时关门，这是市政府的一项规定，伏吉拉尔公墓也不例外。跑马门和人行门是并排的两道铁栅门，旁边的亭子是建筑师佩罗奈建造的，里边住着墓地的看门人。一到太阳在残废军人院的圆顶后面消失的时候，那两道铁栅门就刻不容缓地关闭。假如哪个埋葬工耽搁了，关门时还在墓地里，那他只能凭殡仪管理处发给的埋葬工卡方可出去。门房窗板上挂一个类似信箱的木箱，埋葬工将工卡投入箱里，门房听见工卡落下的响声，便拉动绳子，人行门就开了。埋葬工没带工卡，就得报出姓名，门房有时上床入睡了，还不得不起来，等认清了埋葬工，才拿钥匙开门，让埋葬工出去，但是要收十五法郎罚金。

这个公墓不合规定的土政策，妨碍了统一管理，因此过了一八三〇年不久便取消了。蒙巴纳斯公墓，也称东墓地，取代了伏吉拉尔公墓，也接收了它那位于幽明两界之间的著名酒馆。酒馆构成的墙角，一面对着酒客的餐桌，另一面对着坟墓，上面有一块木瓜图案的木板，便是"好木瓜"的招牌。

可以说，伏吉拉尔公墓是一块凋敝的墓地，渐渐废弃不用了，里面处处发了霉，将花卉挤走了。市民都不大考虑葬在伏吉拉尔，那阴宅显得太寒酸了。拉雪兹神甫公墓则好极啦！葬在拉雪兹神甫公墓，那就像配置了红木家具，一看就有华贵的气派。伏吉拉尔公墓是一座古老的园子，树木是按照法国旧式园林栽植的。一条条笔直的林荫小道，夹护着黄杨、侧柏和冬青；野草芊绵，古老的紫杉荫下一座座古老坟冢。夜晚一片凄凉，景物的轮廓阴森恐怖。

那辆白殓布黑十字架的灵车，驶进伏吉拉尔公墓林荫路时，太阳还没有落下去。跟在车后的那个瘸腿老人便是割风。

受难嬷嬷安葬到祭坛下面的地窖里，珂赛特转移出去，冉·阿让潜入太平间，这一切毫无阻碍，进行得十分顺利。

附带说一句，受难嬷嬷葬在修道院的祭坛下面，在我们看来是完全可以宽恕的事。这种过错也近乎一种天职。修女们这样做，不仅理得，而且心安。在修道院里，首先遵循教规，至于法规，那就看情况了。世人啊，随便你们高兴订多少条法律，不过，还是留给你们自己用吧。给天主的贡税，向来有剩余才给人主。比起教规来，一位王公无足挂齿。

割风一瘸一拐高高兴兴地跟在灵车后面。他的两件秘事，两个孪生的阴谋诡计，一个同修女合谋，一个同马德兰先生合谋；一个助修道院，一个背修道院，却相辅相成。剩下来要做的事就易如反掌了。两年来，他灌醉那个埋葬工不下十次，那个肥胖的老家伙，忠厚的麦斯天老爹。他摆弄麦斯天老爹，怎么摆弄怎么是，随意戴什么帽子都行。麦斯天的脑瓜儿，扣上割风的便帽。这样，割风就万无一失了。

车队驶入通公墓的林荫路，割风喜滋滋的，瞧了瞧灵车，搓着两只大手，自言自语："这真是一场恶作剧！"

灵车戛然停下，到了铁栅门了。要出示埋葬许可证。殡仪馆的人和公墓看门人交涉。交涉总要耽误两分钟，这工夫，一个陌生人走到灵车后边，挨着割风站住。他是个工人模样的人，穿一件大口袋的外套，腋下夹一把镐头。

割风看了看陌生人，问道："您是干什么的？"

那人回答："掘墓工。"

当胸挨一发炮弹还幸存的人，一定会像割风这副模样。

"掘墓工！"

"对。"

"是您？"

"是我。"

"掘墓工，是麦斯天老爹呀！"

"原来是他。"

"什么？原来是他？"

"他死了。"

一名掘墓工还会死？割风想得十分周全，就是没料到这一点。然而这是事实，掘墓工也会死掉。总给别人挖墓穴，也会给自己掘开一个。

割风呆若木鸡，结结巴巴几乎说不出话来："这不可能呀！"

"事实如此。"

"可是，"他怯声怯气地又说，"掘墓工，是麦斯天老爹呀！"

"拿破仑之后，有路易十八。麦斯天之后，有格里比埃。乡下佬，我叫格里比埃。"

割风面无血色，打量这个格里比埃。

这个人又瘦又长，脸色苍白，一副十足的哭丧面孔。那样子就像没做成医生，转而当了掘墓工。

割风猛然放声大笑。

"哈！真出了怪事儿啦！麦斯天老爹死了。麦斯天小老儿死了，那么勒努瓦小老儿万岁！勒努瓦小老儿是什么，您知道吗？那是柜台上六法郎一小罐的红葡萄酒。棒极了，那是苏雷纳罐装酒！名副其实巴黎的苏雷纳酒。哈！他死了，麦斯天老伙计！真叫我不痛快！他是多么快活的家伙。其实您也一样，是个快活的家伙，对吧，伙计？等一会儿，我们一道去喝一杯。"

那人回答："我念过书，念到初中二年。我从来不喝酒。"

灵车走了，驶入公墓的林荫大道。

割风放慢了脚步，他一瘸一拐，固然是腿有毛病，更主要是六神无主。

那掘墓工走在他前头。

割风再次打量突然冒出来的格里比埃。

他这种类型的人，年纪不大却老气横秋，肢体干瘦却很有力气。

"伙计！"割风高声说。

那人回过头来。

"我是修道院的埋葬工。"

"同行啊。"那人说了一句。

割风没文化，但很精明，他心下明白，碰到个不好对付的主儿，嘴皮子厉害的家伙。他咕哝道："这么说，麦斯天老爹死了。"

那人应道："一点不错。慈悲的上帝查了他的生死簿，麦斯天老爹期限到了。于是，麦斯天老爹就死了。"

割风机械地附和道："慈悲的上帝……"

"慈悲的上帝，"那人断言说道，"哲学家称为永恒之父，雅各宾党人称为最高主宰。"

"我们彼此认识认识吧。"割风结结巴巴地说。

"已经认识了。您是乡巴佬，我是巴黎人。"

"不喝酒交情不深。干了酒杯，才肝胆相照。您得跟我去喝一杯。这可不能拒绝。"

"先干活儿。"

割风心想：这下我完了。

车轮在林荫小道上再转几圈，就到达修女那角墓地了。掘墓工又说："乡巴佬，我有七个小家伙要养活。他们得吃饭，所以我不能喝酒。"

他像严肃的人那样，以心满意足的口气，又抛出一句

格言:

"他们的饥腹与我的干渴为敌。"

灵车绕过一棵参天的古柏,离开林荫大道,驶上小路,进入泥地和草丛,表明马上就到墓穴了。割风放慢脚步,却不能放慢灵车的速度。幸而冬季雨多,地面松软泥泞,粘住并阻碍车轮的转速。

割风又凑近掘墓工。

"还有,阿让特伊酒,味道好极了。"割风低声说道。

"村里人,"那人又说,"本来我不应该当掘墓工。家父在会堂当传达,他要我从事文学。可是,也该他倒霉,在交易所里蚀了本。我就不得不放弃当作家的打算。不过,我还是摆摊儿代写书信的先生。"

"这么说,您不是掘墓工啦?"割风抓住这根细细的稻草,急忙问道。

"这个不妨碍那个。我兼职。"

割风不听后面这个词。

"去喝一杯。"他说道。

这里应当指出一点。割风尽管心急如焚,邀人家喝酒,还是没有说明:谁付钱?

灵车停下了。

唱诗童子和神甫先后从篷车下来。

灵车的一个小前轮稍微压上土堆边,再往前就是敞口的墓穴了。

"这真是一场闹剧!"割风不胜惊愕,反复念叨。

[五] 在棺木里

谁装在棺木里？大家知道是冉·阿让。

冉·阿让设法在里面存活，保持细微的呼吸。

这的确是件奇事，内心的安全感，在这么大程度上保证了一切安全。冉·阿让的整个安排，从昨夜起按步骤进行，而且顺利进行。他同割风一样，把宝押在麦斯天老爹的身上。对于结局他毫不怀疑。形势无比严峻，而心情又无比平静。

四块棺材板透出一种可怕的宁静。冉·阿让的恬静，似乎注入了死者长眠的某种特点。

这是他同死亡做的一场游戏，他在棺材里能做到，也注视着进行的每个阶段。

割风钉上棺材盖板之后不久，冉·阿让就感到被抬走，继而放在车上行驶。从颠簸减轻的感觉来判断，马车从铺石路驶上碎石路，也就是说从小街道驶上大马路。有一阵发出低沉而空洞的声响，他猜到是过奥斯特利茨桥。第一次停车的时候，他明白要进公墓；第二次停车的时候，他心想："到墓穴了。"

忽然，他感到不少人的手抓住棺材，继而粗绳摩擦板壁的声响，他明白是往棺材上捆绳子好下葬。

接着，他感到一阵眩晕。

殡仪馆职工和掘墓工在下葬时，棺木大概悬空摇晃，并且大头先下去。等到接触穴底，平稳不动了，他的感觉才完全恢复正常。

他感到一股寒气。

从他上方响起冷冰冰而严肃的声音。他听见拉丁语词一个一个传来,极其缓慢,能抓得住,但是全然不懂:

"睡在尘土中的人将醒来;一些人获得永生,另一些人蒙受耻辱,以便让他们永远看见……"①

一个孩子的声音说:"出自深处。"

那严肃的声音又说:"主啊,让她永世长眠吧。"

那孩子的声音回答:"让永恒的光为她照耀吧。"

冉·阿让听见棺材盖上轻轻敲击,仿佛落下几滴雨。那大概是洒的圣水。

他心中暗道:"仪式就要结束了。再忍耐一会儿。神甫快走了。然后,割风独自回来,我就出去了。恐怕还得足足一小时。"

那严肃的声音又说:"但愿她安眠。"

孩子的声音回答:"阿门。"

冉·阿让竖起耳朵,听见点动静,仿佛越走越远的脚步声。

"他们走了,"他想道,"只剩下我一人了。"

突然,他听见头上轰隆一声,好似遭到雷击。

那是落到棺材上的第一锹土。第二锹土又落下来。

他的一个气孔堵住了。

第三锹土落下来。

接着,第四锹土。

---

① 原文为拉丁文。

有些事情,连最坚强的人也受不了。冉·阿让失去知觉。

[六]"别遗失工卡"① 这句成语的出典

在冉·阿让躺着的棺材上方,发生了这种情况。

灵车已经驶远,神甫和唱诗童子也上车走了,割风目不转睛地盯着掘墓工,这时看见他弯腰拿起插在土堆里的铁锹。

于是,割风拿出最大的决心。

他走到墓穴和掘墓工之间,叉起胳膊,说道:"我付钱!"

掘墓工惊奇地看着他,反问道:"什么,乡巴佬?"

割风重复道:"我付钱!"

"什么钱?"

"酒钱。"

"什么酒钱?"

"阿让特伊。"

"哪儿,阿让特伊?"

"好木瓜。"

"见你的鬼去吧!"掘墓工说道。

他随即铲一锹土扬在棺材上。

棺木咚的响了一声。割风只觉得头重脚轻,几乎要跌进墓穴里。他叫喊起来,声气开始有几分硬塞了。

"伙计,趁好木瓜还没关门!"

掘墓工又铲了一锹土。割风继续说:"我付钱!"

---

① "遗失工卡"或"遗失证件",意为不知所措。

说着，他抓住掘墓工的胳膊。

"听我说，伙计。我是修道院的掘墓工。我是来帮您忙的。这种活儿，晚上干也可以。还是先去喝一杯吧。"

他嘴上这么讲，而且死缠活缠，心里却愁苦地考虑："他就是去喝酒了，会不会醉呢？"

"外地人啊，"掘墓工说道，"您若是非请不可，那我就接受。我们一道去喝。完活儿再去，绝不能撂下活儿。"

他又铲土。割风拉住他。

"那可是六法郎一瓶的阿让特伊酒！"

"还是这套，"掘墓工说，"您简直是敲钟的，叮当，叮当，只会说这个。您是想让人给赶走啊。"

他扬下去第二铲土。

到了这种时候，割风不知所云了。

"倒是去喝酒啊，"他嚷道，"我付钱嘛！"

"先把孩子哄睡了再去。"掘墓工说道。

他扬下去第三铲土。

接着，他又把铲子插进土里，补充说道："您瞧，今晚儿会很冷，如果我们不给盖上被，就把这个死女人丢在这儿，她会在我们身后叫喊的。"

这时，掘墓工弯腰铲土，外套的兜口就张开了。

割风失神的目光机械地移入那衣兜，在里面停留。

太阳尚未没入地平线，天色还挺亮，看得见那敞口的兜里有个白色东西。

割风的眸子里，放射出一个庇卡底乡下人眼中所能有的全部光芒。他灵机一动,有了主意。

他趁掘墓工铲土不注意的时候,从背后伸过去,从那兜里掏出白色的东西。

掘墓工往墓穴里抛下第四锹土。

在他回身铲第五锹土的时候,割风异常平静地注视他,问道:"对了,新来的,您有工卡吗?"

掘墓工停下手,反问道:

"什么工卡?"

"太阳要落了。"

"好啊,让它戴上睡帽吧。"

"公墓的铁栅门要关了。"

"关了又怎么样?"

"您有工卡吗?"

"哦,我的工卡!"掘墓工说了一句。

他当即摸衣兜。

他搜了一个兜,又搜另一个兜,进而摸坎肩口袋,掏了第一个,又翻过来第二个。

"没有,"他说道,"我没带工卡,忘带了。"

"罚款十五法郎。"割风说道。

掘墓工的脸刷地绿了。脸色苍白的人一失态就变绿了。

"哎呀——耶稣——我的——弯腿——上帝——月亮——完蛋啦!"他嚷道,"罚十五法郎!"

"三枚一百苏的银币。"割风又说。

掘墓工的锹脱了手。

割风这下得逞了，他说道："哎，小伙子，别痛不欲生嘛。别在这坟坑就便寻短见嘛。十五法郎，就是十五法郎，再说，您也不是非付不可。我是老手，您还是新手。我懂得窍门、妙法、奇计、绝招。看在交情分儿上，我给您出个主意。有一件事很清楚，太阳落了，已经碰到那圆顶，再过五分钟，墓地就要关门了。"

"这话不错。"掘墓工应声道。

"这跟鬼坑一样，真够深的，五分钟之内，您填不满墓穴，在关门之前也来不及出去了。"

"一点不错。"

"那就难免要罚十五法郎。"

"十五法郎。"

"不过，您还来得及……您住在哪儿？"

"离城关只有两步路。从这儿走一刻钟就到。伏吉拉尔街八十七号。"

"您拔腿飞跑，还来得及赶出大门。"

"没错儿。"

"您一出了铁栅门，就跑回家，拿了工卡再返回，让公墓的门房给您开门。有工卡，一文钱也不花。到那时，您再埋葬死者。我先替您看着，不让死者逃掉。"

"您救了我一命，乡下人！"

"快点儿给我滚开吧。"割风说道。

掘墓工感激涕零，抓住他的手拼命摇晃，然后撒腿跑了。

等掘墓工一消失在树丛里，脚步声也听不见了，割风才往墓穴探下身子,低声呼唤:"马德兰老爹!"

没人应声。

割风打了个寒战。他连滚带爬下到墓穴,扑在棺材头上,喊叫:"您在里边吗?"

棺木里毫无动静。

悲惨世界

割风浑身抖得厉害,连呼吸都停止了,他拿出凿子和铁锤,撬开棺材板。在朦胧的暮色中,冉·阿让的脸显得惨白,双目紧闭。

割风头发都竖起来,他直起身,背靠墓壁,又颓然瘫倒,几欲瘫在棺材上。他注视冉·阿让。

冉·阿让躺在那里,面色青灰,纹丝不动。

割风像吹气似的低声说道:"他死啦!"

他又站起身,猛一使劲叉起胳膊,两只拳头击在双肩上,同时嚷道:"哼!我就是这样救他的呀!"

这时,可怜的老人失声痛哭,边哭边自言自语。如果你认为天地间不会有自言自语就大错特错了,强烈的情绪往往化为语言,高声表达出来。

"这是麦斯天老爹的过错。这个蠢货,干吗死了呢?何必在出乎人意料的时候,一命呜呼呢?是他要了马德兰先生的命。马德兰老爹!他躺在棺材里。他归天了。全交待了——可是,这种事情,有什么情理吗?噢!上帝啊!他死啦!好嘛,扔下小丫头,让我怎么安置呢?那卖水果的老婆子会怎么说呢?一个大活人,就这么死了,上帝呀,还会有这种事!一想起当年他钻到我的车底下!马德兰老爹呀!马德兰老爹!老天爷,他

悲惨世界

憋死了,我早就说过,他就是不听。这回可好,闹出个天大的笑话!这个大好人死了,他是好上帝的好人中最好的人。还有他那小丫头!噢!我干脆也不回那儿了,就留在这儿算了。干出了这种事!两个老家伙,活了这么大年纪,还成了两个老糊涂。真的,他是怎么进修道院的呢?开头就不妙。不应当那么干。马德兰老爹!马德兰老爹!马德兰老爹!马德兰!马德兰先生!市长先生!叫他也听不见。现在,快点醒过来吧!"

他揪起自己的头发。

远处树木之间传来尖锐的吱扭的声音,那是墓地的铁栅门关闭了。

割风朝冉·阿让伏下身子,又突然往后一蹿,直抵墓壁。冉·阿让睁着眼睛,还看着他。

看见一个死人很可怕。看见一个死而复活的人几乎同样可怕。割风变成一尊石像,面如死灰,眼睛怔忡,他惊愕到了极点,一时蒙了头,不知要跟活人还是死人打交道,他和冉·阿让四目相对。

"我睡着了。"冉·阿让说。

他随即坐起来。

割风却跪下。

"公正仁慈的圣母啊!您可把我吓坏啦!"

他又站起来,高声说:"谢谢,马德兰老爹!"

冉·阿让只是昏过去一阵,一有了新鲜空气,他就苏醒过来了。

喜悦是恐惧的逆反。割风几乎要跟冉·阿让费同样的劲儿，才能缓过神儿来。

"看来您没有死啊！唔！您这个人，可真会开玩笑！我这么呼唤，才把您叫醒。我看见您紧闭着双眼，就说：'好嘛！他憋死了。'我非得发疯不可，会真疯，成为狂暴的疯子，要捆起来才行，也许要关进比塞特疯人院里。您若是死了，叫我怎么办呢？还有您那个小丫头！那个开水果店的老婆子也会莫名其妙！把孩子丢到她怀里，老爷爷一甩手不管就死啦！真是天大的怪事儿！天堂那些善良的圣徒啊，真是天大的怪事儿！哦！您还活着，这才是天大的喜事儿。"

"我冷。"冉·阿让说。

一句话把割风完全拉回紧迫的现实中来。人虽然苏醒了，却没有意识到神志还不太清，还显得失态，是这种阴森地方所引起的精神恍惚。

"赶快从这儿出去。"割风高声说。

他摸了摸衣兜，掏出自备的酒葫芦。

"先喝一口吧！"他说道。

酒葫芦完成新鲜空气开始起的作用：冉·阿让喝了一口酒，神志就完全恢复了。

他从棺材里出来，帮助割风重新钉上棺材盖。

三分钟之后，他们从墓穴里爬出来。

割风既然安了心，也就从容不迫了。墓地关了门，不必担心那掘墓工会突然闯来。格里比埃那个"新手"在家里正忙着寻找工卡，却绝难在他住所找到，因为工卡装进割风的口袋儿里。没有工卡，他就不能回墓地了。

割风操起锹,冉·阿让操起镐,二人合力掩埋那口空棺材。

等到坟坑填满,割风对冉·阿让说道:

"咱们走吧。我扛着锹,您带着镐。"

天色黑下来。

冉·阿让抬腿行走有点费劲。他躺在棺材里肢体僵了,在一定程度上变为尸体。活人钉在四块棺材板里,就会像死尸一样僵硬了。可以说,他必须摆脱坟墓中的状态。

"您冻僵了,"割风说,"可惜我是个瘸子,要不咱们就跑一段了。"

"没事儿!"冉·阿让回答,"走几步,我的腿脚就活动开了。"

他们先沿着灵车驶过的林荫小道往前走,到了关闭的铁栅门和门亭,割风就把拿在手上的掘墓工卡投进木箱,门房于是拉门绳,将门打开,放他们出去了。

"这事儿真顺利!"割风说道,"您这主意太好啦,马德兰老爹!"

他们过城关十分容易。在墓地附近,一把锹和一把镐就是两张通行证。

伏吉拉尔街上阒无一人。

"马德兰老爹,"割风望着路边的房舍,边走边说,"您的眼神儿比我好,告诉我八十七号在哪儿。"

"碰巧就是这儿。"冉·阿让答道。

"街上一个人也没有,"割风又说,"把镐给我,等我两分钟。"

割风走进八十七号,他受总把穷人引向阁楼的那种本能指引,一直登到最高层,摸黑敲了顶楼一间屋的房门。有人应声回答:"请进。"

那是格里比埃的声音。

割风推开门。掘墓工跟所有穷苦人一样,住在堆满破烂家具的陋室里。一只旧货箱——也许是一口棺材——当柜橱使用,一个黄油罐用来盛水,一张草垫当床,方砖当桌椅。屋角铺着一块破地毯片,上面挤着一堆人:瘦弱的女人和许多孩子。这穷苦的家里看样子翻得乱七八糟,就好像发生了一场"独家"地震。各种盖子都移开,破衣烂衫扔得到处都是,瓦罐打碎了;孩子的母亲刚哭过,孩子也许还挨了打;那是强行搜查所留下的痕迹。显而易见,那个掘墓工丢了工卡,拼命寻找,气急败坏,怪罪家里的一切,从瓦罐到他老婆无一幸免。他一副垂头丧气的样子。

不过,割风急于要结束这场冒险,无心观察这可悲的一面。

他进门便说:"我把镐和锹给您送来了。"

格里比埃惊愕地看了看割风。

"是您啊,乡巴佬?"

"明天早晨,您到公墓门房那儿,就能拿到工卡。"

割风说着,把锹镐撂在方砖地上。

"这是怎么回事?"格里比埃问道。

"就是这么回事:您的工卡从兜里掉出来,您走后我在地上拾到,于是我埋葬死者,把坑填满,替您把活儿干完,门房会把工卡还给您,您也不用付十五法郎。就是这样,新手。"

"谢谢,老乡!"格里比埃喜笑颜开,高声说道,"下回喝酒我付钱。"

[七] 答问成功

一个钟头过后,在漆黑的夜晚,两个汉子和一个孩子走进皮克普斯小街六十二号,其中年龄最大的汉子拉起门锤敲门。

他们正是割风、冉·阿让和珂赛特。

两位老人去过绿径街,接回昨天割风寄放在水果店老太婆家的珂赛特。

一出一进这双重可怕的问题,就这样解决了。

他们三人由门房带领,由便门进去,到了内部专用接待室,而前一天,割风正是在那里接受院长的命令。

院长手上拿着念珠,正等着他们。一名戴着面纱的参事嬷嬷站在她身边。一烛荧然,几乎可以说那幽光恍若照着接待室。

院长审视冉·阿让。再没有什么比低垂着的眼睛更看得清楚的了。

问话过后,两个嬷嬷在接待室一角小声商量几分钟,接着,院长返身回来,说道:"割伯,您再弄一副铃铛膝带,现在需要两副了。"

第二天,大家果然听见园子里有两个铃铛声了,修女们都忍不住撩起一角面纱,望见远处树下两个男人并肩翻地,割伯和另外一个。这是一件轰动的大事。她们打破沉默，相互转告："那是园工助手。"

参事嬷嬷们则补充说："他是割伯的兄弟。"

不错，冉·阿让正式安顿下来了，膝上系了皮带铃铛，从此成为修道院的人员了。他叫于尔梯姆·割风。

修道院接收他们的决定因素，还是院长对珂赛特的那句评语："她会是个丑姑娘。"

院长有些预言，也当即善待珂赛特，让她作为免费生入学念书。

[八] 隐修

冉·阿让潜伏不动，的确很明智。沙威监视这一带街道长达一个多月。

对冉·阿让来说，这所修道院好比一个四面绝壁深水的孤岛。从今往后，这四面围墙之内就是他的世界。能望见天空，这足以令他心情恬静；能看到珂赛特，这足以令他快乐。

对他来说，又开始了一种甜美的生活。

冉·阿让整天在园子里干活儿，而且十分得力。从前他当过树枝剪修工，这次又当上园丁正合心意。大家记得，在栽植方面，他掌握各种妙法和窍门，现在正好借上力。果园里的树几乎全是野生的，由他施行芽接，便结出丰美的果实了。

珂赛特获准每天回到他身边待一小时。修女个个愁眉苦脸，而他却和颜悦色，两相比较，孩子就更热爱他了。每天一到时间，她就跑来，一跨进门，就使这所破房变成天堂。冉·

阿让立刻喜笑颜开,他感到自己的幸福随着他给珂赛特的幸福而增长。我们给人带来的欢乐有这样一种妙处:这种欢乐不像反光那样渐趋削弱,而是反弹回来更加光辉灿烂。课间休息时,珂赛特嬉戏奔跑,冉·阿让远远望着,能从笑声中分辨出她的笑声来。

要知道,现在珂赛特爱笑了。

甚至珂赛特的相貌也发生一定变化,抑郁的神色消失了。笑,就是阳光,就不难从脸上驱走冬色。

珂赛特长得还是不美,但是变得招人喜爱了,她那童稚的声音很甜,讲起生活小事来头头是道。

课间休息过后,珂赛特又回去上课,冉·阿让就望着她那教室的窗户,半夜他还起来,望着她寝室的窗户。

这自然是上帝指引的路,修道院和珂赛特起同样作用,要通过冉·阿让保持并完成那位主教的功业。

睡到半夜,他时常爬起来,聆听那些备受戒规折磨的清纯修女的感恩歌声,想到受惩罚的人却抬高嗓门一味亵渎上天,而他本人也是个无耻之徒,竟然朝上帝挥过拳头,转念至此,不禁感到胆战心寒。

他逃脱追捕,翻过修道院的围墙,冒死脱险,向上奋进虽十分艰难,却竭尽全力脱离另一个赎罪之地,只为了进入这个赎罪之地,这次经历确实惊心动魄,也令他深思,仿佛这是上苍低声向他提出的警告。难道这是他命运的征兆吗?

这所修道院也是一座监狱,很像他逃离的那个地方,同样阴惨惨的,然而,他早先从来没有这样想过。

他又见到了铁栅门、铁门闩、铁窗栏，可是关谁呢？关天使。

这四面高墙，他从前见过圈着猛虎，现在却看见圈着羔羊。

这是赎罪，而不是惩罚的地方，不过比起另一个地方来，这里更加严厉，更加肃穆，更加残酷无情。这些贞女不堪重负，腰弯得比那些苦役犯还厉害。这种凛冽的寒风，从前冻僵了他的青春，后来穿过紧锁秃鹫的铁栏坑穴；如今，一股更加冷峭刺骨的朔风，吹袭关着鸽子的牢笼。

这是为什么？

他一想到这种事情，就觉得自身的一切，在这崇高的地方倾覆了。

在这种沉思默想中，傲气消失了。他反躬自省，感到自己多么渺小，因而多次潸然泪下。这六个月以来，凡是进入他生活的人和事物，珂赛特以其热爱，修道院以其谦卑，无不指引他重新奉行那主教的神圣指令。

黄昏时分，等园子寂静无人了，有时就能看见他跪在小礼拜堂旁边的小路中间，面对着他初到的那天夜晚窥探过的窗户，他知道进行大赎罪的修女，正匍匐在里面祈祷。他就是朝向那位修女，这样跪着祈祷。

他似乎不敢直接跪到上帝面前。

他周围的一切：这静谧的园子、芬芳的花朵、这些欢叫的孩子、这些严肃而朴实的女人、这寂静的修道院，都慢慢进入他的心扉；他的心境逐渐变化，也像这修道院一样寂静，像这些鲜花一样芬芳，像这园子一样静谧，像这些女人一样朴实，像这些孩子一样欢乐了。继而，他又想到，生活中两次危急关头，而两处上帝的住宅都相继收容了他：头一次是所有大门都关闭，人类社会拒绝他；第二次是苦役牢门重又打开，人类社会重又追捕他。没有头一处接纳，他就会再次堕入犯罪的道路；没有第二处接纳，他就会再次陷入牢狱之灾。

他的一颗心化为感恩戴德，越来越变为一颗爱心了。

一连几年就这样过去，珂赛特渐渐长大了。

第三部 马吕斯

第一卷 大绅士

[一] 九十岁和三十二颗牙

布什拉街、诺曼底街和桑东日街，现在还有几个老住户，都记得一个叫吉诺曼先生的老人，提起他来还都津津乐道。

在一八三一年，那位吉诺曼先生活得十分健朗，他仅仅因为活得长久而成为引人注目的奇人，也因为从前像所有人而今不像任何人则成为老怪物。那老人确实特别，是另一个时代的人，是个有点儿傲慢的十足的绅士，还一成不变地保持他那老绅士派头，犹如侯爵保持那爵衔和领地。他过了九旬高龄，走路还挺直腰板，说话声音洪亮，眼睛看得清楚，能喝酒，也吃得多，睡得好，睡觉还打呼噜。他三十二颗牙齿完好无损，看书不用戴花镜。而且，他还有香艳的情怀，不过他说，十年来，他已经毅然决然放弃了女人。他说他再也不能讨人欢心了，还补充一句"我太穷"，而不是"我太老了"。他还常说："假如我的家道没有衰败的话……哼，哼！"的确，他只剩下大约一千五百利弗尔年金了。他梦想继承一笔遗产，能有十万法郎年金，好找几个情妇。可以看出，他绝不是像伏尔泰先生那样，一辈子半死不活，恹恹瘦损的八十老翁，也不像满身残疾、风烛之年的老寿星；这位顽健的老人身子骨始终硬实。他看事肤浅，又风风火火，容易动怒，动辄大发雷霆，却往往违拗情理。谁反驳他的话，他就举起手杖，他时常打人，就好像还生活在伟大的世纪①。他有个五十岁出头的女儿，未结过婚，他发火时就痛打女儿，恨不能用鞭子狠抽，还拿她当八岁的孩子。

他一生结过两次婚，同头一个妻子生个女儿没有出嫁，同续弦也生个女儿；二女儿嫁过人，活了三十岁，不知由于爱情还是偶然，或者别的什么原因，她嫁给一个走运的军人。那人在共和国和帝国的军队里效力，在奥斯特利茨战役中得过勋章，在滑铁卢战役中晋升为上校。"这是我的家丑。"老绅士常说。他的鼻烟瘾很大，用手背拂一拂花边胸饰，动作特别文雅。他不大信上帝。

[二] 两个不成双

我们刚才提到吉诺曼先生的两个女儿。她们相差十来岁，年轻时长得就很不相像，无论从相貌还是性格上看，简直不像姐妹俩。妹妹是个可爱的姑娘，目光总转向光明的事物，心思总放在鲜花、诗歌和音乐上，整个人儿翱翔在光辉灿烂的空间，她又热情又纯洁，童年时就怀着理想，许身给一个朦胧的英雄人物。姐姐也有自己的幻想，她望见蓝天上有个商人，是个和善的胖家伙，富有的军火商；望见一个顶呱呱的傻丈夫，百万法郎堆成的一个男人，或者一位省督；她还望见省府的招

---

① 伟大的世纪：法国人指17世纪。

待会、颈上挂着链子的前厅执达吏、官方举办的舞会、市府里的演说，以及做"省督夫人"，这些情景在她的想象中萦绕回旋。两姐妹在青春年少时，各做各的美梦。她们都有翅膀，但是一个像天使，另一个像鹅。

任何抱负都不会百分之百地实现，至少在人间是这样。在这年头，什么地方都不可能变成人间天堂。那妹妹嫁给了意中人，却好命不长，而那姐姐根本没有嫁出去。

她在我们叙述的故事中上场的时候，已是一位老处女，一个烧不着的死木头疙瘩，那尖鼻子见所未见，那钝脑袋也闻所未闻。一件很典型的事例：除了家里极少几个人，从来没人知道她的昵称。大家都叫她吉诺曼大小姐。

家里除了老姑娘和老头儿之外，还有一个孩子。那小男孩到了吉诺曼先生面前总发抖，不敢吭声，吉诺曼先生跟他讲话也向来声色俱厉，有时还扬起手杖："站起来！先生！——孽种，淘气精！到近前来！回答我，小坏蛋！——让我瞧瞧你，促狭鬼！"等，全是这类话，可是在心里，他却把孩子当宝贝。

孩子是他外孙。

第二卷　外祖和外孙

[一] 古老客厅

吉诺曼先生住在塞旺道尼街时，经常出入几处高雅华贵的沙龙。他是资产者，虽非出身世族，却受到接待。

通常陪同吉诺曼先生出门的有两个人：一个是他女儿，当时，那个瘦高的小姐年过四十岁，却像五十岁的人了；另一个是七岁的小男孩，生得白净漂亮，脸蛋粉红鲜艳，一双眼睛招人喜爱，他一走进客厅，就听见周围的人纷纷议论："这孩子真俊！多可惜呀！可怜的孩子！这孩子就是我们刚才提到的那个。"他们称他"可怜的孩子"，只因为他父亲是"卢瓦尔河的匪徒"[①]。

那个卢瓦尔河强盗是吉诺曼先生的女婿，前面讲过，也就是吉诺曼先生所说的"家丑"。

[二] 当年一个红鬼

那个时期，有人若是经过小城维尔农，在美丽壮观的石桥上游览——但愿不久，那石桥就要被一座丑恶不堪的铁索桥取

[①] 1815年巴黎沦陷之后，达乌部队撤到卢瓦尔河彼岸，半数不肯归顺波旁王朝而逃散。因此，激进保王党人称他们是"卢瓦尔的匪徒"。

代了，在桥上凭栏俯瞰，就会看见一个五十岁左右的汉子。他头戴皮革鸭舌帽，身穿灰色粗呢布外衣和长裤。衣襟上缝着原本是红绸带的黄色东西，脚穿木底鞋，皮肤晒成深褐色，脸色几乎黧黑，头发几乎全白了，一道宽宽的刀伤疤从额头延至面颊，整个人弯腰驼背，未老先衰。他拿着一把锄或一把剪枝刀，整天徘徊在小庭园里。那类小庭园靠近塞纳河左岸桥头，像链子似的排开，全是由围墙隔开的土台，栽植花木，十分悦目。那些庭园再大些可以叫花园，再小些可以叫花坛。那类庭园全都一侧通河边，一侧通房舍。上面提到的那个穿外套和木鞋的人，在一八一七年前后，就住在这种最狭窄的一座庭园，最简陋的一所房屋里。他过着孤苦无依，默默无言的生活，有一个不老不少、不美不丑、不是农妇也不是市民的女人侍候。他管那一方块园地叫花园，因为他栽植的花卉特别鲜艳，在小城里很有名气。养花是他的营生。

　　不过，本城居民或者外地人，无论是谁，若是想观赏他的郁金香和玫瑰，前来敲他小房的门，他就开门笑迎客人。他就是那个卢瓦尔河匪徒。

　　他随拿破仑去了厄尔巴岛。在滑铁卢战役中，他是杜布瓦旅的铁甲骑兵队长，正是他夺取了月亮堡营的军旗。他将那面军旗掷到皇上脚下，站在那儿浑身是血，他夺旗时脸颊挨了一刀。皇帝见了心头大悦，冲他高声说："你是上校，你是男爵，你是荣誉团军官！"彭迈西回答："陛下，我代表我的寡妻感谢您。"一小时之后，他掉进奥安的凹路沟里。现在要问一句：这个乔治·彭迈西是什么人呢？正是那个卢瓦尔河匪徒。

他的经历，我们已经略知一点，滑铁卢战役之后，彭迈西被人从奥安凹路中扒出来，又辗转回到部队，从战地一个急救站转到另一个急救站，最后到了卢瓦尔河营地。

复辟王朝当局将他编入领半军饷的人员中，继而遣送到居住地维尔农，也就是说监视起来。百日政变期间的政令决定，国王路易十八认为一概无效，因此既不承认彭迈西的荣誉团军官称号，也不承认他的上校军衔和男爵爵位。然而他却不失时机，总签署"上校男爵彭迈西"。

彭迈西一无所有，仅靠微薄的骑兵队长半饷度日。他在维尔农租了所能找到的最小的房子，独自生活，我们看到了他过的是什么日子。在帝国时期，他抓住战争的间歇，同吉诺曼小姐结了婚。那位老绅士心中愤恨不已，又不得不同意，连声叹气说道："什么样的高门巨族，碰到这种事儿也只好认了。"彭迈西太太是个有教养的难得的女人，同她丈夫十分匹配，各方面都很出色，可惜一八一五年去世，留下一个孩子。那孩子本来可以成为上校孤寂生活中的欣慰，可是老外公硬要讨去，扬言不交到他手里，他就取消外孙的财产继承权。父亲为了孩子的利益只好让步，他身边失去孩子，就移情爱起花木来。

再说，他什么都放弃了，既不想活动，也不想密谋，整个心思分摊到现时做的简单的事情和从前做的伟大的事情，时间也花在盼望一株新香石竹或回忆奥斯特利茨战役。

吉诺曼先生同他女婿毫无来往。在他看来，上校是"匪徒"，而在上校眼里，他则是个"老傻瓜"。吉诺曼先生绝口不提上校，只是偶尔影射嘲笑两句"他那男爵爵位"。双方明确约定：彭迈西永远不得企图看望儿子，不得同儿子说话，否则就取消孩子的财产继承权，赶回他父亲家去。吉诺曼一家人把彭迈西看成瘟疫患者，他们要按自己的意愿教育孩子。也许上校错了，不该接受这种条件，但是他容忍了，以为这样做得对，只牺牲他个人。吉诺曼老头的财产微不足道，而吉诺曼大小姐却能留下大宗遗产。那位没有出嫁的姨妈很有钱，是从母亲的本家继承来的，她的继承人自然是她妹妹的孩子。

那孩子叫马吕斯，知道自己有个父亲，此外一无所知。

在他这样成长的过程中，每隔两三个月，上校总要偷偷溜到巴黎，好似违反规定的累犯，趁吉诺曼姨妈领马吕斯去做弥撒的工夫，守候在圣绪尔皮斯教堂里，躲在柱子后面不敢喘大气，战战兢兢，害怕那姨妈回头发现。这个脸上挂刀痕的汉子，还真怕那个老姑娘。

也正是这个缘故，他结交了维尔农的本堂神甫马伯夫先生。

［三］匪徒的下场

马吕斯·彭迈西跟所有儿童一样，好歹学习点儿什么。他从吉诺曼姨妈的家里出来，又由外公托付给一个最地道的老学究。这颗刚刚发蒙的童心从一个虔婆转到一个学究手中。马吕斯念完中学，又进法学院。他成了保王派，既狂热又冷峻。他不大喜欢外公，讨厌他那快活神气和厚颜无耻，想到父亲又心情忧郁怅惘。

不过，这个小伙子内心热情而表面冷淡，品格高尚而慷慨，又自豪又虔诚，有一股激情，严肃到了冷酷无情的程度，又纯洁到了未开化的状态。

到一八二七年，马吕斯刚满十七岁。一天傍晚，他回到家，看见外公手里拿着一封信。

"马吕斯，"吉诺曼先生说，"明天，你往维尔农走一趟。"

"干什么？"马吕斯问道。

"去看看你父亲。"

马吕斯惊抖了一下，他什么都想过，就是没有想到会有一天他要去看父亲。对他而言，没有比这更突然，更意外，可以说更讨厌的事情了。这是被迫去接近的疏远感觉。这不是一件苦恼的事，不是的，而是一件苦差事。

除了政治上对立的因素之外，马吕斯还确信，他父亲，正如吉诺曼先生在心平气和时所称呼的，那个武夫，并不喜爱他，这是显而易见的，否则就不会这么抛弃他，丢给别人不管了。既然感到别人根本不爱他，他也绝不爱别人。这道理再简单不过了，他心里这样想。

当时他十分惊诧，竟没想到问一问吉诺曼先生。外公倒是又说了一句："他好像病了，要见见你。"

外公停了一下，又补充说："明天早晨动身吧。我想，水泉大院有一辆车，每天六点钟起程，傍晚到达。你就乘那辆车吧。他说要赶紧去。"说罢，他把信揉成一团，塞进衣兜里。

马吕斯本来当天晚上就可以动身，次日早晨赶到父亲身边。当时，布卢瓦街有一趟驿车，夜间驶往鲁昂，经过维尔农。无论吉诺曼先生还是马吕斯，谁也没有想到去打听一下。

悲惨世界

次日,马吕斯在暮色中到达维尔农。住户开始上灯了。他逢人就打听"彭迈西先生的住所"。要知道,他在思想上同意复辟时期的举措,也一概不承认他父亲的男爵和上校头衔。

他来到人家指点给他的住所,拉了门铃,一位妇人端着一盏小油灯,来给他开门。

"彭迈西先生在吗?"马吕斯问道。

那妇人站立不动。

"是这儿吧?"马吕斯又问道。

那妇人点了点头。

"我能跟他谈谈吗?"

那妇人又摇了摇头。

"我可是他儿子呀!"马吕斯又说,"他正等着我呢。"

"他不等您了。"那妇人说道。

马吕斯这才发现她在流泪。

她指了指一间矮厅的门,让马吕斯进去。

一根羊脂烛放在厅里的壁炉上,照见三个男人:一个站立,一个跪着,另一个身穿衬衣,直挺挺躺在方砖地上。躺在地上的人便是上校。

那两个人,一个是大夫,一个是在祈祷的神甫。

上校害了大脑炎有三天了。刚一发病,他就感到情况不妙,给吉诺曼先生写了信,要求见见儿子。就在马吕斯到达维尔农的这天傍晚,上校突然发作,病情恶化了,进入谵妄状态,他从床上起来,推开女用人,嚷道:"我儿子还不到!我就迎他去!"接着,他走出房间,摔倒在前厅的方砖地上。他刚刚咽气。

早就有人去叫大夫和本堂神甫。大夫来得太迟了，神甫来得太迟了。同样，他儿子也来得太迟了。

在昏暗的烛光中，只见上校躺在地上，脸色惨白，眼里流出一大滴泪，眼睛已无神采，泪珠还没有干。那滴眼泪，是因为儿子迟迟不到。

马吕斯注视他头一次也是最后一次见到的这个人，这张令人钦敬的男子汉的脸，这双睁着而不视人的眼睛，这一头白发，这健壮的肢体，以及肢体上刀伤留下的一道道疤痕、弹洞留下的一颗颗红星。他端详着给这张面孔增添英雄气概的巨大创伤、上帝给这张面孔打上的善良的印记，心想这个人就是他父亲，这个人死了，而他却显得很冷静。

他所感到的悲哀，也是面对任何躺着的死者就会产生的悲哀。

然而，这屋里人都在哀悼，沉痛地哀悼。女用人在角落里抹眼泪，本堂神甫听得出在抽噎着祈祷，大夫在擦眼睛，死者本身也流泪了。

大夫、本堂神甫和那女人，在悲痛中看着马吕斯，谁也没有讲一句话，这里他才是外人。马吕斯无动于衷，不免感到惭愧，持这种态度也很尴尬，便让手中拿的帽子掉落到地上，以便让人相信他十分痛苦，连拿帽子的气力都没有了。

同时他又感到几分内疚，蔑视自己的这种行为。然而，这是他的过错吗？他不爱父亲，就是这样！

上校什么也没有留下。变卖家具的钱勉强够丧葬费。女用

人发现一张破纸,交给了马吕斯,纸上有上校亲笔写的几句话:"吾儿亲览:皇上在滑铁卢战场上亲口封我为男爵。既然复辟政权否认我用鲜血换来的这一爵衔,吾儿就应当承袭过去。毫无疑问,吾儿是当之无愧的。"

上校在后面还补充几句:"就在滑铁卢那场战役中,一名中士救了我的命。那人叫德纳第。近来,我恍惚听说,他开一家小客栈,在巴黎附近一个村庄,晒勒或者蒙菲郿。吾儿若遇见那个德纳第,万望尽力报答。"

马吕斯接过字条,紧紧握在手里,他倒不是多么崇敬父亲,而是对死者产生一种泛泛的尊重。须知这种尊重,在人心里总是不可遏制的。

上校的遗物什么也没有留下。吉诺曼先生派人把他的佩剑和军服卖给旧货商。左邻右舍将他的园子掠夺一空,窃取了稀有花草。其余花木变成了杂草丛生的荆棘或者死掉。

马吕斯在维尔农只逗留了四十八小时。等安葬一结束,他就回到巴黎,继续修法律,并不怀念父亲,就好像世上从来没有那个人似的。上校死后两天就被葬入地下,三天就被人遗忘了。

马吕斯帽子上多了一条黑纱。仅此而已。

[四] 去做弥撒能变成革命派

马吕斯保持了童年养成的宗教习惯。一个星期天,他去圣绪尔皮斯做弥撒,那正是他小时由姨妈带去做弥撒的圣母堂。那天,他比平常更加心不在焉,神不守舍,随意跪在一根柱子后面的椅子上。那张乌得勒支丝绒面的椅子靠背上写着这个名字：“本堂财产管理员，马伯夫先生。”弥撒刚刚开始，一位老人走过来，对马吕斯说：“先生，这是我的席位。”

马吕斯赶紧让开，老人这才就座。

弥撒结束后，马吕斯站在几步远的地方，还在想心事。老人又走上前来，对他说：“先生，我请您原谅刚才打扰您，现在又来打扰您，您大概觉得我这人不讲情理，我有必要向您解释一下。”

“先生，不必了。”马吕斯说道。

"不行！"老人又说道，"我不愿意给您留下坏印象。您看到了，我特别看重那个座位，觉得在那个位置上做弥撒好得多。为什么呢？让我来告诉您。一连好几年，每隔两三个月，我总看见一个可怜的好父亲来到这里，就坐在那个位置上，看望他的孩子，除此以外，他没有别的机会和办法，因为家里达成协议，不准他接近自己的孩子。他及时赶来，掌握什么时候有人带他儿子来做弥撒。那孩子并不知道他父亲来了。天真的孩子，也许他都不清楚自己还有个父亲！那父亲怕被人瞧见，就躲在这根柱子后面，一边望他孩子一边流泪。那可怜的人，他多么喜爱那孩子呀！那情景我见到了，因此在我的心目中，这里变得神圣了，我来这里做弥撒已经形成习惯。我是本堂财产管理员，有权坐功德凳，但我更喜欢这里。我还多少了解一点那位不幸的先生。他有个岳父，有个富有的大姨子，还有几个亲戚，我就不大清楚了，他们威胁不准他这个做父亲的看儿子，否则就取消孩子的财产继承权。他牺牲了个人，好让儿子有朝一日又有钱又幸福。他们是因为政治见解拆散那对父子的。当然，我同意政治见解，但是有些人不懂得适可而止。上帝啊！一个人只因到过滑铁卢，总不能就说是魔怪，不能为了这个就把父亲和孩子拆开。他是波拿巴的一名上校，听说已经死了。当时他住在维尔农，那里有我一个任本堂神甫的兄弟；他好像叫什么彭迈里，或者彭派西……好家伙，他脸上有一大道刀伤。"

"叫彭迈西！"马吕斯的脸变得刷白了，说道。

"一点不错。彭迈西。您认识他吗？"

"先生，"马吕斯答道，"那是我父亲。"

那位老管理员合拢双手，高声说道："哦！您就是那个孩子！对，是这样，现在该长成大人了。嘿！可怜的孩子，可以说，您有个非常爱您的父亲！"

马吕斯让老人挽住胳臂，一直送他回到住所。次日，马吕斯对吉诺曼先生说："我们几个朋友约好去打猎，您能准许我出去三天吗？"

"四天吧！"外公回答，"去吧，痛快玩一玩。"

［五］ 遇见教堂财产管理员的后果

马吕斯去什么地方，稍后就会知晓。

马吕斯出去三天，返回巴黎，又径直去法学院图书馆，借阅《政府公报》的合订本。

他读了《政府公报》，读了共和国和帝国的全部历史、《圣赫勒拿岛回忆录》、各种回忆录、报纸、战报、公告，他饱览一切。他在大军战报上头一次看到他父亲的名字，就整整发了一周的高烧。他去拜访乔治·彭迈西曾在麾下效过力的那些将军，其中有 H 伯爵。他又去看过本堂财产管理员，那位马伯夫神甫向他讲述了上校退休，在维尔农的生活，栽种花草和孤单的日子。马吕斯这才完全了解他父亲那个人，那个少有的杰出而温厚的人，那个猛如雄狮又驯如羔羊的人。

马吕斯开始着迷地崇拜他父亲。

他发觉，过去他既不了解自己的国家，也不了解自己的父亲。无论祖国还是父亲，他都毫无认识，真好像故意让夜幕蒙住自己的眼睛。现在，他看见了：对祖国他赞美，对父亲他热爱。

他心里充满懊悔和愧疚，现在他百感交集，只能向一座坟墓诉说了，想想怎不悲痛欲绝！

他转变了对父亲的看法，接着也自然改变了对拿破仑的看法。

［六］大理石碰花岗岩

吉诺曼先生同所有健康的老人一样，早早就起床，听见外孙回来，就迈动两条老腿，以最快的速度爬楼梯，到马吕斯住的阁楼拥抱他，问问情况，了解一下他从什么地方回来。

可是，小伙子下楼比八旬老人上楼用的时间少得多，等吉诺曼老头走进阁楼房间，马吕斯已经不在了。

床铺没有动过，上边随意摊着那身旅行装和那条黑带子。

"有这东西更好。"吉诺曼先生说了一句。

颈带吊着一个黑色驴皮圆盒,颇像一枚大勋章。

"先拿出来瞧瞧吧,父亲。"老小姐说道。

按一下弹簧盒子就开了,可是里面只有仔细折叠好的一张纸。

只见上面写道:

"吾儿亲览:皇上在滑铁卢战场上亲口封我为男爵。既然复辟政权否认我用鲜血换来的这一爵衔,吾儿就应当承袭过去。毫无疑问,吾儿是当之无愧的。"

父女二人的感觉真是难以言传,浑身仿佛让骷髅头吹的寒气冻僵了。他们没有交换一句话,只有吉诺曼先生好像自言自语,低声说道:

"正是那个武夫的笔迹。"

老小姐翻来覆去地检查那张纸,然后放回小盒里。

与此同时,一个长方形的蓝纸包从旅行装的一个兜里掉出来。吉诺曼小姐拾起,打开蓝纸包。那正是马吕斯的一百张名片。吉诺曼先生从她手里接过一张,念道:"马吕斯·彭迈西男爵。"

老人拉铃叫来妮珂莱特,拿起颈带、小盒和旅行装,全扔到客厅中央的地上,说道:

"把这些破烂儿都拿走!"

在沉默中整整过去了一小时。老头子和老姑娘背对背坐着,各自想心事,也许在想同样的事。一小时过后,吉诺曼姨妈说了一句:

"精彩!"

又过了一会儿，马吕斯回来了。他刚一到，还未跨进客厅的门，就看见他外公手里拿着他的一张名片。外公一同他照面，就摆出高人一等的绅士派头，带几分蔑视的口气，大声嘲笑道：

"嘀！嘀！嘀！嘀！好家伙，现在你是男爵啦！恭贺你呀。这究竟是什么意思呢？"

马吕斯的脸微微一红，答道：

"这就是说，我是我父亲的儿子。"

吉诺曼先生收敛冷笑，厉声说道：

"你父亲是我！"

"我父亲，"马吕斯垂下目光，神态严肃地接着说，"是个低微而英勇的人，他为共和国和法兰西光荣地效过力，他是人类最伟大的历史时期的伟大的人，他在野营中度过四分之一世纪，白天冒着枪林弹雨，夜晚冒雨睡在雪地泥地，他夺过两面敌军军旗，受过二十几处伤，死后遭人遗忘和背弃，他一生只有一个过错，就是过分爱了两个忘恩负义的东西：他的国家和我！"

吉诺曼先生哪能容忍这种话，他一听到"共和国"，就霍地起来，说得更恰当些，挺身而立。马吕斯说的每一句，都像鼓风炉吹旺火的热气，扑到那老牌保王派的脸上。只见他那张脸由阴沉变红，由红变紫，又由紫变得燃烧起来。

"马吕斯！"他吼道，"你这可恶的孩子！我不知道你父亲是什么东西！我也不想知道！我不知道他干了什么，也不知道他那个人！而我所知道的，就是他们那伙人当中，全都是无耻

悲惨世界

之徒！他们那些人，全是无赖、杀人凶手、红帽子党徒、盗匪！我说全是！我说全是，但我一个也不认识！我说全是！听见了吗，马吕斯！你明白了吧，你是男爵，就跟我这拖鞋一样！他们全是为罗伯斯庇尔卖命的匪徒！全是为布——奥——拿——巴卖命的强盗！他们全是逆贼，背叛，背叛，背叛！背叛了他们合法的国王！他们全是胆小鬼，在滑铁卢见到普鲁士和英国人望风而逃！我就知道这个。令尊大人也在那里，我不得而知，我很遗憾，算他活该，恕在下直言！"

马吕斯一听这话，面颊也变成炭火，而吉诺曼先生却成热风了。马吕斯浑身颤抖，脑袋冒火，不知道该怎么办，如同眼睁睁看人将圣饼扔一地的神甫，又像干看着行人唾其偶像的僧人。在他面前说出这种话，绝不能不受惩罚。可是怎么办呢？刚才当着他的面，把他的父亲践踏了一阵，是谁践踏的呢？是他外公。怎么能为一个雪耻而又不冒犯另一个呢？他不可能辱骂外公，同样不可能不为父亲雪耻。一边是一座神圣的坟墓，另一边是白发苍苍的脑袋。这一切在他头脑中回旋翻腾，他一时像醉了一样，站立不稳；继而，他抬起头，眼睛盯着老外公，像打雷一般吼叫一声：

"打倒波旁王室，打倒肥猪路易十八！"

老人本来涨红的脸陡然变色，比头发还白了。他转向摆在壁炉上的德·贝里公爵半身像，以庄严得出奇的姿态深鞠一躬。接着，他从壁炉到窗口，又从窗口到壁炉，缓步默默地走了两个来回，如同一尊石雕像行走那样，踏得地板咯咯山响。走第二趟的时候，到了在冲突面前像老绵羊一样惊得发呆的女

儿跟前,他便俯过身去,面带近乎平静的微笑说道:

"一位像先生那样的男爵,一个像我这样的市民,是不能住在同一个屋顶下的。"

他猛地直起身,面无血色,额头因盛怒的骇人光芒而扩大了,颤抖地朝马吕斯举起手臂,吼道:

"滚出去!"

马吕斯离开了住宅。

马吕斯走了,没说去哪里,也不知道去什么地方,身上只有三十法郎、一只表,以及装着日常衣物的一个旅行包。他登上一辆出租马车,说好按时计费,便漫无目的地朝拉丁区去了。

悲惨世界

[法]维克多·雨果（Victor Hugo） 著

李玉民 译

（下）

中国画报出版社·北京

第三卷　苦难的妙处

[一] 马吕斯穷困潦倒

马吕斯生活艰难了。卖掉衣服和表糊口，还不算什么，他又尝到了难以言传的东西，所谓的"贫穷生活"。可怕的东西，这其中包含白天没有面包，夜晚失眠，晚间无烛光，炉膛无火，一周周虚度，未来希望渺茫，衣服袖肘磨破了，旧帽子惹姑娘们笑话，因为欠房租而夜晚吃闭门羹，门房和客栈老板傲慢无礼，邻居讥笑，受人白眼侮辱，尊严遭到践踏，为了糊口什么活儿都得干，饱尝生活的厌恶、苦涩和沮丧。马吕斯学会了如何吞下这一切，如何总吞下同样的东西。

罕见的坚强性格就是这样创造出来的：穷困，几乎总是后母，有时还是亲娘；困苦往往孕育心灵和精神的力量；艰苦是志气的奶母；不幸是哺育高尚之人的好乳汁。

经过这一段生活，马吕斯应聘为律师，他声称住在库费拉克那间客房：那个房间比较体面，有一定数量的法律书籍，再加上七拼八凑的小说帮着撑门面，书房也就算合乎规格了。他让人往库费拉克那里给他写信。

马吕斯当上律师，就写信告诉他外公，信的口气很冷淡，但措辞极为恭顺，充满敬意。吉诺曼先生颤抖着拿起信，看完撕成四片，扔进废纸篓里。过了两三天，吉诺曼小姐听见她父亲在卧室独自高声说话，他每次特别激动时就会出现这种情况。她附耳听见父亲说道："你若不是个蠢材，就应当知道，人不能同时既是男爵，又是律师。"

［二］ 马吕斯长大成人

这时，马吕斯二十岁了，离开外公已有三年，彼此还保持原来的关系，谁也无意接近和好，也没有谋求见面。况且，见面又有什么好处呢？再相互冲突吗？谁又能硬得过谁呢？马吕斯是铜钵，吉诺曼老头儿是铁罐。

老实说，马吕斯误解了外公的心，以为吉诺曼先生就没有爱过他，觉得这个老人生硬、粗暴，好嘲笑人，总斥骂，叫嚷，发脾气，并扬起手杖，对他顶多具有喜剧中老辈人物那种既肤浅又严厉的感情。马吕斯想错了。天下有不爱子女的父亲，绝没有不宠爱自己孙子的祖父。我们说过，吉诺曼先生从内心里喜爱马吕斯，但有自己的喜爱方式：不时拿话敲打，甚至扇耳光；等这孩子一走，他就感到心中一片空虚黑暗。他不许别人再向他提起马吕斯，私下又遗憾别人那么听话。起初，他还抱有希望，这个布奥拿巴分子，这个雅各宾党徒，这个恐怖分子，这个九月暴徒，肯定能回来。然而，一周又一周，一月又一月，一年又一年过去了，这个吸血鬼没有再露面，真叫吉诺曼先生心痛欲碎。"然而，我别无他法，只能赶他走。"外公时常这样想。同时他还问自己："如果事情从头开始，我还会这么干吗？"他的自尊心立即回答会的，可是，

悲惨世界

他那颗苍老的头却默默摇晃，悲伤地回答不会。有时候他十分颓丧，心中想念马吕斯。老人需要感情，如同需要阳光，也就是温暖。不管他性情多么倔强，他失去马吕斯，内心多少发生了变化。他死也不肯朝这个"小鬼东西"走一步，但心中苦不堪言。他住在沼泽区，越来越深居简出了。他虽然还像从前那样，又快活又狂暴，但是那种快活显得生硬而逞强，仿佛里面有痛苦和恼怒，而他狂暴一通之后，总是进入一种沮丧状态，显得温和而沉郁了。有几次他这样说："哼！他若是回来，看我怎么扇他耳光！"

至于那位姨妈，她不大想事儿，也就谈不上有多少爱。在她的心目中，马吕斯仅仅成了一个模模糊糊的黑影了，到后来，她对马吕斯还不如对猫和鹦鹉那么关心了，顺便说一句，她很可能养过猫和鹦鹉。

吉诺曼老头儿把痛苦完全埋藏在心里，一点儿也不让人看出来，这就倍加痛苦了。他的忧郁犹如新近发明的火炉，连烟都燃尽。有时，一些献殷勤的人不识趣，向他询问马吕斯的情况："您的外孙先生在做什么？"或者："您的外孙先生近况如何？"老绅士如果太伤心，就叹口气，如果要装出高兴的样子，就弹一弹衣袖，说一句："彭迈西男爵先生正在什么地方，为人打小官司呢。"

老人那边深自悔恨，而马吕斯这边则拍手称快。不幸的遭遇消除了他心中的怨恨，心地善良的人无不如此。他想到吉诺曼先生时，就只有温情了，但是，他始终坚持不再接受"对他父亲不好"的人的一钱一物。这是他最初的愤恨和缓之后，现在所表现的情绪。而且，他高兴受过苦并还在受苦。这是为了纪念他父亲。生活艰苦，他感到又满足又喜欢。有时，他带着几分欣悦自言自语："这是最起码的。"这本身……就是一种赎罪。如果不这样，而是对他父亲，对这样一位父亲，抱不敬的冷漠态度，那么日后他就会受到别种惩罚。父亲饱受苦难，而他一点苦也不吃，这就不公正了。况且，比起上校的英勇一生来，他的辛劳和清苦又算什么呢？归根结底，他要接近父亲，要像父亲的样子，唯一的方式就是以上校杀敌的那种勇敢对付穷苦生活；而上校留下的这句话："他会当之无愧……"无疑就想表达这种意思。上校的话，由于遗书已丢失，马吕斯不能佩戴在胸前，却刻在心上了。

况且，外公赶他走的那天，他还是个孩子，现在则长大成人了。他自己也有这种感觉。我们还是要强调这一点，穷困对他来说是好事。青少年清贫，到成功之日方显出妙处：能把人的整个意志引向发奋的道路，把人的整个灵魂引向高尚的追求。贫穷能立刻把物质生活剥露，显示其丑恶面目，从而激发人以无比冲劲奔向理想生活。

这正是马吕斯身上所发生的情况。一句话，他偏爱沉思甚至有点过分了。他的生计差不多有了保障之后，便停下来，觉得还是安贫为好，减少工作，以便多多思索。这就是说，有时他一连几天思考，沉浸在静思和内心光照的无言愉悦中。他这样安排生活问题：尽量少做物质劳动，尽量多做难以捉摸的劳动，换句话说，费几个小时用在实际生活上，其余时间全用在对"无限"的思索中。他自以为吃穿不愁了，却没有发觉他这样理解的沉思，结果要成为一种懒惰的形式；没有发觉他满足于生活最低需要，过早地歇手不干了。

显而易见，对这个禀性刚强而豪迈的人来说，这只能是一种过渡状态，一旦撞击不可避免的复杂的命运，马吕斯就会觉醒。

眼下，他虽是律师，也不管吉诺曼老头儿怎么看，他却既不接大案，也不为人打小官司。他沉于梦想，就远离了辩论。纠缠公证人，随庭听审，寻找作案动机，这些事实在烦人。何必这样呢？他想不出有任何理由改变现在的谋生方式。这家不知名的印书馆终于给他一份稳定的工作，正如我们解释过的，他干点活儿就足够了。

雇用他的一个书商，我想是叫马其梅尔先生吧，曾提出雇他当全工，向他提供舒适的住所和固定的工作，年薪为一千五百法郎。舒适的住所！一千五百法郎！当然是好差使。可是要他放弃自由！当一名雇员！当一个雇佣文人！马吕斯考虑一旦接受，他的境况既改善又变坏：生活优裕了，尊严却丧失了。这是完整而美好的不幸变成丑恶而可笑的窘境，好比盲人变成独眼龙。他谢绝了。

[三] 穷是苦的睦邻

马吕斯的乐趣是独自长时间散步，走在环城大道上，或者演武场上，或者卢森堡公园的幽径上。有时，他花半天时间去看菜园子，看生菜畦、粪堆上的鸡群和拉水车的马。过路人以惊奇的目光打量他，有的人还觉得他衣着可疑，面目不善。其实,他不过是个穷苦的青年,站在那儿出神遐想。

正是在一次散步中,他发现了戈尔博老屋,受到那僻静的地点和便宜的房租的吸引,便搬过去住了。那里的人知道他叫马吕斯先生。

一八三一年六七月份之间,给马吕斯做家务的老妇人对他说,他的邻居,容德雷特那户穷苦人家要被赶走。马吕斯几乎整天在外面游荡,不大清楚他还有邻居。

"为什么要赶走他们呢?"他问道。

"因为他们没付房租,拖欠了两个季度。"

"欠多少钱?"

"二十法郎。"老妇人回答。

马吕斯有三十法郎备用钱,放在一个抽屉里。

"拿着吧,"他对老太婆说,"这是二十五法郎。替那家可怜的人付房租,剩下五法郎给他们,不要说是我给的。"

第四卷　双星会

[一] 绰号：姓氏形成方式

这时期，马吕斯已长成英俊青年，他中等身材，头发乌黑，额头饱满而聪颖，鼻孔张扩而热情，那副神态又坦诚又稳重，整个相貌透出难以描摹的高傲、凝思和纯真。

一年多以来，在卢森堡公园一条靠苗圃护墙的幽径上，马吕斯注意到一个男人和一个很年轻的姑娘，他俩在这条路径靠西街最僻静的那端，几乎总是并排坐在同一条椅子上。马吕斯几乎每天都看见那一老一少在那里。那男人约有六旬，神情忧伤而严肃，整个外表是一副退役军人那种强壮而疲惫的样子。如果他戴一枚勋章，马吕斯就会说：他从前是个军官。他面目和善，但善气并不迎人。他的目光从不与别人的目光对视。他穿着蓝裤子，蓝色礼服，戴一顶宽檐儿帽，衣帽好像总是新的，扎一条黑领带，穿一件教友派式的衬衫，也就是说白得耀眼，但是粗布的。有一天，一名轻佻的年轻女工从他身边走过，说了一句：好一个洁净的老光棍。他的头发雪白了。

那小姑娘头一次同他来的时候，他们似乎就选定了这张坐椅。她是个十三四岁的女孩，浑身精瘦，简直有点难看了，举止笨拙，一无可取，只有那双眼睛将来也许会挺美，但是抬起来的时候，总有一种令人讨厌的自信的神色。她的穿戴像修道院寄宿生那样，既老气又幼稚，那件黑色粗毛呢衣裙剪裁不合体。看样子他们是父女俩。

对这个还未年迈的老头儿和这个还未成人的女孩，马吕斯观察了两天，随后就不注意了。而他们更甚，仿佛没有看见他。他们平静地谈话，根本不理睬周围。女孩喋喋不休，又说又笑。老人话不多，不时抬头注视她，眼里充满难以描摹的父爱的神色。

马吕斯不自觉养成一种习惯，总往这条路上散步，每次总能见到他们。

事情的经过是这样：

马吕斯最喜欢从遥对他们坐椅的小路那端走过来，整段路走完，从他们面前经过，再掉头回到起点，每次散步如此往返五六趟，而这样的散步每周又有五六回，可是，他和他们二人彼此却从未打过招呼。

头一年就是这样，马吕斯几乎每天在同一时间见到他俩，他看那老头儿挺顺眼，而看那女孩却很差劲儿。

[二] 有了光[①]

第二年，就在读者看到故事的这个阶段，马吕斯自己也不大清楚为什么，忽然打破这种习惯，将近半年没踏进卢森堡公园，到这条小径散步了。后来有一天，他又旧地重游。那是夏

---

① 原文为拉丁文。

天的一个晴朗上午，马吕斯就像人逢好天气那样，心情特别快活，心里仿佛充满他所听见的鸟儿的歌声、他从树叶缝间所望见的点点蓝天。

悲惨世界

他径直走上"他的小路"，走到那一端，看见那熟悉的一对仍坐在那张椅子上。不过，他走近了仔细一瞧，那男子虽然还是原先那个男子，但那女孩好像不是原先那个女孩了。现在眼前是个修长美丽的姑娘，正是女子初成的特定时刻，具有最妙丽的全部形貌，又保留女孩儿最天真的全部情态。这一转瞬即逝的纯洁时刻，只能用两个词表示：十五岁。那头美发，栗色间有金黄色纹理；那额头仿佛是大理石雕成的；那脸颊宛如玫瑰花瓣儿长成的，红里透白，白里透红；那芳唇妙口，粲然一笑好似阳光，婉转一语如同音乐；那颗头，拉斐尔会赋予圣母玛利亚；那脖颈，让·古戎会赋予维纳斯；而那鼻子算不上美，却很俏丽，好让那张光艳照人的脸完美无缺了；那鼻子不直不弯，既非意大利型，也非希腊型，而是巴黎型的，也就是说有几分灵秀，有几分娇丽，稍欠规整，但显得纯洁，足令画家失望，却叫诗人着迷。

马吕斯从她身边走过时，看不到她那双始终低垂的眼睛，只见那褐色长睫毛投下暗影，饱含羞赧。

那美丽的女孩尽管羞赧，还是边微笑边听白发老人说话。迷人莫过于低垂双眼的这种清纯笑容。

马吕斯乍一见，以为是同一个男人的另一个女儿，大概先头那个的姐姐。可是，他遵循不可改易的散步习惯，第二次走到那坐椅跟前时，就注意打量那姑娘，这才认出是同一个人。

半年工夫，小姑娘变成少女了，仅此而已。这种现象太常见了。女孩儿好似蓓蕾，时候一到，眨眼间就开放，忽然变成一朵朵玫瑰花。昨天还把她们当成孩子视而不见，今天再一照面，就觉得她们能勾走人的魂儿了。

这一个不仅长大，而且还出落个理想的模样儿。正如四月份，有些树木三天工夫就鲜花满枝头，六个月就足够让她换上美妆了。她的四月艳阳天到了。

再说，她已不是头戴长毛绒帽子，身穿粗呢衣裙，脚穿平底鞋，双手通红的寄宿生。人美衣着也漂亮了，一身穿戴十分优雅，又朴素又华丽，毫不矫揉造作：一件黑锦缎衣裙、一条同样料子的披肩、一顶白皱呢帽子。她的白手套衬出一双纤巧的手，手中把玩着中国象牙柄的阳伞，而她的锦缎靴则显出一对纤足。从她跟前走过时，能闻到她周身散发的沁人心脾的青春香气。

至于那男子，还是原来的模样。

马吕斯第二次走到她跟前时，那少女抬起眼帘。那眼睛一片幽深的天蓝色，而在那迷蒙的蓝天里，还只有童稚的眼神。她若不经意地看了看马吕斯，就好像望望在槭树下玩跑的那个孩子，或者望望影子投到椅子上的那个大理石承露盘。马吕斯则继续散步，心里想别的事儿。

他又从那少女坐的椅子旁边经过四五趟，目光甚至没有转向她。

后来几天，他还和往常一样到卢森堡公园散步，还像往常一样见到"父女俩"在那里，但是他不再留意了。姑娘丑的时候他没有多想，长得美了他也没有多想。他总是离姑娘坐的椅子很近的地方经过，因为那是他的习惯。

[三] 春天的效力

有一天暖融融的，卢森堡公园沐浴在阳光绿影中，仿佛清晨时分，天使将全园洗了一遍，鸟雀在栗林深处嗽嗽鸣啭。马吕斯向大自然敞开心怀，不再想什么，只是在生活，在呼吸，他又从那张椅子前经过，那少女抬起眼睛，二人的目光相遇。

这一回，年轻姑娘的眼神里有什么呢？马吕斯说不上来。什么都有，什么也没有。那是一道奇异的电光。

那姑娘又垂下眼睛，而他还继续散步。

他刚才所见，不是一个孩子的天真单纯的目光，而是一个微微张开，又猛然合上的神秘的深渊。

凡是少女，都有这样看人的一天。谁碰上谁就要倒霉！

一颗还不自知的心灵的头一瞥，宛若天空的曙光，那是某种光灿的、陌生的东西的苏醒。这出人意料的微光，突然从绝妙的黑暗中显亮，由现时的全部纯真和未来的全部情爱合成，其危险的魅力，什么语言也描绘不出来。这是一种尚不明晰的柔情，偶一流露并有所期待。这是纯真无意中设下的陷阱，捕捉人心，但既非有意，又不知道自己所为。这是一个像成年女子看人的处子。

这种目光落到哪里，不引起无限遐想的情况则很少见。这束命运的天光，比风骚女人功夫最深的媚眼更具魔力，能促使人称爱情的这朵饱含芳香和毒汁的幽暗的花，在一颗心灵的深处突然开放。

那天晚上，马吕斯回到陋室，瞧了瞧自己的衣服，头一次发觉穿这身"日常"服装，也就是说戴一顶绦带旁已经折破的帽子，穿一双车夫的粗大靴子、一条膝头磨白的黑裤、一件臂肘磨白的黑上衣，这么不整洁，不体面，就跑到卢森堡公园去散步，简直是愚蠢透顶。

[四] 大病初发

第二天，到了习惯的时刻，马吕斯从五斗橱里拿出新上装、新裤子、新帽子和新靴子，全套武装，又戴上手套——惊人的奢侈品，这才前往卢森堡公园。

路上遇到库费拉克，他却装作没看见。库费拉克回到家里，对朋友说："刚才我撞见马吕斯的新帽子和新衣裳，和包在里边的马吕斯。他肯定是去考试，一副呆头呆脑的样子。"

马吕斯到了卢森堡公园，绕着大水池转了一圈，注视水上的天鹅，接着又站到脑袋霉黑并缺根胯骨的一尊雕像前，久久地端详。水池旁边，有个四十来岁大腹便便的绅士，手拉着一个五岁的小男孩，他对孩子说："要避免过分。儿子，对专制主义和无政府主义，你要保持等距离。"马吕斯听那绅士说话，接着又围着水池绕了一圈，这才朝"他的小径"走去，但步子缓慢，就好像去那里极不情愿，就好像有人既强迫又阻拦他去似的。这一切，他自己毫无意识，还以为跟每天一样散步。

他走上那条小径，就望见另一端，白先生和那姑娘坐在

悲惨世界

"他们的椅子上"。他把上衣纽扣全扣好,再挺起腰板,免得衣裳出褶儿,又带着几分满意的心情,审视一番裤子的光泽,然后便向那坐椅挺进。这种步伐有进攻的意味,自不待言,也期望旗开得胜。我说朝那坐椅挺进,这就等于说:汉尼拔向罗马挺进。

悲惨世界

不过,他的动作完全是机械的,他也没有中断精神和学习上习惯性的思虑。此刻他想道:《中学毕业会考手册》是一本荒唐的书,一定是由罕见的笨伯编写的,因此选取分析的人类思想杰作,有拉辛的三篇悲剧,而只有莫里哀的一篇喜剧。他渐渐走近那坐椅,抚平衣服的皱纹,眼睛盯住那姑娘,就觉得她发出幽幽蓝光笼罩了小径的那一端。

他越走越近,脚步也越来越慢了。离那坐椅还有一段距离,远没有到小路的尽头,他就停下脚步,连自己也不知道是怎么回事,就掉头往回走,而心中根本没想过不要走到头。那姑娘只能远远望见他,未必能看清他穿上新装的风采。然而,他还是挺直身板儿,好显得十分精神,以防背后有人看他。

他走到小路另一边终点,又返回来,这回朝那坐椅走近了一些,甚至到了只有三段树间距的地方,就又犹豫起来。他仿佛看见那姑娘的脸转向他。于是,他拿出男子汉的勇气,振作一下,控制住犹豫的情绪,继续往前走。几秒钟之后,他从那张坐椅前经过,身子挺直,神态坚定,但是脸却红到耳根子,眼睛不敢左顾右盼,像政界人物一样双手插在兜里。他从那大理石承露盘下经过的时候,只感到心怦怦狂跳。而那姑娘还像昨天一样,身穿锦缎衣裙,头戴皱呢帽子。马昌斯听见一种难

270

以形容的声音,那一定是"她的声音"了。她正在安安静静地聊天儿。她模样儿很美。马吕斯能觉出这一点,尽管没有试图瞧她一眼。他心中暗道:"不过,她一旦知道论马可·奥贝贡·德·拉龙达那篇文章的真正作者是我,就不能不敬重我了;那篇论文,弗朗索瓦·德·讷沙多先生据为己有,当作他出版的《吉尔·布拉斯》的前言!"

他走过了那张长椅,再走不远就到小径尽头,然后转身返回,又从美丽的姑娘面前经过。这回他脸色刷白了,而且只有一种极为不快的感觉。他从那张长椅和那姑娘跟前走开,在转过背去的时候,想象那姑娘在看他,走路就不禁踉踉跄跄了。

他不想再走近那坐椅了,到半路就停下来,而且还坐下,这是从未有过的情况。他坐在那里不时瞥过去一眼,思想深处模糊不清,心想不管怎么说,我欣赏人家的白帽子和黑衣裙,人家对我的发亮的裤子和新上装,就不可能完全无动于衷。

过了一刻钟,他站起身,好像又要走向那张罩着光环的长椅;然而,他却站在那里一动不动。十五个月以来,他头一次想到,每天陪同女儿坐在那儿的先生,肯定也注意他了,也许觉得他来得这么勤有点蹊跷。

他还头一次感到,用"白先生"这一绰号,即使在他思想隐秘处,去称呼那个陌生人,也未免有些不敬。

他这样低头待了几分钟,手中拿根小木棒往沙地上画图案。

继而,他猛一转身,背向那长椅,背向白先生和他女儿,径直回家去了。

这天，他忘了去吃晚饭，到了晚上八点钟才发觉，但为时太晚，不能去圣雅克街了，感叹一声："怪啦！"只好啃一块面包。

他用刷子刷净衣服，再仔细叠好，然后才上床睡觉。

[五] 布贡妈连遭雷击

第二天，布贡妈——戈尔博老屋那个兼为门房、二房东和清洁工的老太婆，不禁大吃一惊，注意到马吕斯先生又穿新衣裳出门了。

马吕斯又去卢森堡公园，可是，他在小径上只走了一半路，没有越过他那椅子一步。他像昨天那样坐下，远远观望，能清楚地看见那顶白帽和那条黑衣裙，尤其那片蓝光。他没有动地方，直到公园关门才回家。他没看见白先生父女出公园大门，从而断定他们是从公园临西街的铁栅门出去的。几周之后，他再回想，却怎么也忆不起来那天晚上他是在哪儿吃的饭。

次日，也就是第三天，布贡妈又如雷轰顶：马吕斯穿着新衣裳出去了。

"接连三天！"她嚷道。

她企图跟踪，但是马吕斯脚步敏捷，大步流星；她就像河马追羚羊，两分钟工夫就不见人影了，只好气喘吁吁地回家，惹起喘病憋个半死，真是气急败坏，恨恨说道："是不是昏了头，天天穿上新衣裳，还害得别人跟着白跑一趟！"

马吕斯去了卢森堡公园。

那姑娘同白先生已在那里。马吕斯佯装看书，尽量靠近些，可是离得还很远就站住了，接着又返身，坐到他那张椅子上，一坐就是四个钟头，看着自由自在的麻雀在小径上蹦跳，就觉得是在嘲笑他。

半个月时间就这样流逝了。马吕斯到卢森堡公园不再是去散步，而是去闲坐了，不知道为什么总坐在同一地方，一到那儿就不动弹了。他每天早晨穿上新衣裳，却又不想显示，第二天再周而复始。

毫无疑问，那姑娘长得佳妙无双。唯一能指出来近乎批评的一点，就是她那忧伤的眼神和欢快的笑容形成矛盾，给她的脸平添两分精神恍惚的神态，结果她那张脸虽然始终柔丽迷人，有时表情却显得古怪。

[六] 被俘

第二周的后几天，有一次马吕斯跟往常一样，坐在长椅上，手里捧着一本书，打开两小时却没有翻一页。他猛然惊抖一下，小路那边有情况：白先生父女离开座位，女儿挽着父亲的手臂，二人缓步朝马吕斯所在的小路中段走来。马吕斯当即合上书，接着又打开，竭力收拢心思阅读。他浑身颤抖：那光环径直朝他走来。"噢！上帝呀！"他心中暗道，"我怎么也来不及摆好姿态了。"这工夫，白发男人和那姑娘越走越近。他觉得这情景持续一个世纪，又觉得这不过一秒钟。"他们来这儿干什么呢？"他心中琢磨。"怎么！她要到这儿来！她的双脚要走在这沙地上，走在离我只有两步的小路上！"他心慌意乱，多么希望自己非常英俊，多么希望自己戴着勋章。他听见他们轻柔而有节奏的脚步声渐近，不禁想象白先生一定朝他抛来气愤的目光。"难道这位先生要问我话？"他心中思忖，随即低下头，等他又抬起头来的时候，他们走到跟前了，那姑娘走过，边走边看他。她凝眸注视他，那若有所思的温柔神态，令马吕斯从头到脚都酥软了。那姑娘似乎责备他这么长时间没去她那里，似乎对他说：只好我过来了。面对那双蓄满光芒又如深渊的眸子，马吕斯目眩神摇。

他感到脑子里燃着一块炽炭。那姑娘来救他，真叫人喜出望外！而且，她是用什么眼神看他呀！他觉得她比以前更美了。是一种兼美，即女性美和天使美的综合；还是一种完美，足令彼特拉克歌颂，但丁拜倒。他恍若遨游碧空，同时又十分懊恼，只为靴子上有灰尘。

马吕斯确信她也看他靴子了。

他目送她，直到她消失不见了。接着，他发疯似的，在卢森堡公园里狂走，有时很可能还独自大笑，高声说话。他从带孩子的小保姆身边走过时，那副想入非非的样子，让她们每人都以为他爱上她了。

他出了卢森堡公园，希望在街上能再见到那姑娘。

他坠入情网，神魂颠倒了。

［七］ 猜测 U 字谜

孤独，超脱一切，骄傲，特立独行，喜爱大自然，摆脱日常物质活动，沉浸于内心生活，为保持贞洁而进行的隐秘搏斗,与整个造物为善并迷醉,凡此种种,都养成马吕斯易于受所谓痴情控制的性格。他对父亲的崇拜渐渐化为一种宗教,而且同所有宗教一样,退隐到灵魂深处去了。可是眼前近景要有东西充实,于是爱情应运而生。

整整一个月过去了,在此期间,马吕斯天天去卢森堡公园。时间一到,什么也拉不住他。"他上岗去了。"库费拉克这样讲。马吕斯喜不自胜,生活在美梦中。那姑娘肯定注视他了。

他的胆子终于大起来,又逐渐靠近那些坐椅,但是不再从前面走过,这是恋人遵从胆怯的本能和谨慎的本能;他认为不必引起"那父亲的注意"。他运用老谋深算,在树后和雕像基座后面选了几个据点,躲在那里,尽量让那姑娘看见,又尽量不让那位老先生发现。有时,他躲在一尊莱奥尼达斯雕像的阴影里,或者随便一尊斯巴达克斯雕像的阴影里,一待就是半小时,手里捧着书,眼睛却微微抬起,去寻觅那美丽的姑娘,而姑娘那边也隐隐含笑,朝他转过那迷人的倩影。她一边极其自然、极为平静地同那皓首之人聊天,一边又以处女的炽热目光将全部梦想寄托在马吕斯身上。这是自古以来的老把戏,夏娃从世界诞生之日起就知道,任何女人从出生之日起也都知道!她的嘴应付一个人,她的眼神却回答另一个人。

不过,也应当相信,白先生终于有所觉察,因为,等马吕斯一到,他往往站起身,开始散步了。他离开他们坐惯的地方,走到小径的另一头,拣了那个角斗士雕像旁边的长椅坐下,以便观察马吕斯是否跟来。马吕斯一点不明白,犯了这个错误。那"父亲"又开始不准时了,也不再天天带他"女儿"来。有时他独自一人来公园。马吕斯见此情景,也就不久待了。他又犯一个错误。

悲惨世界

马吕斯根本不注意这些征象,又从胆怯阶段跨入盲目阶段,这是自然而命定的进步。他的爱情与日俱增,他每天夜晚都做美梦。而且,他还碰到一件意想不到的喜事儿,不啻火上浇油,使他倍加盲目了。一天黄昏时分,他在"白先生父女"刚离开的长椅上,拾到一块手帕。那是极普通的手帕,没有绣花,但细布洁白,似乎散发着无法形容的香味儿。他一阵狂喜,赶紧抓在手里,只见手帕上标着 U. F. 两个字母。马吕斯对那美丽的女孩儿一无所知,她的家庭、姓名和住址都无从知晓。这两个字母是他得到她的头一样东西,美妙极了,肯定是姓名的开头字母,他立刻在这上面搭起建筑的脚手架。U 显然是名字。"玉秀儿!"他想道,"多么甜美的名字!"他捧着手帕又吻又嗅,白天贴身放在胸口,夜晚放在嘴边睡觉。

"从这上面,我感到她整个一颗心灵!"他感叹道。

手帕是那位老先生的,不过从他兜里失落罢了。

拾到手帕之后几天,他一到卢森堡公园就吻手帕,并按在胸口。那美丽的女孩莫名其妙,只是用难以觉察的手势眼神向他示意。

"这么害羞!"马吕斯咕哝道。

[八] 失踪

上文看到,马吕斯是如何发现,或者自以为发现她叫

"玉秀儿"的。

马吕斯的胃口越来越大。了解她叫玉秀儿,这已经相当不错了,但还是太少。这一幸福,马吕斯吞食了三四周,又想得到另一种幸福,要知道她的住址。

他犯了头一个错误:在角斗士雕像旁的坐椅那儿中了埋伏。又犯了第二个错误:见白先生独自去公园,他没有久留。还要犯第三个错误,天大的错误:跟踪"玉秀儿"。

她住在西街,那地段行人极少,是一栋外观极普通的四层新楼。

从这时起,马吕斯又增添了一种幸福:除了在卢森堡公园见她面,又一直跟到她家。

欲望越来越大。他已经知道她叫什么,至少知道她的小名,那可爱的名字,一个女人的真正名字;又了解了她住的地方,还要弄清她是什么人。

一天傍晚,他一直跟到他们家,看着他们进了大门不见了,便随后进去,大着胆子问门房:

"刚回来的是二楼上的那位先生吧?"

"不是,"门房回答,"是四楼上的那位先生。"

又跨进一步。马吕斯得了手,胆子更大了。

"临街的房屋吗?"他又问道。

"当然啦!"门房说道,"这房子只有临街这面。"

"那位先生是干什么的?"马吕斯追问一句。

"他靠年金生活,先生。是个大好人,虽然不富,总能帮助不幸者。"

"他叫什么名字?"马吕斯又问道。

门房抬起头,反问道:"先生是密探吧?"

问得马吕斯好尴尬,他只得走开,但心里乐不可支。事情又有进展。

"很好,"他心中暗道,"我知道她叫玉秀儿,父亲有年金,就住西街这儿,在四楼上。"

第二天,白先生父女到卢森堡公园,逗留时间很短,天还大亮就离去。马吕斯尾随到西街,这已经成为他的习惯。走到大门口,白先生让女儿先进去,他进门之前,却回过头去,定睛注视马吕斯。

次日,他们没有去卢森堡公园。马吕斯白白等了一天。

天黑下来,他就去西街,望见四楼窗户有灯光,便在窗下散步,直到熄灯。

又到次日,他们谁也没有去卢森堡公园。马吕斯等了一整天,晚上又到窗下去守候,一直守到十点钟,晚饭就随它去了。病人以高烧为食,恋人则以爱情为食。

这种情景持续了八天。白先生父女不再去卢森堡公园。马吕斯胡乱猜测,总往坏处想,又不敢在大白天去窥视大门,只好到晚上去仰望玻璃窗映红的灯光,有时看见窗里人影走动,他的心便怦怦直跳。

到了第八天头上,他又来到窗下,却不见灯光。"咦!"他咕哝道,"还没有点上灯,可是天黑了呀。难道他们出门啦?"他还是等候,直到十点钟,直到午夜,直到凌晨一点钟。四楼窗口没有亮灯,没有人回屋。他灰心丧气,只好离去。

第二天——须知，他现在只靠一个接一个的第二天活着，可以说今天对他不存在——第二天，他到卢森堡公园，还是没有见到人，等到天黑，又去那小楼下面。窗户没有一点亮光，窗板关着，四楼一片漆黑。

马吕斯敲了大门，走进去问门房：

"四楼上那位先生呢？"

"搬走了。"门房回答。

马吕斯两腿发软，有气无力地问道：

"什么时候搬走的？"

"昨天。"

"现在他住哪儿？"

"不知道。"

"他没有留下新地址吗？"

"没有。"

门房扬起鼻子，认出马吕斯。

"咦！又是您！"他说道，"看来没错，您准是个探子啦？"

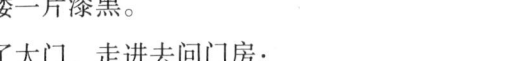

第五卷　坏穷人

[一] 马吕斯寻觅一个戴帽子姑娘，却遇到一个戴鸭舌帽的男子

夏季和秋季相继过去，冬天来临了。无论白先生还是那姑娘，都没有再步入卢森堡公园。马吕斯心中只有一个念头：再见到那张温柔可爱的脸蛋儿。他一直寻找，到处寻找，却一无所获。曾几何时，马吕斯还是个满怀激情的梦想者，是个果断、热情而坚定的男子汉，是个用头脑构筑未来、不向命运屈服的大胆挑战者，是个富有种种雄图、方略、豪情、理想和志愿的有为青年，而现在却成了一条丧家之犬。他极度悲伤，眼前一片黑暗。完了。他工作觉得心烦，散步觉得疲惫，独自一人又觉得无聊。曾几何时，广阔的自然还五彩缤纷，充满各种形体、光亮和声音，充满启迪、教育、远景和前途，而现在却向他展示一片空虚，仿佛这一切全都消逝了。

他还一直在思考，舍此也干不了别的事，但是思考中已无乐趣可言了。而思考不断低声向他提出的种种建议，他每次都黯然回答：有什么用呢？

他百般责备自己。为什么我要跟随她呢？当时只要看见她，我就满心欢喜啦！她不时瞧我一眼，难道这不已经很可观了吗？看她那神气是爱我。这不已经足够了吗？我还要怎么样呢？到此为止，不会再有什么。我也太荒唐了。是我的过错，等等，诸如此类的想法。他的心事丝毫没向库费拉克吐露，这是天性使然；可是，库费拉克猜得八九不离十，这也是天性使然。起初，他祝贺马吕斯有了意中人，同时也诧为奇事，后来见马吕斯十分忧伤，就终于对他说："我看你这家伙简直是个蠢货。嘿，到郊外茅庐去走走吧。"

九月有一天，马吕斯见风和日丽，便打起了精神，让库费拉克、博须埃和格朗太尔拖到索镇舞会，期望也许能在那里找见那姑娘，真是白日做梦！自不待言，他没有见到他寻找的人。"怪事，凡是丢失的女人，都能在这儿找到啊。"格朗太尔独自咕哝道。马吕斯丢下朋友，离开舞会，步行回家去，他孤单一人，又疲倦又焦躁不安，在夜色中眼睛模糊而忧伤，身旁驶过一辆车，满载着从舞会归来的欢乐歌唱的人们，他让这喧嚣和尘土弄得头晕目眩，实在心灰意冷，只好吸着路边核桃树的刺鼻气味来清醒头脑。

他的生活又恢复旧观，越来越孤独、迷惘而沮丧，完全沉浸在内心的惶惑中，在自己的痛苦中来回徘徊，如同落入陷阱的狼，怀着一片痴情，到处搜寻那不见踪影的姑娘。

还有一次，他遇见一个人，立即产生异样的感觉。当时，他走在残废军人院大道旁边的小街上，迎面碰见一个头戴鸭舌帽、一身工人打扮的男子。马吕斯惊叹那帽下露出的几绺白发美得出奇，又注意打量那人，只见他步履迟缓，仿佛忧心忡忡，沉浸在冥思苦想中，说来也怪，他似乎认出那是白先生，同样的头发、同样的身影，只是多了一顶鸭舌帽，走路的姿势也一样，只是显得更加忧伤。可是，为什么换上这身工人装束呢？这是什么意思呢？这种乔装打扮意味什么呢？马吕斯十分诧异，等他缓过神儿来，头一个举动就是跟上去，说不定他终于能抓住他寻觅的踪迹呢？总之，应当靠近再瞧瞧那人，解开这个谜。然而，他这个念头来得太迟，那人已经不见了。马吕斯走进一条横巷，未能找见那人。这次相遇，在他脑海里萦绕了数日才消失。他心中暗道："说到底，那人很可能只是外表相像罢了。"

[二] 发现

马吕斯一直住在戈尔博老屋，对谁也不留意。

当时那座破房子的住户，也的确只有他和容德雷特一家。他为那家人付了一次房租，但无论同那父亲，同那母亲，还是同那两个女儿，他都没有讲过话。其他房客不是搬走就是死了，或是因拖欠房租而被赶出去。

那天，马吕斯从自己的房里出来。夜幕降临，正是去吃晚饭的时候，唉！还得吃饭，胸怀多少理想激情的人，也有这种弱点啊！

他刚跨出门槛，就听见扫地的布贡妈讲出这段令人难忘的独白：

"现在，有什么东西便宜？全那么贵。世上只有痛苦便宜；这世上的痛苦，真是一钱不值！"

马吕斯沿着大街，缓步朝城关走去，以便拐上圣雅克街。

他低着头,边走边想心事。

在夜雾中,他突然感到被人撞了一下,扭头一看,却是两个衣裙褴褛的年轻姑娘,一个瘦长,一个稍矮,二人气喘吁吁,神色慌张,飞快跑过去,就好像要逃命似的。刚才她们迎面跑来,没有看见他,交叉而过时撞了他一下。在暮色中,马吕斯看见她们脸色苍白,披头散发,戴着破烂不堪的软帽,穿着破成布条的裙子,光着脚。她们边跑边说话。那个高的低声说道:

"冲子①来了,差点儿把我铐住!"

另一个说:"我一看见他们,就跑了!"

马吕斯从这种凶恶的黑话中听出,宪兵或市警差一点儿抓住那两个女孩儿,两个女孩儿还是逃脱了。

她们钻到他身后路旁的树木下面,那白色的身影,在黑暗中还依稀可见,过了一会儿才消失。

马吕斯站住望了片刻。

他正要继续往前走,忽见脚下有个灰色的小包,便俯身拾了起来,看似一个信封,里面好像还有纸。

"唔,"他自言自语,"大概是那两个不幸的女孩儿失落的!"

他掉头往回走,连声呼唤,但没有找见她们,心想她们已经走远,便揣进兜里,前去吃晚饭。

---

① 冲子:黑话中指警察。

[三] 四面人[①]

晚上，他脱衣裳要睡觉时，手触到他在路上拾起放进衣兜里的小纸袋。他早已置于脑后，这时想到，应当打开看看，也许里边有那两个女孩儿的住址，如果真是她们的东西，不管是谁的，找到线索就好归还给失主。

他打开信封。信封并没有封住，里面装有四封信，也都没有封上。

每封信上都有姓名地址。

四封信都散发一股烟草的辛辣气味儿。

第一封信的姓名地址写道："夫人收，德格吕贝雷侯爵夫人，议会对面广场第……号。"马吕斯心想，信上很可能查到他要找的线索，况且有信没有封，看一看似无不妥。

马吕斯看完四封信，还是不甚了了。

首先，没有一个署名人留下地址。

其次，这些信仿佛出自堂·阿尔瓦雷兹、妇人巴利扎尔、诗人尚弗洛、戏剧艺术家法邦杜这四个不同人之手，然而奇怪的是笔体一模一样。

如果说四封信不是一个人写的，那又怎么解释呢？

此外，还有一点表明这样猜测很贴近，全是同样粗糙发黄的信纸，全是同样的烟草味儿。尽管写信人明显力求变换笔调，但是同样的错别字却堂而皇之地反复出现，文学家尚弗洛

---

① 原文为拉丁文。

和西班牙上尉，都同样未能避免。

费心猜测这一小小谜团徒劳无益。这东西如果不是拾来的，倒真像是一场捉弄人的把戏。马吕斯太忧伤，即使一个偶然的玩笑也无心凑趣，无心参加这个仿佛马路要同他玩的游戏。这四封信就好像在嘲笑他，同他捉迷藏。

况且，毫无迹象表明，这些属于马吕斯在大路上碰见的那两个姑娘。总之，这显然是毫无价值的废纸。

马吕斯又把信装回信封，整个儿扔到角落里，便上床睡觉了。

约莫早辰七点钟，他刚起床用过早饭，正要开始工作，忽听有人轻轻敲他的房门。

他一无所有，从不锁门取下钥匙，只有少数几次有急活儿才例外。而且，他即使出去，也往往把钥匙留在门上。"有人会偷您东西的。"布贡妈常说。"偷什么？"马吕斯回答。还真言中了，有一天，一双旧靴子被偷走，让布贡妈好不得意。

又敲了一下门，很轻，还像头一次那样。

"请进。"马吕斯说道。

房门打开了。

"有什么事儿，布贡妈？"马吕斯问道，但他眼睛并没有离开桌上的书稿。

回答的却不是布贡妈的声音："对不起，先生……"

那声音低沉、微弱、哽塞而嘶哑，是个老头子喝烧酒烈酒过量的破嗓子。

马吕斯急忙回过头去，却看见一个少女。

[四] 贫穷一朵玫瑰花

一个非常年轻的姑娘，半打开房门站住。陋室的天窗正对着房门，惨淡的天光透进来，照到姑娘的脸上，只见她面色苍白，身子羸弱枯瘦，只穿着一件单衣和一条裙子，赤条条的躯体在里边冻得瑟瑟发抖。一根绳子当作腰带，另一根绳子就当发带；尖突的双肩从衬衣顶出来，肌肤白里透黄。好似淋巴液色，锁骨积了泥垢，双手通红，嘴半张开，黯然无色，里边牙齿不全，两眼无神，又大胆又猥贱，整个形象是个先天不足的少女，而那眼神却像个堕落的老妇人，五十岁和十五岁相混淆，这种人集软弱和可怕于一身，叫人见了不落泪就会不寒而栗。

马吕斯站起来，神情愕然，打量眼前这个人，觉得她酷似穿越他梦境的那个身影。

这个姑娘生来并不丑，却落到这种丑样，叫人见了格外痛心。她幼年时期，模样儿一定还很美。青春的光彩尚在抗拒因堕落和贫困而未老先衰的丑态。残存的美，在这十六岁的脸上奄奄一息，犹如冬天早晨的白日，就要在狰狞的云雾中消失。

这张脸并不完全陌生，马吕斯恍惚记得在什么地方见过。

"有什么事吗，小姐？"他问道。

姑娘的声音像醉鬼苦役犯："这是给您的一封信，马吕斯先生。"

她叫出马吕斯的名字，那就无疑是找他来的。然而，这姑娘是谁？她怎么知道他的名字呢？

悲惨世界

她未等主人发话就走进来,毫不迟疑,走进来又扫视整个房间和凌乱的床铺,那泰然自若的神态看着真叫人难受。她光着脚,裙子有大洞,露出长腿和瘦膝盖。她瑟瑟发抖。

她真的拿着一封信,递给马吕斯。

马吕斯拆信封,注意到用来封口的面包糊又宽又厚,还是湿的,信不可能从很远的地方送来。他念道:

可爱的邻居,年轻人!

我知道您为我做的好事,半年前替我付了一季度房钱。年轻人,我为您祝福。我大女儿会告诉您,进(近)两天来,我们四口人,连一快(块)面包也没有,我老半(伴)又病了。如果说我在思想上毫不决(绝)望,也是因为我相信可以指望您的康(慷)概(慨)之心,您看到这种沉(陈)述,一定会有人道之举,并渴望保护我,大肚(度)布失(施)给我一点点恩会(惠)。

我向您致以人类的恩人应得的祟(崇)高的敬意。

容德雷特

又及:我女儿等待您的分(吩)付(咐),亲爱的马吕斯先生。

从昨晚起,马吕斯就陷入迷魂阵里,看了这封信,如同地窖里有了烛光,顿时全明白了。

这封信和另外四封信是同一出处：笔迹一样，风格一样，错别字一样，信纸一样，连烟竿味儿也一样。

五封信，五个故事，五个名字，五种署名，却只有一个署名者。西班牙上尉堂·阿尔瓦雷兹、不幸的母亲巴利扎尔、诗剧作家尚弗洛、老戏剧家法邦杜，四个人全叫容德雷特，假如容德雷特本人真叫容德雷特的话。

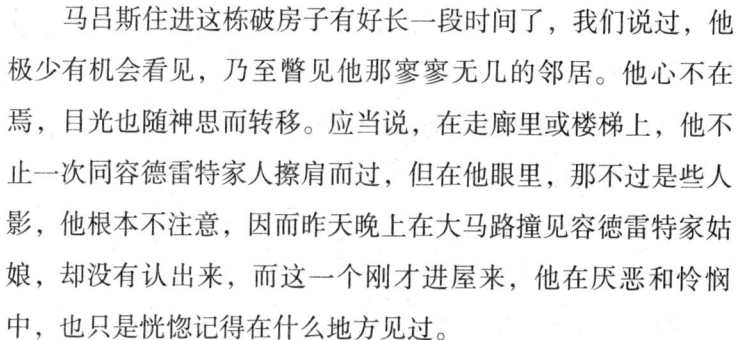

马吕斯住进这栋破房子有好长一段时间了，我们说过，他极少有机会看见，乃至瞥见他那寥寥无几的邻居。他心不在焉，目光也随神思而转移。应当说，在走廊里或楼梯上，他不止一次同容德雷特家人擦肩而过，但在他眼里，那不过是些人影，他根本不注意，因而昨天晚上在大马路撞见容德雷特家姑娘，却没有认出来，而这一个刚才进屋来，他在厌恶和怜悯中，也只是恍惚记得在什么地方见过。

现在，他一目了然了，明白他这邻居容德雷特生活艰难，就靠投机取巧，利用行善人的施舍谋生，搞来地址，用假名字给他认为有怜悯心的富人写信，让女儿冒险送去。须知这个当父亲的到了穷途末路，不惜拿女儿冒险，当作赌注，跟命运进行一场赌博。马吕斯还明白一点，从昨天傍晚她们气喘吁吁、仓皇逃窜的情景，从她们讲的黑话来判断，这两个不幸的女孩还可能干些见不得人的勾当。她们堕落到如此地步，全是这一切造成的，她们在人类的现实社会中，既不是孩子，也不是少女，也不是成年妇女，而是贫穷制造出来的又淫荡又纯洁的怪物。

可悲的生灵，无名无姓，无年龄，无性别，也无善恶之分了，走出童年，在这世上就丧失一切，既无自由，无贞操，也无责任。这灵魂，昨天才吐放，今天就枯萎，宛如失落街头的鲜花，沾满了污泥，只等车轮碾碎。

这工夫，马吕斯以惊奇而痛苦的目光注视她，而姑娘则像幽灵一样肆无忌惮，在破屋里走来走去，毫不顾忌难以蔽体的衣裙，有时，她那未扣好的破衬衫几乎滑落到腰上。她搬动椅子，弄乱放在五斗柜上的盥洗用具，还摸摸马吕斯的衣服，各个角落都搜索遍了。

马吕斯以冷淡而严肃的口气说："小姐，我这儿有一小袋东西，想必是您的，请允许我交还给您。"

说着，他把装有四封信的纸袋递给姑娘。

姑娘拍手嚷道："我们到处找啊！"

她一把抓过纸袋，边打开边说：

"上帝的上帝！我和妹妹好找啊！哪儿知道让您捡去啦！是在马路上捡的吧？大概是在马路上吧？要知道，我们是跑的时候丢掉的。是我妹妹那死丫头干的蠢事。我们回到家里才发现不见了。我们不想挨打，打也没用，一点儿没用，绝对没用，所以我们回家就说，信全送到了，人家对我们说：'滚蛋！'这些可怜的信，原来在这儿！您怎么看出来是我们的呢？哦，对啦！是看字体！这么说，昨天傍晚，我们跑过时撞到的是您呀。这也不奇怪。没有看见。我还对妹妹说呢：是位先生吧？我妹妹说：'我想是位先生！'"

这工夫，她打开了一封寄给"高台阶圣雅克教觉的行善先生"的求告信。

"咦!"她说道,"这封是给去做弥撒的那个老头儿。对了,正是时候,我给他送去。也许他能给我们点儿钱吃饭。"

她又笑起来,补充道:"我们今天要是能吃上饭,您知道算什么吗?就算我们前天的午饭、前天的晚饭,也算昨天的午饭、昨天的晚饭,都留在今天上午一顿吃了。哼!少废话!狗东西,你们还不满意那就饿死!"

马吕斯听了这话,才想起不幸的姑娘来他这儿寻求什么。

他摸摸坎肩兜,什么也没有摸到。

她失态地注视马吕斯。

马吕斯搜索所有衣兜,挖掘好一阵,终于凑了五法郎十六苏,眼下这是他的全部财富。"够今天吃晚饭的就行了,"他心想,"明天再说明天的。"于是,他留下十六苏,将五法郎给那姑娘。

她一把抓起钱币,说道:"嘿,出太阳啦!"

这太阳好像能在她头脑里引起雪崩,她讲出一连串黑话:"五个法郎!亮晶晶的!大头币!在这破洞里!可真邪门!您是个好娃子。我可以把我这老跳掏给您。宝贝儿真棒呀!够两天吃喝的啦!吃肉的穆升啦!吃烩大马尔啦!可劲儿吃啦!穷得好舒服呀!"

她将衬衫拉上肩头,朝马吕斯深施一礼,又亲热地打了个手势,边说边朝门口走去:"您好,先生。说什么没关系。我得去见老人家了。"

她经过五斗柜,发现上面有一块在灰尘里发霉的干面包,就扑过去,抓起来边啃边说:"挺好吃嘛!真硬!要把我的牙碴坏啦！"

说着，她出去了。

［五］ 天赐的窥视孔

在马吕斯看来，这姑娘就是从阴间派来的。

她向他宣示了黑暗世界整个丑恶的一面。

马吕斯几乎自责，不断想入非非，陷入儿女情长，结果时至今日，连邻居都没有瞧一眼。为他们付房租，只是一种机械的举动，人人都做得到，而他马吕斯，本应做得更好。怎么！他同这些贫苦无告的人，仅有一墙之隔，他们被排斥在世人之外，在黑夜中摸索着生活，他同他们摩肩擦背，可以说是他们所接触的人类链条的最后一环，他听见他们在身边过活，更确切地说苟延残喘，而他却视若未见！隔着墙壁，每日每时他都听见他们走动，来来往往，说话，而他却闻若未闻！他们话语中有呻吟之声，而他却听也不听！

马吕斯跟所有真正诚实的人一样，碰到情况往往自我教训，责己过严，这次他一边教训自己，一边注视同容德雷特一家的隔壁墙，就好像他那充满怜悯的目光能透过墙壁，去温暖那些穷苦的人。间壁墙很薄，是钉的板条抹了灰泥，正如前所说，对面说话和每人的声音都听得一清二楚，只有像马吕斯这样驰心旁骛的人，才一直没有觉察。间壁墙无论容德雷特一边还是马吕斯一边，都没有糊纸，光秃秃看得见粗糙的墙面。马吕斯几乎下意识地察看间壁墙。梦想有时跟思想一样，也能察看，观察，审视。他猛地站起来，刚注意到墙上方，靠近天棚有个三角形洞眼,是三根板条构成的空隙,塞空的灰泥已经剥落。登上五斗柜,对着洞就能看见容德雷特的破屋。仁慈的心也好奇,而且应当好奇。这是现成的窥视洞。为了救助而偷看不幸是允许的。马吕斯心想:"瞧瞧这家人的情况,究竟到了什么地步。"

他登上五斗柜,眼睛凑到小洞口,往里观瞧。

[六] 人兽窟

城市如森林,也有最凶恶最可怕的东西藏匿的洞穴;只不过城市里隐藏的东西凶残、邪恶而短小,也就是说丑恶;森林中隐藏的东西凶残、野性而伟壮,也就是说美观。同为巢穴,但是兽穴胜过人穴,岩洞优于破屋。

马吕斯见到的是一间陋室。

马吕斯贫穷,他的房间也四壁萧然,但是他人穷志不穷,室陋也洁净。然而,此刻他所目睹的破屋恶俗不堪,臭气熏天,又黑暗又肮脏。全部家具只有一把草垫椅子和一张破桌,几个破瓶烂罐,两个屋角各有一张无法描述的破床,全部光线来自挂满蜘蛛网的四块方玻璃大窗,透过来的光线恰好把人脸照成鬼面。墙壁像害了麻风病,百孔千疮,好似因恶疾破了相的一张脸,上面壁湿渗出黄脓水,还有木炭画的粗俗猥亵的图形。

马吕斯望见桌上放着鹅毛管笔、墨水和纸张,旁边坐着一个六十来岁的男子,身材矮小精瘦,脸色苍白,眼神惶恐,样子狡猾、凶狠而惴惴不安,一个面目可憎的无赖。

他嘴上叼着一根烟斗,正吸着烟。破家里没有面包了,但是还有烟叶。

他正在写什么,也许在写马吕斯看过的那一类信。

一个胖女人在壁炉边,半坐在自己的赤脚上,看样子有四十岁,也可能上百岁了。

她上身也穿件衬衫,下身穿一条针织裙子,好几处补了旧呢布,还扎着一条粗布围裙,将裙子遮住大半。她虽然蜷缩成一团,仍看得出她身高马大,跟她丈夫一比,简直就是个巨人。她那头发黄不黄,红不红,已然花白,难看极了,她那扁平指甲的油污发亮的大手不时抬起来拢一拢。

马吕斯瞥见一张破床上坐着一个瘦长的小姑娘,她几乎光着身子,脸色惨白,双脚垂下去,那样子既不听说话,也不看东西,不像活人。

想必她就是刚才到他屋来的那个姑娘的妹妹。

再者,这家庭没有任何劳作的迹象,没有织机,没有纺车,连一件工具也没有。在一个角落倒有几件废铁,难说是不是工具。整个景象,正是绝望之后坐以待毙的那种死气沉沉。

马吕斯观望半晌,这屋里比墓穴还要阴森可怖,因为让人感到有人的灵魂在晃悠,有生命在悸动。

[七] 战略战术

马吕斯胸口实在憋闷,正要从临时瞭望台下来,他的注意力忽被一声响动吸引过去,便留在原地未动。

刚才,破屋的房门猛然打开。

大女儿出现在门口。

她穿一双男人的大鞋，满是泥点，都溅到冻红的脚脖子上，身上披一件破烂不堪的旧斗篷。一小时前马吕斯没看见她披斗篷，也许是她要引起更大的怜悯，进屋时放在门外，出去时重又披上。这回她气喘吁吁，走进来随身带上房门，停住缓了口气，这才又得意又欢喜地嚷道："他来啦！"

父亲扭过眼珠，老婆扭过脑袋，小姑娘一动未动。

"谁？"父亲问道。

"那位先生啊！"

"那个慈善家吗？"

"对。"

"得，得，得！"女儿说，"看你这么急，老人家，问话像连珠炮！情况是这样：我走进教堂，看见他坐在老地方，就冲他施了个礼，把信交给他。他看完信，就问我：'孩子，你家住在哪里？'我回答说：'先生，我带您去。'他又对我说：'不必，把你家地址告诉我。我女儿要去买东西，我叫一辆车，会跟你同时到你家的。'我就把地址告诉他了。他一听我说这栋房子，好像有点吃惊，犹豫了一下，才说：'行吧，我去一趟。'做完弥撒，我看见他父女俩走出教堂，登上马车。我跟他说得一清二楚，是走廊尽头右手最后一个门。"

那男人挺起胸，脸上简直容光焕发。

"老婆呀！"他嚷道，"你听见了。慈善家来了。快把火灭掉。"

母亲愣住了，一动不动。

父亲像耍把戏的一样敏捷,从壁炉上一把抓起破水罐,往焦柴上泼水。

接着,又对大女儿说:"还有你!把椅垫的草掏出来!"

女儿根本不明白什么意思。

父亲抓起椅子,一脚踹漏椅座,连腿都进去了。

他一边往外拔腿,一边问女儿:"大儿冷吗?"

"很冷。下雪了。"

父亲转过身去,对着坐在靠窗的床上的小女儿,像打雷一般吼道:"快点!下床,懒蛋!一点儿事你也不干!敲碎一块玻璃!"

小姑娘哆哆嗦嗦跳下床。

"敲碎一块玻璃!"他重复道。

孩子吓呆了。

"听见我的话了吗?"父亲又说一遍,"跟你说敲碎一块玻璃!"

孩子惊恐万状,只好服从,她踮起腿,对准玻璃就是一拳。玻璃碎了,哗啦掉下来。

"很好!"父亲说道。

"现在,我们可以接待那位慈善家了。"

[八] 光明照进陋室

这时,有人轻轻敲了一下门。这个人急忙冲过去,将门打开,连连深鞠躬,万分敬仰地满脸堆笑,高声说道:

"请进,先生!我的尊敬的恩人,以及这位可爱的小姐,光临寒舍，屈尊请进。"

破屋门口出现一个年迈的男人和一个年轻姑娘。

马吕斯没有离开他窥视的位置，此刻他的感受难以言传。

那是"她"呀。

爱过的人都知道，这简单的一个"她"字，包含多少光辉灿烂的意思。

的确是她。马吕斯眼里立时浮起亮晶晶的水雾，看不太清楚，勉强辨出那是久违的意中人，是照耀他六个月的那颗星，是那对明眸、那个额头、那张嘴，是走了便留下黑夜的那张消失的俏脸。幻象隐没之后又重现啦！

她重现在昏暗中，在这陋室里，在这畸形丑恶的破屋里，在这不是人待的地方！

马吕斯止不住浑身颤抖。怎么！是她！心怦怦狂跳，害得他眼睛发花，感到眼泪就要涌出来了。怎么！寻找了这么久，终于又见到她的面！他仿佛又招回了迷魂。

她的容颜依旧，只是脸色略显苍白，清秀的脸蛋儿镶嵌在一顶紫色帽子里，腰身则掩藏在黑缎斗篷中，只见长袍下方露出穿着紧帮缎靴的一双纤足。

她仍由白先生陪伴。

她往屋里走了几步，将一个挺大的包裹放到桌上。

容德雷特家大姑娘退到门后，以阴沉的目光注视这顶丝绒帽、这件缎斗篷，以及这张可爱幸福的脸。

[九] 容德雷特几乎挤出眼泪

这破屋十分昏暗，从外面乍一走进来，就会以为下到地窖里。两位新客看不清周围模糊的形体,脚步难免有点迟疑,而住在这里的人,眼睛早已习惯昏暗,看得清清楚楚,自然就仔细打量他们。

白先生眼神和善而忧郁,走到男当家的容德雷特跟前,说道:

"先生,这包里装了几件日常穿的衣服,是新的,还有袜子和毛毯,请您收下。"

这阵工夫,容德雷特注视"慈善家",神情有点异常,他一边说话,一边仔细打量对方,就好像在搜索记忆。他趁来客关切地询问伤了手的小姑娘的时机,突然走到床前,对他那样子颓丧迟钝的老婆,低声快速地说了一句:"留心看那个男的!"

随即他又转向白先生,接着诉苦:

"……先生,我尊贵的先生,您知道明天会出现什么情况吗?明天,是二月四日,是要命的日子,是房东给我的最后期限,如果今晚我交不上房钱,那么明天,我大女儿、我本人、我这发烧的妻子、受伤的小女儿,我们四个人就要从这里给赶出去,赶到大街上,赶到大马路上,冒着雨雪,没有避身的地方。情况就是这样,先生。我欠了四个季度,整整一年的房租!也就是说六十法郎。"

容德雷特说谎。四个季度房租只有四十法郎,而且,他也不可能欠上四个季度,马吕斯替他付了两个季度,这事过去还不到半年。

白先生从兜里掏出五法郎,放到桌上。

容德雷特抓住这个空隙,又对着大女儿的耳朵咕哝一句:

"无赖！他给这五法郎让我干什么呢？还不够赔我的椅子和玻璃钱呢！一定得把本钱捞回来！"

这时，白先生脱下套在蓝色礼服上面的棕色大衣，搭在椅背上。

"法邦杜先生，"他说道，"我身上只有这五法郎了；不过，我把女儿送回家，今天傍晚再来一趟，今晚您一定得付房租，对不对？"

容德雷特的脸豁然开朗，现出一种奇特的表情。他忙不迭地回答："对，我尊敬的先生。八点钟，我就得去见房东。"

"我六点钟到这儿，给您带来六十法郎。"

"真是我的大恩人？"容德雷特无比激动地高声说道。紧接着，他又悄声补充一句："老婆，仔细看看他！"

白先生挽上那美丽姑娘的手臂，朝房门走去，说道："今晚见，朋友们。"

[十] 包车每小时两法郎

这一场景的始末，马吕斯全看在眼里，而实际上却又什么也没有看见，眼睛只顾盯住那姑娘，也可以说他那颗心，从姑娘一走进破屋，就将她抓住并整个儿裹起来。

等姑娘离去，他只有一个念头，要紧紧跟踪，直到弄清她的住址才放手，至少在如此巧遇之后，绝不能再失去她。他跳下五斗柜，戴上帽子，伸手拉门闩，正要出门，忽一转念，又停下来。走廊很长，楼梯极陡，容德雷特话又多，白先生恐怕还没有上车；万一在走廊里，或在楼梯上，或在车门口，白先生回过头来,瞧见他马吕斯住在这所房子里,那会警觉起来,设法再次摆脱他,那么事情就又搞糟了。怎么办呢?稍等片刻?可是在这工夫,马车可能走了。马吕斯一时左右为难,最后心一横,冒险走出房间。

走廊里阒无一人。他跑到楼梯,也不见人影,于是跑下楼,来到大街,刚好望见一辆马车在小银行家街拐弯,驶回巴黎市区。

马吕斯朝那个方向追过去,到了大马路的拐角,又望见那辆马车沿着穆夫塔尔街下坡路疾驶,已经跑得很远了,根本追不上。怎么办?跟在马车后边跑?那不行,况且,从车上肯定能看见有人拼命追赶,那老头儿会认出他来。只有一个办法,登上旁边这辆车去追赶另一辆。这样非常稳妥,既有效又无危险。

马吕斯向车夫招手停车,冲他喊道:"按钟点包车!"

马吕斯没有打领带。穿的是少纽扣的旧工作服,衬衣大襟打褶处还撕破一条。

车夫停下车,挤了挤眼睛,向马吕斯伸出左手,轻轻搓着大拇指和食指。

"什么意思?"马吕斯问道。

"先付钱。"车夫说道。

"多少钱?"他又问道。

"四十苏。"

马吕斯这才想起他身上只有十六苏。

"我回来再付。"

车夫不屑回答，吹起《拉帕利斯》小调，并且冲马抽了一鞭。

马吕斯愣愣地望着马车驶远。只差二十四苏，他就丧失了欢乐、幸福和爱情！他重又跌进黑夜中！刚见光明，重又变成盲人！他冥思苦想，老实说，他万分后悔，那五法郎，早上真不该送给那个穷丫头。有那五法郎，他就能得救，就能再生，就能走出迷惘和黑暗，摆脱孤独和忧伤，结束单身汉的生活。可是，那条美丽的金线在他眼前飘动，未待他重新结上他那命运的黑线，就再次断了。他痛不欲生，回到陋室。

［十一］穷苦为痛苦效劳

马吕斯缓步登上老屋的楼梯，正要回到自己的独居室，忽见容德雷特家大姑娘从走廊跟过来。在他眼里，那姑娘十分讨厌，正是她拿走了他的五法郎，再向她讨还已为时太晚，要租的轻便马车走了，要追的那辆马车早已驶远。况且，她也不会还钱。至于刚才来的那二人的地址，问她也没用，显然她不知道，因为签署法邦杜的那封信上写的是："高台阶圣雅克教堂行善先生收"。

马吕斯走进屋，回手关门。

门却关不上，他回头一看，只见有一只手顶住半开的房门。

"怎么回事？"他问道，"是谁呀？"

正是容德雷特家大姑娘。

"是您？"马吕斯几乎气势汹汹，又问道，"您总缠着！要干什么?"

姑娘冲他抬起无神的目光,眼里仿佛隐隐闪现一点光芒,她说道:"马吕斯先生,看您伤心的样子,有什么心事吧?"

这时,马吕斯灵机一动,有了个主意。一个人觉得要掉下去的时候,抓住哪根树枝还有挑拣吗?

"是你把那位老先生父女带到这儿的……"

"对。"

"你知道他们的住址吗?"

"不知道。"

"替我找到。"

容德雷特姑娘的眼神,刚才由暗淡转为喜悦,现在又由喜悦转为阴沉。

"您就想知道这个?"她问道。

"对。"

"我准能给您搞到地址。"

她垂下头,继而突然一下将门拉上。

马吕斯又独自一人了。

他仰身倒在椅子上,头和双肘则放在床沿儿上,沉浸到纷乱的思绪中,头晕目眩,什么也抓不住。从今天早晨起所发生的种种情况,那位天使突然出现,又突然消失,这个姑娘刚才对他说的话,无限失望中又漂浮一线希望之光,这一切乱纷纷充斥他的头脑。

他正自胡思乱想,突然又猛醒过来。

他听见容德雷特那凶狠的大嗓门讲了一句话,对他具有极特殊的利害关系:"跟你说,没错儿,我认出他了。"

容德雷特讲的是谁?他认出谁啦?认出白先生吗?他的"玉秀儿"的父亲?怎么!难道容德雷特认识他?难道就这样突如其来,情况就要全部明了,免得他马吕斯稀里糊涂过一辈子吗?难道他终于要知道他爱的人是谁,那姑娘是谁,她父亲是谁吗?遮掩他们的极度浓厚的阴影,已经到了清朗起来的时候啦?幕布就要撕开了吗?天啊!

悲惨世界

他急不可待,不是爬上,而是纵身跳上五斗柜,又回到隔墙窥视的小洞的位置。

他又看见容德雷特的破家。

[十二] 白先生那五法郎的用场

容德雷特呼吸还急促,显然刚刚从户外归来。两个女儿坐在靠壁炉的地上,姐姐在给妹妹的手包扎。那女人好像瘫在挨壁炉的破床上,满脸惊诧的神色。

在丈夫面前,那女人仿佛惊呆了,有点胆怯,试探着说道:

"怎么,真的吗?你有把握吗?"

"有把握!那是八年前的事儿啦!不过我认出他啦!哈!我认出他啦!我一眼就认出他来!怎么,你就没有看出来?"

"没有。"

"我不是跟你说了嘛:注意瞧瞧!还是那个头,还是那张脸,没怎么见老,有些人就是不老,不知道他们是怎么搞的,说话还是那嗓音。只有一点,他穿得好些罢啦!哼!老家伙,神秘的鬼东西,好了,我抓住你啦!"

他猛地转向他女人,叉起双臂,高声说道:

"有件事儿要我告诉你吗?那小姐……"

"哦,怎么!"他女人接口说,"那小姐?"

容德雷特却俯下身,低声对他女人说了几句话,最后直起腰,才高声说道:"就是她!"

"什么!"她又嚷道,"那个讨厌的漂亮小姐,用可怜的样子看着我的丫头,她竟然是那个小叫花子!哼!我真想一鞋跟儿将她的肠子给踹出来!"

"还要我告诉你一件事吗?"

"什么事?"女人问道。

他低声干脆地回答:"我发了一笔财。"

马吕斯听到这样的对话:

"听清楚了。逮住他了,那个阔佬!就等于逮住了财宝。这事板上钉钉了,全都安排妥当。我见了几个人。今晚六点钟他会来,送那六十法郎,老浑蛋!我瞧见了,我那六十法郎、房东、二月四日的日期,我是怎么给你们诌出来的!这可不是一个季度!傻不傻!这样,他六点钟就到。那时候,邻居正好去吃晚饭,布贡妈也正好进城去洗杯盘。这房子里没人了。邻居十二点之前从不回来。两个丫头放风。你也可以下手帮我们。他会就范的。"

"他要是不就范呢?"女人问道。

容德雷特险恶地劈了一下手,说道:"那就打发他。"

说着,他哈哈大笑。

这是马吕斯头一回看见他笑,那笑声冷森森而平稳,叫人不寒而栗。

"现在,我出去一趟,"他说道,"我还要见几个人。几个好把式。等着瞧吧,这事准能得手。我尽快赶回来。这是一桩好买卖。你看好家。"

说罢,他把两个拳头插进裤兜里,站着想了一会儿,又大声说道:"你知道吗,也亏了他没认出我来!他若是认出我,就不会再来,就会从我们手中溜掉!是我这胡子救了我!我这浪漫派的山羊胡子!我这漂亮的浪漫派小山羊胡子!"

他又笑起来。

"忘了件事,"他说道,"你准备一炉子煤。"

接着,他把"慈善家"给他的五法郎,扔到女人的围裙里。

"我还要买东西。"

"这附近有五金店吗?"

"穆夫塔尔街上有。"

这回,马吕斯听见他的脚步声越来越远,先穿过老屋走廊,又快速下楼。

[十三] 警察给律师两个"拳头"

马吕斯尽管总好沉思默想,但是正如我们指出的,他的性格既坚强又刚毅。独自思索的习惯,发展了他的同情心和怜悯心,与此同时,也许消磨了他好动肝火的性情,却毫未减损他那见义勇为的气概。他既有婆罗门教徒的善心,又有法官的严

厉。他不忍伤害一只蛤蟆，但是能踏死一条毒蛇。而他现在窥视的，正是一个毒蛇洞，眼前正是一个魔窟。

"这帮无赖，应当踏上一只脚。"他心中暗道。

他期望弄清的谜团，非但一个也没有解开，也许神秘层反而加厚了：他并没有进一步了解卢森堡公园邂逅的那个美丽的女孩儿，以及他称作白先生的那个男人，只知道容德雷特认识他们。他听到的话十分晦涩，只能听出一件事，就是这里正在设置陷阱，设置一个隐秘而凶险的陷阱，他们父女二人面临巨大危险，也许她能免遭于难，但她父亲要遭毒手，一定要搭救他们，挫败容德雷特一家人的阴谋诡计，扯断这些蜘蛛结的网。

马吕斯来到蓬图瓦街十四号，上了二楼，请求见警察所所长。

"所长先生不在，"一个办事员回答，"沙威探长代替他工作。您要跟探长谈谈吗？有急事吗？"

"有急事。"马吕斯说道。

于是，办事员将他带进所长办公室。一道铁栅里面，有个身材高大的人靠炉子站着。

这人又冷静又生硬，叫人见了又害怕又放心。他能让人产生畏惧和信赖。马吕斯向他叙述了这个意外事件。总之，这起图财害命的案犯要在当晚六点钟下手。

探长瞥了马吕斯一眼，他两只大手一下子插进外套特大号的兜里，掏出两支人称"拳头"的小钢枪，递给马吕斯，急促而干脆地说道：

"拿着这个,您回家去,就藏在房间里,要让人以为您出去了。您感觉到了一定火候,应当制止了,就开一枪。不能过早。接下来的事情由我管。"

[十四] 陷阱

忽然,远处传来令人惆怅的钟声,震动了窗玻璃。圣梅达尔教堂敲起六点钟。

白先生出现在门口。

他神态安详,格外显得令人敬重。

他把四枚路易金币搁在桌上。

"法邦杜先生,"他说道,"这钱您先用来付房费和应急,下一步再说。"

这时,白先生已经落座。

也许是偶然,也许是开始戒惧了,白先生目光移向屋子另一端。有四条汉子,三人坐在床上,一个立在门框旁边,四个全都赤膊,一动不动,全都抹成了黑脸。坐在床上的三人中,有一个合目靠着墙,好像睡着了。那是个老家伙,白发耷拉在黑脸上,形象十分可怕。另外两个显得年轻,一个胡子拉茬,一个长头发。谁都没有穿鞋,不是穿鞋套,就是光着脚。

容德雷特注意到,白先生目不转睛,看着那些人。

"他们是朋友,是邻居。"容德雷特说道,"他们的脸那么黑,是因为整天在煤堆里干活。"

破屋的门猛地打开,出现三条汉子。他们身穿粗布蓝罩衫,脸戴黑纸面具,头一个精瘦,手操一根包铁皮的长木棒;

第二个彪形大汉,手握一把屠牛斧;第三个膀阔腰圆,不像头一个那么瘦,也不像第二个那么高大,手中攥一把大钥匙,不知是从哪个监狱偷来的。

看来,容德雷特正等着这几个人,他同拿木棒的那个瘦子迅速地对了几句话。

"全准备好啦?"容德雷特问道。

"好啦。"那瘦子回答。

白先生面无血色,显然他明白自己落到什么境地,便注意整个屋里的动静,头在脖颈上缓缓扭动,注视他周围的一颗颗脑袋,那神情又专注又诧异,但并无畏惧之色。他把桌子当作临时防御工事。这人,刚才还是一副和善老人的样子,却赫然变成一个威武斗士,粗大有力的拳头放在椅背上,那姿势着实令人胆战心惊。

这老人面临巨大危险,仍然如此坚定而勇敢,仿佛天性如此,勇敢和善良一样,都是那么自然而然的。我们爱一个女子,绝不会把她父亲视为路人;同样,马吕斯也为这个尚未结识的人感到骄傲。

容德雷特同那个拿包铁皮棒子的人对完话,又转向白先生,伴随他那低沉、克制而又可怕的笑声,问道:"您认不出我了吗?"

白先生面对面瞧着他,答道:"不认识了。"

于是,容德雷特一直走到桌子前,俯身凑到蜡烛上面,又起双臂,那棱角突出的凶狠的下巴,伸向白先生那张平静的脸,尽量逼近,但没有吓退白先生,他就保持猛兽要捕食的这

种姿势,吼道:

"我不叫法邦杜,也不叫容德雷特,我叫德纳第!就是蒙菲郿的那客栈老板!听清楚了吧?德纳第!现在,您认出我了吧?"

白先生额头掠过一丝难以捕捉的红晕,他的声音既不发抖,也没有提高,仍像平时那样沉着地回答:"还是认不出来。"

容德雷特揭示自己的身份,并没有触动白先生,却大大震动了马吕斯。德纳第这个姓名,白先生似乎不认识,马吕斯却认识。让我们回想一下,这名字对他究竟意味什么!这名字,写在他父亲的遗嘱里,更铭刻在他的心上!这名字,他铭刻在思想深处,记忆深处,在这神圣的遗嘱中:"一个名叫德纳第的人救了我的命。吾儿若遇见他,望尽力报答。"我们记得,这名字是他灵魂的一个敬仰,同他父亲的名字并列受他崇拜。怎么!这人就是德纳第,这人就是他久寻不见的蒙菲郿那个客栈老板!现在终于找到了,怎么会是这样!他父亲的救命恩人竟然是个强盗!马吕斯渴望效命的这个人,竟然是个魔鬼!彭迈西上校的这个搭救者正在行凶,虽然马吕斯还看不清楚是什么方式,但是很像要谋财害命。天主啊,要害谁的命呀!真是劫数啊!命运的嘲弄多么惨苦啊!父亲在棺木里命令他全力报答德纳第,而且四年来,他也一心想偿清父亲的这笔债,谁料,他正要协助法律逮捕一个行凶的强盗时,命运却向他大喝一声:这是德纳第!在滑铁卢的英勇战场上,人家把他父亲从枪林弹雨中救出来,他终于能够报答了,却报答人家一个断头台!他曾许下心愿,一旦找见那个德纳第,他一定要跪拜,而现在果然找到了，却要把人家交给刽子手！父亲对他说："要救助德纳第！"而他却要毁掉德纳第，以这种行为来回答那至爱神圣的声音！这个人冒着生命危险，把他父亲从死亡中抢出来，他马吕斯却告发父亲托付给他的人，让父亲从坟墓里观赏将这人押赴圣雅克广场受刑！多少年来，他心中牢记父亲写下的遗嘱，现在却背道而驰，这该有多么荒唐可笑啊！可是他哪里知道，当年在滑铁卢战场，德纳第为了盗窃死人的财物，偶然把彭迈西上校从死尸堆里挖出来，上校不知所以，便把德纳第认作救命恩人。

这工夫，德纳第——此后我们不再用别的名字称呼他了——在桌子前走来走去，神态失常，得意到了疯狂的程度。

接着，他又走起来，同时大肆发泄，如雷吼道：

"哼！我总算找到你了，慈善家先生！穿破衣烂衫的百万富翁！老傻瓜！哼！你认不出我来啦！怎么，八年前，一八二三年圣诞节那天晚上，不就是你到蒙菲郿，到我的客栈吗？不就是你从我家带走芳汀的孩子云雀的吗？"

白先生没有打断他的话，等他住了口才对他说："我不明白您要说什么。您认错人了，我是个很穷的人，根本不是什么百万富翁。我不认识您。您把我当成另外一个人了。"

"哼！胡扯！"德纳第撕哑的嗓子嚷道，"这场玩笑你还要开下去！老兄，你还垂死挣扎！嗯！你想不起来啦？你看不出我是谁！"

"对不起，先生，"白先生回答，那礼貌的口吻在此刻显得既有力又特别，"我看出您是个强盗。"

话音未落，他一脚踢开椅子，又一拳推开桌子，身形敏捷得出奇，不待德纳第转身，他一个箭步就蹿到窗口，打开窗户，跳上窗台，跨到窗外，只用一秒钟的工夫，半截身子已经去了，却又被六只有力的大手揪住，硬把他拖回破屋里。德纳第婆娘也同时上去揪住他的头发。

这时，展开了一场恶斗。白先生当胸一拳，把那老家伙送到屋子中央打滚，随即又反手两掌，将另外两个袭击者打倒在地，两个膝头各按住一个，像石磨盘一般，压得两个坏蛋喘不上气来；然而，其余四个家伙抓住这令人生畏的老人臂膀和脖颈，把他压在两个倒地的"通烟囱的"身上。这样一来，白先生既制人又为人所制，把人压在身下，而身上又被人死死压住，使尽全身力气也摆脱不掉，完全让一帮可怕的强盗给糊住了，就像一头野猪被一群狂吠的猎犬糊住一样。

他们终于把他拖到靠窗户的那张床上，掀翻了按住。

白先生刚才被掀倒在床上，现在任他们摆布。那是医院用的破木床，四条粗腿几乎没有怎么加工；强盗们让他站在地下，把他牢牢捆在离窗口最远、靠壁炉最近的床腿上。

等最后一个结打好，德纳第搬来一把椅子，几乎面对着白先生坐下。

德纳第把桌子推到白先生跟前，又拉开抽屉，拿出一个墨水瓶、一支笔和一张纸，让抽屉半敞着，露出一把雪亮的长尖刀。

他将纸放到白先生面前，说道："写吧。"

被捆住的人终于开口了："这么捆着，您叫我怎么写呀？"

"不错，对不起！"德纳第说道，"您说得太对了。"

他随即转向比格纳伊："给先生的右胳膊松绑。"

"写什么？"被绑的人问道。

"我说您写。"

白先生拿起笔。

德纳第开始口授："我的女儿……"

被缚的人浑身一抖，抬眼看看德纳第。

"写上'我亲爱的女儿'吧。"德纳第说道。白先生照写了。德纳第继续口授，"你马上来一趟……"

德纳第折好信，又说道：

"写上地址，您家的地址。我知道您的家离这儿不远，在高台阶圣雅克教堂那一带，既然您每天都去那里做弥撒，但我不清楚在哪条街。看来您明白自己的处境，在名字上没有说谎，想必也不会说个假地址。还是您自己写上吧。"

被缚人想了一下，才拿起笔来写道：

"圣多米尼克－唐斐街一十七号，玉尔班·法伯尔先生寓所，法伯尔小姐收。"

德纳第好像急不可待，一把抓过那封信，喊了一声："老婆子！"

德纳第婆娘赶紧跑来。

"给你信。你知道该怎么办。楼下有马车，快去快回。"

"等我老婆一回来，跟我说一声云雀上路了，我们就放了您，您可以随便回家睡觉。您瞧，我们并没有恶意。"

这样险恶的形势已经持续了一个多小时，而且变幻莫测。

在这寂静中，忽听楼门开闭的声响。

被缚人在绳索中动了一下。

"老板娘回来了！"德纳第说道。

他的话音未落，德纳第婆娘果然冲进屋，她气喘如牛，满脸涨红，两眼冒火，用两只肥大的手掌同时拍着大腿，嚷道："假地址！"

就在他老婆气急败坏，大喊大叫的时候，德纳第坐到桌子上，摇荡着右腿，一副粗野的沉思神态望着火炉，半晌没有讲一句话。

终于，他慢悠悠地，声调特别恶毒地对被缚者说："给个假地址？你想得到什么？"

"争取时间！"被缚者声音洪亮地嚷道。

同时，他抖开已然割断的绳索，唯有一条腿还绕在床脚腿上了。

那七人还未省过神儿来扑上去阻挡，他已经俯过身去，手伸向壁炉中的火炉，接着又直起身，这下子，德纳第和他女人，以及那七名歹徒，全都吓得退向破屋里边，惊愕地望着他，只见他几乎挣脱，将一根烧红而凶光逼人的钢錾举在头顶，那姿势好不吓人。

当时，被缚者怕暴露，不敢弯腰，也就没有割断左腿上的绳索。

几个强盗起初惊慌失措，现在又镇定下来。

"放心吧。"比格纳伊对德纳第说，"他有一条腿还绑着哪，跑不掉。"

"抓住他！"德纳第嚷道。

这时，马吕斯听见在他下方墙根处有人窃窃私语，但因靠隔壁墙太近而看不见人，只听他们说道："只有一个办法了。"

"把他劈两半！"

"就这么干。"

是那对夫妇在商量。

德纳第缓步走向桌子，拉开抽屉，取出尖刀。

现在千钧一发，德纳第手持尖刀在考虑，离被缚者只有几步远。

[十五] 还应先捉受害人

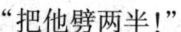

夜幕降临时，沙威已布置好了人手，他本人则守在大马路另一边，躲在戈尔博老屋对面戈伯兰城关街的树后。

正在节骨眼儿上，他赶到了。

"不许动！"他说道，"你们七个，我们十五个。咱们别像大老粗那样动手，大家客气一点儿吧。"

"把他们全铐上！"沙威喊道。

这时，他发现了受害者。自从警察进来之后，让歹徒绑起来的那个人总低着头，一句话也没有讲。

"给这位先生松绑！"沙威说道，"谁也不准出去。"

说罢，他傲然端坐到桌子前，桌上已有烛光和写字用品，他就从兜里掏出一张公文纸，开始写报告。

他写完头几行套话之后，抬起眼睛，说道：

"把这些先生刚才捆绑的那位先生带上来。"

警察四下张望。

"怎么,"沙威问道,"他人哪?"

歹徒们抓到的人,那位白先生,玉尔班·法伯尔先生,玉秀儿或者云雀的父亲,人忽然不见了。

房门有人把守,但是窗口没人注意。受害者一见给自己松了绑,沙威正在写报告,屋里烛光昏暗,人员拥挤,喧闹混乱,一时没人盯着他,他就趁机跳窗逃走了。

一名警察跑到窗口察看,外面不见人影。

那副软梯还在轻微晃动。

"见鬼!"沙威咕哝道,"跑掉的也许是个大家伙!"

第四部
普吕梅街牧歌和
圣德尼诗尼诗

第一卷 爱波妮

[一] 马伯夫老头儿见了鬼

马吕斯将那次图财害命的线索告诉沙威,并目击了出乎意料的结局,可是等沙威一离开破屋,将俘获的罪犯押上三辆马车,他也从老屋溜走了。

第二天一大早,刚七点钟,马吕斯就返回老屋,向布贡妈付了房钱,雇来一辆手推车,将他的书籍、床、桌子、五斗柜和两把椅子全装上车,没有留下新住址就离去,等沙威上午再来向马吕斯了解昨晚的情况,就只见到布贡妈,只得到她一声回答:"搬走啦!"

马吕斯匆匆搬走,有两个原因。首先,他在那里看到了为恶的穷人也许比为富不仁还可憎的一种社会丑恶。看到这种无比可恨、无比凶残的丑恶在他眼前展示全过程,因此,现在他十分憎恶那老屋。其次,他不想卷入任何诉讼里,否则就很可能被迫出庭做证,不利于德纳第。

马吕斯再也不拜访任何人,只是时而见见马伯夫老头儿。

马吕斯从凄惨的阶梯缓步走下去,马伯夫先生那边也同样往下走。这种凄惨的阶梯可以称作地窖台阶,通向不见天日的地方,在那里能听见头上幸福者的脚步声。

现在，马伯夫先生只认他的书籍、园子和靛青，这是体现他的幸福、乐趣和希望的三种形式。有这些，他就能活下去。

他白天侍弄靛青园，傍晚回家浇自己的园子，然后看书。马伯夫先生这时年近八旬了。

一天傍晚，他见了鬼。

那天，他回到家里，天色还大亮。女用人普卢塔克大妈身体违和，病倒在床。晚饭他只啃了还挂点肉的一根骨头，吃了从厨房桌子上找到的一片面包，便到园子里，坐在当长凳的一条横放的界石上。

按照老式果园的布局，长凳旁边有一个大立柜，隔条和木板已经残破，底层为兔子窝，上层是果子架。窝里没有兔子，架上却还有几个苹果，这是仅余的过冬食物。

马伯夫先生戴着眼镜，翻阅两本书。这两本书令他入迷，而且令他心神不宁，这后一点，对他这样年纪的人来说尤为严重。他天生怯懦，在一定程度上接受了迷信思想。这两本书，一本是德朗克尔会长的名著《论魔鬼的幻变》①，另一本《关于沃维尔的鬼怪和比埃夫尔的精灵》②，是穆托尔·德·拉吕博迪耶的四开本。他这园子从前是精灵出没的地方，因而他对第二本书更感兴趣。暮色开始将景物上面照白，下面染黑。马伯夫老头儿一边看书，目光一边越过手中的书本，端详他的花草，其中一株鲜艳的杜鹃花尤其是他的安慰。然而，一连干旱

---

① 1612 年在巴黎出版，全称为《恶天使和魔鬼幻变图》。

② 据传，中世纪时期，巴黎沃维尔公馆闹鬼，故有俗谚，"去见沃维尔魔鬼去吧"。比埃夫尔也是巴黎的街区名。

了四天，风吹日晒，没下一滴雨，枝头垂下，花蕾蔫了，叶子也脱落，都需要浇水了，尤其那株杜鹃花，样子十分可怜。马伯夫老头儿这种人，认为草木也有灵魂。老人在靛青园干了一整天，累得筋疲力尽，但他还是站起来，把书放在石凳上，佝偻着腰，脚步踉踉跄跄，一直走到井边，伸手抓住铁链，可是想把它从挂钩摘下来的气力都不够了。他只好转过身，惶恐不安地举目望望满天星斗。

夜晚静穆的气氛，用一种莫名的阴森而永恒的快乐，来压抑人的痛苦。看来，这一夜又要跟白天一样干燥。

"满天星星！"老人想到，"不见一丝云彩！不会下一滴雨！"

他的头仰了一会儿，又垂到胸前。

继而，他又抬起头，望着夜空，喃喃说道：

"下点儿露水吧！可怜可怜吧！"

他又试了试，想把井链摘下来，可是徒然。

这时，他忽然听见一个声音说：

"马伯夫老爹，要我替您浇园子吗？"话音未落，就传来野兽钻篱笆的声响，老人看见一个姑娘模样的人，瘦高挑儿，立到他面前，大胆地注视他。这身形倒三分像人，七分像黄昏显形的精灵。

我们说过，马伯夫老头儿胆儿特别小，动不动就吓得心惊肉跳，这次还未容他回答一个字，那精灵就一把摘下井索，放下吊桶，又提上来，将喷壶灌满，那动作在昏暗中显得突兀而怪异；老人看见那精灵赤着双脚，穿一条破裙子，在花坛之间奔忙，向周围散发生命。水喷到叶子上的声响，让马伯夫老人的灵魂充满欢欣。他仿佛感到，杜鹃花现在幸福了。

第一桶浇完，那姑娘又提第二桶，然后又是第三桶，整个园子她都浇遍了。

她在小径上来来往往，身影黑黝黝的，撕成条的破披肩，随着两条瘦骨嶙峋的长胳臂飘动，看上去不知为什么，真有点像一只蝙蝠。

等她浇完园子，马伯夫老人热泪盈眶，走上前去，将手掌放到她额头上，说道：

"上帝保佑您，您这样爱惜花儿，真是个天使。"

"不，"她回答，"我是魔鬼，其实，是什么我都不在乎。"

老人没等她回答，也没听见她回答，高声说道：

"真可惜，我这么不幸，这么穷，一点儿也帮助不了您。"

"您能帮上忙。"她说道。

"帮什么忙？"

"告诉我马吕斯先生住在哪儿。"

老人根本没听懂。

"哪个马吕斯先生？"

他抬起无神的眼睛，仿佛追索消逝的事情。

"一个年轻人，早先常来这儿。"

这工夫，马伯夫先生搜索了记忆，大声说道：

"哦！对……我明白您的意思了。等一等！马吕斯先生……瞧我，马吕斯·彭迈西男爵呀！他住在……不如说他已不住在……哎呀，我不记得了。"

他边说边弯下腰,去扶一根杜鹃花枝,接着又说道:

"对了,现在我想起来了。他常常经过那条大道,朝冰库那个方向走去。落须街。云雀场。到那里去找吧,不难遇见他。"

等马伯夫先生又直起腰,人已经没了,那姑娘无影无踪。

[二] 马吕斯见了鬼

一天,马吕斯正在冥思苦想,忽然听见一个熟悉的声音说:"嘿!他在这儿呢!"

他抬眼望去,认出是德纳第家大姑娘爱波妮,一天早晨闯进他屋的那个可怜女孩。事情也怪,她越穷困越漂亮了,这是同时迈出的两步,好像她根本不可能做到。她实现了双重的进步,既走向光明又走向苦难。她赤着双脚,衣不蔽体,还是那天毅然闯进他屋里的那副样子,只不过这身破衣烂衫多穿了两个月,破洞更大,布片更脏了。还是那副嘶哑的嗓音,还是那个因风吹日晒雨淋而多皱纹的额头,还是那种放任、迷惘而闪忽不定的目光。经历了这次牢狱生活,她那饱受苦难的面容上,又添了一种难以描摹的凄惶哀婉的神情。

她头发沾了麦秸和草屑,倒不是像莪菲丽娅那样,受哈姆雷特疯症的传染而发了疯,而是因为在哪个马厩的草堆上睡过觉。

尽管如此,她还是美丽的。啊!青春,你是多么灿烂的明星!

这时,她来到马吕斯跟前站住,苍白的脸上浮现一点喜色，还恍惚浮现一点笑意。

她停了半晌，仿佛说不出话来。

"这回可找见您啦！真叫我好找啊！您哪儿知道啊！您知道吗？我给关押了。十五天呀！他们把我放啦！因为在我身上找不出什么毛病，况且，我还不到判断事物的年龄。还差两个月。噢！您让我好找啊！有六个星期了。您不住在那儿了吧？"

"不了。"马吕斯回答。

"看您一副伤心的样子，我要让您高兴起来。您得答应我，一定要笑一笑。我要看见您笑起来，听见您说：真好，棒极了。可怜的马吕斯先生！您知道呀！您原先答应过我，我要什么您都给……"

"对！你倒是说呀！"

她白了马吕斯一眼，对他说：

"我有了地址。"

马吕斯脸刷地白了，他周身的血液全涌入心房。

"什么地址？"

"您要我找的那个地址呀！"

她好像十分勉强，又补充一句：

"那个……地址，您完全清楚吧？"

"是，清楚！"马吕斯结结巴巴地说。

"那位小姐的！"

说出这个词，她深深叹了一口气。

马吕斯从他坐的栏杆上跳下来，狠命抓住她的手：

"哈!太好啦!带我去吧!告诉我!随你向我要什么都行!在什么地方?"

"跟我去吧。"她回答,"我弄不清是什么街,门牌多少号,完全在另一边,不过,那房子我认识,我这就带您去。"

悲惨世界

第二卷　普吕梅街的宅院

[一] 幽室

在上世纪中叶,巴黎高等法院一位戴法帽的院长,在僻静的布洛梅街,即今天的普吕梅街①建了一座"小宅院"。

那是一座两层小楼:楼下两间厅室,楼上两间卧室;此外,楼下有厨房,楼上有起居室,顶层还有阁楼。小楼面对花园,临街隔一道铁栅大门。

一八二九年十月份,一个上了年纪的男子出面交涉,原封不动地租下小楼,当然也包括后院的平房和通向巴比伦街的小道。

这个敛声屏息的房客就是冉·阿让,年轻姑娘就是珂赛特。保姆是个老处女,名叫都圣。

我们记得,冉·阿让在修道院里生活很幸福,甚至幸福过分,良心反而不安起来。他每天见到珂赛特,感到内心里产生父爱,并心想这孩子属于他,谁也休想把她夺走,这样生活会无限期进行下去,在修道院这种环境中,每天耳濡目染,她一定会出家当修女,这里就是他们二人的整个天地,他在这里衰

---

① 现在称乌迪诺街,位于巴七区。

老，孩子在这里长大，随后也要衰老，而他就在这里死去，总而言之，令人神往的希望，绝不可能分离。这事儿他反复思索，忽然又困惑起来。他扪心自问，审视这种幸福是否完全属于他个人，是否也有被他这个老人拐带来的孩子的一份儿，这其中是否一点也没有窃取的意味呢？他常常思忖，这孩子放弃人生之前，也有权认识人生，如果以使她免遭人间的风雨为由，也不同她商量，就引导她萌发献身修道的志向，那就违反人的天性，也欺骗上帝。况且，谁敢说不会有那么一天，她恍然大悟，后悔当了修女，就要转而怨恨他呢？最后这个念头，基本上也出于私心，虽然不如其他念头光明正大，但是却令他寝食不安。于是，他决定离开修道院。

他一作出这个决定，就伤心地承认非如此不可。要说困难，却没有什么。他在这四堵墙里住了五年，已然销声匿迹，足以消除或驱散忧惧的因素。他可以放心回到人间了。他也老了，完全变了样，现在，谁还能认出他来呢？即使往最坏处想，也只是他本身有危险，总不能因为他被判过刑，送进苦役犯监狱，他就有权把珂赛特关在修道院。况且，在职责面前，危险又算什么呢？归根结底，他尽可以谨慎从事，处处当心，这样做毫无阻碍。

至于珂赛特的教育，也差不多完成，可以结业了。

一旦下了决心，他就等待时机了。不久时机来临，老割风去世。

冉·阿让请求院长接见，说明他哥哥临死留下一小笔遗产，今后他不用干活就能过日子了，打算辞掉修道院的差使，并把女儿带走。不过，珂赛特没有发愿，免费接受教育也不公道，因此，他恳请院长俯允，他向修道院捐赠五千法郎，作为珂赛特在修道院五年的赔偿。

就这样，冉·阿让离开了永敬会修道院。

他离开修道院时，那只小提箱夹在自己腋下，不交给任何搬运工，钥匙也总放在自己身上。箱子里逸出一股香料味，引起珂赛特的极大兴趣。

现在就交代清楚，此后，这只箱子他再也不放手，总搁在自己房间里。每次搬家，这是他要携带的头一件，有时是唯一的一件东西。珂赛特拿这当笑谈，称这箱子为"形影不离的朋友"，还说："真叫我忌妒。"

冉·阿让虽然回到自由的空气中，但内心还惴惴不安。

他发现了普吕梅街那座宅院，便到那里蜷伏，此后也用于尔梯姆·割风这个名字。

与此同时，他在巴黎还另外租了两处房子，免得总待在同一街区惹人注意，稍有一点情况就可以换个地方，不至于像那天夜晚那样措手不及，只是奇迹般逃脱了沙威的追捕。那两套公寓房相当简陋，外观也很破旧，位于两个相隔很远的街区，一处在西街，一处在武人街。

他不时带着珂赛特，或去西街，或去武人街，住上一个月或一个半月，只让都圣看家。在公寓小住时，他请门房干些杂事，自称靠年息生活，住在郊区，在市区有个落脚点。这位品德高尚的人为了逃避警察，在巴黎有三处住所。

[二] 换了铁栅门

珂赛特离开修道院，搬到普吕梅街，再也找不到比这适意，也更危险的住所了。这是孤寂的继续，又是自由的起始。一座幽闭的园子，却有茂盛鲜美、醉人心魄的自然景物：依然是在修道院中的那些梦想，却能瞥见青年男子的身影；虽有一道铁栅门，却又临街。

然而，再重复一遍，她初到这里，还是个孩子。冉·阿让将这座荒园交给她，说道："你在这里愿干什么就干什么。"珂赛特非常开心，她拨开所有草丛，翻动所有石块，要找"虫子"。她喜欢这园子，眼下因为能在脚下杂草中找见昆虫，以后就要因为举头能从树枝间望见星光了。

此外，她一心爱她父亲，就是说爱冉·阿让。她出于天真的子女亲情，把老人当作一个可心而又可爱的伴侣。我们还记得，马德兰先生看书很多，冉·阿让则继续阅读，结果也就善于言谈。他是个谦虚而实在的聪明人，通过自学提高了文化素养，蕴蓄了丰富的知识，说话头头是道。他还保留了几分粗鲁，足以中和他的厚道。他这个人看似粗犷，内心却很善良。在卢森堡公园里，爷儿俩促膝交谈，他总能从阅读的书籍和苦难经历中汲取知识，向她娓娓讲解各种各样问题。珂赛特一边倾听，一边游目四望。

这个淳朴的人能满足珂赛特的思想，正如这座荒园能满足她的嬉戏。她追够了蝴蝶，气喘吁吁跑到他跟前，说道："噢！再也跑不动啦！"这时，他便亲一亲她的额头。

珂赛特爱戴这位老人，总如影随形跟在身后。冉·阿让在哪里，哪里就给人舒服之感。他既不住在小楼，也不待在园子里，因此，珂赛特虽有开满鲜花的园子，却更爱去那铺石地面的后院，她虽有镶了壁毯、摆着软垫圆椅的大客厅，却更爱去那间只有两张草垫椅的小屋。有时，冉·阿让被她纠缠得好不惬意，就笑呵呵地嗔怪道："还不回你自己屋去！让我一个人清静一会儿！"

有一天，珂赛特对他说：

"爸，昨晚我做梦，看见我母亲了。她有两只大翅膀。我母亲生前，应当达到圣女的品级了。"

"通过殉难达到的。"冉·阿让回答。

珂赛特同他一道出门时，总爱偎依着他的胳臂，又自豪又幸福，感到心满意足。冉·阿让看出这温情的种种表示，仅仅对他一个人，十分可心，就感到自己的思想融入幸福之中了。可怜的人沉浸在天使般的快乐中，乐得浑身颤抖，能这样度过一生，他喜不自胜，心想他所受的苦难，本来不配得到如此美好的幸福；因此，他由衷地感谢上帝，感谢上帝让他这个微不足道的人，得到这个天真孩子的热爱。

[三] 玫瑰发现自己是武器

有一天，珂赛特偶然照照镜子，诧异了一声："咦！"她几乎觉得模样挺美，心里顿时产生一种特别的烦恼。直到现在，她根本就没想过自己的脸蛋儿。她照镜子也不瞧自己。况且，她常听人说她长得丑，只有冉·阿让轻声说：不对！不对！不管怎样，珂赛特一直认为自己长得丑，丑就丑吧，小时候也不在乎，她就带着这种念头长大。不料现在，镜子也像冉·阿让那样，突然对她说：不对！她这一夜没睡着觉。"我长得美又怎么样呢？"她心中暗道，"真滑稽，我也会长得美！"她又想起她伙伴中长得好看的，在修道院里就引人注意，不禁思忖道："怎么！难道我也像某某小姐那样！"

还有一天，她在园子里，听见可怜的都圣大妈说："先生，小姐越长越漂亮，您注意到了吗？"珂赛特没听见父亲回答什么，但是，都圣的话好像触动了她，她当即逃出花园，上楼回房间，跑向三个月没照面的镜子，惊叫了一声。她自己都感到光艳照人。

她又美丽又清秀，不能不同意都圣和镜子的看法。她的身段成型了，肌肤白净，头发光润，蓝眼珠里燃起从未有过的神采。一时间，她对自己的美貌深信不疑了，如同太阳放射的耀眼光芒；而且，别人也注意到了，都圣说了出来，街上那个行人显然也是指她而言，这一点再也无可怀疑了。她又下楼回到园子里，俨然以王后自居。听鸟儿歌唱，虽然时值冬令，她望着金灿灿的天空、树木之间的阳光、荆丛里的花朵，不禁心花怒放，心情说不出来有多欢畅。

初期征兆不久就显现出来。

"毫无疑问，我长得美！"从她这样自言自语的第二天起，珂赛特就留心打扮了。她想起街上行人的那句话："漂亮，可惜穿得差劲。"这话好似神风，从她身边吹过，虽然消失得无影无踪，却已在她心上播下要占据女人一生的两颗种子之一，即爱俏。另一颗则是爱情。

对自己的美貌一旦有了信心，女性的整个灵魂就会焕发出异彩。

从这时候起，他注意到珂赛特总张罗出门了；而从前，她总要待在家里，总说："爸，我同您在这儿更开心。"

隔了六个月，正是到这个阶段，马吕斯又在卢森堡公园遇见她了。

[四] 开战

珂赛特也像马吕斯那样，幽独自守，但是心里一团火，一触即发了。命运总是那么从容不迫，神秘莫测而又无法抗拒，现在将两个人慢慢拉近，这两个人都满富激情的暴风雨，这两颗灵魂都负载着爱情，如同两块乌云负载着雷电，只需一道目光，就像乌云中一道闪电，便会接触而扭结在一起。

爱情小说中把目光写得太滥，结果没有分量了，现在不大敢说两个人一见钟情了。然而，人就是这样，也仅仅是这样相爱的。此外就是此外，是随后发生的事儿。两颗灵魂交换这种闪光时，给予对方的强烈震撼，比什么都真实可信。

正是在这种时刻，珂赛特有了这种能让马吕斯神魂颠倒的目光，自己却不知道，马吕斯同样没有意识到，自己也有了能让珂赛特神魂颠倒的目光。

他给她造成同样的烦恼和同样的欣慰。

珂赛特早就看见他了，并且端详他，不过，姑娘观察人总像若不经意。还在马吕斯觉得珂赛特是个丑姑娘的时候，珂赛特就觉得马吕斯好看了。但是，那个青年根本不注意她，因此在她眼里也就无所谓了。

然而，她心里总不免琢磨，认为他头发美，眼睛美，牙齿美，听他跟同学谈话，觉得他声音也美妙，如果真要挑毛病的话，那么他走路的姿势不好看，但是有自己的风致，一点也不显得蠢笨，他整个人儿体现出高尚、温柔、朴实和自豪，看样子贫寒，但举止不俗。

到了这一天，二人的目光相遇，终于用目语，突然相互传递了模糊而难以言传的最初感觉，但是，珂赛特并没有一下就明白，回到西街住宅还若有所思。当时冉·阿让正按照习惯来西街住六个星期。次日醒来，珂赛特又想起这事儿，想到那个陌生的青年多久以来，态度一直冷漠，视若未见。现在似乎注意她了，但是，这种注意丝毫也没有给她带来愉快，心里甚至有点恼火，怪那个英俊青年瞧不起人，于是内心蠢蠢欲动，要较量一番，觉得终于有机会报复了，从而感到一种还未脱孩子气的欣喜。

她知道自己美，就感到有了一件武器，尽管这种意识还不十分明晰。女人玩弄自己的美貌，正如孩子舞刀弄枪，迟早要伤了自己。

我们还记得，马吕斯迟迟疑疑，躲躲闪闪，战战兢兢，总坐在长椅上，不肯靠近。珂赛特对此又气又恼，有一天她对冉·阿让说："爸，咱们往那边走走吧。"她见马吕斯不过来，自己就干脆过去。碰到这种情况，每个女人都像穆罕默德那样①。说来也怪，真正爱情的最初征兆，小伙子往往变得胆怯，而姑娘则往往显得大胆。这令人惊诧，其实道理非常简单：两性相互接近时，就会接受对方的性格了。

那天，珂赛特一个秋波，就让马吕斯发狂，而马吕斯一瞥，也令珂赛特发抖。马吕斯满怀信心走了，而珂赛特心里却七上八下。从那天起，他们俩就相爱了。

每天她都焦急等待去散步的时刻，在那里见到马吕斯，便感到一种说不出来的欣悦；她对冉·阿让这样说，就以为坦率地表达了自己的全部思想："卢森堡这座公园多美妙啊！"

马吕斯和珂赛特彼此还茫然无知。他们不交谈，不打招呼，只是相望，如同遥隔千万里的星辰，在相望中生存。

珂赛特就这样逐渐成长，长成一个美丽多情的女人，她意识到自己的美貌，却不明了自己的爱情。由于天真，她尤其喜欢卖俏。

[五] 你愁我更愁

后来发生的事，我们已然知道。马吕斯没头没脑，继续乱闯，有一天尾随珂赛特到西街，还有一天向门房打听。门房又把话告诉了冉·阿让，并且问他："先生，一个好奇的小伙子打听您，他是干什么的？"第二天，冉·阿让就狠狠瞪了马吕斯一眼，马吕斯总算看到了。一周之后，冉·阿让便搬了家，

---

① 穆罕默德不能把一座山唤来，就朝山走去。——译者注

暗暗发誓再也不跨进卢森堡公园一步，再也不去西街了。他回到普吕梅街。

珂赛特整天无精打采。当初能见到马吕斯，她就满心欢喜，现在见不到面，就黯然神伤。

不过，她除了苍白的面容，同样也没有让冉·阿让看出什么，在他面前仍保持一副甜甜的笑脸。

然而，这张苍白的面孔就足以让冉·阿让操透了心。有时他问珂赛特：

"你怎么啦？"

她回答说："没什么。"

双方沉默了片刻，她猜出他心里同样愁苦，就问道：

"您呢，爸，您有什么不高兴的事儿吗？"

"我吗？没什么。"他答道。

这两个人多少年来相依为命，彼此倾注了全部爱心，情深意长令人感佩，可是现在，虽然还厮守在一起，却各怀苦衷，都因对方而愁肠百结，双方相互隐忍不谈，毫无怨艾，还总是强颜欢笑。

第三卷　结局不像开端

[一] 珂赛特的恐惧

四五个月前，珂赛特还心痛欲碎，黯然神伤，不知不觉中，她的心情平静下来了。大自然、春天、青春，对父亲的爱、鸟儿和鲜花的喜悦，一天一天，一点一点，一滴一滴，注入这颗贞洁而年少的灵魂。在这颗灵魂中，火完全熄灭了吗？还是仅仅覆上一层灰烬呢？反正她几乎没有忧心如焚的感觉了，这也是实际情况。

这期间，突然出了一件怪事。

四月份的一天傍晚，冉·阿让出去了。日落之后，珂赛特坐在石凳上。树木间清风习习，珂赛特在想心事，一种无名的忧伤逐渐袭上心头，暮晚的愁绪无以排遣，谁知道呢？也许是这种时刻一种神秘力量引起的吧。

芳汀也许就在这昏暗中。

珂赛特起身，绕园子漫步，踏着缀满露水的青草，仿佛梦游人，忧伤地自言自语："真的，这个时辰在园子里走，非得穿木鞋不可，否则容易感冒。"

她又回到石凳。

她正要坐下，忽然发现座位上放了一个大石块，明明刚才是没有的。

珂赛特凝视这块石头，一时莫名其妙。她猛然想到，石头不会自己跳上石凳，是有人放上去的，刚才肯定有一条胳膊从铁柱之间探进来。一产生这个念头，她就害怕了，这回可真怕了。

次日太阳升起——日出的特点，就是令我们对夜晚的种种恐惧哑然失笑，失笑的程度又往往同有过的恐惧成正比——珂赛特也醒来，一场虚惊，仿佛做了一场噩梦，心中想到："我想到哪儿去啦？又像上周那样，半夜三更，以为听见园子里有脚步声！又像上次那样，看到的是铁烟囱的投影！现在，我快要变成胆小鬼了吧？"阳光从窗板缝儿射进来将花缎窗帘映成紫红色，她完全放下心来，那些胡思乱想，就连那块石头，都从她脑海里烟消云散。

"石凳上不会有石块，正如园里没有戴圆帽的男人一样；石块和别的东西，全是我梦见的。"

她穿好衣裳，下楼来到花园，跑到石凳跟前，不禁出了一身冷汗。石块还在那儿。

这不过是一瞬间的反应。夜晚的恐惧，到白天就变成好奇心了。

"怕什么！"她说道，"瞧瞧看。"

石块相当大，她搬起来，看见下面有样东西，好像是一封信。

那是个白纸信封，珂赛特拿起来一看，正面没有写姓名地址，背面也没有火漆封印。信封虽然敞着口，却不是空的，里面露出几张纸。

珂赛特伸进手去掏。她感到的已不是恐惧,也不是好奇,而是有些惶惑了。

珂赛特从信封里,抽出一小叠纸,每页标了号,写了几行字。她心想,字迹很娟秀。

珂赛特找了半天,不见一个名字,也没有署名。是写给谁的呢?大概是寄给她的,既然有一只手将信放到她坐过的凳子上。是谁写来的呢?她受到极大的诱惑,无法抗拒,几页信纸在手里发抖,想移开目光,望望大空,望望街道,又望望沐浴在阳光中的刺槐、邻家房顶上飞旋的鸽子,继而,目光又蓦地垂到手书上,心想应当看看信中写了什么。

信的内容如下——

[二] 石头下面一颗心

一个光彩照人的女子,从你面前走过,从那一天起,你就完了,你就爱了。你别无选择,只有一件事好做:集中神思想她,结果驱使她也想你。

"她还会来卢森堡公园吗?""不会来了,先生。""她是在这座教堂做弥撒,对吧?""现在她不来了。""她一直住在这楼房里吗?""她搬走了。""她搬哪儿去住了呢?""她没有讲。"

不知道自己灵魂的居所,多么惨苦啊!

我在街上遇见一个非常穷苦的青年。他在爱,他的帽子破旧,衣服破损,臂肘磨出洞;水能透进他的鞋底,但星光也射进他的灵魂。

被人爱,这是多么重大的事情!爱人,是多么更为重大的事情!心充满激情而变得英勇无畏。这颗心除了纯洁什么也不容纳了,除了高尚和伟大什么也不依赖了。邪恶之念再也不能在这颗心上萌发,正如冰山上不能长荨麻。高尚而宁静的灵魂,超脱了凡俗的情欲和冲动,俯瞰人间的乌云和黑影、疯狂和流言、仇恨和虚荣、狗苟蝇营,高踞青天之上,只能感到来自命运深处的撼动,就像山峰感知地震一样。

如果没有人在爱,太阳就会熄灭。

[三] 珂赛特看信之后

现在要问,这手书来自何人?是出自谁的手笔?

珂赛特毫不犹豫只有那一个人。

是他。

她心中豁然开朗。当初的情景,全又浮现在眼前。她感到一阵前所未有的喜悦和一种深深的焦虑。是他!是他写给她的!他来啦!是他的手臂从铁栅中间探进来!就在她把他渐渐遗忘的时候,他又找到她啦!不过,难道她真把他忘了吗?没有！绝没有忘！她一时昏了头，才这么以为。她始终爱他，始终仰慕他。在一段时间，这心中的火覆盖了一层灰，但她看得很清楚，是往深处蔓延，现在又燃烧起来，将她团团围住了。这份手书好似一点火星，从另一颗心灵落入她的心灵，于是她感到又要燃起熊熊大火。手稿一字一句拨动她的心弦。"正是啊！"她说道，"这一切我多么熟悉呀！这一切，我都从他眼中阅读过。"

她逃回房间，关起门来，要反复阅读手稿，好能背下来，以便仔细思考。她看完了，又吻了吻，将手稿塞进胸衣里。

这下子完了，珂赛特重又坠入深挚而纯洁的爱情中。伊甸园的大门又洞开了。

一整天，她都处于陶醉状态，思绪纷乱如麻，考虑不了什么问题，也猜测不了什么情况，只是在颤抖中期望，期望什么呢？她不敢向自己许诺什么，也不敢拒绝什么。她的脸色一阵阵发白，身体一阵阵战栗，有时恍若步入幻境，心中提出疑问："这是真的吗？"于是摸摸衣裙里边的心爱的手稿，并紧紧按在胸口，感到纸角刺着肌肤，眼神流溢出前所未有的喜悦的光彩，不禁想道："对呀！正是他！这是他给我送来的！"在这种时刻，冉·阿让若是见到她这种快乐神情，一定会不寒而栗。

珂赛特心想，把他还给我，这是天意，是天使相助。

[四] 老人往往走得好

黄昏时分，冉·阿让出门了。珂赛特开始梳妆打扮，她把头发梳成最合自身的式样，又换上一件衣裙。这件衣裙的领口多裁了一剪子，能露出颈窝，照姑娘的说法"有点不正经"，其实根本谈不上正经不正经，只不过比原先更漂亮了。她这样打扮起来，却不知道为什么。

她要出门吗？不是。

她要接待客人吗？也不是。

天黑下来，她下楼到园子里。都圣正在厨房干活，而厨房对着后院。

她从树下走过去，有些枝杈很低，不时要用手拨开。

她来到石凳跟前。

那块石头仍在原地。

她坐下来，将又白又嫩的手放到石头上，仿佛要爱抚并感谢它。

忽然，她有一种难以名状的感觉，虽然看不见，却能觉出背后站着一个人。

她转过头去，随即站起来。

正是他。

他光着头，脸色显得苍白，人消瘦了，几乎分辨不出他的衣裳是黑的。暮色中，他那俊美的额头映得发青，眼睛蒙上黑影。他身披无比柔和的雾纱，真有点儿像夜间出没的亡魂。他的脸上残留白昼熄灭的余晖和魂魄临走的一念。

他那形象尚未成鬼，但已非人了。

他的帽子扔在几步远的杂草中。

珂赛特站立不稳，但是没有叫一声，只觉得受他吸引，便缓缓后退。而他却一动不动。她看不见他的眼睛，却能感到那目光，感到包围过来的难以名状的忧伤情绪。

珂赛特往后退，碰到一棵树，赶紧靠住，否则就要瘫倒了。

这时，她听见他的声音，这种声音，她确实从来没有听到过，是窃窃私语，比树叶微颤的声响大不了多少：

"请原谅我来这儿。我的心难受极了，再像这样活不下去，就来到这里。我放在凳子上的东西，您看了吧？您认出我一点儿了吧？不要怕我。您还记得您望我一眼的那天吗？已有很久了，那是在卢森堡公园里，在角斗士雕像附近。还记得您从我面前走过的那天吗？那是六月十六日和七月二日。过去快有一年了。有很长时间我见不到您的面了。我问过公园出租椅子的那个老妇人，她说也见不到您了。当时您住在西街的一栋新楼里，是临街四楼上，您瞧我知道吧？我呀，跟随您来着。我能有什么办法呢？后来，您又消失了。有一回，我在奥德翁剧院柱廊下看报，忽然瞧见您走过，赶紧追上去，一看不对，是一个跟您戴同样帽子的人。夜晚我到这儿来，别害怕，谁也没有看见我。我走近您的窗户观望。我的脚步很轻，不让您听见，您听见也许会害怕。有一天晚上，我站在您身后，等您回过头来，我就逃走了。还有一次，我听见您唱歌，心里高兴极了。我隔着窗板听见您唱歌，对您有什么妨碍吗？对您一点儿妨碍也没有。没有吧，对不对？要知道，您是我的天使，让我看您来吧。我觉得自己快要死了。您哪儿知道啊！我呀，多么崇拜您！请原谅，我跟您说话，却不知所云，也许我惹您生气了,我惹您生气了吗?"

"噢!母亲啊!"珂赛特说道。

她说着身子一软,仿佛要死去。

他急忙上前搀扶,见她身子瘫软下去,就干脆抱住,搂得紧紧的,却没有意识到自己在做什么。他抱住她,自己身子却摇摇晃晃,头脑也晕晕乎乎,仿佛自己要完成一项宗教仪式,反而犯了亵渎神灵之罪。不过,他胸口感到这美妙女郎的形体,心中没有一点欲念。他爱到了心醉神迷的程度。

珂赛特抓住他一只手,把它按在她的心口窝儿上。他感到放在里面的那叠纸,便结结巴巴地说:"看来您爱我啦?"

她回答的声音极低,好似一股清风,几乎听不见:

"别问啦!你明明知道!"

她羞红的脸,赶紧埋在这个得意而陶醉的青年怀里。

他身子一沉,坐到石凳上,她挨着坐下。二人再也不说话了。天上的星斗开始闪闪发光。他们的嘴唇是如何相遇的呢?鸟雀如何鸣唱起来,冰雪如何融化了,玫瑰如何开放了,五月如何呈现万紫千红的景象,曙光又如何在萧瑟的丘岗上黝暗树木后边泛白的呢?

一吻,一切都迎刃而解。

两个人都浑身战栗,他们明亮的眼睛在昏暗中对视。夜凉,石凳冷,泥土潮湿,青草也湿漉漉的,他们都浑然不觉,只顾四目相对,心中千言万语。他们早已手拉着手,同样浑然不觉。

珂赛特没有问他,连想都没有想问他是从哪儿进来的,是怎么闯进这园子里的,她觉得他到这儿来是极其自然的事情!

马吕斯的膝盖不时触碰到珂赛特的膝盖,两个人都颤抖了一下。

隔一会儿,珂赛特就讷讷说一句话。她的灵魂在唇边颤动,宛如花朵上的一滴露珠。

他们慢慢交谈起来。体现心满意足的沉默过后,又开始倾吐衷肠了。头上的夜空静谧而灿烂。这两个像精魂一样纯洁的人,现在畅所欲言,彼此谈了美梦、陶醉、思念、幻想,以及心慌意乱,谈了他们如何遥相渴慕,如何遥相祝愿,见不到面之后又如何痛不欲生。他们推心置腹,亲密无间到了无以复加的理想程度,各自将内心最隐蔽最秘密的东西,也都和盘托出。他们怀着在幻想中所具有的天真的信念,相互讲述爱情、青春和几分孩子气使他们产生的种种念头。这两颗心彼此倾注交流,仅过了一小时,小伙子就有了姑娘的灵魂,姑娘也有了小伙子的灵魂。他们彼此渗透,彼此诱惑,彼此迷恋了。

他们倾诉完了,全都讲出来了,她就把头偎在他的肩头,问他一句:"您叫什么名字呀?"

"我叫马吕斯。"他回答,"您呢?"

"我叫珂赛特。"

第四卷　销魂与忧伤

［一］充满阳光

一八三二年整个五月份，在这野趣盎然的小园子里，在这日益芬芳繁茂的荆丛，每天夜晚，总有两个人在黑暗中彼此发光照亮。他们无比贞洁，又无比天真，心中洋溢天大的幸福，简直飘飘欲仙，他们显得那么清纯，那么笃厚，满面春风，陶醉在情爱之中。珂赛特看马吕斯仿佛戴了一顶王冠，而马吕斯看珂赛特就像罩在光环里。他们相互抚摩，四目相对，手拉着手，偎依在一起，然而，他们中间有一段距离没有超越，并不是不想超越，而是不知道有这样一段距离。马吕斯感到有一道屏障，即珂赛特的贞洁；珂赛特也感到有所依赖，即马吕斯的忠诚。头一吻也是最后一吻。从那以后，马吕斯只限于用嘴唇拂拂珂赛特的手、她的围巾或发卷。在他看来，珂赛特是一股香气，而不是一个女子。他只是呼吸她这香气，她无所拒绝，他也别无所求。珂赛特喜不自胜，马吕斯也心满意足。他们处于销魂的状态，这种状态可以称为迷魂，两颗灵魂相互迷惑。这是两个童贞在理想中永世不忘的初次拥抱。两只天鹅在少女峰上相逢。

冉·阿让却毫无觉察。

[二] 马吕斯回到现实,住址给了珂赛特

这天晚上,星空格外灿烂,格外迷人,树木格外震颤激动,青草芬香格外沁人心脾,睡在枝头的鸟儿的啁啾格外甜美,整个天宇静谧和谐,也格外应和了爱情心声的音乐。马吕斯也格外痴情,格外幸福,格外陶醉,可是,他却发现珂赛特神色忧伤。珂赛特哭过,眼睛还发红。

在这场美梦中,这是第一片乌云。

马吕斯头一句话就问道:"你怎么啦?"

珂赛特却回答:"没怎么。"

接着,她坐到台阶旁边的长凳上,等马吕斯浑身颤抖着挨她坐下,她才继续说道:

"今天早晨,我父亲要我做好准备,他说要去办事,我们也许就要走了。"

马吕斯从头到脚一阵战栗。

珂赛特又说道:

"今天早晨,我父亲要我收拾日常衣物,准备妥当,他要把他的衣服交给我,好装进箱子里,还说必须出一趟远门儿,不久我们就动身,要给我弄一只大箱子,给他弄一只小的,一周之内全准备好,也许我们要去英国。"

"哎呀,这太可怕啦!"马吕斯大声说道。

"这么说您要去啦?"

"如果我父亲要去呢?"

"这么说您要去啦?"

珂赛特没有回答,抓起马吕斯一只手,紧紧握住。

"好吧,"马吕斯说,"那我就去别的地方。"

珂赛特没听明白,但是感觉到这句话的含义。她大惊失色,在黑暗中脸顿时惨白。她讷讷问道:

"你这话是什么意思?"

马吕斯看看她,然后慢慢举目仰望天空,答道:"没什么。"

他垂下目光时,看见珂赛特冲他微笑。心爱女子的微笑能发光,黑夜里瞧得见。

"我们多傻!马吕斯,我有个主意。"

"什么主意?"

"我们走,你也走啊!回头我告诉你什么地方,你去那里找我呀!"

现在,马吕斯完全清醒了。他又跌回现实中,高声对珂赛特说道:

"同你们一道走?你疯了吗?那得有钱啊,可是我没有。去英国,现在我还欠人家钱呢,不知道多少,欠库费拉克少说十路易金币,那是我一个朋友,你不认识。喏,我有一顶旧帽子,值不上三法郎,这件外衣前边纽扣还掉了,衬衣破烂不堪,袖肘都磨出了洞,靴子底下进水。这六个星期,我不想这个了,也没有对你讲。珂赛特!我是个穷光蛋。你只是在夜间看见我,把你的爱给了我;假如是在白天,你见了我会给一个铜子儿的!去英国!唉!连办护照的费用我都付不起!"

他扑向旁边的一棵树,双臂抱住头,脑门儿顶在树皮上,既感觉不到树干擦破皮肤,也感觉不到血冲击太阳穴怦怦狂跳，立在那里一动不动，犹如一尊绝望的雕像，随时会翻倒在地。

他这样待了许久。坠入这种深渊，很可能永无出头之日。他听见身后一阵伤心的细微的饮泣声，终于转过身去。

是珂赛特在哭泣。

他拉起姑娘的手：

"珂赛特，我害怕发誓，也从未向任何人发过誓言。我觉得我父亲就在我身边。好，现在我向你发下最神圣的誓言：如果你走了，我就一死。"

他讲这话的声调忧伤，但十分庄严而沉静，珂塞特听了不寒而栗，感到就像真有一个阴魂经过时带来的寒气。她这样一恐惧，就不再哭了。

"现在，听我说，"马吕斯说道，"明天你不要等我了。"

"为什么？"

"后天再等我吧。"

"噢！为什么呀？"

"到时候就明白了。"

"一整天见不到你！这可不能。"

"我们就舍掉一天吧，也许能换来一辈子呢。"

马吕斯又喃喃自语：

"这个人绝不会改变习惯，天黑才接待客人，绝不破例。"

"你说的哪个人啊？"珂赛特问道。

"问我吗？我什么也没有说。"

"你到底有什么指望呢？"

悲惨世界

"等后天再说吧。"

"你一定要这样?"

"对,珂赛特。"

珂赛特用双手抱住他的头,踮起脚好同他齐高,想从他眼神里看出有什么希望。

马吕斯接着说:

"对了,我想,应当把我的住址告诉你,可能出现意外情况,很难说,我住在一个叫库费拉克的朋友那里,在玻璃厂街十六号。"

他摸摸衣兜,掏出一把折叠小刀,用刀尖在石灰墙皮上刻了"玻璃厂街十六号"。

这工夫,珂赛特重又注视他的眼睛。

"告诉我,你有什么想法。马吕斯,你有个想法,告诉我吧。哎!告诉我呀,好让我睡个安稳觉!"

"我的想法,是这样:上帝不可能要拆开我们。后天,你等着我吧。"

马吕斯头抵树干冥思苦想那工夫,脑海里闪过一个念头,一个念头,唉!连他自己都认为荒唐而不可能。他还是决定贸然走一趟。

[三] 年老心和年轻心开诚相见

一天晚上,那是八月四日。

吉诺曼外公满怀深情和苦涩地想念马吕斯,往往苦涩的味儿更重些。他那变得苦涩的深情,到头来总要沸腾,并转化为恼恨。到这一步，他只能死了这条心，接受撕肝裂胆的痛苦。他开始明白了，时至今日，再也没有理由指望了，马吕斯要回来早该回来了，不能再盼了，应当尽量习惯于这种想法：事情无可挽回，到死也不会再见到"那位先生"了。然而，他的整个天性却起而抗争，他那古老的亲情也不肯罢休。"怎么！"他常说，这已成为他痛苦时的口头禅，"他不会回来啦！"说罢，他的秃头就垂到胸前，失神地凝视炉膛里的灰烬，眼神凄迷而忧愤。

他正沉浸在这种幽思中，老仆人巴斯克忽然进来禀报：

"先生能接见马吕斯先生吗？"

老人猛地直起身，脸色灰白，好似受电击而挺起的尸体，周身血液涌入心房，他结结巴巴地问道：

"马吕斯先生贵姓？"

"不知道，"巴斯克见主人那神情深感意外，胆怯地回答，"我没有见到人，是妮珂莱特刚告诉我的，她说，有个年轻人求见，您就说是马吕斯先生。"

吉诺曼外公讷讷说了一句："请他进来吧。"

他保持原来的姿势，脑袋微微摇动，眼睛盯住房门。房门重又打开，走进一个年轻人，正是马吕斯。

他衣衫褴褛，幸而烛光让灯罩遮住，昏暗中看不出来，只能分辨他那张平静而严肃，但又异常忧伤的面孔。

吉诺曼外公又惊又喜，一时愣住，半晌只看见一团光亮，就仿佛碰见了鬼神。他几乎要昏倒，是透过炫目的光芒才看见马吕斯的。那正是他，正是马吕斯！

终于盼来啦！已经四年啦！这回算抓住他了，可以说一眼就完全把他抓住了。他觉得马吕斯英俊、高贵、人品出众，长大了，也成人了，仪态端庄，样子十分可爱。他真想张开手臂，招呼马吕斯，起身冲上去，他的五脏六腑都融化在喜悦中，亲热的话语涨满胸膛，要流溢出来。总之，这一片慈爱之心萌发了，已经到了唇边，然而禀性难移，从他口里出来的反而是一句狠话。他口气生硬地问道："您到这儿来干什么？"

马吕斯尴尬地答道："先生……"

吉诺曼先生真希望马吕斯投入他的怀抱。他对马吕斯不满，也对他自己不满。他感到自己的态度太生硬，马吕斯的态度太冷淡。这老人感到内心充满了温情和哀怨，而表面又只能显得那么冷酷，这真叫他气恼和难以忍受。苦涩的滋味又上来了。他口气粗暴地打断马吕斯的话：

"您到底为什么还来这儿？"

"到底"这个字眼儿表明："如果您不是来拥抱我的话"。马吕斯望着老外公，只见他脸色苍白，好似大理石雕成。

"先生……"

老人又以严厉的声音说：

"您是来请求我原谅的吗？您已经认识了自己的过错吗？"

他以为这样指点一下，马吕斯这"孩子"就屈服了。马吕斯浑身一抖，这是要求他否认自己的父亲。他垂下眼睛回答：

"不是，先生。"

"既然不是，您又来找我干什么？"老人心如刀绞，义愤填膺，疾言厉色地说道。

马吕斯合拢双手，跨上前一步，声音微弱而颤抖地说：

"先生，可怜可怜我。"

"说说看，您找我到底有什么事？"

"先生，"马吕斯说道，"我知道您见到我就不高兴，不过，我来只是求您一件事，说完马上就走。"

"您真是个糊涂虫！"老人说道，"谁说要您走啦？"

这话表明他内心的这句温情话："快请我原谅啊！快来搂住我的脖子啊！"吉诺曼先生感到再过一会儿，马吕斯就要离开他，是他不欢迎的态度令马吕斯气馁，是他的冷酷无情把马吕斯赶走，他心中想到这一切，痛苦又增添几分，而痛苦随即又化为愤怒，他就更加显得冷酷无情了。他多么希望马吕斯领会他的心意，可是马吕斯又偏偏不理解，这就让老人心头火起。

"先生，"马吕斯说，他那眼神真像要从绝壁掉下去的人，"我来请您允许我结婚。"

"这么说，您要结婚啦？同谁结婚？问问对方是谁，恐怕不算冒昧吧？"

他住了口，但是不容马吕斯回答，又粗暴地补充一句："这么说，您有了职业啦？也挣了份财产？您干律师这行挣多少钱呢？"

"一文钱也不挣。"马吕斯坚决而干脆，几乎粗鲁地答道。

"一文钱也不挣？您只靠我给的那一千二百利弗尔生活喽？"

马吕斯缄口不答，吉诺曼先生接着问道：

"唔，我明白了，是因为那姑娘富有吧？"

"她同我一样。"

"怎么！没有嫁妆？"

"没有。"

"有望继承财产喽？"

"我认为不见得。"

"赤条条！那么，她父亲是干什么的？"

"不知道。"

"她怎么称呼？"

"割风小姐。"

老人哈哈大笑，透过尖厉而瘆人的笑声，他边咳嗽边说："绝不行，先生！绝不行！"

"外公！"

"绝不行！"

听到老人说"绝不行"的声调，马吕斯明白毫无希望了，他垂着头，身子摇摇晃晃，缓步穿过房间要离去，但是更像要死去的人。吉诺曼先生眼睛盯着他，就在马吕斯打开房门要出去的当儿，竟不顾高龄，显出骄横惯了的老人那种急躁，几步跨上去，一把揪住马吕斯的衣领，用劲把他拉回房间，扔到扶手椅上，对他说道：

"这事儿，你跟我聊聊吧！"

这种突变，仅仅是马吕斯脱口而出的"外公"这个称呼引起的。马吕斯目瞪口呆，怔怔地望着老人。吉诺曼先生那张变幻无常的脸，现在完全是一副难以描摹的拙朴和善的神态。

严厉的老祖宗变成慈祥的外祖父。

"来吧,聊聊,说说看,把你那风流事儿说给我听听,侃一侃,全讲出来!活见鬼!年轻人简直太傻啦!"

"外公!"马吕斯又叫了一声。

老人那张脸豁然开朗,露出难以形容的喜悦的神采。

"好,这就对啦!叫我外公,回头你就瞧好吧!"

老头儿,挤了挤老眼,拍他膝盖一下,直视他的眼睛,神情诡秘而又得意扬扬,极温柔地耸着肩膀说道:

"傻小子!让她做你的情妇吧。"

马吕斯脸刷地白了。马吕斯听明白了,认为这是对珂赛特的极大侮辱。"让她做你的情妇吧",这句话如同一把利剑,刺进这个严肃的青年的心中。

他站起来,从地上拾起自己的帽子,步子沉稳而坚定地走向房门,到了门口转过身,向外公深施一礼,然后扬起头说道:

"五年前,您侮辱了我的父亲;今天,您又侮辱了我爱的女人。我再也不求您什么事了。先生。永别了。"

第五卷　他们去哪里

[一] 冉·阿让

就在同一天下午，将近四点钟的时候，冉·阿让来到演兵场，独自坐在一条最清静的斜坡背面。近来，他不大同珂赛特一道出门，也许这是出于谨慎，或者想静心思考，也许是每人生活中都不知不觉地逐渐改变着习惯。他穿一件工装外衣、一条灰色粗布裤，戴一顶遮住面孔的长舌帽。现在，他对珂赛特倒是放心并满意了，一度引起他忧惧和苦恼的情况已然消失；然而，他又产生了另一种性质的疑虑。一天，他在大马路上散步，忽然发现越狱出来的德纳第，幸亏他化了装，没让德纳第认出来，不料此后又多次遇见，现在他可以肯定，德纳第总在这个街区转悠，这就足以令他拿定一个大主意。德纳第一来，这儿就危机四伏。

最后，刚发生一件费解的事，他十分诧异，一直悬挂在心，也更加警觉起来。就在这天早晨，全家唯独他起床，珂赛特的窗板还未打开，他在花园里散步，突然发现墙上有一行字，大概是用钉子刻的：

玻璃厂街十六号

显然是新刻上去的，老墙皮早已发黑，而刻出的字是白色的。墙脚一簇荨麻叶上还有新落的细白粉末。很可能是昨天夜晚刻的。是什么意思呢？是个地址吗？是给别人留的暗号吗？是给他发的警告吗？无论怎样，这园子有人闯进来，不知什么人摸进来过。他还记得不久前惊扰这所房子的怪事。他的思想总往这个牛角尖里钻，因此，他怕唬着珂赛特，就绝口不提有人用钉子往墙上刻字的事。

冉·阿让反复斟酌权衡之后，决定离开巴黎，甚至离开法国，干脆到英国去。他让珂赛特做个准备，打算一周之内起程。

［二］马吕斯

马吕斯离开吉诺曼先生的家，心中十分懊丧。他进门时抱着极小的希望，带来的却是极大的失望。

他开始在街上游逛，这是排遣苦恼的办法。他能回忆起来的事情一概不想。凌晨两点钟，回到库费拉克的住所，他和衣倒在床上，直到日上三竿，才昏昏沉沉睡过去，但思绪在头脑里仍然穿梭往来。醒来睁眼一看，只见库费拉克、安灼拉、弗伊和公白飞站在屋里，都戴着帽子，正准备上街，显得很匆忙。

库费拉克对他说："给拉马克将军送葬，你去不去？"

他仿佛听库费拉克在讲中国话。

他们走后不久，他也出门了。他一直留着二月三日那次事件沙威交给他的两支手枪，还上着子弹，这次出门揣在兜里。很难说他带上枪，心里有什么隐秘的打算。

他在街上游荡了一整天，却不知身在何处，有时下雨也全然不觉；他进面包铺，花一苏钱买一根小长面包做晚餐，揣进兜里就忘了。他恍惚在塞纳河里洗了个澡，但是毫无印象了。有时，脑壳下面就像生了个火炉。马吕斯又面临这种时刻，他再也不抱什么希望，再也不惧怕什么了，从昨晚起，他就跨出了这一步。他心急火燎地等待天黑，只有一个清晰的念头：九点钟同珂赛特见面。现在，他的整个前途就是最后这点欢乐了，此外一片黝暗。他走在最僻静的大马路上，不时恍若听见市区传来奇特的喧嚣，于是从冥想中探出头来，不禁说道："莫不是打起来啦？"

他按照答应珂赛特的话，在夜幕刚刚降临，九点钟准时到达普吕梅街，一走近铁栅门，就把一切置于脑后。已有四十八小时未同珂赛特见面，现在又要见到她，其他念头一概消失，只有一种闻所未闻的由衷的喜悦了。这几分钟恍若度过几个世纪，总有至高无上而又美不胜收的意味，每逢这种时刻，整个心灵就全投进去了。

马吕斯挪开那根铁条，急忙钻进花园，珂赛特却不在她往常等他的地方。他穿过繁枝密草，走向台阶旁边的凹角，心想："她在那儿等我呢。"那里也不见珂赛特。他举目望望，只见小楼的窗板全关上了。他在园中转了一圈，园子寂无一人。于是，他又回到楼前，因爱情简直发了狂，像醉了一般，又因痛苦和不安而惊慌失措，气急败坏，好似回家时候不当的主人那样，拼命敲窗板，敲了这扇敲那扇，敲了又敲，也不怕看见窗户打开，那个父亲探出阴沉的面孔问他：您要干什么？

不过，比起他隐约看到的情景，这根本不算什么。他敲过之后，又高声呼叫珂赛特。"珂赛特！"他喊叫，"珂赛特！"他越喊越凶。可是没人答应。完了。园子里无人，房子里也无人。

马吕斯失望的眼睛盯着这阴森的房子，觉得它跟坟墓一样黝黑和岑寂，而且更加空荡荡的。他看了看石凳，他曾坐在石凳上，在珂赛特身边度过多少美好的时辰。继而，他坐到台阶上，心中充满温情和决心，在思想深处为他的爱祝福，默默说道：既然珂赛特走了，他就只有一死。忽然，他听见有人喊他，喊声好像从街上穿过树木传来："马吕斯先生！"

他站起来，应了一声："唉？"

"马吕斯先生，您在那儿吗？"

"在这儿。"

"马吕斯先生，"那声音又说，"您那些朋友在麻厂街的街垒那儿等您呢。"

马吕斯听那声音并不完全陌生，像是爱波妮那沙哑而粗鲁的声音。马吕斯跑向铁栅门，移开活动的铁条，脑袋钻出去，看见一个人跑开，像个小伙子，很快消失在夜色中。

第六卷 一八三二年六月五日

[一] 一次葬礼：再生之机

一八三二年春季，霍乱肆虐了三个月，人们的思想变得冰冷，躁动的情绪也平静下来，一片说不出来的死气沉沉。尽管如此，巴黎早就孕育着一场大动荡。我们说过，这座大都市好似一门大炮，即已上好炮弹，只须落下一点火星，炮弹就会发射出去。一八三二年六月份，这颗火星，就是拉马克将军①之死。

拉马克是个有名望有作为的人物。在帝国时期和王朝复辟时期，他相继表现出两个时期所需要的英勇：战场上的英勇和讲坛上的英勇。当年他在战场上骁勇无敌，后来在讲坛上也才辩无双，让人感到他的谈锋是把利剑。十七年来，他几乎不关心发生什么事件，始终威严地保持滑铁卢战役的那副忧伤神态。到了生命的最后一刻，在弥留之际，他还紧紧抱着百日军官们赠给他的那把剑。拿破仑临终的话是"军队"，拉马克临终的话则是"祖国"。

---

① 马克西米连·拉马克（1770—1832 年）：帝国将军，1815 年百日政变时任巴黎军区司令，1815 年至 1818 年遭放逐，1828 年成为自由派议员，直至逝世。

他的死原在意料之中，但是人民怕他死，认为是一大损失，而政府也怕他死，认为是一次危机。他的去世令人悲痛。如同一切悲伤的事，这次悲痛就可能转化为反抗。而且果然出现了这种情况。

确定六月五日安葬拉马克，在头天夜里和这天早晨，灵车要经过的圣安托万城郊区就呈现一副凶相。这里纵横交错的街巷人声沸腾。大家有什么拿什么，武装起来。有些细木工把刨床的铁夹取下，"好用来砸门"。其中一个人弄了一个鞋匠的铁钩，砸掉钩子，磨尖铁柄，做成了一把匕首。另一个人，"攻击"心切，一连三天穿着衣服睡觉。一个同行问一个叫龙比埃的木匠："你去哪儿？""真的！我还没有武器呢。""那怎么办？""我去工地拿我的卡钳。""干什么用呢？""不知道。"龙比埃答道。一个叫雅克林的送货员看见工人经过，就招呼一声："喂，过来一下！"他花几苏请人家喝酒，又问道："你有活儿干吗？""没有。""那你就去菲勒皮埃尔家，在蒙特伊城关和夏龙城关之间。到那儿能找着活儿干。"在菲勒皮埃尔家能找到子弹和武器。有些知名的头头在"赶驿站"，就是挨家奔走，召集他们的人员。在王位城关附近的巴泰勒米酒吧，在卡佩勒公馆、小帽子馆，喝酒的人相互攀谈，表情都非常严肃。只听他们说道："你的手枪在哪儿呢？""掖在外衣里面。你的呢？""掖在衬衣里面。"在横街，罗兰作坊前面，焚屋的院子里，还有在贝尼埃工具厂前面，一伙伙人在窃窃私议。可以注意到，一个叫马伏的人最激烈，他在一个车间干活从来超不过一周，准被老板打发走，"因为每天都得跟他争吵"。第二天，马伏在梅尼蒙当街被杀害了。马伏的助手卜雷托，也在斗争中丧命。有人问："你的目的是什么？"他就回答："起义。"一群工人聚集在贝尔西街角，等待一个名叫勒马兰的人，即派到圣马尔索城关的革命委员。他们几乎公开对口令。

且说六月五日这天，时而下雨，时而出太阳，拉马克将军的出殡队列穿行巴黎，动用了正规的军队仪仗队，并为预防不测而增加了一点兵力。护送灵柩的有两个营官兵，军鼓都披着黑纱，枪口朝下背着枪；还有挎着战刀的一万名国民卫队队员，以及国民卫队的炮队。灵车由一队青年拉着行进，残废军人的军官手持月桂树枝，紧紧跟在后面。随后便是浩浩荡荡的群众队伍，乱纷纷、闹哄哄，一个个神态怪异，有人民之友社成员、法学院和医学院的学生，还有各国的流亡者，打着西班牙、意大利、德国、波兰等国旗帜，还打着横条三色旗，以及五花八门的旗号，孩子们挥动着青树枝。石匠和木匠这时候也罢了工，有些人头戴纸帽，一看便知是印刷工人，他们三三两两，边走边叫喊，几乎每个人都挥舞着棍棒，有几个人还挥舞着战刀，队伍时而混乱，时而成行，没有秩序，但是却万众一心。一伙伙人自行挑选出头头。一个公然别着两把手枪的男子，仿佛在检阅其他人，而队列在他面前都自动闪避。在大马路的横街，只见树上、阳台上、窗口、屋顶上人头攒动，有男人、妇女和儿童，他们眼里充满不安的神色。武装起来的群众走过，惊恐不安的群众观望。

政府也密切注视，而且手按着剑柄注视着。人们望得见路易十五广场那边，有四队骑兵，军号手在排头，个个挎着装满的弹盒，长短枪子弹上了膛，跨马立鞍，只待一声令下就进发；拉丁区和植物园那边，还有保安警察，布置在每条街上；酒市场那里有一队龙骑兵，第十二轻骑团半数守在河滩广场，半数守在巴士底广场，第六龙骑兵团布置在切莱斯廷河滨路，卢浮宫院内也驻满炮队。其余部队在军营里待命，这还不算巴黎周围布防的各团队。政府心惊胆战，在市内掌握两万四千军队，城郊掌握三万军队，将这些兵力悬在气势汹汹的群众头上。

送葬队列从灵堂出发，以缓慢而激动的步伐，沿着大马路一直走到巴士底广场。天上不时落一阵雨，但是群众毫不在意。接连发生好几次意外事件。看热闹的人群气势汹汹，拉成长长的队伍，从安托万城郊大街下坡，到巴士底广场同送葬队伍会合，一时群情激昂，开始沸腾起来了。

灵车过了巴士底广场，沿着运河走一段，过了小桥，到达奥斯特利茨桥头空场，便停下来了。此刻若是鸟瞰，这一群众场面真像一颗彗星，头在桥头空场，长长的尾巴沿着布尔东河滨路扩展，覆盖巴士底广场，再由大马路一直拖到圣马尔丹门。灵柩围了一圈人。乱哄哄的场面静下来。拉法耶特致悼词，向拉马克告别。这是感人而庄严的时刻，每个人都脱下帽子，每颗心都怦怦跳动。忽然，人群中出现一个黑衣骑马人，手中举着一面红旗，有人说是长矛挑着一顶红帽子。

那面红旗掀起一阵风暴，旋即消失。从布尔东大马路到奥斯特利茨桥，人声鼎沸，犹如汹涌的浪涛。两声喊叫异常洪亮："拉马克去先贤祠！拉法耶特去市政厅！"在群众的喝彩声中，一伙青年拉起拉马克的灵车，上了奥斯特利茨桥，另一伙青年将拉法耶特扶上一辆公共马车，牵着它沿莫尔朗河滨路驶去。

悲惨世界

这时，守在河左岸的保安警察马队动起来，堵住桥头通道，右岸的龙骑兵也开出切莱斯廷，沿着莫尔朗河滨路布列。人群牵着拉法耶特乘坐的马车，拐上河滨路时，忽然发现那些骑兵，就连声喊道："龙骑兵！龙骑兵！"龙骑兵默默地缓步前进，脸色阴沉地等待着，但是手枪还装在皮套里，马刀还插在鞘中，短枪托还由马鞍上的皮套托着。

距小桥有二百步远时，他们勒马停下。拉法耶特乘坐的马车迎头朝他们驶去。龙骑兵队列分开，让过马车又合拢来。这时，龙骑兵和群众遭遇了。妇女们都惊慌逃散。

在这千钧一发之际，发生了什么事？谁也说不清楚。这是两片乌云相交混的阴暗时刻。有人叙述说，听到武器库那边吹起了冲锋号；还有人叙述说，有个孩子用匕首刺了一名龙骑兵。事实上是突然开了三枪：第一枪打死了骑兵上尉绍莱，第二枪打死孔特卡普街上一个正关窗户的聋老太婆，第三枪擦破了一名军官的肩章。有个女人喊了一声："动手太早啦！"形势陡变，只见莫尔朗河滨路对面，一队留在兵营的龙骑兵冲出来，挥动马刀，横扫巴松石街和布尔东大马路。

至此，风暴骤起，事态已成定局了。投掷的石块如雨点一般，枪声大作，许多人冲到河岸下面，跨过如今已填塞的一条小河汊，上了卢维埃岛①的工地。这个现成的巨大堡垒，立即

---

① 卢维埃岛：又称爱情岛，于1843年与右岸连成一片，即如今莫尔朗大街（原莫尔朗河滨路）、运河和亨利四世河滨路之间的地段。

布满了战士,他们有的拔木桩,有的打手枪,霎时间一条街垒就沸腾起来了。被赶回的青年拖着灵车,又跑步过了奥斯特利茨桥,向保安警察冲去;骑警赶来,龙骑兵挥舞马刀。人群四处逃散,巴黎四面八方响起战争的喧嚣,人人高喊:拿起武器!众人奔突,跌跌撞撞,逃跑的逃跑,抵抗的抵抗。愤怒煽起暴动,如同火借风势。

[二] 沸腾的场面历历在目

世上的奇事,莫过于一场暴动的初发。四面八方一齐发难。早有预见吗?不错。早有准备吗?不对。从哪儿爆发的?街道。从哪儿降临的?自天而降。在此处,起义具有密谋性质,在另一处又是自发的。随便一个人把握住群众的潮流,就可以随意引导。乍一开始,大家惊恐万状,又异常兴奋。先是喧闹鼓噪,店铺关门,摆摊的商贩纷纷撤离;继而零星几声枪响,有人逃跑,枪托砸大门咚咚山响,宅院里传出女用人的笑声和话语:"这回可有热闹看啦!"

不过一刻钟的工夫,在巴黎多少地点,几乎同时发生这种情况。

布列塔尼会圣十字街,二十来名留胡子蓄长发的青年,走进一家咖啡馆,不大工夫又出来,打了一面横条三色旗,旗上系条黑纱,三个拿着武器的人领头:一个手持马刀,一个端着步枪,第三个扛着长矛。

在诺南提埃街,有一个中产阶级模样的人穿戴相当体面,腆着肚子,嗓音洪亮,已经秃了顶,留着黑胡子,髭须硬硬地翘起，他就公然向过路人散发子弹。

在圣彼得－蒙马特街，一伙赤臂的汉子扯着一面黑旗行走，旗上写了几个白字："共和或死亡"。在守斋者街、钟面街、骄山街、芒达街，都出现一伙伙人，挥动旗帜，只见上面写着带数字的"分部"。其中有一面旗帜，红蓝两色之间，夹着一条窄得几乎瞧不出来的白色。

悲惨世界

在圣马尔丹大街，一个武器工厂遭抢劫，还有三家武器店被抢：一家在美堡街，第二家在米歇尔伯爵街，第三家在神庙街。群众上千只手，几分钟的工夫，就抢走了二百三十支步枪，几乎全是双响的，还抢走了六十四把马刀、八十三支手枪。为了武装更多的人，就一人拿步枪，卸下刺刀给另一个人。

在河滩广场路对面，一些拿短枪的青年到妇女家中去射击，其中一人还有一支转轮短枪。他们拉门铃，进入家里上子弹。经历这种事的一名妇女叙述说："原先我不知道子弹是什么东西，还是我丈夫告诉我的。"

在圣母升天会老修女街，一帮人冲进一家古玩店，抄走了土耳其弯刀和武器。

一个泥瓦匠被枪打死，尸体就躺在珍珠街头。

继而，右岸、左岸、河滨路、大马路、拉丁区、菜市场街区，一群群人气喘吁吁，有工人、大学生、居民，他们念公告，高喊："拿起武器！"打碎路灯，给拉车的马卸套，翻起铺路的石块，砸开人家的大门，拔下树木，搜索地窖，滚动着推出酒桶，堆起石块、碎石子、家具、木板，造起一道道

364

街垒。

人们强迫有产阶级帮忙。他们闯进住户,要主妇把外出的丈夫的刀枪交出来,并用白垩粉在门扇写上:"武器已交出"。有的人拿了刀枪,还在收条上"签了名",并交代一句:"派人明天去市府领取。"街头单独执勤的岗哨、前往市府的国民卫队队员,全被解除了武装。军官的肩章也被扯掉。在圣尼古拉公墓街,一名国民卫队军官,被一群挥舞棍棒和花剑的人追得走投无路,好容易才躲进一户人家,直到天黑才换了装溜走。

不到一小时,仅在菜市场街区,就有二十七道街垒拔地而起。

暴动的真正领导者,是弥漫于空间的一种莫名的狂热情绪。这次起义突如其来,一只手筑起街垒,另一只手占领了驻军的几乎全部据点。起义群众就像燃烧的一条火药长蛇,迅速蔓延。巴黎三分之一的区域属于暴动。

[三] 新战士

圣约翰市场的哨所已被缴械。一伙人由安灼拉、库费拉克、公白飞和弗伊率领:他们都是马吕斯当初在 ABC 朋友会上结识的大学生,都是很有思想的出色青年,这时流浪儿伽弗洛什也加入进来。

队伍时刻在壮大。快到劈柴街那里,一个头发花白的大汉加入行列。库费拉克、安灼拉和公白飞,都注意到他那犷悍而大胆的相貌,但是谁也不认识他。伽弗洛什只顾唱歌,吹口哨，叽里呱啦乱叫，只顾往前冲，用没有扳机的手枪托敲打商店的窗板，也没有注意那汉子。

他们来到麻厂街连接的圣德尼街上，安灼拉拿着一杆步枪，伽弗洛什举着一把手枪，弗伊挥着一把战刀，库费拉克挥着一把剑，普鲁维尔操着一支马枪，公白飞拿着一杆步枪，而巴奥雷则端着一支卡宾枪，后面跟随着激昂的人群，也都各执武器。

麻场街不长，也就只有卡宾枪的射程。博须埃双手立刻凑到嘴边，做成扩音筒喊道："库费拉克！喂！库费拉克！"

库费拉克听到喊声，见是博须埃，便拐进麻厂街，走了几步，同时喊了一声："干什么？"正好同另一边"你去哪儿？"的问声相交错。

"去造街垒。"库费拉克回答。

"那就在这儿吧！这儿位置好！就在这儿造！"

"说得对，赖格尔。"库费拉克说道。

库费拉克一挥手，那伙人就蜂拥闯进麻厂街。

[四] 在劈柴街入列的那个汉子

天色完全黑下来，一点情况也没有发生，只听见隐约的喧闹声，以及从远处零零星星传来的枪声。这种间歇时间延长，表明政府在从容调集兵力。这五十人在等待六万人。

安灼拉同所有意志坚强的人一样，临危不惧，只是感到焦急，他去找伽弗洛什。伽弗洛什在楼下大厅里造枪弹。火药撒在桌子上，考虑到安全，两支蜡烛放在桌子上，烛光昏暗，不会射到外面。起义者还特意关照,楼上不点灯。

此刻伽弗洛什心事重重,倒不是因为枪弹。在劈柴街加入队伍的那个汉子刚才走进楼下大厅,拣光线最暗的一张桌子坐下,他弄到的一杆大型步枪夹在两腿之间。伽弗洛什的心思一直放在"好玩"的事情上,甚至没有看到这个汉子。

伽弗洛什见他进来,目光不由得追随那杆枪,心中好不羡慕,等那人坐下,这流浪儿却站起来。在此之前,有人若是监视那人的行动,就会发现他在街垒里和起义者中间,特别注意观察了一切;然而,他走进楼下大厅之后,又陷入沉思冥想,仿佛视而不见周围发生的情况了。这流浪儿凑到眼前,踮着脚围着那思索的人绕来绕去,好像怕把他惊醒似的。伽弗洛什那张稚气的脸,此刻表现得又放肆又严肃,又轻率又深沉,又快活又伤心,像老人的脸那样做出各种怪相,依次表示:"啊,怎么!……""不可能啊!……""我看花眼啦!……""我是在做梦吧!……""难道他就是?……""唉,他不是!……""不对,肯定是!……""不对,肯定不是!"如此等等,不一而足。伽弗洛什身子摇来摇去,两只小手插在兜里紧紧握成拳头,像小鸟儿一样扭动着脖子,下嘴唇的精明劲儿全部用在老大一个撇嘴上。他不胜惊愕,又把握不稳,不敢贸然断定,却又深信不疑,简直乐不可支。他那得意的神态,就像太监总管在奴隶市场的一群胖女人中发现一个维纳斯,又像一位鉴赏家在一堆粗劣的画中认出拉斐尔的一幅真迹。他全身都调动起来,用本能去嗅,用智力去分析判断。显而易见,伽弗洛什碰到一件大事。

悲惨世界

安灼拉来找他时,他全神贯注,正处于高度紧张的状态。

"你个头儿小,不会让人发现,"安灼拉说道,"你到街垒外面去,溜着房舍的墙根走,几条街都张望张望,回来再跟我说说外边的情况。"

伽弗洛什收起胯骨,挺起身子。

"小个儿还有用场!真够幸运!我这就去。不过,您信得过小个儿,可要提防大个儿……"伽弗洛什抬起头,压低声音,眼睛瞄着劈柴街的那个汉子,又说道:

"您看见那个大个子了吗?"

"怎么样呢?"

"他是密探。"

"你有把握?"

"有一回,我在御桥石栏外上乘凉,就被他揪着耳朵提上去,这事儿还没过半个月。"

安灼拉立刻离开这个流浪儿,小声对正好在旁边的一个码头工人说了几句话。那工人走出大厅,旋即又带三个工人回来。这四个彪形大汉若无其事,走到劈柴街那人臂肘撑着的桌子后面,丝毫也没有引起他的注意。他们显然摆好架势要扑向他。

这时,安均拉走到那人跟前,问道:

"您是什么人?"

突然这一问,那人猛地一抖,他的目光探到安灼拉坦诚眸子的深处,似乎看透了那里的念头,他就微微一笑,那笑容极为傲慢,极为坚定有力,同时凛然答道:

悲惨世界

"我明白是怎么回事了……不错！"

"您是密探？"

"我是公职人员。"

"您怎么称呼？"

"沙威。"

安灼拉递了眼色，还未等沙威回身，那四人就揪住他的衣领，转瞬间就把他按倒在地，捆了起来，搜了全身。

从他身上搜出一张粘在两片玻璃之间的小圆卡片，只见一面印有铜版的法兰西国徽和铭文："监视和警惕"；另一面注明：沙威，警探，五十二岁，并有在任的警察总监吉斯凯先生的签字。

此外，还搜出一只怀表和一个有几枚金币的钱包。怀表和钱包当即还给他了。不过，在他怀表下面的兜里还搜出一个信封，安灼拉从信封里抽出一张纸，展开一看，有警察总监亲笔写的几行字：

"沙威警探一完成政治任务，应立即专门查明塞纳河右岸耶拿桥附近，是否确有歹徒滋事。"

搜查完毕，他们又把沙威拉起来，把他反绑在柱子上。当年酒楼的字号，正是得自于那根著名的柱子。

伽弗洛什从头至尾目睹这一场面，默默点头表示赞许，这时他靠上来，对沙威说：

"小耗子逮住老猫啦。"

这件事干得干净利落，结束之后，酒楼周围的人才发觉。沙威一声也没有叫喊。一见沙威被绑到柱子上，库费拉克、博须埃、若李、公白飞,以及分散在两座街垒那里的人,都纷纷跑来了。

沙威背靠柱子,让许多道绳子捆得结结实实,身子动弹不得,他像从不说谎的人那样,神态自若,无所畏惧地昂着头。

"他是个密探。"安灼拉说道。

他又转向沙威:

"这座街垒被攻占之前两分钟,就把您枪毙。"

沙威声调极为急切地答道:

"为什么不立刻动手?"

"我们要节省弹药。"

"那就一刀结果算了。"

"密探,"英俊的安灼拉说道,"我们是审判官,而不是凶手。"

接着,他招呼伽弗洛什。

"说你哪!快去干你的事儿!照我刚才对你说的去干。"

"这就去。"伽弗洛什高声说。

他刚要走,又站住了:

"对了,把他的步枪给我呀!"他又补充一句,"我把这音乐家留给你们,但是我要那单簧管。"

那流浪儿行了个军礼,高高兴兴从大街垒的豁口出去了。

第七卷 马吕斯走进黑暗

[一] 从普吕梅街到圣德尼区

暮色中喊马吕斯去麻厂街街垒的声音,在他听来就像命运的召唤。他正欲一死,机会果然就来了;他正敲墓门,黑暗中就伸出手来递给他钥匙。在绝境的黑暗中出现的这种阴森的出路,很有吸引力,马吕斯立即移开多次容他通过的铁条,出了园子,说了一声:走吧!

马吕斯痛苦到了发疯的程度,头脑里再也没有丝毫明确固定的念头,他在青春和爱情的陶醉中度过两个月之后,再也接受不了任何别的命运;他被绝望的种种妄想所压倒,此刻只有一种渴望:尽快了结。

他开始急冲冲地赶路,恰巧身上有武器,别着沙威的那两支手枪。

马吕斯出了普吕梅街,朝菜市场走去。

[二] 边缘

马吕斯走到菜市场。

比起附近那些街道,这里更宁静,更幽暗,更加静止不动,就好像墓穴的冰冷的宁静钻出地面,弥漫在空间。

然而，从圣厄斯塔什教堂方向堵住麻厂街的那排高楼房顶，由一片红光鲜明地映现在黑暗的天空上。那正是科林斯街垒里燃着的那支火炬的反光。马吕斯朝红光走去，一直走到甜菜市场，隐约望见布道修士街黑洞洞的路口。他走了进去。起义的哨兵守在这条街的另一头，没有发现他。他感到他来找的地点近在咫尺，于是踮起脚往前走，到达那小半截蒙德图尔街的拐角。我们记得，这是安灼拉保留与外界的唯一通道。马吕斯走到左侧最后一幢楼房的拐角，探过头去，张望这半截蒙德图尔小街。

他隐没在麻厂街投下的一大片暗影中，望见小街和麻厂街的黑暗拐角靠里一点，街道上有点亮光，看见酒楼一角，以及后面在一道畸形墙壁里眨眼的一盏灯笼，还看见枪放在膝上蹲着的一伙人。那一切同他相距仅有十图瓦兹。那就是街垒的内部。

小街右测由于那些楼房遮挡，他望不见酒楼的其余部分，也望不见大街垒和红旗。

马吕斯只须再跨一步。

这不幸的青年却拣一块墙角石坐下，叉起胳臂，开始想他父亲。

那个彭迈西上校十分英勇，曾是多么自豪的战士，在共和时期守卫了法国的边境，还跟随皇帝到达亚洲的边界，他见过热那亚、亚历山大城、米兰、都灵、马德里、维也纳、德累斯顿、柏林、莫斯科，他在欧洲每一个胜利的战场都洒了鲜血，也就是马吕斯脉管里流淌的血，他一生过着军旅生活，腰扎武

装带，肩章的穗子飘在胸前，硝烟熏黑了军徽，头盔将前额压出皱纹，在木棚、军营、露营地、战地医院里打发日子，东征西讨二十年，未老先衰，头发已经斑白，脸上带着刀疤，回到家乡，总是笑容满面，平易近人，又安分，又令人敬佩，像孩子一样纯洁，为法兰西贡献出了一切，没有做过一点损害祖国的事情。

马吕斯又想到，现在又轮到他了，他的时刻终于来到，他要继承父志，也同样英勇顽强，无所畏惧，冲进枪林弹雨，用胸膛去迎刺刀，不怕流血牺牲，扑向敌人，扑向死亡，现在轮到他投入战争，奔赴战场了，然而，他奔赴的战场，却是街道，他要投入的战争，却是内战！

内战在他面前张开大口，犹如无底洞，他就要掉进去。

想到这里，他不禁打了个寒战。

他想起父亲那把剑，竟然让外祖父卖给旧货店，令他痛惜万分。

他暗暗庆幸那把剑不在跟前，这样很好，天公地道，他外祖父才真正捍卫了他父亲的荣誉，上校的那把剑给拍卖掉，卖给旧货商，丢进废铁堆里，总比今天用来让祖国流血强得多。

想着想着，他伤心落泪了。

这实在太可怕了。可是怎么办呢？没有珂赛特还活下去，这他办不到。既然珂赛特走了，他只有一死。他不是向她保证过，情愿一死吗？她深知这一点，却还是走了，表明她并不把马吕斯的死活放在心上。而且，她明明知道他的地址，却没有告诉他一声，没有留下一句话，也没有写封信，显然她不爱他啦！现在他何必活着，还活在世上干什么？再说了，已经到了这个地方，怎么，还要后退！已经接近危险，还要逃离！已经前来看了街垒里的情景，还要躲避！战战兢兢地躲避，同时说道：的确，这样我可受不了，我看到了，这就足够了，这是内战，我还是走开！他的朋友们在等待他，也许正需要他，他却丢下不管！他们一小撮人对付一支军队！全都弃置不顾，爱情、友谊、自己的诺言，全都抛开！以爱国为借口掩饰自己的怯懦！绝不能这样做，他父亲的幽灵，如果此刻就在这黑暗中，看见他后退，肯定要用剑背抽打他的腰，怒斥他，向前进，胆小鬼！

他受纷乱思绪的困扰，慢慢低下头去。

猛地他又抬起头来。他的头脑刚刚进行一场大规模的矫正。接近坟墓的人，思想就要膨胀，临死的人，看得更加真切。也许他感到即将投身的行动所产生的幻象，在他看来不再是可悲的，而是高尚的。不知内心起了什么变化，在思想的慧眼前，街垒战忽然变了模样。沉思默想中的所有纷纷扰扰的问号，重又蜂拥而至，但是不再使他心烦意乱了。每个问号他都回答了。

想想看，他父亲为什么要气愤呢？在某种情况下，起义难道不会升华为替天行道吗？他是彭迈西上校的儿子，如果投入眼下的战斗，又怎么会降低人格呢？

马吕斯万念俱灰，横下一条心，但还有点犹豫，总之，面对自己要采取的行动，心中不免悸动，他一边这样思前想后，目光一边在街垒里游荡。起义者一动不动，在那里边低声交谈，这种近乎寂静的氛围，令人感到已进入等待的最后阶段。

悲惨世界

第八卷 绝望的壮举

[一] 旗——第一幕

敌方还没有动静。圣梅里教堂的钟敲过十点了,安灼拉和公白飞拿着卡宾枪,走到大街垒豁口附近坐下。他们没有交谈,只是侧耳细听,竭力辨别极远极微弱的行进的脚步声。

一阵急促的跑步声惊扰了寂静无人的街道,只见一个人比杂耍演员还敏捷,从公共马车身上爬过来,伽弗洛什一下跳进街垒里,上气不接下气地说道:

"我的枪呢?他们来了。"

一阵寒噤像电流传遍了街垒,只听伸手摸找枪支的声响。

"你要我这卡宾枪吗?"安灼拉问流浪儿。

"我要那杆大枪。"伽弗洛什回答。

说着,他操起沙威那支步枪。

每人都守住战斗岗位。

安灼拉、公白飞、博须埃、若李、巴奥雷和伽弗洛什都算在内,总共四十三名起义者,全都半跪在大街垒里,头略微探出一点儿,将步枪和卡宾枪的枪管搭在街垒石上,如同守着堡垒的枪眼,一个个敛声屏息,神情专注,随时准备射击。弗伊率领六个人,守在科林斯两层楼的窗口,枪托都抵在肩上。

又过了半晌，就听见从圣勒方向传来人数众多的整齐沉重的脚步声。那脚步声响起初微弱，继而清晰，越来越近，也越来越重越响了，一路持续不断，不停也不歇，沉稳得令人心惊胆战。寂静中只听见这声响。听来就像巨大的骑士雕像在行进，又沉静又喧响，然而，这石像的脚步又不知怎的，却倍增而无限扩大，给人的感觉既像千军万马，又像一个幽灵。真让人以为听见可怕的军团雕像走来。脚步越来越近，戛然停止。

又间歇片刻，就好像双方都在等待。突然，那黑暗深处一声断喝，因看不见人而尤为可怖，仿佛是那黑暗本身在喊话：

"口令！"

同时传来举枪的噼啪撞击声。

安灼拉以高亢的声音回答：

"法兰西革命！"

"开火！"那声音又断喝。

一道闪电，照亮街旁房舍的门脸儿，就好像一座大熔炉的门突然一开，随即又关上似的。

街垒上一片骇人的爆炸声。那面红旗倒了。这阵射击来得十分凶猛密集，将那旗杆，即那辆公共马车的辕木尖头打断了。有些枪弹打在房舍的楣檐上，反弹到街垒里，伤了好几个人。

这第一排枪的射击令人胆战心寒。攻势确实凶猛，足令最有胆量的人心生顾忌。显而易见，他们至少要对付整整一团人马。

"同志们，"公白飞嚷道，"不要浪费弹药。等他们进入这条街,我们再还击!"

"最要紧的,"安灼拉说道,"重新把旗帜竖起来。"

"这儿谁有胆量?谁能把这面旗帜再挂到街垒上边?"

[二] 旗——第二幕

只见马伯夫老人出现在酒楼门口。

他径直朝安灼拉走去,起义者怀着敬畏的心情,给他闪开一条路,安灼拉也不禁愕然,退了一步。这个八十岁老人,从安灼拉手中夺过红旗,他脑袋不住抖动,脚步却很坚定,沿石级缓慢地登上街垒,场面十分悲壮,周围的人谁也没敢上前阻拦,也没敢上前搀扶,都纷纷冲他喊:脱帽致敬!老人头发斑白,面颊消瘦,宽阔的秃额头爬满皱纹,眼眶凹陷,嘴巴惊愕地张着,衰老的手臂举着红旗,他一级一级攀登,从黑暗里出现,进入火炬的血红的光亮中,那身影越来越高大,令人震惊,大家真以为看见一七九三年的幽灵,手举恐怖的大旗,从地下走出来。

他登上最高一级,这个幽灵挺立在乱石堆上,面对一千二百个看不见的枪口,面对死神,似乎比死神还强大,身体颤颤巍巍又凛然难犯,在这种时刻,整个街垒在黑暗中,就呈现为一副超自然的高大形象。

这时一片沉寂,只有要发生奇迹的时候,才会出现这种氛围。

在这片寂静中,老人挥动着红旗,高呼:

"革命万岁!共和国万岁!博爱!平等!宁死不屈!"

子弹打过来，老人双膝一弯，随即又挺起来，旗帜从手中滑落，双臂交叉成十字，身子像一块木板，直挺挺仰倒在街道上。

他身下流出几条血溪，那张灰白忧伤的老脸仿佛凝望着天空。

安灼拉俯下身，指给大家看衣裳上的所有血洞，说道：

"现在，这就是我们的旗帜。"

［三］ 当初伽弗洛什还不如接受安灼拉的卡宾枪

形势万分危急。这是洪水泛滥的可怕的最初时刻，河水上涨与堤岸齐平，水从堤坦所有缝隙渗出来。刹那之间，街垒就要被攻占。

巴奥雷冲向头一个进来的保安警察，贴着身一卡宾枪打死那人，而第二名警察一刺刀又刺死巴奥雷。另一敌人已将库费拉克打倒在地，只听库费拉克高喊："快救我！"保安警察队中个头儿最高的那人，挺着刺刀逼向伽弗洛什。伽弗洛什两条小胳膊端起沙威那杆特大号步枪，坚决地抵在肩上，对准那巨人射击。可是枪没有打响。沙威没有给他的步枪上子弹。那个警察哈哈大笑，朝孩子举起刺刀。

未等刺刀碰到伽弗洛什，那杆步枪就从那大兵手中脱落了。

那警察脑门儿上中了一枪，仰身倒下了。第二颗子弹打中攻击库费拉克的那名警察的胸口，将他撂在街道上。

是马吕斯刚冲进街垒。

[四] 火药桶

原来,马吕斯一直躲在蒙德图尔街的拐角,浑身颤抖,还犹豫不决,目睹了这场战斗的第一阶段。然而,像陷入深渊的那种极度神秘的眩晕,他未能抵制多长时间。面对千钧一发的危难,他的疑虑一扫而光,手握两支枪便冲进混战的圈里,第一枪搭救了伽弗洛什,第二枪解救了库费拉克。

进攻的部队听到枪声,听到遭受打击的保安警察的叫喊,就端着枪,蜂拥登上街垒,现在已经露出大半截身子,有保安警察、正规军、城郊国民卫队的士兵。他们已经覆盖了街垒的三分之二,但是没有跳进包围圈里,仿佛还犹豫不决,怕落入陷阱。他们像窥视狮子洞一样,观望黑乎乎的街垒里面。火炬的光亮只照见他们的刺刀、佩戴羽毛的军帽和不安而愤怒的上半张脸。

马吕斯瞧见楼下厅堂门旁的火药桶。

他正半转过身去看那个方向,一名士兵却端枪瞄准他。正要射击的当儿,忽然一只手伸过去,抓住枪管并堵住枪口。冲过去堵枪口的人,正是那个穿线绒裤子的青年工人。枪响了,子弹打穿那工人的手掌,也许还打中身体,只见人倒下去了,而马吕斯却安然无恙。在弥漫的硝烟中,这情景影影绰绰,看不清楚。马吕斯正往楼下冲去,也没大细看,只是隐约望见对准他的枪口,以及堵住枪口的那只手,并且听到了枪声。不过,在那种时刻,事情瞬息万变,目光不会停留在任何细节上,他只模模糊糊地感到自身被推向更黑暗的地方,周围乌云密布。

起义者受到突然袭击,但并不畏惧,他们又聚拢在一起。安灼拉喊道:"等一等!不要乱开枪!"的确,在初次交锋的混乱中,很可能打伤自己人。大部分起义者上了二楼和阁楼,在窗口居高临下同进攻的敌人对阵。最坚决的几个人,同安灼拉、库费拉克、若望·普鲁维尔和公白飞一起,排在街尾那排横向的楼房前,毫无屏障,大义凛然,面对着一排排站在街垒上的士兵和卫队员。

厮杀之前从容不迫,完成这一系列部署,显示了一种奇特的严肃和夺人的气势。两方都举枪瞄准待发,而且相距极近,彼此可以问答。就在这一触即发之际,一个高衣领大肩章的军官举起佩剑,高声喝道:

"放下武器!"

"开火!"安灼拉答道。

两边同时枪声大作,硝烟吞没了一切。

在令人窒息的刺鼻浓烟中,伤员和奄奄一息的人在爬行,发出微弱低沉的呻吟声。

等到硝烟散去,只见双方的战员稀少了,但是仍留在原地,都默默地重新压子弹。

突然,一个声音雷鸣般吼道:

"你们滚开,要不我就炸掉街垒!"

众人都一齐朝那声音望去。

原来是马吕斯,刚才他冲进楼下厅堂,抱起火药桶,趁着街垒圈里硝烟弥漫,仿佛下了浓雾一般,就沿着街垒一直溜到插火炬的石笼旁边。他拔出火炬,将火药桶放在一摞石块上,往下一压，桶底就穿了，真是易如反掌，俯仰之间，马吕斯就做完了这件事。现在，国民卫队、保安队、军官、士兵，在街垒的另一端挤作一团，全都惊恐地望着马吕斯，只见他站在乱石堆上，手持火炬，照亮那张慷慨激昂而义无反顾的脸庞，接着他垂下火炬的烈焰，伸向乱石堆中清晰可辨的漏底的火药桶，同时发出令人丧胆的吼声：

"你们滚开，要不我就炸掉街垒！"

马吕斯继八旬老人之后，也屹立在街垒上，那是继老一代革命家之后新一代革命家的形象。

"炸掉街垒！"一名军士说，"你也同归于尽！"

马吕斯答道：

"对，同归于尽！"

他说着，就将火炬伸向火药桶。

这工夫，街垒上的人全跑光了。进攻的部队抛下死伤人员，乱哄哄地撤向街道的另一端，重又隐没在夜色中。这是仓皇逃窜的场面。

街垒解围了。

[五] 生也苦死也苦

马吕斯视察完了，正要返回，忽听黑暗中有人喊他名字，但声音很微弱：

"马吕斯先生！"

他惊抖一下，听声音，正是两小时前，在普吕梅街隔着铁栅门叫他的那人。

不过现在听来，那声音只剩下一口气了。

他游目四望，却不见有人。

马吕斯以为听错了，大概是神经产生的错觉，混杂到他周围相冲突的异乎寻常的现实中。他跨了一步，要走出街垒所处的凹角。

"马吕斯先生！"那声音又叫道。

这次听得清清楚楚，无可怀疑了，他瞧了瞧四周，什么也没有看见。

"就在您脚旁边。"那声音又说。

马吕斯俯下身，这才发现黑暗中有个形体朝他爬来。向他说话的，正是匍匐在街道上的那个形体。

在彩灯光下，只见一件罩衣、一条撕破的粗绒长裤、一双赤脚，以及好像血泊的模模糊糊的东西。马吕斯也隐约看见一张苍白的脸，抬起来对他说：

"您认不出我来了吗？"

"认不出来。"

"爱波妮呀。"

马吕斯急忙蹲下去，果然是那不幸的女孩儿，她女扮男装了。

"您怎么在这儿呢？您在这儿干什么？"

"我要死了。"爱波妮说道。

有些话和事件，就是能把人从委顿的状态中唤醒。马吕斯仿佛惊醒似的，嚷道：

"您受伤啦！让我来把您抱到楼里去，好给您包扎。伤得重吗？我怎么抱才不会弄疼您呢？您哪个地方疼！救人啊！我的天哪！真不明白，您到这儿来干什么？"

他手臂试着插到她身下，好把她捆起来。

他捆她起来时碰到她的手。

她衰弱地叫了一声。

"我把您弄疼啦？"马吕斯问道。

"有点儿。"

"可是，我刚碰到您的手。"

她抬手给马吕斯看。马吕斯看见她手心有个黑洞。

"您这手怎么啦？"他问道。

"打穿了。"

"打穿啦！"

"对。"

"什么打的？"

"子弹。"

"怎么打的？"

"那会儿，您没看见一杆大枪瞄准您吗？"

"看见了，还看见一只手堵住枪口。"

"那就是我的手。"

马吕斯浑身一抖。

"真是胡闹！可怜的孩子！谢天谢地，如果只伤着手，还不要紧。让我把您抱到床上去。有人会给您包扎，一只手打穿了，死不了人。"

爱波妮喃喃说道：

悲惨世界

"子弹打穿手,又从我的后背出去。不必把我移走了。让我来告诉您怎样做,会比外科医生给我包扎得更好。您挨着我坐到这块石头上。"

马吕斯照办了。爱波妮的头枕在马吕斯的膝上,眼睛并没有看他,说道:

"哦!真好!这样真舒服!就这样!我的伤不疼了。"

她沉默了片刻,接着费力地转过脸,望着马吕斯。

"听我说,我不愿意捉弄您。我兜里有一封给您的信。还是昨天的事儿,人家要我投递,我却把信扣住,不愿意让您收到。可是,等一会儿我们再相见的时候,也许您要埋怨我。人死了还会见面的,对不对?把您的信拿去吧。"

她那有弹洞的手仿佛感觉不到疼痛了,痉挛地抓住马吕斯的手,拉进她罩衣兜里。马吕斯果然摸到一张纸。

"拿去吧。"她说道。

马吕斯拿了信,爱波妮满意地点了点头。

"现在该酬劳我了,请答应我……"

她住了口。

"答应什么?"马吕斯问道。

"先答应我!"

"我答应。"

"请答应我,等我一死,您就在我脑门儿上吻一下。——我会感觉到的。"

她的头又倒在马吕斯的双膝上,眼皮儿合上了。马吕斯以为,这颗可怜的灵魂已经离去,他见爱波妮一动不动,以为她长眠了，可是突然，她又慢慢睁开眼睛，露出的却是幽渺深邃的死亡之光，对他说话的温柔声调，也仿佛来自彼界了：

"喏，还有，马吕斯先生，我觉得我早就有点爱上您了。"

她又勉强一笑，便溘然长逝。

［六］计程能手伽弗洛什

马吕斯履行诺言，在她淌着冷汗的苍白额头吻了一下。这不是对珂赛特的一次不忠行为，而是怀着温情的怀念，向一颗不幸的灵魂告别。

他从爱波妮的手中拿到信，内心不禁为之震颤，他当即感到事关重大，急不可耐，要拆开看看。人心天生如此，不幸的姑娘刚刚合目，马吕斯就想看信。他把爱波妮轻轻放在地上，便走开了。有一种感觉提醒他，不能在这尸体面前念这封信。

他走进楼下厅堂，凑近一支蜡烛。这是一封小柬，折封精细，显然出自女子之手。信封也是女子的娟秀字体，只见地址写道：

"玻璃厂街十六号，库费拉克先生转马吕斯·彭迈西先生收。"

他拆开信，念道：

"我心爱的，唉！我的父亲要同我立刻动身。今天晚上，我们要住到武人街七号。再过一周，我们就去英国。——珂赛特。六月四日。"

马吕斯吻遍了珂赛特的信。看来她还爱他！有一阵工夫，他考虑自己不必再寻死了，继而他又思忖：她走了，她父亲带地去英国,我那外祖父也拒绝这门婚事。这种命运安排丝毫也没改变。马吕斯这种梦幻类型的人,一消沉就走极端,做出悲观绝望的决定。

悲惨世界

他身上带着活页夹子,当初他写下许多对珂赛特爱慕之情的记事本,就曾放在那夹子里。他撕下一张活页,用铅笔在上面写了几行字:

"我们不可能结婚。我向外祖父请求过,他不同意;我没有财产,你也一样。我跑到你家没有找见你,你知道我对你发的誓,我信守。我决意一死。我爱你。等你读这封信的时候,我的灵魂会到你的身边,冲你微笑。"

他没有信封,就只好把那张纸折成四折,写上地址:

"武人街七号,割风先生宅,珂赛特·割风小姐收。"

信折好之后,他又若有所思,再拿出夹子打开,用同一支铅笔,在第一页上写了几行字:

"我叫马吕斯·彭迈西。请把我的尸体运到我外祖父家:沼泽区受难会修女街六号吉诺曼先生。"

他把活页夹放回外衣兜里,就喊伽弗洛什。那流浪儿听到马吕斯的喊声,赶紧跑来,那神气又快活又殷勤。

"你肯给我办点事儿吗?"

"什么事儿都成,"伽弗洛什答道,"仁慈的上帝!说真的,没有您,我早就让人扔进汤锅里了。"

"这封信你看清楚啦?"

"看清楚了。"

"拿着。立刻离开街垒(伽弗洛什隐隐不安,用手指开始搔耳朵),明天早上,你把信送到这个地址,武人街七号割风先生宅,交给珂赛特·割风小姐。"

英勇的孩子回答:

"行啊,可是,在这段时间,街垒让人家攻占,我却不在场。"

"看样子天亮之前,不会攻打街垒了,明天中午之前,也攻打不下来。"

伽弗洛什有了个这样的念头:

"现在刚刚半夜,武人街又不远,我这就把信送去,回来还能赶得上。"

悲惨世界

第九卷　武人街

[一] 吸墨纸，泄密纸

六月五日这天的前夕，冉·阿让带着珂赛特和都圣，搬到武人街来住。在那里等待他的，却是一场出乎意料的突变。

珂赛特不愿离开普吕梅街，也不是没有力争。自从珂赛特和马吕斯相依为命以来，珂赛特和冉·阿让还是第一次各有各的意愿，虽未冲突，至少相左。一个提出异议，另一个绝不改变。

他们在前往武人街的路上，都闭口无言，各自想心事儿。冉·阿让极度不安，竟无视珂赛特的愁苦神态；珂赛特则极度愁苦，也无视冉·阿让的不安情绪。

这次，冉·阿让几乎是仓皇逃走，离开普吕梅街时，只带着珂赛特称为"形影不离"的那只熏香小箱子。若是装得满满的大箱子，就非得雇人搬运不可，而搬运工就是见证人。他们叫来一辆马车，从巴比伦街那道门上车离去。

都圣费了好大劲儿，才获准包了几件衣物和梳妆用品。珂赛特只带上了文具和吸墨纸。

冉·阿让要神不知鬼不觉地转移，安排天黑才离开普吕梅街的小楼，这样一来，珂赛特就有时间给马吕斯写信了。他们到了武人街,天就完全黑了。

他们悄悄睡下了。

武人街那套房子位于后院,在三层楼上,有两间卧室,一间餐室,以及连着餐室的一间厨房,还有一间小阁楼,里边放一张帆布床,是给都圣预备的。餐室也是过厅,将两间卧室隔开。房中生活必需品一应俱全。

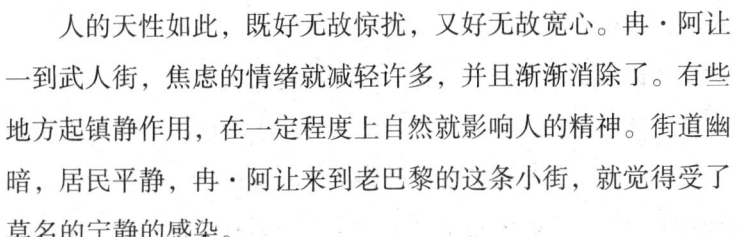

人的天性如此,既好无故惊扰,又好无故宽心。冉·阿让一到武人街,焦虑的情绪就减轻许多,并且渐渐消除了。有些地方起镇静作用,在一定程度上自然就影响人的精神。街道幽暗,居民平静,冉·阿让来到老巴黎的这条小街,就觉得受了莫名的宁静的感染。

晚饭后,珂赛特借口一直偏头痛,就向父亲道了晚安,躲回卧室去了。冉·阿让心情渐渐平静下来,重又有了安全感。

他缓步走来走去,目光忽然落到一样奇怪的东西上。

他看见对面橱上前倾的镜子里,清晰地映现几行字:

"我心爱的,唉!我父亲要同我立刻动身。今天晚上,我们要住到武人街七号。再过一周,我们就去英国。——珂赛特。六月四日。"

冉·阿让惊呆了,戛然止步。

珂赛特到达的时候,随手将吸墨纸丢在橱上的镜子前,心中正愁肠百结,就把它忘在了那里,甚至没有注意吸墨纸摊开了,正巧翻在昨天写信用的那一页,信是交给路过普吕梅街的那个"青工"送去,而几行字却印在吸墨纸上。

镜子又把字迹映现出来。

这就产生了几何上所谓的对称图像，印在吸墨纸上的反字，在镜子里又正过来，恢复原形了。这样一来，冉·阿让就看到昨天珂赛特写给马吕斯的信。

这事又简单，又给人以致命的打击。

悲惨世界

冉·阿让走近镜子，又看了那几行字，却不相信这是真的，看上去就好像是闪电光中显现的，是一种幻视，然而这不可能，也根本不是幻觉。

辨识越来越真切了，他看着珂赛特的吸墨纸，又恢复了真实感。他拿起吸墨纸，说道：原来是这上面的。他焦躁不安地察看吸墨纸上的反体字迹，觉得既笨拙又怪异，毫无意义，于是心中暗道：这什么也说明不了，根本不是文字。他长出了一口气，一时感到无比宽慰。在极为险恶的时刻，谁没有过这种愚蠢的喜悦呢？只要幻想还没有完全破灭，灵魂就不会向绝望投降。

他拿着吸墨纸左看右看，一副傻乎乎的高兴样子，想到自己上了幻觉的当，简直要笑起来。突然，他的目光又落到镜子上，便又看到了幻象，几行字映现出来，再清晰不过了。这回可不是幻觉了，一错再错的幻象，就是一种现实了，是触摸得到的，是由镜子复原的书写文字，他明白了。

冉·阿让踉跄一下，吸墨纸从手中失落，身子一下便瘫倒在橱边的旧扶手椅上，脑袋耷拉下去，眼睛怔怔失神了。他心想，这是明摆着的事，人世的光明永远消失了，珂赛特给一个人写了这些话。这时，他听见自己的灵魂又变得凶猛，在黑暗中发出沉雷般的吼声。快去夺回落入狮笼的爱犬！

事情真是又怪异又可悲，这时候，马吕斯还没有收到珂赛特的信，而偶然的机缘却阴差阳错，将信先传给冉·阿让了。他一看到大势已去，珂赛特要脱离，从他手中溜走，要逃避，他一看到这已成烟云，已成流水，这种令人心碎的明显事实——摆在他眼前：她的心另有所属，她的终身另有所托；她已另有所爱，而我只是个父亲，对她来说不存在了。他再也无可怀疑，心里叨咕：她就要离开我，远走高飞了！于是，他感到的痛苦超过了极限。他全部付出之后，却落到这种下场！怎么，最后一场空！因此，正如我们刚才讲的，他的心奋起抗争，从头到脚一阵颤抖。一直到头发根他都感到自私心理的大觉醒，在这个人的深渊，自我吼叫起来。

心灵崩溃是常有的事。绝望的念头一旦确信无疑，潜入人心，势必排除并摧毁往往构成人本体的一些要素。痛苦一旦到极限，良心的所有力量就溃不成军了。这是难以避免的劫数。经历这样的劫数，还能保持本色，坚守天职，这种人可以说寥寥无几。痛苦过了头，最坚定的信念也要迷惑。冉·阿让重又拿起吸墨纸，再次确认这一事实。他身子前倾，眼睛直瞪瞪的，仿佛被这不容置疑的几行字压垮了，显然他的内心乌云翻滚，看来他的灵魂世界完全崩溃了。

冉·阿让正这样凝思，忽见都圣走进来，他便站起身，问道：

"在哪一带？您知道吗？"

都圣愣住了，只能反问一句：

"什么事儿啊？"

"刚才您不是跟我说过打起来了吗?"

"哦!对,先生,"都圣回答,"是圣梅里教堂那一带。"

有时,我们不知不觉中有一种机械的冲动。那正是来自最幽深的思想。毫无疑问,冉·阿让几乎没有意识到,他正是由于这种冲动,五分钟之后就上了街。

他光着头,坐在楼房门口的护墙石上,仿佛在侧耳倾听。夜幕降临了。

[二] 流浪儿敌视路灯

他这样待了多长时间?这种冥思苦想的浪涛如何起伏激荡?站起来吗?他就这样屈服了吗?他被压得筋断骨折了吗?他还能挺立起来,在良心上找个实处立足吗?恐怕连他自己也说不清楚。

街上空荡荡的,几个惶惶不安的市民赶路回家,也没有注意他。在危难的时刻,都各顾各的。路灯管理工像往常一样,前来点亮正对着七号门的路灯之后便走了。此刻,谁要是在这黢暗中观察冉·阿让,就会觉得他不像个活人。他坐在大门旁的护墙石上,一动不动,真像个冻成冰的鬼魂。人在绝望中,往往凝固僵硬了。远处传来警钟和隐约的风暴似的喧嚣。在长鸣的警钟和喧嚣的嘈杂中,圣保罗教堂打响了报时钟,庄重从容地敲了十一下,因为,警钟是人,时钟是上帝。冉·阿让僵坐不动,丝毫不受时间流逝的影响。差不多就在这时候,菜市场那边突然响起一阵枪声,继而,又是一阵枪声,比头一阵更猛烈,那大概是进攻麻厂街街垒,前面我们已经看到是如何让马吕斯吓退的。这两阵射击,由惊愕的夜空扬声,显得格外激烈,冉·阿让猛然一抖,霍地站起身,转向枪声的方向,随即重又坐到护墙石上,叉起手臂,脑袋又慢慢垂到胸前。

他又继续同自己的凶险对话。

他忽然抬起眼睛,街上有行人,他听见附近有脚步声,便借着路灯光亮,朝通向档案馆的一边街道望去,看见一张灰白脸的快活少年。

伽弗洛什走进了武人街。

伽弗洛什扬着头东张西望,好像在寻找什么。他明明看见了冉·阿让,却视若未见。

伽弗洛什扬头寻找半响,又低头寻找;他踮起脚,去摸楼下临街的门窗,门窗全关着,插好锁上了。试了五六座这样森严壁垒的楼房门脸之后,那孩子耸了耸肩,自言自语冒出一句话:

"没错儿呀!"

接着他又往上瞧。

若在前一阵工夫,冉·阿让处于那种心境,对谁也不会答理,可是现在他却按捺不住,主动同那孩子搭话。

"小不点儿,你怎么啦?"他问道。

"咦!"他说道,"你们这儿还点着路灯。朋友们,这可违反规定,不遵守秩序,给我砸烂。"

他投出石块,咔嚓一声,路灯玻璃哗啦掉下来,躲在对面楼里窗帘后面的一些市民看,闻声惊呼:

"又是九三年啦!"

路灯猛一摇晃,随即熄灭。街道突然变得漆黑一片。

"您住在这条街吗?"

"是啊,问这干吗?"

"您能告诉我七号吗?"

"找七号干什么?"

说到这里,孩子住口了,担心话已经说多了,手指用力插进头发里,只回答一句:

"哦!不干什么。"

冉·阿让灵机一动,有了个主意。人惶恐不安,往往有这种清醒头脑。他对孩子说:"我正等一封信,是派你给送来的吧?"

"您?"伽弗洛什说,"您又不是女人。"

"信是给珂赛特小姐的,对不对?"

"珂赛特?"伽弗洛什咕哝道,"对,我想是这个怪名字。"

"那好,"冉·阿让又说,"信要由我转交。给我吧。"

"要是这样,您就该知道,我是街垒派来的。"

"当然知道。"冉·阿让说。

伽弗洛什将小手插进另一个兜里,掏出四折的一张纸。

他随即又行了个军礼。

"向这信件致敬,"他说,"这是由临时政府发出的。"

"给我吧。"冉·阿让说。

伽弗洛什将那张纸高高举过头顶。

"您不要以为这是一封情书。这是写给一个女子的,但也是写给人民的。我们那些人,正在战斗,我们尊重女性,我们那儿不像上流社会,上流社会的狮子总把小母鸡赠给骆驼。"

"给我吧。"

"不错,"伽弗洛什继续说,"您看样子像个好人。"

"快点给我。"

他这才把信交给冉·阿让。

"您要赶快送去,啥赛特先生,因为,啥赛特小姐正等着呢。"

伽弗洛什造出这个词儿,心中好不得意。

"这封信是从麻厂街街垒送来的,我还要回那儿去。晚安,公民。"

[三] 在珂赛特和都圣睡梦之时

冉·阿让拿着马吕斯的信回家。

他摸黑上楼,庆幸周围一片黑暗,犹如抓获猎物的猫头鹰。他开门关门极轻,谛听是否有动静,根据整个情况判断,珂赛特和都圣睡着了,便用福马德打火机打火,但是手抖得厉害,往打火机瓶里插三四根火柴,才算打出一点火星儿,实在是做贼心虚。蜡烛终于点亮了,他双肘支在桌子上,展读这封信。

人特别激动的时候,是读不下信的,而是攥在手里,像对待牺牲品一样,紧紧按住,用力揉搓,出于狂怒或狂喜,指甲都抠进去了,而且一眼就冲到末尾,再跳到开头;注意力也会发高烧,大致明白,主要的内容能抓住个大概,往往抓住一点不及其余。在马吕斯给珂赛特的信中,冉·阿让只看见这两句话:

悲惨世界

"……我决意一死。等你读这封信的时候，我的灵魂就会到你身边。"

他面对这两行字，一时眼花缭乱，仿佛被内心情绪的剧变压垮了。

他只要把这封信揣在自己兜里，珂赛特就永远也不会知道"这个人"的下落。"只要听其自然，事情就解决了。这个人性命难逃，如果现在还没有死，他迟早总要死掉。多幸福啊！"

他在内心讲了这番话，神色却黯然了。

继而，他下楼叫醒门房。

约莫一小时之后，冉·阿让换上全套国民卫队制服，携带武器出门了。门房不难在附近给他配齐了装备。他有一支上了子弹的步枪，一个装满子弹的弹盒。他朝菜市场方向走去。

第五部 冉·阿让

第一卷　四堵墙中的战争

[一] 明与晦

安灼拉前去侦察，他沿着楼房的墙根拐弯抹角，从蒙德图尔小街出去。

应当说，起义者满怀希望，他们打退了夜晚的进攻，几乎事先就蔑视凌晨的进攻，都以笑脸等待。无论对于自己的事业还是对于成功，他们都毫不怀疑。况且，肯定会来援军。他们指望援军到来。这种预见胜利的乐观性，是法兰西战士的一种力量，他们将面临的一天分成三个明显的阶段：早晨六点钟，他们"做过策反工作"的一团部队就会倒戈；中午，巴黎全面起义；落日时分，革命爆发。

从昨天晚上起，圣梅里教堂的警钟一刻也没有停止，这表明另一座街垒，那个大街垒，雅纳他们始终坚守着。

所有这些希望，从一堆人传到另一堆人，那种愉快而可怕的小窃私议，听似一个蜂巢里作战的嗡鸣。

安灼拉回来了。原才他像老鹰一样夜游，到外面黑暗中侦察，回来后就叉着胳膊，一只手按在嘴上，听了一会儿这种愉快的议论。继而，在渐白的曙光中，他脸色红润，精神饱满，朗声说道：

"巴黎所有军队都出动了,有三分之一的兵力压在你们这座街垒上。此外还有国民卫队。我认出正规军第五团的军帽、第六宪兵队的军旗。再过一小时,你们就要遭到攻打。至于老百姓,昨天他们闹腾一阵,今天早晨却不动了。什么也等不来,什么也期望不上。无论一个街区,还是一团部队,都不会来支援。你们被人抛弃了。"

这番话,句句落在几堆人的嗡嗡议论上,那效果就像暴风雨的第一滴雨点打在蜂群中。大家哑然无声,一时陷入难以名状的惶恐,仿佛听见死神飞临。

但是这一刻很短暂。

一个声音,从人群最隐藏的后面,冲安灼拉喊道:

"就算这样吧。那我们就把街垒加高到二十尺,大家都守在这里。公民们,让我们用尸体来抗议吧。让我们表明,即使人民抛弃共和党人,共和党人也不会抛弃人民。"

在每个人惴惴不安的愁云中,这几句话道出了大家的思想,受到热烈欢呼。

讲这话的人叫什么名字,始终不得而知。那是个身穿劳动服的默默无闻的人,一个陌生者,一个被遗忘的人,一个过路英雄,而这种无名的伟人,总是参与人类的危险和社会的初创,在关键时刻,以至高无上的方式,讲出决定性的话,好似一道闪电,刹那间代表了人民和上帝,随即消失在黑暗中。

在一八三二年六月六日的空气中,弥漫着这种不可动摇的决心,几乎在同时,圣梅里街垒的起义者,也发出这一意义重大而载入史册的呼声:"来不来支援我们,都没有关系!我们拼死守在这里，直到最后一个人！"

由此可见，两座街垒虽然隔绝，却声气相通。

[二] 减五加一

一个不知名的人宣布"用尸体来抗议"，表达了共同的心声，于是大家异口同声地高呼：

"死亡万岁！我们大伙全留在这儿！"

这声高呼十分奇异，既称心又可怕，语意凄惨，而声调却像欢呼胜利。

"何必全留下？"安灼拉说道。

"全留下！全留下！"

安灼拉又说道：

"地势有利，街垒也很坚固，有三十人守卫就够了，何必要牺牲四十人呢？"

众人回答：

"因为没有一个人肯离开。"

"公民们，"安灼拉喊道，他那洪亮的声音有几分恼火，"在人才方面，共和国并不富有，不能做无谓的消耗。虚荣就是浪费。对一些人来说，如果职责就是离去，那么履行这一职责，也应当像履行其他职责一样。"

安灼拉是一个坚持原则的人，对同道来说，他有一种由绝对产生出来的无上权威。然而，不管这种权威有多么绝对，大家还是窃窃私议。

安灼拉是个彻头彻尾的首领，他见大家有异议，便坚持己

见,又高傲地问道:

"谁害怕只剩下三十人,请讲出来!"

议论声变本加厉了。

"要知道,"人群中一个声音指出,"离开,说说容易。街垒被包围了。"

"菜市场那边没有合围,蒙德图尔街还自由通行,而且,由布道修士街,就能走到圣婴市场。"

"到那儿就会给人抓住,"人群中另一个声音也指出,"会碰到正规军或城郊国民卫队的前哨。他们看见一个穿劳动服戴鸭舌帽的人走过,就会盘问他:'喂,你从哪儿来?你别是街垒的人吧?'再让你伸出手来瞧瞧,闻出你手上有火药味。枪毙。"

安灼拉不忙回答,他拍了一下公白飞的肩膀,二人走进楼下厅堂。

不大工夫,他们俩又出来。安灼拉双手抱着他吩咐放起来的四套军服,公白飞拿着皮带和军帽跟在后面。

"穿上这样的军服,"安灼拉说道,"就能混进队伍里再逃脱。这至少够四个人的。"

他将四套军服扔在剥掉铺路石的地上。

这些视死如归的听众没有一个动摇。

"公民们,"安灼拉接着说道,"这里是共和制,要由全民公决。你们自己指出应该走的人吧。"

大家服从了,大约过了五分钟,大家一致指定的五个人出列了。

"有五个人!"马吕斯高声说了一句。

而军服只有四套。

"看来,得有一个人留下。"五个人都说。

恰巧这时,第五套制服好像从天而降,落到这四套上。

那第五个人得救了。

悲惨世界

马吕斯抬眼一看,认出割风先生。

冉·阿让刚走进街垒。

可能探明了情况,也可能由本能指引,还许是偶然,他沿着蒙德图尔小街,便来到这里。他能顺利通过,也多亏那身国民卫队制服。

起义者设在蒙德图尔街的前哨,没有因为一名国民卫队员就发出警报信号。哨兵放他进入街道,心想:可能是来增援的,大不了是个囚犯。这种时刻生死攸关,哨兵绝不可玩忽职守。

冉·阿让走进街垒的时候,谁也没有注意,大家的目光都集中在五个人选和四套制服上。冉·阿让全看到,也全听见了,于是他不声不响,脱下自己的制服,扔到那堆制服上。

激动的场面无法描摹。

"他是什么人?"博须埃问道。

"他是来救别人的人。"公白飞回答。

马吕斯郑重地补充一句:

"我认识他。"

有这一保证,大家就无话可说了。

安灼拉转身对冉·阿让说:

"公民，我们欢迎您。"

他又补充说：

"您知道大家要死的。"

冉·阿让没有应声，只顾帮着他救下的那个起义者穿上他的制服。

[三] 马吕斯怔忡，沙威干脆

对马吕斯来说，一切都是幻觉了。他的判断力已经混乱。他处于笼罩着垂死者的巨大黑暗翅膀的阴影下，觉得进入坟墓，已经置身于墓壁之内，完全用死者的目光看活人的面孔了。

割风先生怎么会到这儿来呢？他为什么前来？来干什么？这种种疑问，马吕斯根本没有在心里提出来。况且，绝望有这样一个特点，它也像裹住我们一样裹住别人。马吕斯觉得，所有人也都必死无疑。

不过，他想到珂赛特，却心如刀绞。

再说，割风先生不同他讲话，也不瞧他一眼，那神情就好像根本没有听见马吕斯高声说的话："我认识他。"

至于马吕斯，他见割风这种态度，倒松了一口气，甚至说颇为高兴，如果能用这样的字眼形容这种感觉的话。他始终觉得，这个谜一般的人既暧昧又威严，绝不可能与之交谈。况且又很久没见面了，马吕斯天生腼腆而稳重，更不可能主动搭话了。

五个指定的人完全像国民卫队队员，临行前拥抱了所有留下的人,他们从蒙德图尔小街走出街垒,有一个人还边走边哭。

送回生路上的人走了之后,安灼拉想起判了死刑的那个人。他走进楼下厅堂,见绑在柱子上的沙威在沉思默想:

"你需要什么?"安灼拉问他。

沙威回答:

"你们什么时候处死我?"

"等一等。眼下,我们所有子弹还有用处。"

"那就给我一点水喝吧。"

安灼拉亲手倒了一杯水,由于沙威手脚捆着,就送到嘴边喂他喝下。

"不需要别的啦?"安灼拉又问道。

"我捆在这柱子上很难受,"沙威回答,"你们就让我这样过夜,心肠也太硬了。你们怎么捆绑都行,总得让我像那一位,躺在桌子上啊。"

他说着,朝马伯夫先生的尸体扬了扬头。

我们还记得,厅堂里有一张大长桌案,本来在上面用熔化的弹头做子弹,火药用光,子弹全做好之后,桌案就空出来了。

四名起义者按照安灼拉的命令,给沙威解开绳索,从柱子上放下来,而第五个人则用刺刀抵住他的胸膛。他的双手始终反绑着,再用一根结实的细鞭绳捆住他的脚脖子,只容他迈尺半小步,就像上断头台的死犯那样,让他走到厅里端的长案旁边,把他搁上去,再拦腰捆个结实。

为了保险起见,按照监狱里所说的马颔缰,又用绳子套住他的脖子，从颈后拉到腹部，再分叉从双腿掏到身后，连在反绑的手上，这样捆绑就万难逃走了。

就在捆绑沙威的时候，有一个汉子站在门口，格外注意端详他。沙威看见那人的影子，不禁扭过头去，抬眼一看，认出是冉·阿让，他身子甚至没有抖动一下，只是傲慢地垂下眼睑，说了一句：

"这是显而易见的。"

[四] 形势严重

天很快就亮了。但是，一扇窗户也没有打开，一扇门也没有推开一条缝儿；这是黎明，还不是苏醒。正如我们说过的，部队从街垒对面麻厂街的尽头撤走了。那里似乎向行人开放，畅通无阻，但是一片沉寂中隐藏着杀机。圣德尼街就像底比斯城的斯芬克司大道，静悄悄的，十字街头阒无一人，只见白晃晃的阳光。这种亮堂堂的无人街道，比什么都凄凉。

什么也看不见，却能听到动静。一种神秘的运动在远处进行，显然紧急时刻到了，又像昨晚那样撤回哨兵，这回全部撤回来了。

街垒比初次遭受攻击时更牢固。那五人走后，大家又把街垒加高了。

安灼拉采纳监视菜市场一带的前哨的意见，担心背后遭到袭击，作出了一个重大决策，让人将一直能通行的蒙德图尔小街堵死。为此又掀起长达几间屋子的铺路石块。这样一来，街垒的三个通口：前面的麻厂街、左侧的天鹅街和小丐帮街、右

侧的蒙德图尔街,全部堵死,确实难以攻破了。不过既已封死,大家就得同归于尽。街垒三面临敌,却没有一条退路。"是堡垒,也是捕鼠笼。"库费拉克笑着说道。

要发动进攻的那个方向,现在一片死寂,安灼拉就吩咐各就各位,准备战斗。

每人按定量分了一份酒。

首领一发出准备战斗的命令,一切乱说乱动立即停止了,大家不再东拉西扯,不再扎堆,不再窃窃私语,也不再三五一伙离队,人人都全神贯注,等待敌人的进攻。一座街垒,在面临危险之前,一片混乱,一遇危险,就纪律整束。危难能整顿秩序。

他们又像昨晚那样,全部注意力转向,几乎可以说盯住街道的另一头,现在,那里阳光照耀,看得一清二楚了。

没有等待多久,圣勒那个方向就清晰地传来骚动的声音,但是这次行动不像第一次进攻那样,只听铁链的哗啦声、庞然大物令人不安的颠簸、青铜物体在铺石路上跳动,汇成隆隆的声响,宣示狰狞钢铁之物逼近了。古老而宁静的街道五脏六腑都为之震动,须知当初修建这些街道,只为了利货和思想的流通,绝不是为了战车巨轮的滚动。

大家注视街道另一端的目光变得凶狠了。

一门大炮出现了。

炮兵推着炮身,拖车已经卸下,炮身安进了射击架,两人扶着炮架,四人推着轮子,另一些人跟随弹药车,只见点燃的导火线在冒烟。

不大工夫，大炮就跨着水沟，稳稳地安放在街道正中，张着巨口对着街垒。

炮弹打来，街垒的保护层会怎么样呢？会不会打出个缺口呢？这倒是个问题。起义者这边重上子弹，炮兵那边也在装炮弹。

堡垒里的人深为焦虑。

轰隆一声，大炮发射了。

"到！"一个欢快的声音喊道。

炮弹击中街垒，伽弗洛什也同时跳了进来。

他是从天鹅街那边赶来的，敏捷地跨越正对小丐帮街的那道辅助街垒。

伽弗洛什闯进街垒，比炮弹击中的反响更大。

炮弹消失在碎石烂瓦堆里，多说不过摧毁那辆公共马车的一个轮子、安索那辆旧板车。街垒里的人见状哄然大笑。

"接着来呀！"博须埃冲炮兵们喊道。

[五] 炮手引起重视了

大家围住伽弗洛什。

但是，马吕斯没容他说什么，就颤抖着将他拉到一边。

"你到这儿来干什么？"

"咦！那您呢？"孩子回答。

他极为放肆地直视着马吕斯，那双睁大的眼睛射出由衷自豪的光芒。

马吕斯声调变得严厉了，接着问道：

"是谁让你回来的？起码，你把我的信送到地方了吧？"

提起这封信,伽弗洛什倒有点儿心虚,他急着要赶回街垒,就匆忙脱手,而没有直接交给收信人,心里不得不承认,他是有点儿轻率,连面孔还没有看清,就把信交给了那个陌生人。诚然,那人没戴帽子,但是仅凭这一点还不够。总之,在这件事上,他有几分内疚,害怕马吕斯责怪,就以最干脆的办法脱身,撒了一个弥天大谎。

"公民,我把信交给看门的了。那位夫人睡下了,睡醒了会看到信的。"

马吕斯写这封信有两个目的:向珂赛特诀别并救出伽弗洛什。现在,他的心愿只满足了一半。

他的信送到,割风先生来到街垒,他在头脑里把这两件事联系起来,就指着割风先生问伽弗洛什:

"你认识那个人吗?"

"不认识。"伽弗洛什回答。

的确,我们刚才提过,伽弗洛什是在黑夜里见到冉·阿让的。

马吕斯混乱而病态的头脑萌生的猜测,就这样消除了。况且,他了解割风先生的政见吗?割风先生可能是共和派,那么前来参加战斗,也就极其自然了。

这工夫,伽弗洛什已经蹿到街垒的另一头,嚷道:

"我的枪呢?"

库费拉克让人把枪还给他。

伽弗洛什告知他所称呼的"同志们",街垒已经被包围了,他费了很大周折才进来。小丐帮街有一营兵力,枪支都架在那里，监视天鹅街的方向；市国民卫队则占据布道修士街，与之遥相呼应。街垒正面是主力部队。

大炮瞄了堡垒的豁口，弹片霰子反弹到垒壁，杀伤力极大，当即两死三伤。

照此下去，街垒就守不住了。霰弹能打进来。

[六] 运用偷猎者的古老技巧和这种百发百中的枪法影响了一七九六年的判决

街垒里众说纷纭。那门炮又要射击了。这样炮击，不用一刻钟就完蛋了。无论如何要削弱霰弹的威力。

安灼拉下了这样一道命令：

"豁口必须放上一张床垫。"

"床垫没了，"公白飞说道，"上面全躺着伤员。"

冉·阿让单独一人，坐在酒楼拐角的护墙石上，步枪夹在两腿中间，直到这时为止，他没有参加任何行动。他似乎也没有听见旁边的战士说：

"这儿有支枪闲待着。"

听到安灼拉的命令，他却站起来。

想必还记得，一个老太婆看见麻厂街来了一帮人，为防备流弹，就把床垫遮在窗前。那是靠街垒外面一点的七层楼的一扇阁楼窗户，床垫横放在两根晾衣竿上，用两根绳子拉住，拴在窗框上的两根铁钉上。那绳子远望像两根线，看得很清楚，仿佛吊在空中的发丝。

"谁能借给我一支两响的卡宾枪？"冉·阿让问道。

安灼拉将刚上好子弹的枪递给他。

冉·阿让瞄准阁楼，放了一枪。

床垫的一根吊线打断了。

现在，床垫只有一根绳子拉着了。

冉·阿让又放第二枪。第二根绳子断时抽了一下窗玻璃，床垫从两根杆子中间滑落，掉在街道上。

街垒里的人都鼓掌叫好。

大家齐声喊道：

"有个床垫啦！"

"对呀，"公白飞说，"可是，谁去拿回来呢？"

不错，床垫掉在街垒外边，正是攻守双方夹击的地方。而那个炮兵中士被打死，激怒了部队，这阵工夫，步兵就在石砌的掩体后面卧倒，朝街垒放枪，以便填补大炮因重新组织炮手而沉默的空隙。起义者为了节省弹药，不予反击。那排枪打在街垒上，街道中间枪弹横飞，十分危险。

冉·阿让从豁口冲到街上，冒着弹雨奔向床垫，拾起来背回街垒。

他又亲手将床垫立在豁口，紧靠住墙壁，不让炮兵看到。

放好床垫，大家就等待霰弹轰击了。

没用等多久。

大炮一声怒吼，发射霰弹，但是霰子并没有反弹，让床垫破坏了。达到了预期效果，街垒保住了。

"公民，"安灼拉对冉·阿让说，"共和国感谢您。"

博须埃笑着高声赞叹：

"一张床垫威力这么大,也太邪门啦。这就是柔韧战胜雷霆。不管怎么说,光荣属于床垫,大炮在它面前也失灵啦!"

[七] 掠过的希望之光

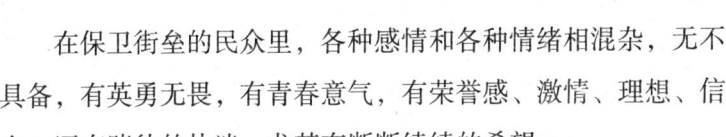

在保卫街垒的民众里,各种感情和各种情绪相混杂,无不具备,有英勇无畏,有青春意气,有荣誉感、激情、理想、信念,还有赌徒的执迷,尤其有断断续续的希望。

就在这样一个间歇,在完全意想不到的时刻,这样一种模糊的希望,忽然颤动着穿过麻厂街街垒。

"你们听啊,"始终警戒的安灼拉突然叫起来,"我觉得巴黎醒来了。"

希望没有持续多久,光亮很快就消失了。不过半小时,空中飘浮的东西就无踪无影了,好似没有雷声的闪电,起义者感到这种铜罩重又落到头上,是由冷漠的民众扔到这些被抛弃的顽强者身上的。

普遍行动的局面,仿佛已经隐约形成,不料又流产了。国防大臣的注意力和将军们的战略战术,现在能集中到三四座仍然屹立的街垒上了。

太阳从地平线上升起。

一名起义者质问安灼拉:

"这儿的人都饿了,我们真的什么也不吃,就这样死了吗?"

安灼拉臂肘撑在枪眼处,始终注视着街道另一端,只是点了点头。

[八] 伽弗洛什出击

不大工夫,两门炮都迅速上了炮弹,并排向堡垒发射,同时,一队正规军和城郊国民卫队用火力支持炮兵。

别处也传来炮声。就在两门炮轰击麻厂街街垒的同时,另外两门炮,一门对准圣德尼街,一门对准欧伯里屠户街,将圣梅里街垒轰得千疮百孔。四门大炮此呼彼应,凄厉的声响在空中回荡。

阴森的战犬狂吠应答。

现在,两门大炮轰击麻厂街街垒,一门发射霰弹,一门发射实心弹。

实心弹炮口调得高些,瞄准街垒顶端,以便削平,将垒顶的石块击碎,变成霰子击伤起义者。

这种炮击法旨在将垒顶上的战士赶下去,迫使他们蜷缩在街垒里面,这就表明要总攻了。

实心弹将战士赶下街垒,霰弹再把起义者从酒楼窗口赶开,这样,进攻部队就可以大胆冲到街上,不会遭到射击,也许还不会被人发现,像昨天晚上那样,突然登上街垒,谁说得准呢?或许偷袭成功,一举拿下堡垒。

"无论如何得压一压那两门炮的骚扰,"安灼拉说道,随即又喊了一声,"向炮兵开火!"

大家都严阵以待。街垒沉默了这么久,这时便拼命射击,接连打出七八排枪,以逞一时之快,只见街上硝烟弥漫,叫人睁不开眼睛。过了几分钟,透过蹿着火苗的烟雾,隐约望见三分之二的炮兵倒在炮轮旁边。剩下的几名炮兵还不慌不忙，继续装炮弹发射，不过势头缓慢下来。

"干得好！"博须埃对安灼拉说，"成功啦！"

安灼拉摇了摇头，答道：

"这种成功再持续一刻钟，街垒里连十粒子弹也剩不下了。"

伽弗洛什好像听见了这句话。

库费拉克忽然发现，有个人在街垒外墙脚下，在街道上，冒着弹雨。

原来是伽弗洛什，他从酒楼操了一个装酒瓶的篮子，从街垒豁口走出去，挨个拜访击毙在街垒斜坡上的国民卫队员，从容不迫地将他们弹盒里满满的子弹倒进篮子里。

"你到那儿干什么？"库费拉克问道。

伽弗洛什扬起鼻子：

"公民，我要把篮子装满。"

"你没看见打来霰弹吗？"

伽弗洛什回答："是啊，下起弹雨。那又怎么样呢？"库费拉克喊道："回来！"

"一会儿的。"伽弗洛什答道。

他纵身一跃，到了街上。

我们还记得，法尼科连退却时，丢下了一长趟尸体。二十来具尸体，零乱地躺在整条街的路面上，对伽弗洛什来说是二十个子弹盒，对街垒来说是一大批弹药。

街上的硝烟好似迷雾。谁见过一块乌云落入高山峡谷的峭

悲惨世界

壁之间,就能想象出这片烟雾,拥挤在两排阴森森的高楼之间,仿佛浓缩了。烟雾缓缓上升,又不断生成补充,渐渐遮蔽阳光,大白天也昏黑黝暗了。这条街虽短,可是据守两端的交战双方,彼此几乎瞧不见。

这种烟幕,也许是攻打街垒的指挥官有意布下的,但也给伽弗洛什提供了方便。

伽弗洛什个子矮小,又有烟幕遮掩,能在街上走出挺远而未被发现,他倒空七八个子弹盒,也没有遇到多大危险。

他贴着地面,用牙咬住篮子,四肢快速往前爬行,身子像蛇一般摇摆蠕动,从一个死人爬到另一个死人,倒空子弹盒和子弹夹,真像一只剥核桃的猴子。

街垒里的人见他离开相当远,怕引起注意,又不敢喊他回来。

他从一名下士的尸体上,发现一个火药壶。

"到时候用得着。"他说着就揣进口袋里。

他总往前爬行,终于到了烟雾稀薄的地段。

这样一来,排列在石块掩体后面的部队射手,以及聚在街拐角的城郊国民卫队的狙击手,都突然指指点点,发现烟雾里有什么东西在蠕动。

伽弗洛什正从倒在石桩旁边的一名中士的弹盒里取子弹,忽然一颗子弹打中尸体。

"好家伙!"伽弗洛什说,"他们还要打死我这些死人。"

第二颗子弹打在他旁边的石头路面上,迸出了火星。第三颗子弹打翻了他的篮子。

416

这情景又恐怖又迷人。伽弗洛什成为射击的目标，却嘲笑射击。他那神情简直开心极了，就像小麻雀儿追着猎人。每次射击，他就唱一段回敬。射手不断瞄准他，但总是打偏。国民卫队员和部队士兵一边瞄准，一边哈哈大笑。他忽而趴下，忽而起来，忽而躲到门的角落，忽而跳出来，总之忽隐忽现，忽而逃开，忽而回来，冲着枪弹做鬼脸，同时还抢劫子弹，倒空子弹盒，装满他的篮子。起义者目光追随他，一个个担心得屏住呼吸。整个街垒都为他发抖。而他还在唱歌。他不是个孩子，也不是个大人，而是精灵似的奇异的流浪儿，真像混战中刀枪不入的侏儒。他比追逐他的枪弹还灵活，不知跟死神玩什么骇人的捉迷藏游戏，每次追魂的鬼脸逼到眼前，这流浪儿就一手指头给弹开。

然而，有一颗子弹比其他的要准，或者说比其他的要险诈，终于打中这磷火似的孩子。只见伽弗洛什打了个趔趄，随即瘫倒了。街垒里的人都惊叫一声，这孩子一接触路面，就像那巨人接触大地一样，刚倒下去，就又抬起身，坐在原地，脸颊流下一长条鲜血，他举起双臂，注视射来子弹的方向，又唱起来。

他没有唱完。又一颗子弹，还是同一个枪手射来的，戛然打断他的歌声。这次他脸朝地倒下，不再动弹了。这孩子的伟大灵魂飞升了。

[九] 冉·阿让报复

安灼拉到楼下作了最后指示，说话简短，语气十分镇定。

弗伊听着，并代表大家回答：

"二楼，要准备好斧子砍断楼梯。斧子有没有？"

"有。"弗伊答道。

"有多少把？"

"两把大斧、一把砍柴斧。"

"好。我们活着的，还有二十六名战士。枪有多少支呢？"

"三十四支。"

"多出八支。这八支也装好子弹，放在手边。战刀和手枪，全别在腰上。二十人在街垒，六人埋伏在阁楼和二楼窗口，从石缝里向进犯者射击。一个人也不要闲着。等一会儿，一敲起冲锋战鼓，安排在下面的二十人就奔向街垒，先到就占好位置。"

布置完了，他又转向沙威，说道：

"我没有忘记你。"

他把手枪放在桌子上，补充说道：

"最后离开这里的人，要一枪把这密探脑袋打烂。"

"就在这儿吗？"有人问道。

"不，这死尸不能跟我们的混在一起。蒙德图尔小街的街垒只有四尺高，一跨就能出去。这人捆得很结实，可以押到那儿去，执行枪决。"

此刻，要说有谁比安灼拉还镇定，那就是沙威。

恰好这时，冉·阿让出现了。

他原在起义者人堆里，现在站出来，对安灼拉说：

"您是指挥吗？"

"对。"

"刚才,您向我表示感谢。"

"以共和国的名义。街垒有两位救星:您和马吕斯·彭迈西。"

"您认为应该奖赏吗?"

"当然了。"

"那好,我就要求一个。"

"什么奖赏?"

"我亲手打死这个人。"

沙威抬起头,瞧见冉·阿让,不易觉察地动了一下,咕哝道:

"这样公道。"

安灼拉给卡宾枪重新压上子弹,这时他环视周围,问道:"没有异议吗?"

他随即转向冉·阿让:

"将密探带走吧。"

冉·阿让坐在桌子一端,确实把沙威掌握在手心里了。他拿起手枪,只听咔嚓一声,表明子弹上了膛。

几乎同时,他们又听见军号声。

"准备战斗!"马吕斯在街垒上喊道。

沙威笑起来,那种无声的笑是他特有的,同时眼睛盯着起义者,说道:

"你们的身体状况并不见得比我好。"

"大家都出去!"安灼拉喊道。

起义者乱哄哄往外冲，后背挨了沙威这句，恕我实录：
"回头见！"

冉·阿让等到只剩下他和沙威了，他就摸到桌子下面的绳结，将拦腰捆绑犯人的绳子解开，然后示意让沙威站起来。

沙威照办了，但是他脸上那种难以描摹的微笑，集中表现了虎落平阳的高傲神态。

冉·阿让揪住沙威的腰带，就像抓住干活的牲口的肚带那样，拖着他慢慢走出酒楼，因为沙威的两腿有绳索绊着，只能迈极小的步子。

冉·阿让握着手枪。

他们穿过街垒里的梯形空场。起义者都已转过身去，集中对付即将发生的攻势。

马吕斯单独守在街垒的左端，看见他们走过去。这受刑人和刽子手一组形象，是由他灵魂中的阴森光亮照见的。

冉·阿让费了很大劲，才把绊住双腿的沙威拖过蒙德图尔小街的街垒，但是他一刻也不松手。

他们跨过这道街垒，来到小街，就只有他们二人了，又让楼房的拐角遮住，谁也望不见了。前面几步远，就是从街垒里抬出来的一堆可怕尸体。

死人堆里能分辨出一个半裸女人的惨白的脸、披散的头发、一只打穿的手和胸脯，那就是爱波妮。

沙威侧着脸打量那具女尸，又极为平静地小声说：
"我好像认识那个姑娘。"

接着，他又转向冉·阿让。

冉·阿让把枪夹在腋下,目光盯着沙威,分明表示这种意思:

"沙威,正是我。"

沙威回答:

"你报复吧。"

冉·阿让从坎肩兜里掏出一把折叠刀,打开。

"刀子!"沙威叫了一声,"你做得对。你用这个更合适。"

冉·阿让却割断套住他脖子上的绳子,又割断绑他手腕的绳子,再弯腰割断他腿上的绳子,直起身说道:

"您自由了。"

沙威不轻易大惊小怪,然而,他再怎么善于控制自己,这回也不免为之一震,一时呆若木鸡。

冉·阿让接着说:

"看来我从这里出不去了。不过,万一出去,告诉您,我住在武人街七号,化名为割风。"

沙威像老虎似的皱了皱眉头,扯开一点嘴角,他咕哝一句:

"小心点儿。"

"走吧。"冉·阿让说道。

沙威又问道:

"你说化名为割风,住在武人街?"

"七号。"

沙威低声重复一遍:"七号。"

他重新扣好礼服纽扣,双肩一端,又恢复军人笔挺的姿

态,转过身去,叉起双臂,用一只手托住下颏儿,朝菜市场方向走去。冉·阿让目送他。沙威走出几步,又回过身来,冲冉·阿让喊道:

"您真叫我厌烦了,干脆打死我吧。"

沙威自己都没有觉察,他对冉·阿让不再直呼"你"了。

"您走吧。"冉·阿让又说道。

沙威缓步走开,片刻之后,他就拐进布道修士街。

等沙威不见踪影了,冉·阿让便朝空中放了一枪。

继而,他回到街垒,说了一句:

"完事儿了。"

而这工夫又发生了一个情况。

马吕斯更关注外面,而不大了解酒楼里的情况,没有仔细瞧一瞧楼下厅堂里侧捆绑的密探。

刚才在阳光下,他看见密探跨过小街垒去送死时,才认出来了,脑海里突然浮现一个记忆,想起蓬图瓦兹街的那个警探,以及警探交给他的两把手枪,这正是他马吕斯在街垒里使用的。他不仅想起那人的相貌,还想起那人的姓名。

然而,这段记忆模糊不清,同他所有的意念一样。他不能肯定,而是产生一个疑问:

"他是不是那个对我说叫沙威的警探呢?"

出面替那人说个情儿,也许还来得及吧?不过,先得弄清他究竟是不是那个沙威。

马吕斯招呼刚回到街垒另一端的安灼拉。

"安灼拉?"

"什么事儿？"

"那人叫什么名字？"

"谁呀？"

"就是那个警察。你知道他姓名吗？"

"当然知道，他告诉我们了。"

"他叫什么？"

"沙威。"

马吕斯霍地站起来。

这时传来一声手枪响。

冉·阿让回来，说了一句：

"完事儿了。"

一股阴森的寒气透进马吕斯的心。

[十] 英雄们

冲锋的战鼓突然敲响。

攻势好似飓风。昨夜在黑暗中，街垒仿佛觉得有一条蟒蛇逼近。现在在光天化日之下，街道空荡荡的，根本不可能偷袭，况且大部队已经暴露了目标，大炮已经开始怒吼，官兵朝街垒冲来。猛烈的气势就是技巧。强大的步兵纵队之间，按平均距离穿插了国民卫队和保安队，并有看不见却听得见的大队人马作后援，擂着战鼓吹着军号，跑步进入这条街，全端着刺刀，由工兵开路，冒着枪林弹雨勇往直前，冲向街垒，就像一根大铜柱重重地撞击墙壁。

这堵墙顶住了。

起义者猛烈开火。竞相攀登的人,给街垒披上电光石火的鬃毛。攻势极为迅猛,进攻队伍一时如潮水一般。不过,街垒甩掉士兵,就像狮子摆脱狗群。街垒被进攻的潮水淹没,但是一阵浪涛之后,重又显露那悬崖峭壁,黝黑而巨大。

进攻队列被迫后撤,聚集在街上,没有物体掩护,但是很凶,他们以猛烈的齐射回击街垒。看过放花的人就能想起,有一种叫作大花篮的交叉烟火。试想这束花不是冲上,而是横向,每束火花的顶端都有一颗子弹、一颗大粒霰或一颗霰子,携着隆隆响雷撒播着死亡。街垒正处于下风。

双方都同样坚定不移。在这里,勇敢近乎野蛮,英雄行为带几分残忍,而出发点就是置生死于度外。部队想尽快结束战斗,而起义者还要坚持斗争。年轻力壮的人要拼命,就能把无畏变成疯狂。在这场混战中,每个人都具有临终时刻的高大形象。街上堆满了尸体。

街垒一端有安灼拉,另一端有马吕斯。安灼拉关注整个街垒,善于保存实力,也善于隐蔽,三名士兵连看都没有看到他,就相继倒在他的枪眼之下。马吕斯作战却毫不隐蔽,从堡垒顶端探出大半截身子,成为射击的目标。一个吝啬鬼一旦发狂,不惜一掷千金,比谁挥霍得都厉害;同样,一个沉思者一旦行动,比谁都要可怕。马吕斯非常勇猛,又若有所思。他作战如同做梦,真像一个鬼魂在打枪。

被围困的人子弹逐渐打完,而他们的嘲笑却没个完,他们卷入坟墓的旋风中,还在嬉笑怒骂。

库费拉克光着脑袋。

"你的帽子哪儿去啦?"博须埃问他。

库费拉克答道:

"他们总开炮,到底把我的帽子给打飞了。"

有时,他们还谈起一些傲慢的东西。

"莫名其妙,"弗伊提高嗓门儿,辛酸地说道(他列举姓名,有的知名,甚至大名鼎鼎,有些是旧军界人士),"他们答应来参加,并发誓帮助我们,还以荣誉保证,他们是我们的将军,却把我们抛弃啦!"

街垒里满地弹片,真像下了一场雪。

攻方人多势众;守方地势有利,起义者守在高墙上,看着士兵在尸体和伤员之间踉踉跄跄,攀登时跌跌撞撞,等靠近了才开枪。这道街垒如此构筑,支撑得十分牢固,令人赞叹,可以说固若金汤,少数人坚守,就能击退一个军团。然而,尽管枪林弹雨,突击队不断补充兵员,还是无情地迫近了,一点一点,一步一步,而且胸有成竹,官兵逼近街垒,就像压榨机在拧紧螺丝。

攻势一浪高过一浪,场面也越来越可怖了。

就在这铺路石堆上,在这条麻厂街道上,这时展开一场搏斗,比得上特洛伊一道城墙的保卫战。这些人一天一夜没吃饭,也没睡觉,一个个面黄肌瘦,衣衫褴褛,全都精疲力竭,只剩下几发子弹,还摸索空了的子弹袋,差不多全受伤了,头和胳臂缠着血污发黑的破布条,衣服的弹洞还涔涔流血,他们的武器只有几杆破枪,几把带豁口儿的旧马刀,这时都变成巨人提坦了。敌军十几番攻打,冲击,攀登上来,但是始终未能占领街垒。

　　对这场战斗要有个概念，就得想象一大群猛士身上全点着火，再来观看熊熊烈火的场面。这不是一场战斗，而是一个大炉膛：每张口都吞吐火焰，每张脸都异乎寻常，完全丧失人形了，战士们浑身烧成火球，而这些混战的火蛇在红色硝烟中游来游去，看着真是惊心动魄。大规模杀戮的场面，既同时发生又连续不断，我们在此就不描述了。只有英雄史诗才有权用一万两千行诗来叙述一场战役。

　　现在展开肉搏战，短兵相接，有手枪的射击，拿刀的就砍，手无寸铁就抡拳头，远处、近处、上面、下面，到处阻击，还有的人从房顶，从酒楼的窗口射击，还有几个人钻进地窖，从通风口射击。他们以一对抗六十。科林斯酒楼门脸毁损过半，惨不忍睹。窗户弹痕累累，玻璃和木框都已打飞，只剩下畸形的窗洞，用铺路石块胡乱堵死。博须埃打死了，弗伊打死了，库费拉克打死了，若李打死了；公白飞去扶一个伤员时，胸口挨了三刺刀，只翻眼望一下天空就断气了。

　　马吕斯还继续战斗，他浑身受伤，尤其头部，只见他满脸都是血，仿佛盖了一块红手帕。

　　唯独安灼拉没有受伤。武器没了，他向左右伸手，一名起义者随手塞给他一把刀。

　　现在，还幸存的首领，只剩下安灼拉和马吕斯了，分别守在街垒的两端；由库费拉克、若李、博须埃、弗伊和公白飞坚守很久的中段，终于抵抗不住了。炮火轰击，虽然没有打开畅通的缺口，却将中段削出一个大洼儿。垒顶被炮弹摧毁，碎石

426

杂物塌落下来，时而倒向里侧，时而倒向外面，在屏障内外堆成两个大斜坡，而外面的斜坡则有利于攻打了。

敌军发动了最后的攻势，终于得手。大队人马，刺刀如林，小跑冲上来，势不可当。在硝烟中，密集的突击队登上街垒。这回大势已去，守卫中段的起义者乱哄哄地退却了。

这时，求生的欲望，在一些人的心中蒙眬醒来。面对着枪林弹雨，好几个人不想死了，于是，保命的本能发出号叫，人又恢复了兽性。他们被逼退至街垒所依傍的一幢七层楼前。这楼房可以救命，它从上到下门窗紧闭，好似砌成的高墙。在敌军冲进堡垒之前，还来得及，楼门只须突然一开一关，一眨眼的工夫就够了，这些陷入绝境的人就能得救。这楼房后面临街，有空场，可以逃跑。于是，他们又喊又叫，用枪托砸门，用脚踢门，还合拢手掌哀求，就是没有人来开门。只有那个死人头，从四楼窗口望着他们。

这时，安灼拉和马吕斯，以及聚拢来的七八个人，都冲过去保护他们。安灼拉冲官兵喊：“不要往前走！”一名军官不听这一套，被安灼拉一枪撂倒。现在，他在堡垒的小小内院，背靠着科林斯酒楼，一手持剑，一手拿枪，将酒楼门打开，并阻击进攻的队伍。他向那些绝望的人喊道：“只有一扇门开着，就是这一扇。”他用身体掩护，独自对付一营兵力，让自己人从身后过去。所有人都冲进楼里。安灼拉以马枪当棍抡起来，耍起棍棒行家所说的"玫瑰罩"的招数，挡开左右和正面的刺刀，最后一个进门。这一时刻惨不忍睹：士兵要冲进去，起义者要关门，门扇关得十分迅猛，关严之后，只见门框上挂着一个抓着门不放的士兵的五根断指。

马吕斯还在外面，他刚挨了一枪子，锁骨打碎，只觉得要昏倒，眼睛已经闭上，忽然感到被一只强有力的手抓住。他要昏过去的当儿，最后念起珂赛特，同时也掺杂着这种念头："我被俘了，要被枪毙了。"

安灼拉在逃进酒楼里的人群里不见马吕斯，也产生了同样想法。然而此刻，人只有时间考虑自己的生死。安灼拉搭上门闩，插上插销，门钥匙拧了两圈，又加挂锁，而这工夫，外面的人猛烈砸门，士兵用枪托，工兵用斧子。官兵集在门外，开始围攻酒楼了。

二十多个进攻的人，有士兵、国民卫队和保安警察，他们叠起人梯，利用半截楼梯，顺墙往上爬，抓住天花板，劈伤最后几个在洞口顽抗者，终于冲上二楼。他们在可怕的攀缘中，大多面部受了伤，血流满面，迷住眼睛，一个个火冒三丈，野性大发。可是，二楼大厅里只剩下一个人还站着，就是安灼拉。他既无子弹，又无利剑，手里只握着一根枪筒，那枪托早已在入侵者的头上砸断了。他退到屋角，用弹子台挡住进攻者，昂首挺胸站在那里，眼睛放射自豪的光芒，手中握着枪筒，那样子还很凶，谁也不敢轻易靠近。突然有人嚷道："他是头儿。正是他打死了炮手。他主动站到那儿了，还真不错。别动弹了，就地枪决。"

"打死我吧。"安灼拉说道。

他把枪筒一扔，叉起双臂，把胸膛挺过去。

英勇就义的行为总能打动人心。一旦安灼拉叉起双臂，只

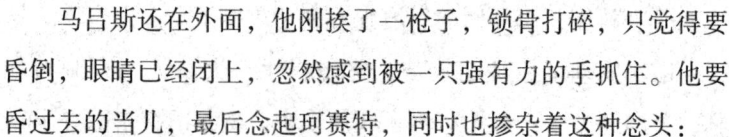

悲惨世界

待一死，大厅里震耳欲聋的喊杀声和嘈杂声便戛然而止，顿时出现一种阴森的肃穆气氛。手无寸铁而又岿然不动的安灼拉，显示出威严的气势，似乎震住了这乱哄哄的场面。这个唯一没有受伤的年轻人，却满身是血，神态高贵，形容可爱，就像一个刀枪不入的人，对周围无动于衷，单凭他那沉静目光的威力，就似乎迫使这群穷凶极恶的人，怀着敬畏的心情枪杀他。他那容貌，因为高傲的神态尤显英俊，此刻神采奕奕，经过二十四小时恶战，就好像不会受伤，也不知疲倦，脸色仍然那么红润鲜艳。事后在军事法庭上，一个证人谈到的人大概就是他："有一个暴乱分子，我听大家叫他阿波罗。"一名国民卫队员举枪瞄准安灼拉，然后又把枪垂下去，说道："我就觉得是要枪杀一朵花。"

在安灼拉角落的对面，十二名士兵排成一列，一声不响地上好子弹。

然后，一名中士喊了一声："瞄准。"

一位军官干预进来：

"等一下。"

他问安灼拉：

"您要不要蒙上眼睛？"

"不要。"

"真的是您打死了炮手吗？"

"是的。"

格朗太尔已经醒来一会儿了。

我们还记得，从昨天晚上起，格朗太尔就醉卧酒楼，坐在椅子上，趴在桌子上酣睡。

他竭尽全力实现了古老的比喻：醉死。可恶的春药苦艾—黑啤—烧酒，将他投入醉乡。他的桌子太小，街垒用不上，也就给他留下了。他始终保持同一姿势，胸脯折在桌面上，脑袋平枕着胳膊，周围玻璃杯、啤酒杯和酒瓶摆了一圈儿。他睡得很死，就像冬眠的熊和吸足血的蚂蟥。无论排枪齐射、炮弹轰击，还是从窗口打进来的霰弹，甚至连攻打的喧嚣声，对他都丝毫不起作用。有时，他只以鼾声呼应炮声。他好像在那儿等待飞来一颗子弹，就免得醒来了。周围已经躺了好几具尸体，乍一看，他同这些死亡的沉睡者并无区别。

一个醉汉，喧嚣吵不醒，寂静中反而会醒来。这种怪现象，我们多次观察到。周围全都坍塌坠毁，格朗太尔在摇晃中睡得更加深沉。可是，那些人面对安灼拉突然停止喧嚣，对这个沉睡者倒不失为一种摇撼，其效果颇似飞驰的车辆戛然停下，车里昏睡的人就会猛地醒来。格朗太尔惊抖一下，直起身子，伸伸胳臂，揉揉眼睛，瞧了瞧周围，打了个呵欠，这才省过神儿来。

醉意消失，就好比一下子撕开帷幕，只要扫视一眼，就全部看清幕后隐藏的东西。一切都赫然浮现在记忆中，这个醉汉根本不知道这二十四小时发生了什么情况，可是他刚睁开睡眼，就全明白了。他的意识又蓦然清醒，原来犹如雾气的醉意充塞头脑，现在一消散，就让位给清晰真切的现实来困扰了。

士兵们的目光，都盯着退至墙角仿佛用弹子台掩护的安灼拉，居然没有瞧见格朗太尔。中士正要重复发命令："瞄准！"

突然一个洪亮的声音,就在他们身边喊道:

"共和国万岁!也有我的份儿。"

格朗太尔已经站起来。

他错过的整个战斗的无限光辉,此刻在这醉后清醒的明眸中闪耀了。

他重复喊着:"共和国万岁!"并以坚定的步伐穿过大厅,面对一排枪站到安灼拉身边。

"你们一次打死两个人吧。"他说道。

他扭过头,声音柔和地对安灼拉说:

"你允许吗?"

安灼拉微笑着握住他的手。

未等笑完就枪声大作。

安灼拉中了八枪,仍然靠墙站立,仿佛被子弹钉住,只是脑袋耷拉下来了。

格朗太尔被击毙,瘫倒在他脚下。

过了一会儿,士兵就把躲在楼上的最后几名起义者赶出来。他们在阁楼隔着板条栅壁打枪。双方在顶楼上搏斗,把人从窗户扔出去,有几个是活活扔下去的。两名轻骑兵想起打坏了的公共马车,却被阁楼里射出的两枪打死了。有一个穿劳动服的人,肚子挨了一刺刀,被人扔了出来,还倒在地上呻吟。一个士兵和一名起义者拼死搏斗,扭在一起,从瓦顶斜坡滑下,摔到地上还不放手。地窖里也展开同样的战斗。呼号、枪声、仓皇的脚步,继而沉静下来。街垒被攻占了。

士兵开始搜查周围的楼房,追捕潜逃者。

[十一] 俘虏

悲惨世界

马吕斯确实被俘,成了冉·阿让的俘虏。

当时,他正要摔倒并失去知觉,忽然感到被一只手从背后揪住,而那正是冉·阿让的手。

冉·阿让并不投入战斗,只是冒着生命危险留在街垒。况且,在这最危难的阶段,除了他,谁也想不到伤员。在这屠杀场上,他就像天神无处不在,幸亏有他救护,倒下的人得以扶起来,送进楼里包扎。他趁战斗间歇,修补街垒。不过,类似放枪、打击,甚至自卫的动作,都不会出自他的手。他默不作声,一心救护别人。再说,他仅仅稍许擦破点儿皮。子弹不愿意沾他。他来到这座墓地,如果是怀着自杀的梦想,那么他绝没有成功。但是我们怀疑他会想到自杀,会有这一违反宗教的行为。

战斗的硝烟很浓,冉·阿让好像没有瞧见马吕斯,其实他的目光始终盯着他。当一枪打倒马吕斯的当儿,冉·阿让立刻来个饿虎扑食,敏捷地蹿过去,把他当猎物抓走了。

那工夫,进攻的风暴十分猛烈,但是集中在酒楼门口和安灼拉身上,也就没人看见冉·阿让。冉·阿让抱着昏过去的马吕斯,穿过剥去路石的街垒战场,拐过科林斯酒楼不见了。

我们还记得,酒楼突向街口所形成的岬角,既能挡住子弹和霰弹,也能挡住人的视线,护住几尺见方的一块地盘。这种现象常见到:在火灾中,一间屋完全幸免;在惊涛骇浪的大海,在岬角的另一边或暗礁脚下,却有一个平静的小角落。街垒里这个梯形隐蔽所，也正是爱波妮咽气的地方。

冉·阿让走到这儿便收住脚步，将马吕斯轻轻放到地下，他靠着墙四下观察。

形势万分危急。

眼下，也许还有两三分钟，这扇墙还算隐蔽，然而，如何从这屠戮场逃出去呢？他想起八年前，在波龙索时多么惶恐，又是怎样逃脱的。当年逃脱很难，如今则根本不可能。对面矗立一幢无情的七层聋哑楼，仿佛只住着那个趴在窗口的死人，右边是堵死小丐帮街的低矮街垒，这道障碍跨过去似乎容易，但是垒顶一排刺刀尖赫然可见，那是部署埋伏在街垒外侧的军队。显然，跨越街垒，必遭排枪射击，谁敢从路石堆起的墙上探探头，谁就要成为六十发枪弹的靶子。左边又是战场，这墙角后面便是死亡。

怎么办？

除非鸟儿才能逃脱。

必须当机立断，想个办法，打定主意。几步开外正在战斗，幸而所有人都激烈争夺一个点，即酒楼的门；然而，万一有个士兵，哪怕有一名士兵，想到绕过酒楼或从侧面攻打，那就全完了。

冉·阿让望望对面的楼房，看看旁边的街垒，又瞧瞧地面，心急如焚，一筹莫展，简直要用目光挖出个地洞。

他极力注视，在这穷途末路上，还真的隐约抓住点什么东西，就在脚旁边显现成形了，好像是目力将所需要的东西给逼出来了。只离几步远，在那道从外面严厉监守的矮垒脚下，他看见有一扇安在地面上、被塌下来的路石部分覆盖的铁栅门。那扇门约有两尺见方,是用粗铁条造的。石砌的框子已经拆毁,铁栅门也好像分离了。从铁条空隙看下去,只见一个幽暗的洞口,类似烟道或水槽管道。冉·阿让急忙冲过去。他那越狱的老本领像一道亮光,突然照亮脑海。他搬开石块,掀起铁栅,扛起死尸一般一动不动的马吕斯,驮着这个重负,用肘臂和膝盖支撑用力,慢慢滑落,降到这口幸而不深的井里,再让头上沉重的铁栅盖落下来,而石堆受震动又坍落在铁栅盖上。冉·阿让下到三米深的铺石地面,他就像人发狂时那样,以巨人的力量、雄鹰的敏捷,只用几分钟,就完成了这一系列动作。

冉·阿让和一直昏迷的马吕斯,进入一种地下长廊。这里极度宁静,一片死寂,是黑沉沉的夜。

从前,他由大街翻墙进入修道院的印象,又浮现在眼前。不过,他今天背负的不再是珂赛特,而是马吕斯。

现在,那攻占酒楼的沸反盈天的喧嚣,他在下面只能隐隐听见,就好像窃窃私语。

第二卷 出污泥而不染

[一] 阴沟及其惊人处

冉·阿让正进入巴黎的下水道。

这是巴黎和大海又一相似之处。如同在大洋中,潜水者也能在下水道里消失。

这种转移前所未闻。冉·阿让就在市区,却离开了城市。只是眨眼间,掀起又关上盖子的工夫,他就从光天化日进入沉沉黑暗,从正午进入半夜,从尘嚣进入死寂,从滚滚风雷进入停滞的坟墓,从凶险的绝境进入绝对的安全,这比波龙索街那次邅变还要神奇。

陡然掉进地窖,在巴黎的地牢里销声匿迹;离开布满死亡的这条街,躲进这能活命的坟墓里,这真是奇异的时刻。他一时目眩神摇,愕然地倾听一会儿。这救命的陷阱忽然在他脚下打开。在一定程度上,仁慈的上苍仿佛诱捕了他。这绝妙的埋伏是天意!

不过,这个伤者还是一动不动,冉·阿让也说不准,他背到阴沟里来的是活人还是尸体。

他头一个感觉是双目失明,猛然什么也看不见了,耳朵也似乎聋了一分钟,什么也听不见了。残杀的风暴扫荡他头上几尺远的地方，正如前面所说，由于隔着厚厚的土层，声音传到他这里，就已模糊不清了，听似从深深的地下传上来的。他感到脚下是实地，仅此而已，但这就足够了。他伸出一条手臂，又伸出一条手臂，摸到两侧的墙壁，由此判断巷道极窄；他脚下一滑，又发现石板很湿，便小心地走了一步，怕碰到地洞、小井或深坑什么的；他往前探探，确认石板路向前伸延。一股恶臭袭来，他明白身在何处。

过了一会儿，他渐渐恢复视力。一点光线从他滑落的通风口射进来，他的眼睛也开始适应了地道，能辨别出一点东西了。他藏身之处，没有别的词儿能更好表达这种处境，是一条坑道，身后有墙，显然是条死巷，即术语所称的支线。前面还有一堵墙，即黑夜之墙。通风口射进的光线，仅能往几米长的阴沟湿壁上投射点儿惨淡的光，冉·阿让往里走十来步光线就消失了，再往前便黑洞洞的，好像吞噬人的大口，钻进去很可怕。然而，人还是能冲破这道迷雾的墙，形势所迫，甚至刻不容缓。冉·阿让想到，铺路石下面的铁栅盖被他瞧见，也可能被士兵发现，一切都系于这种偶然。他们也可能下到这口井里搜查。一分钟也不能耽误了。刚才他把马吕斯撂在地下，现在又拾起来，这样讲也很恰当，他又拾起马吕斯，扛在肩上，举步向前，决意走进黑暗。

冉·阿让以为他们得救了，其实不然。另一种危险也许在等待他们，而且不可小视。经历疾雷闪电的战斗场面之后，现在又落入疫气弥漫并布满陷阱的洞穴，经历了大混乱之后，又落入这污水道。冉·阿让从地狱的一层掉进另一层。

他走出五十步，不得不站住。出现一个问题，这条巷道接着一条横向管道，两条路摆在面前，选择哪一条呢？向左拐还是向右拐？迷宫一片漆黑，如何定向？我们已经指出，这座迷宫有一条导引线，就是坡度。走下坡路，就是走向塞纳河。

冉·阿让当即明白了这一点。

他估摸是在菜市场的下水道，若是选择左边下坡路，不用一刻钟，就会走到河边交易所桥和新桥之间的排水口，这就等于说，在大白天出现在巴黎人口最稠密的街区，很可能闯到聚着闲人的十字路口。看见两个血淋淋的人从他们脚下地里钻出来，行人该有多么惊愕，警察会赶来，附近的保安队也会出动。这样，还未出洞口，他俩就给人抓住了。还不如干脆深深地钻进迷宫，依赖这黑暗，至于出路，那就听天由命了。

他向右拐，走上坡路了。

他一拐进横向坑道，远处通风口的光亮就消失了，眼前又落下黑幕，什么也看不见了。但是他仍然往前走，而且尽量加快脚步。马吕斯两条胳膊搭在他脖子周围，两条腿耷拉在他身后。他一只手抓住这两条手臂，另一只手摸着墙壁。马吕斯的脸贴着他的脸，还在流血，微温的液体流淌到他身上，浸入他的衣衫，他都有所感觉。然而，挨着他耳朵的受伤者的嘴里，仍吐出一股潮乎乎的热气，说明人还呼吸，还活着。冉·阿让这时走的坑道要比头一条宽些。他走路相当吃力。昨夜的雨水还未排尽，在坑道中间形成一条小激流。他必须紧贴着墙，免得蹚水走。他这样在黑暗中前进，好似黑夜生物在看不见的地方摸索，消失在地下黑暗的脉管里。

悲惨世界

不过，也许远处通气口将一点浮动的光亮送进这浓雾中，也许他的眼睛适应了黑暗，慢慢地，他又影影绰绰能看见点什么，隐约意识到时而触摸的是墙壁，时而经过一道拱门。在黑夜里，瞳孔极为放大，最终能找到光亮；同样，在不幸中，灵魂极力扩展，最终也能找到上帝。

他往前走，心中焦急不定，但还是保持镇定，他什么也看不见，什么也不清楚，完全靠撞大运，换句话说，就是听天由命了。

应当说，有种恐惧逐渐袭上心头。黑暗包围他，也侵入他的头脑。他走在谜中。这排污渠道实在可怕，交叉错乱让人头晕目眩。困死在黑暗中的巴黎是很悲惨的事。即使看不见，冉·阿让也必须找到，甚至闯出一条路来。在这陌生的地方，他每冒险走一步，就可能是最后一步。如何走出去呢？能找到出路吗？能及时找到吗？这个庞大的地下海绵有无数石孔，能让人钻进来又冲出去吗？会不会意外碰到黑暗的死结呢？会不会陷入无法逾越的绝境呢？马吕斯会流血过多，而他也很饥饿，二人会不会就死在这里呢？难道他们二人将迷失在这里，最后把两具尸骨留在这黑夜一角吗？不得而知。他心中产生这种种疑问却无法回答。巴黎的肚肠是无底深渊。他就像先知一样，在魔鬼的腹中穿行。

突然出现一个意外的情况。他径直朝前走，就在最出乎意料的时刻，他发觉不是上坡路了。水流不是冲击脚尖，而是撞击脚跟了。现在水道是下坡。怎么回事呢？会突然走到塞纳河边吗？这样危险很大，可是后退风险更大。他还是继续往前走。

他根本不是走向塞纳河。巴黎右岸区有一处地势呈驴背形，两面斜坡，一边的污水泻入塞纳河，另一面流入主管道。驴背的脊岭变化不定，最高点是过了米歇尔伯爵街，在圣阿乌瓦管道，还有靠近大马路的卢浮宫管道，以及菜市场附近的蒙马特管道。冉·阿让正是到了这个最高点，他走向主管道，路走得对，然而他根本不知道。

每遇到一根支管，他就伸手摸摸拐角，如果发觉口径比他所走的巷道狭窄，就不拐进去，还按原路走。他认为窄道通向死胡同，只能远离目标，即远离出口，这种判断相当准确。我们列举的四座迷宫在黑暗中给他设下的四个陷阱，他就这样避开了。

他走在下面，有一阵就觉得，已经出了因暴动而惊愕的巴黎、因街垒阻断交通的巴黎，回到富有生气的正常的巴黎。他忽然听到头上隆隆的声响，从远处传来，但是持续不断。那是行驶的车辆。

大约走了半小时，他心里这样估计，他还没有考虑歇一歇，只是把抓着马吕斯的手换了一下。幽暗越发深邃，这样深邃他反而放心。

猛然，他看见前面有自己的影子，是由几乎分辨不清的微弱红光衬托出来的，这种微弱的红光，把他脚下的沟底和头上的拱顶映成隐约的紫红色，并在巷道黏糊糊的左右壁上游动。

他不禁愕然，回头望去。

在身后他刚经过的巷道里，看似很远很远，有一颗可怕的星，穿透重重黑暗，仿佛在注视他。

那是在阴沟里升起的警察昏暗的星。

那星光后面，隐约晃动着十来个模糊不清、挺直而可怕的黑影。

[二] 说明

六月六日白天，当局下令搜索下水道，担心那里成为战败者的避难所，搜索隐秘的巴黎由警察总署署长吉斯凯负责，而扫荡公开的巴黎则由布若将军指挥。这两套行动相互配合，军事当局就采用两种战略，地下派警察部队，地面派正规军。由警察和下水道工人组成的三支分队搜查巴黎下水道，河右岸一队，河左岸一队，城心岛一队。

警察装备有卡宾枪、棍棒、刀和剑。

此刻射向冉·阿让的光，正是来自右岸巡逻队的灯笼。

这支巡逻队刚刚搜索了钟盘街下面弯水道和三条死巷道。他们举灯察看死巷里端时，冉·阿让已经走过了这几个巷口，认为比主道狭窄而未进入。警察走出钟盘街下水道时，仿佛听见主巷道那边传来声响，那正是冉·阿让的脚步声。巡逻队长举起灯笼，小队的人就朝传来声响的迷雾方向张望。

这一时刻，对冉·阿让真是难以名状。

幸而他看得见灯笼，灯笼却照不见他。灯是光而他是黑影。他离得很远，同周围的黑色融为一体。他紧贴着墙壁站住。

再说，他不明白身后移动的是什么东西。没有睡觉，也没有进食，情绪又紧张，他同样进入了幻视的状态。他望见一个火球，围着妖魔鬼怪。那是什么呢？他弄不明白。

冉·阿让一站住,响动也就戛然而止。

巡逻队的人侧耳细听,却什么也没有听见;他们引颈张望,却什么也没有望见。于是,他们一起商议。

当时,蒙马特下水道这一段有一种十字路口,叫作"勤务处",后来取消了,因为下暴雨时,雨水汇成的急流涌入,积成水塘。巡逻队在这个十字路扎成一堆。

冉·阿让望见那些妖怪围成一圈,那些獒犬的头凑到一起,低声说话。

商议的结果,那些警犬以为听错了,根本没有声响,也没有一个人,不必再钻进主管道,这是浪费时间。

小队长下令左拐走向塞纳河边。他若是灵机一动,分成两组,朝两个方向搜索,那就会抓住冉·阿让。这真是一发千钧。警察总署可能有指示,估计到暴动者人数多,会有遭遇战,不准巡逻队分散行动。巡逻队就这样走了,将冉·阿让丢在后面。冉·阿让只见灯笼猛一掉头就消失了,而对这一行动却一无所知。

小队长临走时,为了尽到警察的责任心,还朝丢下的冉·阿让那方向打了一枪。枪声在这地下墓穴里回音不断,好似巨人提坛的肠鸣。一块灰泥掉进细流中,在冉·阿让几步远的地方溅起水花,这就向他表明,子弹打到他头上的拱顶。

整齐而缓慢的脚步声,在下水道里回响了一阵,渐远而渐弱下去。那群黑影越钻越深,一点亮光摇曳浮动,将拱顶照成淡红色的圆筒状,也渐弱而消失了。于是,周围又恢复幽深的寂静、完全的黑暗,失明和失聪重新拥有黑暗。冉·阿让还不敢动弹,久久靠在墙上,竖着耳朵,睁大眼睛,目送那鬼魂巡逻队化为乌有。

[三] 跟踪

说句公道话,即使局势十分严峻,当时的警察也尽心尽责,管理道路并监视警戒。警方认为,一次暴动绝不能成为任由坏人为非作歹的借口,也绝不能因为政府岌岌可危就疏忽社会治安。在执行特殊任务的过程中,日常勤务也不能乱,要按部就班地完成。一场难以逆料的政治事变,可能演变成一场革命,爆发起义并筑起街垒,但就在这种压力下,一名警察还在跟踪一个窃贼。

六月六日下午,在残废军人院桥下游一点的右岸河滩,恰恰发生这样一种情况。

如今河滩已不复存在,那一带面貌完全变了。

在那段河滩上,有两个人相隔一段距离,仿佛相互注视,一个躲避另一个。走在前边的那人总想拉开距离,而跟在后面的那人则极力靠上去。

那好像在远处默默下一盘棋。两方走得都很慢,似乎哪个都不匆忙,怕走得太快会引起对方加快脚步。

就像一只饥饿的猛兽跟踪一个猎物,又装出若无其事的样子。猎物也很鬼,一直提防着。

被追捕的石貂和猎犬的大小个头儿,也都合乎比例。力图躲避的那个瘦小枯干,要捕获的那个人高马大,相貌凶悍,看来很不好惹。

头一个觉出强弱悬殊，就极力摆脱第二个，但那逃避的神情十分恼火，如有人观察就会发现，他虽然逃窜，但是他的眼神阴沉中含着敌意，恐惧中含有威胁。

河滩僻静，没有一个行人，几处停泊的驳船上，既没有船夫，也没有装卸工人。只能站在河对岸，才容易望见那两个人；隔着河观察，就会发现前边那人毛发倒竖，罩衫褴褛不堪，身子歪斜，又颤抖不安；另一个像个传统的公务人员，穿着一直扣到领口的制服。

读者若是靠近仔细看，就可能认出他们俩。

后面那人目的何在呢？

大概要让前边那人穿得暖一些吧。

一个身穿国家发的制服的人，去追捕一个身穿破衣烂衫的人，就是要让那人也穿上国家发的制服，只是问题全在于颜色：身穿蓝色制服者为荣，身穿红色制服者为耻。

还有一种下等的紫红服。

前边那人要逃避的，大概就是这种耻辱和这种紫红服。

另外那人跟在后面，还没有抓他，很可能要跟到重要的碰头地点，希望捕到一窝大的，这种巧妙的行动就叫作"放长线钓大鱼"。

有一个情况表明这种推测可能完全对，就是制服扣得整齐的那人看见一辆空车，沿河滨路驶来，就向车夫打了个手势；那车夫会意，显然明白对方的身份，就掉转马头，开始跟随那两个人，在高高的河滨路上缓缓行驶。这一情况，前边那个衣衫褴褛的可疑的人并未看见。

悲惨世界

那辆公共马车沿着香榭丽舍的一排排树木行驶,只见车夫举着鞭子,半截身子从护墙上边往前移动。

警署给警察的秘密指令中有一条:"身边常有一辆公共马车,以备不时之需。"

他们二人各自实行一套无懈可击的战略,走到一条直通河滩的下坡路,须知从帕西驶来的公共马车,可以从这里下河边饮马。后来为了两岸对称,这条坡道就取消了,只要美观悦目,马渴死也没关系。

穿罩衫的人可能要从这条坡道上去,钻进香榭丽舍树林中;不过,那里也布满警察,跟踪他的人很容易找到帮手。

离河岸不远处,便是一八二四年勃拉克上校从莫雷移来的府第,称为"弗朗索瓦一世宅"。附近就有一个哨所。

不料,被追捕的人没有沿饮马的坡道上去,而是顺河滩岸边继续往前走。

显然他的处境岌岌可危。

他去干什么呢?除非投塞纳河。

再往前走就再也上不去了,既没有坡道,也没有台阶,这里是河弯,就要到耶拿桥了,河滩越来越窄,最后成为一条细线没入水中。他不可避免地走入绝境,右有陡壁,左边和前方是河流,后面又有警察追赶,可以说插翅难逃。

诚然,这段河滩尽头,有一个六七尺高的瓦砾堆遮住视线,不知是拆毁什么建筑物堆在那里的。可是,那人真的以为绕到瓦砾堆后面,就能藏身了吗?这种应付办法未免幼稚可笑。他肯定不是这样打算的,再天真的窃贼也不至于如此。

444

小丘一般的瓦砾堆，从水边延展到河岸陡壁，形成一个岬角。

被跟踪的那人到了小丘便绕过去，避开了另外那人的目光。

后面那人看不见对方，也不会被对方看见，他就趁机抛开一切掩饰，转瞬间飞步跑到小丘，绕了过去，一看却傻了眼，惊愕地站住：他追赶的人不见了。

穿罩衫的人踪影皆无。

从瓦砾堆起这段河滩还不到三十步长，就没入冲击岸墙的河水中了。

无论潜逃者投进塞纳河，还是爬上河岸，跟踪的人不可能看不到。他究竟去哪儿了呢？

身穿礼服扣得齐整的人一直走到河滩尽头，沉吟片刻，握紧两个拳头，定睛搜索。忽然，他拍了拍脑门儿，发现土岸与河水相交处有一扇拱顶铁栅门，又矮又宽，带有三个粗铰链，安了一把厚实的大锁。这种铁栅门开在河岸下方，半露出水面半没入水中，只见从里面流出一股浊水，泻入塞纳河。

透过栅门粗铁条，能分辨出一条幽暗的拱顶长廊。

这人叉起双臂，以责备的目光注视铁栅门。

仅仅注视还不济事，他又用力推，用力摇晃，铁栅门却牢牢不动。这道门，刚才可能被人打开，但它锈成这样却没有发出声响，真是怪事，但是肯定又重新锁上了。这表明开这道门用的不是撬锁钩，而是一把钥匙。

摇撼铁栅门的人恍然大悟，随即发出这样一句愤慨的话：

"太不像话啦!竟然拿一把政府的钥匙!"

他又立刻平静下来,内心有许多想法,却只发出一连串单音词,加重讽刺语调表达出来:

"妙!妙!妙!妙!"

说罢,不知还抱有什么希望,或是等那人出来,或是等别人进去,他就躲在瓦砾堆后边守望,那种恼怒和耐性赛似猎犬。

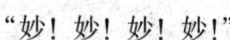

那辆公共马车按照他的一举一动行事,这时停在他头顶的护墙旁边。车夫料想会停留很长一段时间,就给马嘴套上装有水发燕麦的麻袋。顺便讲一句,这种饲料袋,巴黎人非常熟悉,历届政府有时也会用这个把他们的嘴套上。耶拿桥上行人寥寥,他们走远之前,还回头望一望两处不动的景物:河滩上的汉子、河滨路上的马车。

[四] 他也背负十字架

冉·阿让又往前走,就不再停下了。

他的本能帮了他大忙。走下水,确有可能是生路。

他径直走过右侧拉菲特街和圣乔治街分成指爪尖的两条下水道,又走过昂丹街有支管的长廊道。

又过了一条水流,大概是马德兰教堂下面的支管,走了几步便停下了,他疲惫不堪。有一个相当大的通风孔,大概是昂儒街的洞眼,射进一道颇为明亮的光线。冉·阿让就像对待受伤的兄弟那样,将马吕斯轻轻地放在沟坡上。马吕斯双目紧闭,头发粘在鬓角上,好似干了的红色画笔,双手垂下不动,肢体冰冷，嘴角凝着血块。他的领结上也凝聚一个血块，衬衫挤进伤口里，外套呢布擦着翻出来的鲜肉。冉·阿让用指尖轻轻解开他的衣衫，手掌放在他的胸脯上，觉出他的心脏还在跳动。冉·阿让从自己的衬衫上撕下一条，尽量包扎好伤口，止住流血；然后，他借着半明不暗的光亮，俯下身子，怀着难以表述的仇恨，注视昏迷不醒、几乎断气的马吕斯。

刚才他给马吕斯解衣服，发现兜儿里有样东西：昨天忘记吃的面包和马吕斯的笔记本。他吃下面包，又打开笔记本，在头一页上发现马吕斯写的几行字。我们还记得是这样写的：

"我叫马吕斯·彭迈西。请把我的尸体运到我外祖父家：沼泽区受难会修女街六号吉诺曼先生。"

冉·阿让借通风口的光线念了这几行字，发了一会儿呆，若有所思，喃喃重复："受难会修女街六号，吉诺曼先生。"他把笔记本放回马吕斯的兜儿里，吃了面包，恢复了体力，就又背上马吕斯，小心地让他的头枕着自己的右肩，沿着沟道继续朝前走去。

这条大阴沟是沿着梅尼蒙当的谷底线修建的，约有两法里长，大部分沟道都铺了石块。

我们将巴黎街名当作火炬，为读者照亮冉·阿让在地下行走的路线，但是冉·阿让并没有这支火炬。他无从知晓他正穿行的是哪个城区，走了什么线路。不过，他每走一段距离遇到透下来的光渐渐暗淡，便明白阳光正撤离街面，不久天就要黑了；头顶隆隆不断的车轮声变得时断时续，现在几乎停止了，从而得出结论，他离开了巴黎市中心，走向了偏僻的地方，可能临近外马路或城边堤岸。这一带房舍少，街道少，阴沟通风口也就少了。周围越来越黑暗，冉·阿让还照样在黑暗中摸索着前进。

猛然间，这黑暗变得异常可怕。

［五］地陷

冉·阿让感到走进了泥浆，脚踏不着沟底石了。上面是水，沟底是淤泥。无论如何得过去，走回头路断然不可。马吕斯奄奄一息，冉·阿让也筋疲力尽。况且，还能往哪儿去呢？只能往前走。再说头几步，冉·阿让也觉得，泥坑并不深，不料越走双脚陷得越深了。时过不久，泥浆就没到小腿肚子，水则过了膝盖。他继续往前走，胳臂尽量抬高点儿，不让马吕斯沾到水。现在，泥浆到了膝下，而水则没腰了。退回去根本不可能了，可是越陷越深。泥浆很稠，能负载一个人的体重，却显然承受不了两个人的重量。假如马吕斯和冉·阿让单独走，两个人就可能脱险。冉·阿让举着的垂死的人，也许是具尸体，但是他照旧往前走。

水到了腋下，他感到身子往下沉，深深陷入淤泥中，很难移动。泥浆稠厚，既是支撑，也是障碍。冉·阿让一直举着马吕斯往前走，因此消耗体力超乎寻常。他还往下陷，现在水面只露一个脑袋了，他双手仍高举着马吕斯。在表现大洪水的古画中，母亲就是这样举着孩子的。

他还往下沉，只好仰起头，避开水面好呼吸。在这种黑暗中，有人若是看见他，准以为漂浮着一个面具。冉·阿让影影绰绰地看见上面马吕斯垂下的头和青白的脸,他拼力向前跨了一步,脚不知触到什么硬东西。有个立足点。差点儿就一命呜呼。

他挺一下身子,又扭动腰身,拼命在这立足点上站稳,就好像绝处逢生、踏上救命楼梯的第一级。

在这万分危急的关头,在泥潭中碰到的立足点,正是沟道另一面斜坡的起始:这一段沟道虽弯未断,在水下呈弧形,像一块木板弯下去,但还是一整块。砌得好的石头沟槽,也像拱顶一般坚固。这段沟槽,部分淹没在泥水中,但是还牢固,构成名副其实的坡道,一旦踏上这面坡,也就得救了。冉·阿让登上这面斜坡,抵达泥潭的彼岸。

他走出水洼,绊到一块石头,便顺势跪下去。他认为理应如此,就跪了一会儿,灵魂面向上帝,不知沉浸在什么祈祷中。

他又颤抖着站起来,只觉浑身僵冷,恶臭,直淌泥汤,弓着腰背负这个垂死的人,但心灵却充满奇异的光芒。

[六] 有时以为到岸却搁浅

冉·阿让又上路了。

不过,他过了泥潭,即使没有丢下命,也丢下了体力。现在,他确实精疲力竭了,每走三四步,就不得不靠墙喘口气。有一次他不得不坐在沟坎上,以便改换一下背负马吕斯的姿势,还以为再也站不起来了。然而,他就算体力耗尽,毅力绝未丧失。他重又站起来。

他拼命往前走,速度还相当快,就这样走了一百米,没有抬头,几乎没换气儿,忽然撞到墙上。原来到了沟道的拐弯,他只顾低头走,到拐弯处便撞了墙。他抬头一看,只见前边很远很远的地方,在沟道的尽头有亮光。这回可不是凶光,而是祥和的白光。那是天光。

冉·阿让望见了出口。

一颗灵魂入了炼狱,在熊熊炉火中突然瞧见地狱的出口,就会有冉·阿让此刻的感受。这颗魂灵要鼓起烧残的翅膀,拼命朝光辉灿烂的大门飞去。冉·阿让不觉得累了,也不觉得马吕斯的分量了,他又恢复了强健的腿力,简直一路小跑起来,越近出口越清晰了。那是一道圆拱门,比逐渐降低的拱顶要矮,也比逐渐收缩的沟道要窄。沟道收口成漏斗状,这种紧口很糟糕,就像监狱的小角门,然而用在监狱合理,用在下水道就不合适了,后来得到纠正。

冉·阿让到达出口。

他到了出口站住了。

不错,这是出口,但出不去。

圆拱出口关着一道粗铁栅门,看来这扇门铰链已锈住,难得开一开,而且还有一把锈成红砖的大锁,把铁栅门牢牢锁在石头门框上。看得见钥匙孔、深深卡进横头的粗锁舌。这把大锁显然锁了两道,是监狱里用的一种锁,也是老巴黎最常见的。

铁栅门外面是大自然,是河流和阳光,河滩极窄,但足可以过人。往右边河下游望去,能认出耶拿桥,左边上游则是残废军人院桥。这地点很有利,等天一黑就能逃走。这是巴黎最僻静的地点，河岸对面是巨石教堂。苍蝇从栅门铁条之间飞进飞出。

这时大约晚上八点半，天快黑了。

冉·阿让拣沟道墙脚干的地方，将马吕斯放下，然后走到铁栅门前，两只手紧紧抓住铁条，拼命摇撼，根本动不了。铁栅门一动不动。他又挨根抓住铁条，期望能拔下一根最不牢的，好用来撬门或撬锁，然而一根铁条也不活动，就是老虎牙也没有这么牢固。搞不到撬棍，就不能硬撬开。克服不了这个障碍，就无法打开门。

就得死在这儿吗？怎么办呢？会落到什么地步呢？掉过头去，沿着他走过的可怕路线再返回去，他没有这份力量了。况且，如何再过那个泥潭呢？刚才靠奇迹才脱险的呀！就算过了泥潭，不是还有那支巡逻队吗？第二次遭遇就肯定逃不脱了。再说，往哪儿走呢？走哪个方向呢？沿着下坡走，也根本到不了目的地。即使抵达另一个出口，还是有盖子或铁栅门隔住而出不去。毫无疑问，所有出口都是这样封闭的。进来时是碰巧铁栅盖开着，可是显而易见，其他所有下水道口都关闭了。他只有越狱的成功记录。

大势已去。冉·阿让所做的一切都徒劳无益。上帝拒绝了。

他们二人落入幽暗而巨大的死亡蛛网，冉·阿让感到，在黑暗中，可怖的蜘蛛在颤动的黑丝上奔跑。

他转身背向铁栅门，扑倒在地，不是坐下而是瘫在那里，靠近一直不动弹的马吕斯，他的头垂到两膝之间。没有出路。这是整个惶怖焦虑的最后一滴苦汁。

在这无比颓丧的时刻,他想到谁呢?不是他自己,也不是马吕斯,他念起珂赛特。

[七] 撕下的一块衣襟

他正陷入万念俱灰的状态,忽然感到一只手搭到他肩头,一个轻轻的声音对他说:"对半儿分。"

这黑暗中还会有人?绝境比什么都更像梦境。冉·阿让真以为是做梦,他一点也没有听见脚步声。怎么可能?他抬头一看。

一个男子站在他面前。

那人身穿劳动服,光着脚,鞋在左手拎着。他脱了鞋走近前,显然是不想让冉·阿让听见。冉·阿让一刻也没有犹豫。此人虽然突如其来,但是并不陌生,他正是已经越狱潜逃的德纳第。

可以说,冉·阿让猛然惊醒,不过,他对险情早就习以为常,久在意外的打击中磨炼,能够立刻镇定下来,恢复整个随机应变的能力。况且,局面也不可能再恶化,困境到了一定程度就不可能再升级,就是德纳第也不可能让这夜色再黑几度。

双方等待了片刻。

德纳第右手举到额头遮光,接着皱起眉头,连连眨眼睛,又微微撅起嘴唇,这种表情显示一个精明人在注意辨识另一个人。他一点也没有认出来。刚才说过,冉·阿让背着光,又满脸污泥和血迹,面目全非,就是大白天,也不会有人认出来。反之,德纳第迎着铁栅门的光,固然那光像地窖的光一样惨淡,但却很清晰,正如一句生动的俗语比喻的那样,"一下子就跳到冉·阿让的眼睛里"①。两种境况和两个人之间,即将展开这种神秘的决斗,但因双方所处位置不同,这就足以确保冉·阿让占了上风。遮住面孔的冉·阿让和原形毕露的德纳第,在这里狭路相逢。

冉·阿让当即发觉,德纳第没有认出他来。

他们在半明不暗中相互审视片刻,就好像彼此在较量。德纳第首先打破沉默:"你打算怎么出去?"

冉·阿让不回答。

德纳第接着说:"这门锁没法撬开,可是,你得从这儿出去。"

"对。"冉·阿让应了一声。

"那就对半儿分。"

"这话什么意思?"

"你杀了人,好哇。可是我呢,我有钥匙。"

德纳第指了指马吕斯,继续说道:

"我不认识你,但是愿意帮你,你得讲交情。"

冉·阿让开始明白,德纳第把他当成了杀人凶手。

德纳第又说道:"听我说,伙计。你不会不看衣兜里有什么,就把人给杀了。给我一半儿,我把门给你打开。"

他从满是破洞的劳动服的下面,拉出一把大钥匙的半截儿,又补充一句:"要不要见识一下,田野的钥匙②是什么样

---

① 法语俗语,意为"一眼便认出来"。
② 法语成语,"掌握田野的钥匙",即"逃之夭夭"。

子的？就在这儿。"

冉·阿让"惊呆了"，这里借用老高乃依的说法，他甚至怀疑眼前所见是真事。这犹如化为丑恶形象的天主，是以德纳第的形体从地下钻出来的善良天使。

德纳第把拳头塞进劳动服的大口袋里，掏出一根绳索递给冉·阿让，说道："拿着，我还饶你这根绳子。"

"绳子，干什么用啊？"

"你还需要一块石头，外面能找到，那儿有一个瓦砾堆。"

"石头，干什么用啊？"

"笨蛋，你要把这短命鬼丢进河里，就得有一块石头和一根绳子，要不就会漂起来。"

冉·阿让接过绳子，任何人都会这样机械地接受东西。

德纳第用手指打了个响儿，就像猛然想起什么事那样：

"哦，对了，伙计，你是怎么过那儿的泥坑的？我可不敢冒那个险踏进去。呸！你身上的味儿好难闻。"

停了一下，他又说道：

"我问你话，你不回答也对，这可以学会对付预审法官盘问那难熬的一刻钟。还有，一声不吭，就没有说话声音太高的危险。无所谓，反正我也没看见你的脸，不知道你的名字。不过，你若是以为我不知道你是谁，想干什么，那可就错了。我知道，你干掉了这位先生，现在想把他塞到什么地方，要找一条河，那是最大的藏污地方。我来帮你摆脱困境。一个好人有难处，我倒乐意帮一帮。"

他一方面赞许冉·阿让缄默，另一方面又显然要引他开

口,推推他肩膀,想从侧面端详他,就是叫嚷也始终保持不高不低的声音:

"提起那个泥坑,你这家伙可真棒。你干吗不把这人扔在里边呢?"

冉·阿让默不作声。

德纳第把当作领带的破布条一直提到喉结,这一举动让他显示出严肃的神态。他又说道:

"其实,你这样干也许是明智的。明天工人来填坑,肯定会发现扔在那儿的巴黎人,警方就会连起一条条线索,顺藤摸瓜,摸着你的踪迹,一直追到你面前。有人经过这条阴沟。是谁呢?是从哪儿来的呢?有人瞧见他出去了吗?警察可机灵得很。阴沟能出卖人,告发人。能找到这种地方的人不同寻常,这足以引起注意,很少人利用下水道作案,而河流则人人都可以利用。河流是真正的墓穴。一个月后,有人在圣克卢的河网上把这人捞上来。那又怎么样呢?是一具腐烂的尸体,哼!这人是谁杀的?巴黎法院连调查都不调查。你做得对呀。"

德纳第话越多,冉·阿让越不吭声。德纳第又摇了摇他的肩膀。

"现在,这桩生意该拍板了。二一添作五,平分吧。我的钥匙你看见了,你的钱也亮给我看看。"

德纳第像野兽一样,惶恐不安,又鬼鬼祟祟,那样子还带点威胁,但始终很友好。

有个情况很怪:德纳第的言谈举止很不自然,神态一点也不自在;尽管没有装出神秘的样子,他说话却把声音压低,还不时把手指按在嘴唇上"嘘"一声,叫人猜不出其中的缘故。这里只有他们两个,没有别人。冉·阿让不免猜想,可能还有盗贼藏在哪个角落,离不大远,德纳第不打算同他们分赃。

悲惨世界

德纳第又说道:"赶快了结。这个短命鬼兜里有多少?"

冉·阿让便搜自己的兜儿。

大家记得,他身上总习惯带着钱。他晦暗的生活总要应付意外,这已经成为他的一条准则。然而这次,他却措手不及。昨天夜晚,他情绪沮丧,神不守舍,换上国民卫队制服时,竟然忘了带钱包。现在,只有坎肩兜里装少许零钱,凑起来约三十法郎。他把浸透泥水的衣兜翻出来,拣出一枚金路易、两枚五法郎钱币和五六个铜钱,放到下水道的沟坎上。

德纳第伸出下嘴唇,意味深长地歪了一下脖子,说道:

"杀了人,就为这点儿钱。"

他开始放肆地摸索冉·阿让和马吕斯的口袋。冉·阿让由他做去,只注意自己背着光就行了。在翻马吕斯的衣服时,德纳第以扒手的灵巧,设法撕下一片衣襟,掖进自己的劳动服,却未让冉·阿让瞧见,想必以为凭着这片衣襟,日后能认出被害者和凶手。

"不错,"德纳第说道,"你们只有这么点儿。"

他全部装进自己腰包,忘记他说的"对半儿分"的话了。

对几枚铜钱,他略显犹豫,想了想,还是收了去,同时嘴里咕哝着:"算啦!这么便宜就把人干掉了。"

他收了钱,又把大钥匙从劳动服里面拉出来。

"朋友,现在你得出去了。这里就像集市那样,付了钱才能出去。你付了钱,就出去吧。"

他嘿嘿笑起来。

他用钥匙帮助一个陌生人,让一个外人从这道门出去,动机是否很纯,要无私地救一个凶手?这是值得怀疑的。

德纳第帮着把马吕斯背到冉·阿让肩上,然后踮着赤脚走到铁栅门前,并招手叫冉·阿让跟上来。他往外张望一下,将手指放在嘴上,仿佛迟疑几秒钟,察看之后,他才把钥匙插进锁孔里。锁舌滑出,铁栅门转动,却没有发出一点吱吱咯咯的声响。极轻极轻,显然这道门的铰链仔细上了油,谁也想不到开得这样频繁。这样悄然无声倒挺瘆人,让人感到一些夜猫子,踏着罪恶的轻轻脚步,偷偷地来来往往,悄悄地进进出出。这阴沟显然是哪个秘密团伙的同谋。这道不声不响的铁栅门就是个窝主。

德纳第半打开门,刚刚能让冉·阿让通过,随即又关上,钥匙在锁眼里拧了两圈,然后就隐没在黑暗里,轻如一阵微风。他的脚步就像老虎毛茸茸的爪子。这个可怕的天主,一忽儿就隐于无形了。

冉·阿让来到外面。

[八] 行家看马吕斯似已殒命

他来到河滩,轻轻放下马吕斯。

他们出来啦!

腐烂的臭味、黑暗、恐惧,统统丢在身后。沐浴在纯净、新鲜、欢快而有益于健康的空气中,可以畅快地呼吸了。周围一片寂静。这是碧空落日后迷人的寂静。暮色沉沉,夜晚来临。夜晚是大救星,是朋友,能帮助所有要以黑暗为外衣的人摆脱惶恐。天空辽阔静谧。脚边河水汩汩,声如接吻。听得见香榭丽舍榆树上的鸟巢互道晚安的应答。淡蓝色的苍穹隐隐显现几颗星,在无垠中荧光微渺,难以捕捉,唯独沉思者才看得见。在冉·阿让的头顶,夜晚铺展茫茫宇宙的全部温馨。

这半明半晦的时刻,又暧昧又美妙。暮色已相当浓,几步之外就不见踪影,但是还有足够的天光辨识眼前的事物。

这庄严而柔和的宁静沁人心脾,有几秒钟冉·阿让不由得沉浸其中。人人都有这种忘情的时刻,痛苦不再折磨苦难者,一切思虑都从头脑里消失;静谧像夜色一样笼罩沉思者,在暮晚余晖之下,灵魂效仿明亮的天空,也布满了星辰。冉·阿让情不自禁,仰望头上明亮的夜空,他若有所思,边瞻仰边祈祷,沉浸在永恒天宇的庄严寂静中。继而,他好像又想起一种责任,突然俯身瞧瞧马吕斯,又用手心舀上点河水,往他脸上轻轻洒几滴。马吕斯没有睁开眼睛,但是微张的嘴还有气儿。

冉·阿让又把手伸进河里,却不知为什么,突然感到别扭,就像身后有人而未看见的那种感觉。

我们在别处已经指出过,这种感觉人人都有体验。

他回头一看。

如同刚才在阴沟里那样,身后果然有个人。

一条大汉,身穿长礼服,叉着胳臂,右拳握着一根看得见铅头的短棍,站在后边,离蹲在马吕斯身旁的冉·阿让只有几步远。

在沉沉暮色中，真像一个幽灵。因为昏黑时刻，寻常人见了会害怕，一个审慎的人则会因为见了短棍而害怕。

冉·阿让认出那是沙威。

想必读者已经猜出，跟踪德纳第的人正是沙威。在街垒里，沙威想也未敢想，居然逃脱了，他就赶到警察总署，在短暂的接见中，向总署署长口头汇报了情况，然后又立即去执勤。从他身上搜出的字条我们还应当记得，他的勤务包括监视河右岸香榭丽舍一带河滩，近来那里引起警方的注意。他到了那儿，发现了德纳第，便跟踪追捕。其余的情况我们都知道了。

我们也明白，那道铁栅门能那样殷勤地为冉·阿让打开，也是德纳第的一步妙棋。德纳第感到沙威一直守在那儿。被盯梢的人，都有一种准确无误的嗅觉，必须给那条警犬丢一根骨头。提供个凶手，该是多么意外的收获啊！送上个替罪羊，也绝不会拒绝。德纳第让冉·阿让替他出去，放出一个猎物，就会把警察引开，让沙威守候有所得，去追查一个更大的案件，这样一来，既让警探满意，自己又白赚三十法郎，还可以趁机溜走。

冉·阿让过了一个暗礁，又撞到另一个暗礁。

接连两次狭路相逢，从德纳第的手又落入沙威的手，这打击的确沉重。

我们说过，冉·阿让已面目全非，沙威没有认出来，他放下手臂，并以不易觉察的动作握紧短棍，以短促而平静的声音问道："你是谁？"

"是我。"

"是谁,您?"

"冉·阿让。"

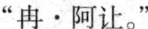

悲惨世界

沙威用牙叼住短棍,屈膝俯身,两只强有力的手掌按在冉·阿让的双肩上,像铁钳似的紧紧抓住,定睛端详,终于认出他来。他们的脸几乎贴上。沙威的目光很凶。

冉·阿让一动不动,任由沙威抓着,就像狮子容忍猞猁的爪子。

"沙威探长,"他说道,"您抓住我了。其实,从今天早晨起,我就自认为是您的犯人了。当时我把住址告诉您,就绝无逃走的打算。您逮捕我吧,不过,请您答应我一件事。"

沙威仿佛没听见,他定睛看着冉·阿让,下颏儿翘起,把嘴唇顶向鼻子,是一副沉思的凶相。他终于放开手,忽地站起身,又一把抓住短棍,问了一句话,喃喃如同梦呓:

"您在这儿干什么?这又是什么人?"

他不用"你"称呼冉·阿让了。

冉·阿让回答,他的声音似乎能把沙威唤醒:

"我正想同您谈谈他的事。您先帮我把他送回家,然后随您怎么处置我。我只求您这一件事。"

沙威皱起面孔,他每次让人以为他会让步,就有这样表情。他并没有回绝。

他又俯下身,从兜里掏手帕,放进水中浸湿,拭去马吕斯额头的血迹。

"这人原来在街垒里,"他轻声说,仿佛自言自语,"就是别人叫他马吕斯的那个人。"

真是头等警探,认为自己必死的时候,还什么都观察,什么都倾听,什么话都听到,什么情况都搜集,临死还在侦察,臂肘撑在坟墓的第一级台阶上还在记录。

他抓起马吕斯的手摸脉息。

"他受伤了。"冉·阿让说道。

"他死了。"沙威说道。

冉·阿让则回答:"不,还没有死。"

"您从街垒把他背到这儿?"沙威指出。

他一定心事重重,一点也没有顾上追问从阴沟救人的令人不安的事实,甚至没有注意他问了之后,冉·阿让却默然不答。

冉·阿让好像只有这一个念头,他又说道:

"他住在沼泽区受难会修女街,他外祖父家中……姓名我不记得了。"

冉·阿让摸马吕斯的衣兜,掏出笔记本,翻到马吕斯用铅笔写的那一页,递给沙威。

空中还有浮光,足能看清字迹,况且,沙威的眼睛像夜鸟,有猫眼那种磷光。他辨读了马吕斯写的几行字,咕哝道:"吉诺曼,受难会修女街六号。"

接着,他叫了一声:"车夫!"

要知道,那辆马车还停在那儿听候调遣。

沙威留下马吕斯的笔记本。

不大工夫,马车就顺着饮水坡道驶下来,停到河滩,马吕斯被安置在后排坐椅上,沙威和冉·阿让并排坐在前座。

车门一关上,马车就驶离河滩,沿河滨路朝上游巴士底方向飞驰。

马车离开河滨路,驶进大街。只见车夫在座上的黑黑的侧影,鞭打着两匹瘦马。车中冷冰冰的沉默:马吕斯身子靠在后座角上,一动不动,头垂到胸前,胳臂耷拉着,两腿僵直,似乎只等待一口棺材了;冉·阿让仿佛鬼影;沙威好像石雕。车内夜色弥漫,每经过一盏路灯,就如一道闪电射进来,照成灰白色,照出这个阴森的场面:尸体、鬼魂和石像,三个静止不动的悲惨形体,偶然在此聚首。

[九] 不要命的孩子回来了

马车在路石上颠簸一下,马吕斯头发中就掉下一滴血。

马车行驶到受难会修女街六号,天就完全黑了。

沙威头一个下车,望一眼大门上面的门牌,就拉起装饰着公羊和林神角斗像的老式沉重的熟铁门锤,重重地敲了一下。

门打开一条缝儿,让沙威一把推开。门房举着蜡烛,只见他露出半截身子,打着哈欠,还睡眼惺忪。

楼里住户全睡觉了。住在沼泽区的人都睡得早,尤其在动乱期间。这个老区的善良百姓被革命吓坏了,干脆躲进睡梦中,就好像孩子听见妖怪来了,就把头缩进被窝里一样。

这工夫,冉·阿让托住马吕斯的腋下,车夫抱住他的腿,把他从车里抬出来。

冉·阿让一面托着马吕斯,一面把手伸进撕开的衣服里,摸摸他的胸口，确认心脏还在跳动。而且，心脏跳得不像先前那么微弱了，就像经车子颠簸，又恢复了几分生机。

沙威对门房说话的声调，正合乎官方对待一名叛乱分子的门房。

"有个叫吉诺曼的人吗？"

"就是这儿。您找他有什么事？"

"我们把他的儿子送回来了。"

"他儿子？"门房目瞪口呆，重复道。

"人死了。"

冉·阿让衣衫又破又脏，跟在沙威后面，他向门房摇头，可是，门房有点讨厌他。

门房似乎没有听懂沙威的话，也不明白冉·阿让摇头的意思。

沙威接着说道："他去了街垒，这不弄回来了。"

"去了街垒？"门房惊叫。

"他去找死。去把他父亲叫醒。"

门房不动。

"快去呀！"沙威又催一声。

他又加了一句："明天这儿要送葬了。"

沙威认为，大街上经常发生的事件要严格分类，这是预防和监督的第一步；每种意外的情况都有各自的栏目，在一定程度上，所有可能发生的事，都放在抽屉里，到时根据具体情况抽出来多少。大街上有闹事、暴动、狂欢节、送葬。

门房只叫醒巴斯克。巴斯克再叫醒妮珂莱特，妮珂莱特又去叫醒吉诺曼姨妈。至于外祖父,还是让他睡觉吧,他认为什么事他都早早就知道了。

他们把马吕斯抬上二楼,安置在吉诺曼先生前厅的旧长沙发上,没让楼里其他住户听到一点动静。巴斯克去请大夫,妮珂莱特打开衣橱找衣裳。这时,冉·阿让感到沙威拍拍他肩膀,心下便明白,就跟随沙威下楼去了。

门房望着他们离开,就像看着他们到来一样,始终处于惊恐的梦游状态。

他们又上了马车,车夫也回到座位。

"沙威探长,"冉·阿让说道,"请再允许我一件事。"

"什么事?"沙威气势汹汹地问道。

"让我回家一趟,然后,随您怎么处置我。"

沙威沉默片刻,下颏儿缩进衣领里,继而,他放下前面的玻璃,说道:"车夫,武人街七号。"

[十] 于绝对中动摇

一路上他们谁也没有再开口。

冉·阿让要干什么呢?他做事有始有终:通知珂赛特,告诉她马吕斯现在什么地方,也许还给她一些有益的指点,如果可能的话,再做最后几点安排。至于他,至于关系他本人的事,已然定死了:他被沙威逮住,并不抗拒。这种情况换个别人,可能就会隐约想到德纳第给他的绳子,想到他要进入的头一间牢房的铁窗,然而,我们要强调指出,自从见了主教之后,冉·阿让面对任何残害行为,哪怕是残害自己,总有一种基于宗教信仰的由衷的迟疑了。

自杀,这种对未知事物施暴的神秘行为,在一定程度上,可能还包含灵魂的死亡,对冉·阿让是绝不可取的。

马车驶到武人街口便停下,街道太窄,进不去车。沙威和冉·阿让便下来。

车夫恭敬地向"警探先生"指出,车里的丝绒被遇害者的血和凶手的泥浆弄脏了。他说应当付给他一笔赔偿费,当即从兜里掏出小本,请警探先生费神写上"一点证明什么的"。

沙威推开车夫递过来的小本子,说道:

"连同等候和跑路的费用,总共该给你多少?"

"一共七小时一刻钟,"车夫回答,"还有车上的丝绒,本来是全新的。要给八十法郎,警探先生。"

沙威从兜里掏出四枚拿破仑金币,将马车打发走了。

冉·阿让心想,沙威大概打算步行带他去白斗篷街哨所,或者档案馆哨所,两处都很近。

小街跟平常一样寂静无人,冉·阿让和沙威一前一后走进去,到了七号门。冉·阿让敲门,楼门打开了。

"好吧,您上去吧。"沙威说道。

他表情奇特,好像很吃力地补充了一句:"我在这儿等您。"

冉·阿让瞧瞧沙威。这种做法不大符合沙威的习惯。不过,冉·阿让既已决心自首并了断,那么现在沙威向他表示一种傲慢的信任,如同猫给予小耗子一爪子长那点自由的信任,他是不会感到十分意外的。他推开门,走进楼里,对躺在床上拉门闩绳的门房嚷了一声:"是我!"就上楼去了。

他登上二楼，歇了一下。所有痛苦的道路都有间歇站。楼道有一扇吊窗开着。同许多老式楼房一样，楼梯对着街道，能采光，而街上的路灯正巧在对面，能给楼梯照点亮，上下楼省得再点灯了。

冉·阿让不是为了喘口气，而是机械地朝窗外探探头。他俯瞰街道，这条街很短，从头至尾都在路灯的光照下。冉·阿让不禁愣住了：街上不见人影了。

沙威已经离去。

[十一] 外祖父

马吕斯刚到时安置在长沙发上，毫无知觉，继而又被巴斯克和门房抬进客厅。去请的医生赶来了。吉诺曼姨妈也已起床。

马吕斯上身没有一点内伤，有一颗子弹打中他，却被皮夹子挡了一下，偏向肋骨，划了一道大口子，但并不深，也就没有什么危险。倒是在阴沟里长途跋涉，使受伤的锁骨脱了臼，这处伤才真正麻烦。胳膊有刀伤，但没有破相伤着脸，只是头顶刀痕累累。头顶伤势如何呢？仅仅伤着头皮吗？伤着头盖骨没有呢？现在还很难说。一种严重的症状，就是伤口引起昏迷，而且一旦昏迷，不是人人都能苏醒的。还有，伤者流血过多，身体极度虚弱。当时有街垒遮护，从腰带起下半身没有受伤。

巴斯克和妮珂莱特撕床单做绷带。妮珂莱特用线连起布条，巴斯克则把布条卷起来。医生没有堵伤口止血的纱团，就暂用绵长卷儿代替。帆布床旁边的桌子上点着三支蜡烛，排好外科手术的器械。医生用凉水清洗马吕斯的脸和头发。不大工夫，一桶水就染红了。门房举着蜡烛给照亮。

医生满面愁容，仿佛在考虑。他不时摇一下头，好像在回答内心提出的问题。医生在内心这种隐秘的对话，对伤病者来说是不祥之兆。

医生正给马吕斯擦脸，用手指轻轻触碰始终紧闭的眼皮，客厅里侧的门打开，探出一张苍白的长脸。

那是外祖父。

这两天来，吉诺曼先生让暴动闹得又不安，又气愤，又担心，前天夜晚睡不着觉，次日发了一天烧，昨晚早早睡下，吩咐人把窗户关严，房门插上，而他实在太疲倦，就蒙眬入睡了。

老人一般都睡不安稳；吉诺曼先生的卧室连着客厅，大家再怎么小心，也弄出点动静把他惊醒了。他望见门缝里透进烛光，不免诧异，就下床摸黑走过来。

他停在半开的门口，一只手抓着门把手，头摇晃着，稍微向前探，身子紧紧裹着白色睡袍，直挺挺的没有皱纹，就像穿着殓衣，而那惊讶的神态，又像一个鬼魂在窥探坟墓。

老人看见了床，看见了床垫上躺着的血淋淋的青年，只见他脸色苍白，双目紧闭，嘴张开，嘴唇发青，上身赤裸，满身是紫红色的伤口，在明亮的烛光下一动不动。

骨瘦如柴的老人从头到脚颤抖起来，他那因高龄而角膜发黄的眼睛罩了一层透明的闪光，整张脸顿时变成土灰色，棱角跟骷髅一般,双臂耷拉下来,就跟断了发条似的,两只颤抖的老手叉开指头,表明他内心万分惊愕。他的膝盖向前弯曲,从顶开的睡袍里露出竖起白毛的两条可怜巴巴的腿,他咕哝一句:

"马吕斯!"

"先生,"巴斯克说,"有人把先生送回来,他去了街垒,而且……"

"他死啦!"老人凶狠地嚷道,"哼!这个强盗!"

这位百岁老人像青年一样挺起身子,忽然变得阴森可怕了。

"先生,"他说道,"您就是医生,先告诉我一个情况,他死了,对不对?"

医生极度担心,没有应声。

吉诺曼先生绞着双手,哈哈大笑,笑声特别瘆人。

"他死啦!他死啦!他到街垒去,让人给杀啦!就是因为恨我!他跟我作对才这么干!哼!吸血鬼!他就这样回来见我!我一生的灾星,他死啦!"

这时,马吕斯缓缓睁开眼睛,但是从昏迷中刚刚醒来,目光还蒙着惊讶的神色,停在吉诺曼先生的身上。

"马吕斯!"老人叫道,"马吕斯!我的小马吕斯!我的孩子!我心爱的儿子!你睁开眼睛了,你在看我,你又活了,谢谢!"

他随即昏倒了。

第三卷　沙威出了轨

沙威缓步离开武人街。

有生以来，他走路头一回低着头，也是头一回背着手。

时至今日，沙威只采用拿破仑这两种姿势：一种双臂抱在胸前表示决断，一种双手搭在背后表示犹豫。但是这后一种，他因不用而生疏。现在完全变了，他整个人儿都显得迟缓沉郁，有一种惶惶不安的神色。

他拐进僻静无人的街道。

然而，他却朝着一个方向走去。

他抄最近的路走向塞纳河，到了榆树码头，又顺着河沿走过河滩广场，距夏特莱广场哨所不远，在圣母院桥的拐角停下来。塞纳河流经这里，纵向在圣母桥和货币兑换所桥之间，横向在鞣革工场码头和花市码头之间，形成一个水流湍急的方形湖面。

这是水手们畏惧的塞纳河段，这段急流比哪处都危险，只因桥头磨坊打了一排木桩，如今已拆除，但当年却拦阻江流，水势湍急，再加上两座桥相距甚近，危险倍增，河水流经桥洞汹涌奔泻，大浪翻滚。河水在方湖中聚积猛涨，波涛冲击桥墩，用流动的粗绳索要将桥墩连根拔走。人掉进去就再也浮不上来了，游泳能手也要淹死在里面。

沙威两个臂肘撑着桥栏杆，双手托住下颏儿，指甲机械地抠进浓密的颊髯里,一副沉思的样子。

一个新情况,一场革命,一场灾难,刚刚在他内心里发生,这就有必要反省一下。

沙威痛苦万分。

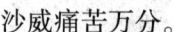

几小时以来,沙威不再那么单纯了,他心慌意乱;这颗头脑在盲目中十分清澈,现在却浑浊了,这块水晶里生了云雾。沙威的良心感到,他的职责一分为二,再也不能向自己掩饰这一点了。他在塞纳河滩十分意外地碰到冉·阿让,当时的心情既像狼抓到了猎物,又像狗找到了主人。

他面前有两条路,都同样笔直,然而,两条路他全看到了,就不免惊慌失措。他平生只认得一条直路,而现在令他万分苦恼的是,这两条路完全相反,相互排斥,究竟哪一条是正路呢?

他的处境难以描摹。

一个坏人成了救命恩人,欠了这笔债要偿还,这就是违心地同一名惯犯平起平坐,还要还这个人情。听对方说一声:"走吧",然后自己再还一句:"你自由了";为了个人动机而牺牲职责,牺牲这种普遍的义务,同时又感到这种个人动机也包含着普遍的意义,可能还要高出一等;背叛社会而忠于良心,这种种荒谬的事都出现了,都堆积在他身上,令他目瞪口呆。

有件事令他惊诧不已,就是冉·阿让宽恕了他;还有一件事更加令他愕然,就是他沙威也宽恕了冉·阿让。

他究竟怎么啦?他寻找自己却找不见了。

现在怎么办?交出冉·阿让,这样干不好;放了冉·阿让,这样干也不好。前一种情况，执法的人堕落到比苦役犯还卑劣的程度；而后一种情况，苦役犯上升到法律之上，将法律踩在脚下。这两种情况，都有损于沙威的荣誉。采取什么决定都难免堕落。在不可能的路上，命运也会遇到陡峭的极限；越过极限一步，生命就化作一个无底深渊。沙威就到了这样一种极限。

想想刚才的所作所为，真是不寒而栗。他，沙威，全然不顾警察的条例，不顾社会和司法机构以及整个法典，竟然决定放掉一个人，还认为做得对，符合自己的心愿，以私事充公事，这种行径不是卑劣透顶吗？他每次面对自己的这种没有名称的行为时，就从头到脚发抖。如何决断呢？只有一个办法可采纳：立刻回到武人街，将冉·阿让抓起来。显而易见，他应当这么做，但是他又不能这么做。

冉·阿让令他惊愕。支撑他一生的所有原则，在这个人面前全垮掉了。

冉·阿让对他沙威的宽宏大量态度，却把他置于难堪的境地。他想起另外一些事，当初认为是虚假荒诞的，现在看来全都真实可信了。冉·阿让之后出现马德兰先生，两个形象重叠起来，就合二为一，成为一个可敬的人了。沙威感到有种可怕的东西侵入心灵，即对一名苦役犯的敬佩。敬重一名苦役犯，这怎么可能呢？他不寒而栗，但又摆脱不掉。他徒然抗争一阵，最后不得不在内心里承认，这个坏蛋品质高尚。这情况实在恨人。

一个行善的恶人，一名苦役犯，却富有同情心，既和蔼，又乐于助人，心肠宽厚，总以德报怨，以恕道化仇恨，重怜悯而轻报复，宁愿断送自己也不肯毁掉敌手，救助打击过他的人，跪在美德的高高的神坛上，超脱凡尘而接近天使！沙威不得不承认，这个怪物确实存在。

继而，他又想到自身，在逐渐高大起来的冉·阿让旁边，他看见他沙威变得渺小了。

一名苦役犯居然成为他的恩人！

然而，他又为什么接受这个人放自己一条生路呢？他在街垒里有权被杀害，他也应该运用这一权利，向其他起义者呼救，挫败冉·阿让，迫使别人把自己枪毙，这样就更好些。

他最为惶恐不安的，就是丧失了信念。他感到自身连根给拔起来了。法典在他手中也成了一截断木。他要对付一种陌生的顾虑。他心中情感的顿悟，和他始终奉为唯一尺度的法律判断截然相反。还保持以往的正直已经不够了。一连串意想不到的事实出现，令他信服了。一个新天地在他心灵里展现：受恩图报，为人忠诚、仁慈、宽厚，出于怜悯而违犯严纪，接受不同的人，不再一棒子把人打死，不再把人打入地狱，法律的眼睛也可能流下一滴泪，一种莫名的上帝的正义，恰好同人的正义背道而驰。他望见黑暗中骇然升起一颗陌生的道义太阳，他感到恐惧，而且目眩神摇。猫头鹰被迫换上雄鹰的目光。

他不得不承认，人世存在善良。这名苦役犯早就是善良的，而他沙威也刚刚变善了，这真是天下奇闻。他从而也就堕落了。

他感到自己懦弱，开始讨厌自己了。

各种各样的新情况，在他眼前像半开的谜团。他自问自答，而对自己的回答又十分震悚。他心中发问："这个苦役犯，这个走投无路的人，我那么追捕甚至迫害他，不料反落到他的脚下，他本来可以报复，无论出于仇恨还是从安全考虑，他都应当报复，可是却饶恕了我，他做了什么呢？尽他的职责。不对。还有别的东西。而我也同样饶恕了他，我又做了什么呢？尽我的职责。不是。还有别的东西。除了职责，难道还有别的东西吗？"想到这里，他心惊胆战，他的天平脱了节，一端秤盘跌入深渊，另一端秤盘举到天上。无论对举到天上的还是对跌入深渊的，沙威都同样感到恐怖。自从成年任了公职，他就几乎把警察当作他的全部宗教，他当警探，就像别人当教士一样，我们使用这种字眼毫无讽刺意味，而是取其最严肃的含义。他有个上司，即吉斯凯先生；迄今为止，他没有想到另外那个"上司"：上帝。

上帝，这位新"上司"，他忽然感到了，一时不免心慌意乱。

上帝意外地出现，令他不知所措，他不知道怎样对待这位"上司"，因为他深知下级必须永远俯首听命，不能违背，不能指责，也不能争辩，如果这个"上司"令他过分诧异，那么下级别无选择，只能辞职不干了。

然而，他又如何向上帝递交辞呈呢？

转来转去，他总要回到这点上来，对他来说有个至关重要的事实：他极其严重地违法了。他闭目不看一名潜逃的惯犯。他放走了一名苦役犯，夺走一个应由法律制裁的人。他干出这种事，对自己简直不理解了，不敢确信还是他本人。他只感到眩晕，却找不出这样干的原因。时至今日，他生活中奉行这种盲目的信念，产生了黑暗的正直。如今，这种信念离去，他的这种正直也不复存在了。他的整个信仰烟消云散。他不肯接受

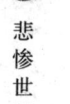

的事实真相，现在无情地困扰着他。从今往后，他必须成为另一个人。他感受的痛苦非常奇特，就像良心的眼睛忽然摘除白内障那样。他看到了他讨厌看的东西。他感到自身空虚了，变得无用，同过去的生活脱离了，被撤了职，整个儿解体了。职权在他心中死去了。他没有理由活在世上了。

沙威凭栏的位置，正是塞纳河急流的上方，垂直下面的正是可怕的漩涡，像无休止的螺旋不断地旋转开合。

沙威低头瞧瞧，一片漆黑，什么也看不清楚，听得见滚滚浪涛之声，但是看不见河流。令人眩晕的幽深之处，偶尔显现一道微光，隐约蜿蜒：水就有这种效能，在漆黑的夜里，不知从哪儿采来一点光，就把它变成水蛇。光亮隐没了，周围又变得朦胧。无限的天地仿佛在这里张开，下面不是河水而是深渊。河坝陡峭，好似无限空间的峭壁，影影绰绰，混同水汽而忽然隐逝了。

什么也看不见，但是能感到河水逼人的冷气和潮湿石头的乏味。一股凉风从深渊吹上来，河水上涨虽看不见，却能猜得出，波涛悲鸣，桥拱高大而阴森，可以想象坠入这黝暗虚空的情景，这整个阴影充满了恐怖。

沙威一动不动，待了几分钟，凝望着这黑暗世界的洞口，什么也看不见，他却好像十分凝注。流水訇然有声。突然，他摘下帽子，放到石栏边上。过了一会儿，一个高大的黑影立在石栏上，迟归的人远远望见就会以为是鬼怪，那人影俯身向塞纳河，继而又挺起身子，接着便笔直地坠入黑暗，只听低沉的咕咚一声，朦胧的身影消失在水中，唯有这黑洞知道这场激变的秘密。

第四卷　祖孙俩

[一] 马吕斯走出内战，准备家战

马吕斯长期处于半死不活的状态，连续几周发高烧，神志昏迷，而且脑部症状相当严重，主要不是头部受伤，而是受伤时震荡所致。

一位白发老人，照门房的描述，穿戴相当讲究，每天都来探望病情，有时一天来两趟，还放下一大包纱布绷带。

不过，这次久病，康复期又长，倒使他免遭追捕了。在法国，任何愤怒，即使公愤，不过半年也就平息了。社会处于那种状态，暴动是所有人的过错，大家都有必要睁一只眼闭一只眼。

医生宣布马吕斯脱离了危险的那天，老人简直乐疯了，他赏了门房三枚金币，晚上回到卧室，还用手指打响儿，跳起加沃特舞。

至于马吕斯，他由着别人包扎护理，心中只有一个固定的念头：珂赛特。

外公早年那种顽梗死硬的形象，马吕斯还记忆犹新，就认为这种沉默掩饰内心聚积的怒火，预示着一场激烈的斗争，因此他在思想深处越发积极备战。

现在，马吕斯差不多恢复了元气，一天他集中全身的力量，从床上坐起来，两个握紧的拳头抡在被单上，他直视外公的脸，摆出一副凶相说道：

"我要结婚。"

"早有所料。"老外公说着，哈哈大笑。

"怎么，早有所料？"

"对，早有所料。那小姑娘，你会得到的。"

马吕斯愣住了，他不胜惊喜，浑身颤抖起来。

吉诺曼先生接着说：

"对呀，那美丽漂亮的小姑娘，你一定能得到。每天她都让一位老先生来打听你的情况。自从你受了伤，她总哭泣，还做纱布。我打听好了，她住在武人街七号。嘿，不出所料吧！唔！你想要她，那好，就娶来吧。说到你心眼儿去了吧。"

[二] 吉诺曼小姐终于不再小视割风先生腋下夹来的东西

珂赛特和马吕斯久别重逢。

陪同珂赛特并随后进来的是一位白发男子，他神态庄重，但面带微笑，不过那淡淡的笑容有点伤感。他就是"割风先生"，他就是冉·阿让。

门房万万想不到，这个体面的有产者，这位可能是公证人的先生，就是六月七日夜晚登门的那个可怕的运尸工；那天夜晚，他衣衫破烂，满身污泥，脸上尽是泥点血迹，架着昏迷的马吕斯，一副惊慌而可憎的样子。然而，门房的嗅觉很快苏

悲惨世界

醒，他看见割风先生和珂赛特到来时，就禁不住悄悄对他女人说了这样一句话："不知道怎么回事儿，我总觉得见过这张脸。"在马吕斯的房间里，他腋下夹一个小包，看似一部八开本的书，外面包的纸发绿了，就好像发了霉。

"这位先生是不是总这样，胳膊下夹着书本？"吉诺曼小姐一向不喜欢书，低声问妮珂莱特。

"不错，"吉诺曼听见她的话，也低声答道，"他是位学者。怎么啦？这有什么错呢？我认识一个布拉尔先生，他也一样，出门总带本书，就像这样抱在胸前。"

接着，他又提高声音打招呼："削风先生……"

吉诺曼老头并不是故意这样讲：不大注意别人的姓名，这是他的一种贵族派头。

"削风先生，我荣幸地为我的外孙彭迈西男爵向小姐求婚。"

"削风先生"躬身首肯。

"就这样定了。"老外公说道。

他随即转向马吕斯和珂赛特，举起双臂，嚷着祝福他们俩：

"允许你们相爱了。"

他坐到他们旁边，也让珂赛特坐下，将他们四只手抓在他皱巴巴的老手里。

"这小妞儿，真是个妙人儿。这个珂赛特，真是个尤物。她是个非常小的姑娘，又是非常高贵的妇人。她只能当男爵夫人，未免有点委屈了，她天生是个侯爵夫人。瞧她这睫毛！孩子们,你们要牢牢记住,你们这样做得对。相亲相爱吧,要又痴又傻。爱情,是人干的傻事,又体现上帝的智慧。相互崇拜吧。只不过,"他忽又神色黯然,补充说道,"真不幸啊!现在我才想到,我拥有的钱财,大半是终身年金。我只要活着,生活还过得去,等二十年后我一死,噢!我可怜的孩子,你们就一无所有啦!到那时候,男爵夫人,您这双漂亮的白手,就不得不赶着去拉魔鬼的尾巴①了。"

这时,只听一个严肃而沉静的声音说:

"欧福拉吉·割风小姐有六十万法郎。"

这是冉·阿让的声音。

他还未讲过一句话,也一动不动,站在这些幸福的人身后,大家都好像不知道他在这里。

"您提到的欧福拉吉小姐是谁?"外祖父惊愕地问道。

"是我。"珂赛特回答。

"六十万法郎!"吉诺曼先生重复道。

"可能少一万四五千法郎。"冉·阿让说道。

他将吉诺曼姨妈以为是书本的纸包撂到桌上。

冉·阿让亲手打开纸包,里面原来是一叠现钞。清点一下,一千法郎面值的有五百张,五百法郎面值的一百六十八张,共计五十八万四千法郎。

"五十八万四千法郎!"吉诺曼小姐低声重复道,"五十八万四千就等于六十万呀!"

---

① 拉魔鬼的尾巴:意为"生活艰难"。

然而，这阵工夫，马吕斯和珂赛特相互注视，没有怎么注意这件小事。

[三] 现金存放在森林远胜于交给公证人

无须再多解释，大家无疑明白了，在尚马秋案件之后，冉·阿让趁第一次越狱数日的机会赶到巴黎，及时从拉斐特银行取出他在海滨蒙特伊用马德兰先生的名字存的款，即他的经营所得，他怕再次被捕，而且不久之后果如所料，就跑到蒙菲郿的树林里，将现金埋藏在所谓勃拉吕空地。六十三万法郎现钞，好在体积不大，一个盒子就放下了。但为防止受潮，他又将盒子装入橡木小箱，箱里塞满栗木屑，他还把另一件宝物——主教的银烛台也放进去。我们还记得，他从海滨蒙特伊逃跑时带走了那对银烛台。在一天傍晚，布拉驴儿第一次见到的那人正是冉·阿让。后来，冉·阿让每次缺钱时就前往那片空地去寻取。前面提过他几次外出，就是为了这事。他有一把十字镐，藏在唯独他知道的灌木丛隐秘处。近来，他见马吕斯逐渐康复，感到不久就要用钱，便取了回来。布拉驴儿在树林里瞧见的还是他，但这次是在清早而不是在黄昏。布拉驴儿只继承了那把十字镐。

实数为五十八万四千五百法郎。冉·阿让抽出五百法郎自己用。"以后看看再说吧。"他心中暗道。

当初从拉斐特银行取出六十三万法郎，同现在这个款数的差额，就是从一八二二年到一八三三年这十年间的花费，在修女院待五年，只用了五千法郎。

冉·阿让将一对闪闪发亮的银烛台放到壁炉台上,都圣见了赞叹不已。

此外,冉·阿让也得知终于摆脱了沙威。有人在他面前讲述过,他也从《通报》发的消息上得到证实:警探沙威淹死在货币兑换所桥和新桥之间的洗衣船下。这个无可指责并深受上级器重的人留下一张字条,令人猜想他是因为神经错乱而自杀的。"其实,"冉·阿让心想,"他抓住我又放了我,必是已经疯了。"

[四] 两个无法寻到的人

马吕斯不管多么大喜过望,心头的思虑也绝难抹去。

婚期已定,就在筹办婚事期间,他开始对往事进行艰难而精细的调查。

要报答几方面的恩情:替他父亲报恩,也要为他自己报恩。

一个是德纳第,一个是把他马吕斯送回吉诺曼先生家中的那个人。

马吕斯决意要找到这两个人,他绝不愿意结了婚,过上幸福日子,却把他们忘掉;他担心欠下的恩情如不偿还,会在他此后光辉灿烂的生活中投下阴影。他绝不愿意拖欠恩情债,要在愉快地走进未来的生活之前,先偿清过去的债务。

德纳第是个恶棍,这丝毫改变不了他救过彭迈西上校一命的事实。德纳第在所有人眼里是个强盗,在马吕斯眼里则不然。

马吕斯不了解滑铁卢战场的真情实况，不知道那种特殊性：在那种异乎寻常的境地，德纳第救了他父亲一命，却不是恩人。

马吕斯雇请了好几名侦探，哪个也没有摸到德纳第的踪迹。这方面的线索好像全部消失了。德纳第婆娘在预审期间死在狱中。德纳第和他女儿阿兹玛，是那伙可悲的人中幸存的两个，也已潜入黑暗中。社会这个不为人知的深渊，将他们吞没之后又悄悄合拢了。水面上不见一点动荡，一点波纹，而那种一圈圈隐约扩展的水纹，恰恰表明有东西掉进去，可以进行探测。

德纳第婆娘死了，布拉驴儿与此案无关，彻底失踪了，主要被告都已越狱潜逃，容德雷克家破屋的绑架案差不多流了产。案情始终没有调查清楚。刑事法庭只好拿两个胁从犯开刀，一个是邦灼，别号春天，又名比格纳伊，另一个是半文钱，又名二十亿，二人被分别判处十年苦役。在逃同谋犯均判处终身苦役。主犯德纳第则缺席判处死刑。这一判决，是唯一留下来有关德纳第的事，犹如灵柩旁边的一支蜡烛，阴惨惨的光投在这个埋葬了的名字上。

再说，德纳第本来就害怕重新被逮捕归案，深藏起来，这一判决更把他赶入最深处，又给覆盖这个人的黑暗加厚一层。

至于寻找另外那个人，救了马吕斯的那个陌生人，开头还有点收获，后来就停滞不前了。

马吕斯将回到外祖父家时穿的血衣保存起来，期望对他的寻找有所助益。他仔细察看血衣时，发现下摆有一处撕破，很是蹊跷，而且还缺了一块。

有一天晚上，马吕斯因珂赛特和冉·阿让在一起，他谈到这场奇特的险遇，说他屡次查询而徒劳。他见"割风先生"那张始终冷淡的面孔，便有些不耐烦了，于是激动地提高声音，几乎怒冲冲地说道：

悲惨世界

"是的。这个人，不管他是什么人，他的所为也是高尚的。您知道他做了什么吗，先生？他像个大天使那样出现，他是冲进战火中，才能把我抢出去，还打开下水道门，将我拖进去，再背着我！在那可怕的地下长廊里，他必须弯下腰，屈着膝，在黑暗中，在污泥浊水中，走了一法里半多路，先生，背上还背个死尸！抱着什么目的呢？唯一的目的，就是抢救这个死尸。而这个死尸正是我。他心里想：'也许还有一线生机，为了这一点可怜的火星，我要冒生命危险！'他拿生命冒险，可不止一次，而是无数次。一步一个险。有事实为证：他一走出下水道就被捕了。先生，这人所做的这一切，您知道吗？不希图任何报酬。当时我是什么人？一名暴乱分子。当时我是什么人？一个战败者。啊！珂赛特那六十万法郎如果是我的……"

"那钱是您的。"冉·阿让插了一句。

"那好，"马吕斯接着说，"我愿意以这笔钱为代价，找到这个人！"

冉·阿让沉默不语。

第五卷 不眠之夜

[一] 一八三三年二月十六日

一八三三年二月十六日的夜晚是降福之夜。夜色上空天堂打开了。这是马吕斯和珂赛特的新婚之夜。

这是兴高采烈的一天。

这并非外公所梦想的蓝色佳节,既不是有一大群小天使和小爱神在新婚夫妇头上飞旋的仙境,也不是能装饰在门楣上的那种婚礼的图景,而是一次又甜美又欢乐的婚礼。

婚礼前夕,冉·阿让当着吉诺曼先生的面,将那五十八万四千法郎交给马吕斯。

婚期的前几天,冉·阿让出了一点事儿,右手拇指砸伤了。伤得并不严重,他不让别人照顾,自己包扎,也不让人看伤处,连珂赛特也不例外。伤虽不重,但是手要缠上绷带,手臂要吊着,这样他就不能签字了。吉诺曼先生是代理监护人,便代替他行事。

当天在市政厅和教堂里,珂赛特光彩夺目,楚楚动人。

珂赛特穿一条白色塔夫绸衬裙,外面套了班什产的镂花边连衣裙,再罩上英国针织花薄头纱,戴一条精美的珍珠项链,戴一顶橘花冠,全是洁白色,她在这身洁白色中光艳照人。这种美妙的天真无瑕,在明光中焕发而升华,就好像一位贞女正在化为天仙。

马吕斯一头美发又光亮又芳香。在浓密的发鬈下,仍能看到街垒给他留下的几条浅色伤痕。

外祖父神采飞扬,高昂着头,他挽着珂赛特的手臂,代替因吊着绷带而不能搀扶新娘的冉·阿让。

冉·阿让身穿黑礼服,笑呵呵跟在后面。

[二] 形影不离

冉·阿让回到家中,点亮婚烛上楼,人去室空,连都圣也不在了。冉·阿让走在房中脚步要比往日响些。所有柜橱门都敞着。他走进珂赛特的房间,只见床单没有了,枕套和花边也没有了,剩下的枕心和叠好的被套一齐放在床垫脚下,而床垫则露出麻布套子,显然不会有人来睡了。珂赛特喜爱的所有妇女用的小物品全带走了,只剩下大件木器家具和四堵墙壁。都圣床上用品也搬空了。只有一张床铺好了,仿佛等候一个人,那就是冉·阿让的床铺。

冉·阿让扫视墙壁,关上几扇柜橱门,从一间屋走到另一间屋。

然后,他又回到自己的房间,将蜡烛放在桌子上。

他胳膊早已从绷带里抽出来,用右手做事,好像一点也不疼痛。

他走近床铺,究竟是偶然还是有意呢?他的目光落在珂赛特曾经妒忌的东西,那只总带在身边、"形影不离"的小箱子上。六月四日那天,他一搬到武人街,就把它放在床头旁边的一张独脚圆桌上。现在他急忙走向圆桌,从兜里掏出一把钥匙,打开小箱子。

他缓慢地从箱里拿出十年前珂赛特离开蒙菲郿时穿的衣服,先后取出黑色小衣裙、黑头巾、粗笨的童鞋,而珂赛特的双脚小得出奇,现在几乎还能穿进去;接着,他又取出厚厚的粗毛紧身衣、针织短裙、带有兜儿的围裙、毛线袜子。这双袜子还保留孩子可爱的小脚形状,比冉·阿让的手掌长不出多少。所有衣物都是黑色的。是他带到蒙菲郿给珂赛特穿上的。他一件一件取出来,放到床上,一边回想追忆。那是冬天,是严寒的十二月份,珂赛特衣衫褴褛,半裸的身子冻得直打战,可怜的小脚在木鞋里冻得通红。正是他,冉·阿让,让她脱掉破衣烂衫,换上这身孝服。母亲在九泉之下,看见女儿给她戴孝,尤其看见女儿穿得暖暖和和,一定非常高兴。他想到蒙菲郿森林,他和珂赛特一道穿过去;想到那天的天气、没有叶子的树木、没有鸟儿的树林、没有太阳的天空;尽管如此,那一切还是非常美好。他把小衣服摆在床上,头巾放在短裙旁边,长袜放在鞋子旁边,紧身衣放在连衣裙旁边,一件一件细看。当时,她只有这么点儿高,二人手拉着手往前走,她在这世上只有他一人。

想到这里,他那白发苍老的头倒在床上,这个坚忍的老人心碎了,他的脸差不多埋在珂赛特的衣服里。此刻,谁若是经过楼梯,就会听见凄惨的哀号。

第六卷　最后一口苦酒

[一] 七重天和天外天①

婚礼的次日很冷清，大家都尊重幸福之人的静思，因此都起来晚一点儿。来客贺喜的喧闹声要稍微靠后。二月十七日刚过中午，巴斯克腋下夹着抹布和鸡尾掸子，正忙着打扫"他的候客厅"，忽听有人轻轻敲门。来人没有拉门铃，在这种日子，这样做相当知趣。巴斯克打开门，见是割风先生，就把他引进客厅。客厅里一片狼藉，就像昨晚欢乐的战场。

马吕斯走进来，他高昂着头，嘴角挂着微笑，满面春风，脸上焕发特殊的光彩，目光充满得意的神色。他也一样，通宵未眠。

"是您啊，父亲！"他见是冉·阿让，便高声叫道。

他有满腹话要讲，这是圣洁的喜悦达到顶峰的特点，他继续说道：

"见到您真高兴！您哪儿知道，昨晚我们多渴望您在这儿啊！早安！父亲。您的手怎么样啦？好些了吧？"

"先生，"冉·阿让说道，"我要告诉您一件事：从前我是

---

①　公元2世纪托勒密创立地心说，每个行星为一重天，最远的行星为七重天。第八层则为恒星天。

苦役犯。"

尖厉的声音，对思想和耳朵一样，都可能超过限度。"从前我是苦役犯"这几个字，从割风先生口中讲出来，进入马吕斯的耳朵，却超过了可能听到的限度。马吕斯没听见。刚才好像对他说了什么话，但他不知道是什么。他一时目瞪口呆。

这时他才发现，同他说话的人神态可怕。他在幸福中醉神迷，直到这时才注意对方脸色惨白得吓人。

冉·阿让解下吊着右胳膊的黑领带，打开包扎手的布条，露出拇指给马吕斯看。

"我的手一点事儿也没有。"他说道。

马吕斯注视这根拇指。

"这手指根本就没有受伤。"冉·阿让又说道。

手指上确实没有一点伤痕。

冉·阿让继续说：

"我不宜参加你们的婚礼，因此尽量回避。我推说受伤，以免作假，以免往婚约里掺进无效的东西，以免签字。"

马吕斯结结巴巴地问："这究竟是什么意思？"

"这就是说，我服过苦役。"冉·阿让答道。

"您简直让我发疯！"马吕斯惊恐地嚷道。

"彭迈西先生，"冉·阿让说道，"我在苦役场关了十九年。因为偷窃。后来，我被判无期徒刑。因为偷窃。因为累犯罪。现在，我是潜逃犯。"

在事实面前，马吕斯徒然逃避，无视真相，拒不承认明显的事情，最后还得投降。他开始明白了，而且明白过了头，碰到这种情况总有这样的反应,他颤抖一下,内心掠过一道丑恶的闪电,一个令他颤抖的念头穿过他的思想。他隐约望见他的未来是一种畸形的命运。

"全说出来吧!全说出来吧!"他嚷道,"您是珂赛特的父亲!"

他向后退了两步,那动作表现出了无以名状的憎恶。

冉·阿让又扬起头,神态无比庄严,形象仿佛一下子拔高到了天棚。

"先生,在这一点上,您必须相信我,尽管我们这种人的誓言,法律并不承认……"

说到这里,冉·阿让沉吟一下,继而,他阴沉地,以至高无上的权威口吻,每字都加重语气,缓慢地补充道:

"……您会相信我的。我,珂赛特的父亲!在上帝面前起誓,不是。彭迈西先生,我是法夫罗勒那地方的农民,靠修剪树木为生。我不叫割风,而叫冉·阿让。我同珂赛特毫无关系。您就放心吧。"

马吕斯讷讷问道:"谁能向我证明?……"

"我。既然我这样说了。"

马吕斯注视这个人,只见他那神情惨然而又沉静。如此平静,绝不可能说谎。冰冷的神态是真诚的。这坟墓般的冷峻,令人感到真实。

"我相信您。"马吕斯说道。

冉·阿让点了点头,仿佛记下这一点,他继续说道:

"我是珂赛特什么人呢?一个过路人。十年前,我还不知道有她这么个人。不错，我爱她。自己老了，看见一个小孩子，总是喜爱的，觉得自己是所有孩子的爷爷。这样看来，您尽可以推想，我还有类似一颗心的东西。她无父无母，她需要我。这就是为什么我喜爱上她了。孩子，那么弱小，随便什么人，甚至像我这样一个人，都可能成为她们的保护人。我对珂赛特尽了这种天职。我并不认为，这点小事真的能叫作善举；但如果是善举的话，那么就算我做出来了，请您记下这一减罪的情节。今天，珂赛特离开我生活，我们两条路分开了。从今往后，我同她再也没有什么关系了。她成为彭迈西夫人。她的保护人换了。而她也从替换中获益，万事如意，至于那六十万法郎，您不提起，我却想在您的前头。那是寄放的一笔钱。寄放的钱如何到了我手里？这还有什么关系？我把钱交出来。别人就不该再要求我什么了。我交出这笔钱，并说出自己的真名实姓。道出姓名，这还是我个人的事，是我执意要您知道我是谁。"

说罢，冉·阿让直视马吕斯。

此时，马吕斯只觉得心乱如麻，感慨万端。命运之风有时骤起，在我们的心中卷起这样的惊涛骇浪。

我们每人都经历过这种时刻：思绪纷乱，全都支离破碎，而我们说出最先想到的话，又不见得正是我们所要表达的意思。有些事情突然揭示出来，叫人难以承受，就像毒酒一样令人昏迷。他一时惊愕，不知如何对待这突如其来的新局面，因此说起话来，就好像要怪罪这个人供出真相。

"可是，您究竟为什么要全告诉我呢？"他高声问道，"有什么逼迫您这样做呢?您完全可以把这秘密埋藏在心里。您不是没人告发,没人跟踪,也没人追捕吗?您一定有什么原因这么做,从心里乐意披露出来,把话说完,还有别的缘故。您供认这件事是何用意?究竟出于什么动机?"

悲惨世界

"出于什么动机?"冉·阿让回答,不过,他的声音十分低沉,真像自言自语,而不是对马吕斯说话,"是啊,对于苦役犯来说:我是个苦役犯,究竟出于什么动机呢?是啊,不错,动机太怪了。这是出于诚实。要知道,有一根线紧紧牵着我的心,该有多么痛苦。人尤其老了的时候,这些线特别牢固,周围的生活全垮了,这些线却扯不断。这条线,假如我早能扯去,拉断,解开疙瘩或者斩断,走得远远的,我就得救了;我一走,就一了百了,布洛瓦街有驿车。你们过幸福日子,我走开。这条线,我试图割断,我使劲拉,非常结实,怎么也拉不断,几乎把我的心拉出来。于是我想到:'我只能留在这儿,到别处活不下去。我必须留下来。'不错,就是这样,您问得有理,我是个愚蠢的人,为什么不痛痛快快留下来呢?您在这家里给我准备一间卧室,彭迈西夫人很爱我,她对这张安乐椅说:'向他伸出双臂',您那外祖父也巴不得有我陪伴,我合他的心意,我们住在一起,同桌吃饭,我让珂赛特……对不起,说顺嘴了,让彭迈西夫人挽上我的手臂……我们同住在一个房顶之下,同桌吃饭,同守一炉火,冬天围着同一个壁炉,夏天一同散步,这就是快乐,这就是幸福,这就是一切。我们像一家人那样生活。一家人!"

说到这几个字,冉·阿让变得粗暴了,他叉起胳臂,凝视脚下的地板，仿佛要挖出一个深渊，他的声音也响亮起来：

"一家人！不对。我根本没有家。我也不是你们家的人。我不属于人类的家庭。在每家每户的住宅里，我是多余的。世上有多少家庭，但是没有我的。我是不幸的人，流离失所。当初，我有父亲，有母亲吗？我几乎有点怀疑。我把这孩子嫁出去的那天，这一切就结束了，我看见她幸福，看见她同心爱的男人在一起，这里还有一位慈祥的老人，一对天使共同生活，美满快乐，这样很好，于是我告诫自己：'你呀，不要进去。'不错，我可以说谎，欺骗你们所有人，继续当割风先生。只要是为了她，我就能说谎，而现在是为我自己，这就不应该了。不错，只要我不讲，整个就还会照旧。您问我，是什么迫使我讲出来？说起来也怪，是我的良心。"

冉·阿让住口了，马吕斯一直听着。这样连续不断的思虑和忧惧，是不宜打断的。冉·阿让又压低嗓门，但不再是低沉的声音，而是凄厉的声音。

"您问我为什么要说出来？您说，我没人告发，没人跟踪，也没人追捕。不对！我被告发啦！不对！我被跟踪！不对！我被追捕！被谁呢？被我自己。是我挡住自己的去路，我拖住自己，推着自己，抓住自己，处决自己，一个人若是自己抓住自己，那是绝对跑不掉的。

"从前，为了生活，我偷了一块面包；今天，为了生活，我不愿意窃取一个名字。"

"为了生活！"马吕斯截口说道，"您生活不需要这个名字吧？"

悲惨世界

"啊！我明白自己要说什么。"冉·阿让回答，他缓慢地抬头又低下，反复数次。

一时冷场。二人都默然，都陷入沉思。马吕斯坐在桌子旁边，蜷曲一根指头顶着嘴角；冉·阿让则来回踱步，最后停在一面镜子前，半响未动，他对自己在镜中的影子视而不见，仿佛在回答内心的推理，说道：

"然而现在，我如释重负！"

他又开始踱步，走到客厅的另一端，回头发现马吕斯在注视他走路，就用难以形容的声调对他说：

"我走路有点拖着腿，现在您明白为什么会这样。"

接着，他完全转向马吕斯：

"现在，先生，您可以想象一下：我什么也没有讲，还是割风先生，我搬到您家来住，成为你们家一员，睡在我的卧室，早晨，穿着拖鞋来用餐，晚上，我们三人一同去看戏，我陪彭迈西夫人到土伊勒里宫花园和王宫广场散步，我们在一起，您以为我和你们是同类人；可是有一天，我在这儿，你们也在这儿，我们谈笑风生，突然，你们听见一个人喊这个名字：冉·阿让！接着，警察这只可怕的手从暗地里伸出来，一把摘下我的假面具！"

他又住口了。马吕斯颤抖着站起来。冉·阿让又问了一句：

"您觉得如何？"

马吕斯默然不答。

冉·阿让继续说道：

"您现在明白了，我没有保持沉默是有道理的。好吧，愿你们过幸福的日子，待在天堂里，当一个天使的天使，沐浴着灿烂的阳光，就此满足吧，不要管一个可怜的受苦人如何敞开胸怀，履行职责。在您面前的，先生，是一个悲惨的人。"

他沉思片刻，机械地将食指尖放到拇指的指甲上，接着提高嗓门说：

"事情差不多完了，我只剩下最后一个念头……"

"什么念头？"

冉·阿让似乎犹豫到极点，几乎无声无息地说道：

"现在您既然知道了，您可以做主，先生，您认为我不该再来看望珂赛特了吗？"

"我想最好不要见了。"马吕斯冷淡地回答。

"我再也见不到她了。"冉·阿让咕哝一句。

他朝门口走去。

他的手放到球状门把手上，已经拧动，门开了一条缝儿，只够身子挤过去的，可是，冉·阿让停住了，随即又把门关上，转身面对马吕斯。

他的脸色不是苍白，而是青灰了，眼中没了泪光，只有一种凄惨的火焰。他的声音又变得异常镇静。

"这样吧，先生，"他说道，"如果您同意，我就来看看她。"

"您每天晚上来吧，"马吕斯说道，"珂赛特会等着您的。"

"您是好人，先生。"冉·阿让说道。

马吕斯向冉·阿让鞠躬送客，两个人分手，幸福将绝望送出门。

[二] 披露中的模糊处

马吕斯心乱如麻。

对这个由割风变为冉·阿让的人，马吕斯从前只是疏远，现在又增加了厌恶情绪。

不过也应当指出，这种厌恶中有怜悯的成分，甚至包含某种惊奇。

这个窃贼，这个惯犯，交出一笔托管的款项。多大的款项啊？六十万法郎。他是唯一知道这笔秘密款项的人。他本可以据为己有，但是他全部交出来了。

此外，他还主动披露了自己的身份。根本没有迫于什么压力。如果有人知道他是谁，那也是他本人透露的。这样透底，不仅要承受耻辱，还要冒巨大危险。对一个判了刑的人来说，一副假面具就不只是假面具，还是一个避难所。一个假姓名就意味安全。然而，他抛掉了这个假姓名。他这个苦役犯，本可以在这清白人家永远藏身，他却抵制住了这种诱惑。出于什么动机呢？顾忌良心。他本人解释了这一点，那真情实语的声调是不容置疑的。总而言之，不管冉·阿让是什么人，但毫无疑问，他有一颗觉醒的良心。那里似乎开始一种恢复名誉的神秘行动；而且，种种迹象表明，这种顾忌早已主宰了这个人。如此向善并崇尚正义，绝非普通人所能为。良心的觉醒，便是灵魂的伟大。

冉·阿让是坦诚的。这种坦诚看得见，摸得到，也无可怀疑，它给他造成的痛苦就是明证，无须调查，可以完全相信这个人所说的每句话。说来也怪，在马吕斯看来，这时位置颠倒过来了。割风先生给人什么印象？怀疑。从冉·阿让身上又得出什么结论？信任。

马吕斯的记忆虽然十分混乱，但还是能浮现一些影像。

容德雷特破屋的那场历险，究竟是怎么回事呢？为什么警察一到，这个人非但不控告，反而潜逃了呢？现在，马吕斯找到了答案：原来此人是在逃的累犯。

另一个问题：这个人为什么来到街垒？要知道，马吕斯现在又清清楚楚看见当时的场景，这种记忆在人激动时，就像隐形墨迹靠近火那样，重又显现出来。这人来到街垒，却没有参加战斗。他干什么来了呢？面对这个问题，一个幽魂站起来，给予回答：沙威。冉·阿让将捆着的沙威拖出街垒的惨景，现在他还记得一清二楚，他又听到蒙德图尔小街拐角那边可怕的手枪声。这密探和这苦役犯之间大概有仇：一个妨碍了另一个。冉·阿让来到街垒是为了复仇。他来得晚，可能是得知了沙威已经被囚在这里。科西嘉式的复仇在社会底层深入人心，成为他们行为的准绳。这种复仇极为自然，就连那些五分向善的人也不会引以为奇。这类人的心天生如此，虽然走上悔罪之路，对于盗窃可能有所顾忌，但是要报仇就会放开手脚。冉·阿让打死了沙威。至少，这是显而易见的。

马吕斯无论在什么思想里转圈子，总要回到对冉·阿让一定程度的厌恶上。这是个苦役犯，即处于最后一级之下，在社会等级中连个位置都没有的人。末等人之后，才轮到苦役犯。可以说，苦役犯不是世人的同类了。

现在怎么办呢？冉·阿让前来看望，引起他内心深处的反感。这个人何必到他家来？怎么办呢？想到这里，他昏头涨脑，不愿深挖，不愿深究，不愿探测自己的内心。他已经许诺，他不由自主地答应了，冉·阿让得到他的许诺。即使对一名苦役犯也不能食言，尤其对这名苦役犯更不能食言。然而，他的首要责任还是珂赛特。总而言之，他的厌恶情绪在支配一切。

第七卷　人生苦短暮晚时

[一] 楼下房间

次日黄昏时分，冉·阿让去敲吉诺曼家的大门。迎进他的是巴斯克。巴斯克这时待在院子里，仿佛按指示办事。这是常有的事，主人吩咐仆人："某某先生要到了，您去迎候一下。"

巴斯克未等冉·阿让走近前，就问道：

"男爵先生叫我问问先生，是要上楼还是待在楼下。"

"待在楼下。"冉·阿让回答。

巴斯克倒十分恭敬，打开楼下厅室的门，说道："我去禀报夫人。"

冉·阿让走进的这间一楼厅室，有时当酒窖用，里面潮湿昏暗，天棚呈拱顶，虽然临街，却只有一扇安了铁栏的红玻璃窗透进点光线。

这间屋不是拂尘、掸子和扫帚经常光顾的地方。灰尘在这里静静地积累，也没有组织剿灭蜘蛛的行动。一张镶饰着苍蝇的精致的大蛛网，堂而皇之地铺展在一块窗玻璃上。房间又小又矮，墙角有一大堆空酒瓶。墙壁刷成赭黄色，灰皮大片大片剥落。里端有一个漆成黑色的木架壁炉，炉台极窄，炉中生了火，显然已经料到冉·阿让必定回答："待在楼下。"

壁炉两角放了两张安乐椅，椅子中间铺了一块床前脚垫，权作地毯，但是垫子的绒毛几乎磨光，露出粗绳了。

房间的照明，是借壁炉的火光和窗户透进来的暮色。

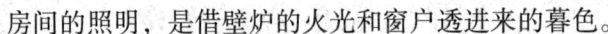

冉·阿让疲惫不堪，一连几天，他不吃也不睡，进来便仰倒在椅子上。

巴斯克又返回，将一支点燃的蜡烛放到壁炉台上，又退出去了。冉·阿让脑袋垂到胸前，既没有瞧见巴斯克，也没有瞧见蜡烛。

突然，他仿佛受了惊吓，忽地站起来。珂赛特就在身后。

他没有看见进来人，但是他感到珂赛特进来了。他回过身端详她。珂赛特真是光艳照人。不过，冉·阿让以深邃的目光注视的是灵魂，而不是美貌。

"好啊，"珂赛特高声说道，"真想得出来！父亲，我知道您古怪，可也万万没料到会来这一手。马吕斯对我说，是您要我在这儿接待您。"

"不错，正是我。"

"究竟为什么呀？您挑选这楼里最丑陋的房间来同我见面。这里真不堪入目。"

"你不知道……"

冉·阿让立即改口道："您知道，夫人，我这人特别，有些怪念头。"

珂赛特连连拍小手："夫人！……您知道！……又出来新鲜事儿！这是什么意思呀？"

冉·阿让冲她苦笑笑,有时不得已,他就往往挤出这种笑脸。

"您要当夫人,现在是了。"

"在您面前不是,父亲。"

"别再叫我父亲了。"

"怎么?"

"叫我让先生吧,直呼让也行。"

"您不是父亲啦?我也不再是珂赛特啦?让先生?这是什么意思呀?这简直是闹了革命!究竟出什么事儿啦?您倒是正面瞧瞧我呀。您不愿意和我们住在一起!您也不肯要我给您准备的房间!我怎么得罪您啦?我怎么得罪您啦?究竟出了什么事儿?"

"没什么事儿。"

"那又为什么?"

"什么都跟往常一样。"

"您干吗改名字?"

"您不是也改了吗?"

他又苦笑了一下,补充道:

"既然您能叫彭迈西夫人,我也可以叫让先生。"

"您这么怨恨,是不是因为我幸福了?"

无心说出来的天真话,往往能鞭辟入里。这个问题,珂赛特看似简单,对冉·阿让却意味深长。珂赛特本想搔搔皮肤,未承想揪心挖肝了。

冉·阿让脸色惨白,一时无言以对,继而才以无法形容的声调，仿佛自言自语那样咕哝道：

"她幸福了，这本来是我的生活目的。现在，上帝可以把我打发走了。珂赛特，你幸福了，我这辈子也就过完了。"

"啊！您对我称呼'你'啦！"珂赛特叫起来。

她随即扑过去，搂住他的脖子。

冉·阿让一时忘情，狂热地将她紧紧搂在胸口，几乎觉得她失而复得了。

"谢谢，父亲！"珂赛特对他说。

在冉·阿让身上，这样欣喜若狂又要转为肝肠寸断。他缓慢摆脱珂赛特的手臂，拿起帽子。

"怎么啦？"珂赛特问道。

冉·阿让回答："我走了，夫人，他们在等您。"

他走到门口，又加了一句："刚才我对您称了'你'。去告诉您丈夫，我再也不会这样了。请原谅我。"

冉·阿让走了，而珂赛特愣在原地，对这种告别简直莫名其妙。

[二] 又退几步

从这往后，冉·阿让天天按时前来，但是完全照马吕斯的话去做，没有勇气稍微违拗。马吕斯则设法总在冉·阿让来时出门。

他一直住在武人街，还下不了决心远离珂赛特居住的街区。

起初，他只和珂赛特一起待上几分钟就走了。

后来，他探望的时间由短渐长，而且养成了习惯，就好像借着白昼延长的机会，他早来点儿晚走点儿也是正当的。

有一天，珂赛特脱口叫了他一声父亲。冉·阿让那张忧郁苍老的脸上，掠过一道快乐的闪光，但他立刻制止："还是叫让。""哦！对了，"她咯咯笑着回答，"让先生。""这样才好。"他说道。他随即转过身去，免得珂赛特瞧见他擦眼睛。

有一天，他比往常待得还要久一些。次日，他注意到壁炉里没有生火。"咦！"他心中暗道，"没生火。"他又向自己作出这种解释："这非常自然。都四月份了，天不冷了。"

次日，炉火倒是又生了，但是两把扶手椅却移到屋子另一端，摆在门口。"这是什么意思呢？"冉·阿让思忖道。

他又把椅子搬到火炉旁边。

重新燃起的炉火又给他增添勇气。他的话多起来，交谈的时间又比平常拖长了一点儿。他起身要走时，珂赛特对他说：

"昨天，我丈夫向我提起一件怪事。"

"什么事儿？"

"他对我说：'珂赛特，我们共有三万利弗尔年金，你有两万七千，外公给我三千。'我回答：'加在一起正好三万。'他又说：'你有勇气只靠三千法郎生活吗？'我回答说：'有啊，只要和你在一起，没有钱也行。'后来我又问他：'你干吗对我说这个？'他就回答我：'随便问问。'"

冉·阿让哑口无言。大概珂赛特想让他解释解释，而他却神色黯然，只管默默地听着。他回到武人街，还凝神想这事儿，竟然走错了门，进入旁边的一栋楼，登上三楼才发现错了,又返身下来。

他陷入各种猜测,精神非常苦恼。马吕斯显然怀疑这六十万法郎来路不正,怕是不义之财,谁知道呢?也许他已经发现,这笔钱财原是他冉·阿让的,既然可疑,他就有所顾虑,不愿意接收,宁肯和珂赛特一起过穷日子,也不愿接受这不义之财。此外,冉·阿让也开始隐约感到,主人有逐客之意了。

第二天,他走进楼下那间屋,不禁打了个寒噤。安乐椅不见了,甚至一把普通坐椅都没有。

"怎么,"珂赛特一进屋就嚷道,"扶手椅没啦?扶手椅搬到哪儿去啦?"

"搬走了。"冉·阿让答道。

"这太过分啦!"

冉·阿让讷讷说道:"是我让巴斯克搬走的。"

"总有个原因吧?"

"今天我只待几分钟。"

"只待一会儿,也没有理由站着啊。"

"我以为巴斯克需要将扶手椅搬到客厅去。"

"为什么?"

"今天晚上,你们一定有客人。"

"一个客人也没有。"

冉·阿让再也无话可说了。

珂赛特耸耸肩膀。

"叫人把坐椅搬走!那天还叫人熄掉炉火。您也太古怪啦!"

悲惨世界

"别了。"冉·阿让咕哝一句。

他没有说:"别了,珂赛特。"但他也没有勇气说:"别了,夫人。"

他心情沮丧,走了出去。

这回他领悟了。

次日他没有来。到了晚上,珂赛特才发觉。

"咦,让先生今天没有来。"她随口说了一句。

她心中微微有点怅然,但是感觉并不明显,让马吕斯一个亲吻就给排解了。

第三天,他还是没有来。

珂赛特并没有留意,晚上该做什么做什么,该睡觉就睡觉,一如往常,早晨醒来才想起这件事儿。也难怪,她太幸福啦!她急忙打发妮珂莱特去让先生家,看他是不是病了,昨晚为什么没有来。妮珂莱特转达让先生的答复,他一点病也没有,他很忙,很快就会去的,尽早前去。再说,他要有一趟短途旅行。夫人想必还记得,他隔段时间就要出趟门,这是他的习惯,不必担心,也不必挂念他。

妮珂莱特走进让先生家时,向他重复了女主人的原话,说是夫人派她来问一问:"昨晚让先生为什么没有来?""我有两天没有去了。"冉·阿让轻声说道。

然而,他婉转纠正的这一点,妮珂莱特根本没有向珂赛特转达。

[三] 吸力和止息

一八三三年春夏之交,沼泽区寥寥的行人、店铺商人、站在门口的闲人，都注意到有个身穿整洁黑礼服的老人，每天一到黄昏时刻，就从武人街靠布列塔尼里圣十字架街一侧出来，经过白斗篷街、圣卡特琳园地街到达披巾街往左拐，再走进圣路易街。

到了圣路易街，他就放慢脚步，脑袋往前探，什么都视而不见，听而不闻，眼睛总直勾勾地凝视一点，对他来说仿佛是明显的那一点，无非是受难会修女街的拐角。他离那街角越近，眼睛就越亮，眸子里射出喜悦的光芒，犹如内心升起的曙光，他那神态仿佛受了迷惑并十分动情，他的嘴唇微微翕动，就好像在对一个他看不见的人说话，他隐隐现出笑容，而脚步却尽量放慢，就好像他既盼望到达，又怕走到近前的那一刻。再过几栋楼房，就走到似乎吸引他的那条街，他的脚步十分缓慢，有时好像不走了。他的头晃悠，而眼珠却不动，酷似在寻找两极的指南针。他再怎么拖延时间，最终也走到了。一到受难会修女街，他就站住，浑身抖起来，一副忧伤而胆怯的样子，探头眺望最后一栋楼房的角落那边，而他张望那条街的凄惘眼睛里流露出来的神色，类似对不可能得到的东西的赞叹，也类似关闭了的天堂的反光。继而，他眼角慢慢聚积一滴泪水，积大了就掉下来，顺着腮流到嘴角，有的还在嘴角停留片刻。老人尝到了泪水的苦味。他就像石头雕像一样，在那里伫立几分钟，然后又以同样的步伐原路返回，越走越远，目光也暗淡下来了。

久而久之，老人不再走到受难会修女街的拐角，在圣路易街的中途就停下，有时多走几步，有时少走几步。有一天，他

停在圣卡特琳园地街的拐角,远远眺望受难会修女街,继而默默地左右摇摇头,仿佛拒绝内心的一点要求,又沿着原路回去了。

又过不久,他连圣路易街也走不到了,只到铺石街,摇了摇头,就往回走了;后来不越过三亭街,最后连白斗篷街也不越过了,好比没有上发条的挂钟,钟摆的摆幅越来越小,直至完全停止。

每天他还按时出门,走同一路线,但是不再走到头,也许他没有意识到自己在不断缩短距离。他脸上的神情完全表达这唯一的想法:何苦来呢?眼睛没神了,脸上没有光彩了。就连泪水也枯竭了,不再聚积在眼角上,这沉思的目光是干涩的。老人的头还总往前探,下颏儿有时摆动,脖子瘦得皮打褶,叫人看着难受。在天气不好的日子,他有时腋下夹把雨伞,但是从不打开。那个街区的老太婆都说:"他是个傻子。"孩子们跟在他后面哄笑。

第八卷　最终的黑暗，最终的曙光

[一] 墨水却还人清白

一天晚上，吃罢晚饭，马吕斯刚回到办公室要审阅一份案卷，巴斯克就送来一封信，并说："写这封信的人就在候客室。"

珂赛特挽着外祖父的手臂，在花园里散步。

信如其人，也会有恶俗的外表。纸张粗糙，折叠笨拙，这类信一看就令人反感。巴斯克拿来的就是这样一封信。

马吕斯一接近信，就闻到一股烟叶味，一种气味，比什么都更能唤起人的回忆。马吕斯想起这种烟味，再看封面上写的："呈送先生，彭迈西男爵先生启。他的公馆。"他辨认出烟味，也就认出笔迹了。可以说，惊诧能闪光。就是这样一道闪光，使马吕斯豁然开朗。

嗅觉，这神秘的备忘录，一下子就在他身上唤起一个天地。正是这种纸张、这种折信方式、这样淡淡的墨水，正是这熟悉的笔迹，尤其是这烟味，他眼前就出现了容德雷特的破屋。

这真是天缘凑巧！他百般寻找的两条线索之一，近来还花了大力气，以为永无踪迹了，现在却自动送上门来。

这封信署名为"德纳"。

署名不假，只是缩短了。

此外,信中不知所云,又别字连篇,终于暴露无遗。身份的证明已经齐备,无可怀疑了。

马吕斯异常激动。他先是一惊,后又一喜。但愿现在能找见他所寻觅的另一个人,他马吕斯的救命恩人,他就别无希求了。

一个男子走进来。

马吕斯又是一惊:进来的人完全是陌生的。

此人不仅年老,还长了个大鼻子,下巴插在领带里。走路驼着背。

一照面最初的印象,就是这人衣服太肥大,虽然整齐扣上了纽扣,还是不合他的身。

马吕斯看见来者并非他所期待的人,不禁感到失望,态度便转而冷淡了。就在来客深深鞠躬的时候,马吕斯从头到脚打量他,口气生硬地问道:"您有什么事?"

马吕斯注意听这人讲话,捕捉他的口音和动作,但是越发失望了:这浓重的鼻音,同他预料的尖刻的嗓音截然不同。他如坠五里雾中。

那陌生人将两手插进坎肩兜里,抬起头来,但是并不挺起脊背,他那透过眼镜的绿目光也在端量马吕斯。

"好吧,男爵先生,我说明一下。我有个秘密向您出售。

"男爵先生,贵府上有个盗贼和杀人凶手。

"他叫冉·阿让。"

"我知道。"

"我还要无偿告诉您他是谁。"

"说吧。"

"他是个老苦役犯。"

"我知道。"

"您是因为我荣幸地告诉您才知道的。"

"不是。我早就知道了。"

陌生人微笑着又说道:

"我不敢驳斥男爵先生。不管怎么说,您应当明白,我是了解内情的。现在我要告诉您的情况,唯独我知道。这事关系到男爵夫人的财产。这是一个异乎寻常的秘密,我准备出售这个秘密。首先找您这个买主。价钱便宜。两万法郎。"

"这秘密同其他秘密一样,我全知道。"

那人感到有必要降点价:

"男爵先生,给一万法郎吧,我就说出来。"

"再说一遍,您没有什么可告诉我的。您要说什么我知道。"

那人眼里又掠过一道闪光,他高声说道:

"今天我总得吃晚饭啊。跟您说,这是个异乎寻常的秘密,男爵先生。我说了,给我二十法郎吧。"

"我知道您这异乎寻常的秘密,就像我早就知道冉·阿让这个名字,也像我知道您的名字一样。"

"我的名字?"

"对。"

"我对您说,您就是德纳第。"

"我否认。"

"您还是个无赖,拿着。"

马吕斯说着，从兜里掏出一张钞票，摔到他脸上。

"谢谢！对不起！五百法郎！男爵先生！"

那人大惊失色，急忙鞠躬，抓住钞票看个仔细。

"五百法郎！"他惊讶地又说道，随即又结结巴巴地咕哝一句，"一张真的大票子！"

继而，他突然又提高嗓门儿：

"好吧，我们就放松放松吧！"

说着，他像猴子一样灵活，头发往后一抛，摘下眼镜，从鼻孔里拔出两根羽毛管，收了起来。这两根羽毛管，我们在本书的另一页已经见到。他就像摘下帽子一样摘下面具。

他的眼神亮起来，起伏不平，疙里疙瘩的额头也露出丑陋的皱纹，鹰勾鼻子又恢复原状，这个悍匪便现出凶残狡诈的真面目。

"男爵先生真是明察秋毫，"他说道，而声音当即清晰，毫无鼻音了，"我就是德纳第。"

他那驼背也伸直了。

我们还记得，德纳第虽然曾与马吕斯为邻，却从未见过他，这在巴黎是常有的事。

马吕斯还在思考。他终于抓到了德纳第。他万分渴望找到的这个人，现在就在眼前。他可以履行彭迈西上校的遗嘱了。这位英雄欠了这个匪徒的情，马吕斯感到耻辱，而且至今没有兑现他父亲从坟墓里给他开出的汇票。他面对这个德纳第，思想也处于复杂的状态，他认为上校不幸被这样的坏蛋所救，在报恩的同时也应为上校雪耻。不管怎样，他还是高兴的，终于能使上校的幽魂摆脱这个卑鄙的债权人,他也觉得能将对父亲的怀念从债务的牢笼里解救出来了。

除了这一职责,他还有一个责任,如果可能的话,要弄清珂赛特财产的来源。机会似乎摆到面前。也许德纳第了解一点内情。有必要探探这个人的底。就从这里下手。

德纳第将"大票子"深藏到坎肩兜里,几乎带着几分温情注视马吕斯。

马吕斯打破沉默:

"德纳第,我说破了您的姓名。您掌握的秘密,您来告诉我的事情,现在要我对您说一说吗?我也有我的情报。您马上就会看到,我了解的情况比您多。冉·阿让,正如您讲的,是个杀人凶手和盗贼。说他是盗贼,是因为他抢劫了一个富有的厂主马德兰先生,把人家弄破产了。说他是杀人凶手,是因为他杀了警察沙威。"

"我不明白,男爵先生。"德纳第说道。

"这就让您明白。听着。大约在一八二二年,在加来海峡省的一个地区,有个叫马德兰先生的人。从前同司法机构有点过节,后来改过自新,恢复了名誉。这个人成为一个十全十美的义人。他靠技艺生产人造墨玉,使整个城市富起来。当然,他本人也发了财。但这是附带的,可以说是偶然的。他是穷人的衣食父母。他创建医院,开办学校,探望病人,给姑娘嫁妆钱,救济寡妇,收养孤儿,他就像那地方的监护人。他谢绝了授给他的勋章,他被任命为市长。一个刑满释放的苦役犯知道这个人从前判过刑的隐私,便揭发了他,并让人把他抓起来,然后乘机来到巴黎拉斐特银行——这是出纳员本人向我提供的情况——模仿签字,冒名取走了马德兰先生的五十多万法郎的存款。窃取马德兰先生钱财的苦役犯,正是冉·阿让。至于另一件事实,您也没有什么可向我提供的。冉·阿让杀了警察沙威,他是用手枪把人打死的。我敢对您说这话,当时我在场。"

悲惨世界

"这是幻象。我有幸得到男爵先生的信任,就有责任指出这一点。首要的是真相和正义。我不愿意看见不公正地指控别人。男爵先生,冉·阿让根本没有窃取马德兰先生的钱财,冉·阿让也根本没有杀害沙威。"

"岂有此理!怎么这么说呢?"

"这么说有两个原因。"

"哪两个?说吧。"

"第一,他没有劫夺马德兰先生,因为,冉·阿让本人就是马德兰先生。"

"您说什么呀?"

"第二,他并没有杀害沙威,因为,杀死沙威的人,正是沙威自己。"

"您要说什么?"

"我要说,沙威是自杀的。"

"拿出证据!拿出证据!"马吕斯怒不可遏地嚷道。

德纳第边说边从信封里掏出两份破旧发黄、有刺鼻的烟草味的报纸。其中一份显得更旧,折纹全断裂,还往下掉碎片儿。"两件事实,两个证据。"德纳第说着,就把两份打开的报纸递给马吕斯。

马吕斯看了报。事情很明显，日期确切，证据也确凿无疑，这两份报纸印出来，并不是特意为了证明德纳第的说法，而且，《公报》上所刊登的消息，又是警察总署官方提供的。马吕斯不能怀疑。冉·阿让赫然变得高大起来，高出云端。马吕斯禁不住欢叫一声：

"这么说来，这个不幸者是个令人敬佩的人！这笔财富的的确确是属于他的！他就是马德兰，是一方的保护人！他就是冉·阿让，是沙威的救命恩人！他是个英雄！一个圣徒！"

"他既不是圣徒，也不是英雄！"德纳第说道，"他是杀人凶手，是盗贼！"

他讲话带点权威的语气了，还补充一句："咱们得冷静下来。"

盗贼、杀人凶手这些字眼，马吕斯以为消失了，不料又卷土重来，好似一盆冷水浇在他头上。

"怎么又来啦！"他说道。

"躲不开，"德纳第又说道，"冉·阿让没有劫夺马德兰，但照样还是盗贼；他没有杀害沙威，但照样还是杀人凶手。"

"您是不是指四十年前那件可悲的偷窃案？"马吕斯问道，"就从您这报纸也能看出，他一生痛悔，克己利人，修德赎罪了。"

"我说杀人和抢劫，男爵先生；我再重复一遍，我指的是近来的事。我要向您透露的情况，绝对没人知道，也从未听说过。也许您能发现，冉·阿让以高明的手段赠给男爵夫人财产的来源。我说手段高明，就是因为他通过这样的赠款，就钻进一个

高贵的家庭里来享福，享受抢来的钱，隐藏起自己的罪恶，隐姓埋名，为自己建起一个家庭，这种做法不能算太笨拙。

"男爵先生，大约一年前，一八三二年六月六日，在暴动的那天，在巴黎大阴沟里，就是在残废军人院桥和耶拿桥之间，大阴沟在塞纳河的出口处，有那么一个人。"

马吕斯突然把椅子往德纳第这边靠了靠。德纳第注意到这个动作，于是他慢条斯理，就像一个能言善辩的人抓住对方，并感到对方听着他的话时的悸动：

"这个人不得不躲藏起来，但不是政治原因，他把阴沟当作住所，并且还有一把门钥匙。我再说一遍，那天是六月六日，大约晚上八点钟，这人听见阴沟里有响动，他十分诧异，便蜷缩在角落里窥伺。听似脚步声，黑暗中有人朝他这边走来。怪事，这阴沟里除了他，另外还有一个人。阴沟出水口的铁栅门离此不远，他借着从门口射进来的一点亮光，看见来人背着东西，弯着腰往前走。弯腰走路那人从前是苦役犯，他肩头背的是一具死尸。一个不折不扣的现行杀人犯。至于抢劫，那是不言而喻的，谁也不会无故行凶。那个苦役犯要将尸体投进河里。有一点需要说明：那苦役犯是从阴沟远处来的，肯定遇到了可怕的泥坑，才来到这铁栅门口，因此，他本可以将尸体丢进泥坑里，可是第二天，工人疏通阴沟，就可能在泥坑里发现遇害者，凶手不愿意发生这种情况，宁肯背着重负趟过泥坑，他一定卖了死力气，冒了极大的生命危险，至今我也不明白，他是怎么从那里活着出来的。"

马吕斯的椅子又靠近一点儿。德纳第趁机长出了一口气，又继续说道：

"男爵先生，一条阴沟可不是演武场，那里什么都缺，连地方都缺。两个人在里面，就得狭路相逢。这情况果然发生了。住户和过路人虽不情愿，还是不得不彼此问好。过路人对住户说：'你瞧，我背着东西，总得出去，你有钥匙，给我用一用。'这个苦役犯力大无比，可不敢拒绝他。不过，拿钥匙的人讨价还价，只为了拖延时间；他察看死者，但是看不清楚，只能看出那是个青年，穿戴讲究，像个富人，满脸是血，面目模糊了。他一边谈话，一边设法撕下死者外衣的一块后摆，而没有让凶手觉察。一个物证，您明白吧，用这可以重新抓住线索，证明凶手有罪。他将那个物证揣进兜里，然后打开铁栅门，放出那人及其背上的重负，又关上门就逃开了，不想进一步牵连到这个案件中，尤其不想在凶手往河里扔尸体时成为目击者。现在您应当明白了，背死尸的人，正是冉·阿让，而有钥匙的人，此刻正在同您谈话，撕下来的那片衣襟……"

德纳第说完这番话，便用双手的拇指和食指，从衣兜里掏出布满暗斑的黑呢布片，举到眼睛一般高。

马吕斯站起身，他脸色苍白，几乎停住呼吸，一言不发，眼睛盯住黑呢布片，一步步退至墙根，右手伸到身后，摸索墙壁，寻找壁炉旁边柜橱锁眼上插的钥匙，摸到钥匙便打开柜橱门，不用看就伸进手臂，而他惊愕的目光始终不离德纳第抖开的布片。

这时，德纳第继续说：

"男爵先生，我有充分理由认为，那个遇害的青年人是个外国阔佬,携带巨款,被冉·阿让诱入圈套。"

"那青年就是我,衣裳就在这里!"马吕斯嚷道,把一件血迹斑斑的黑色旧衣服扔到地板上。

接着,他一把夺过德纳第手里举着的布片,蹲下来,将布片拼在衣摆的缺口上,裂缝儿完全吻合,正好拼成一件完整衣服。

德纳第呆若木鸡,他心中暗道:"这下我赔了老本儿。"

马吕斯站起来,他浑身颤抖,既汗颜无地,又喜形于色。

他气愤地走向德纳第,同时伸手摸衣兜儿,抓出一把五百和一千法郎的票子,握成拳头举到他面前,几乎碰到他的脸:

"你这无耻的家伙!你说谎,诽谤,无恶不作。你来诬告这个人,反而为他洗脱罪名;你要陷害他,反而赞扬了他。你才是盗贼!你才是凶手!我见过你,德纳第·容德雷特,就在济贫院环城大道的那间破屋里。关于你,我所了解的情况,足以把你打发到苦役场,甚至更远的地方,如果我愿意的话。这是一千法郎,拿着,你这恶棍!"

他说着,就把一千法郎的钞票掷给德纳第。

"哼!容德雷特·德纳第,你这狗东西!这回让你好好受一次教训,出卖机密的旧货贩子,兜售秘事的奸商,专门搜寻黑暗东西的家伙,无耻之徒!拿着这一千五百法郎,从这儿滚出去!滑铁卢保了你。"

"滑铁卢!"德纳第咕哝一声,他将五百和一千法郎揣进兜里。

"对,杀人凶手!你在那儿救了一位上校的命……"

"是一位将军。"德纳第说着,又扬起头来。

"一位上校!"马吕斯又怒气冲冲地说,"若是一位将军,我一个铜子儿也不给。你来这里,专门血口喷人!告诉你,什么罪行你都犯过。滚!滚得远远的!但愿你能幸福,这是我的全部希望。哼!魔鬼!这儿还有三千法郎,全拿着。明天你就动身,带你女儿去美洲,其实你老婆死了,可恶的骗子!我要监视你起程,强盗!到那时,我再给你两万法郎,滚到别的地方找死去吧!"

等德纳第一走,马吕斯就跑到花园,见珂赛特还在散步。

"珂赛特!珂赛特!"他喊道,"来!快来!一道出去。巴斯克,叫一辆马车!珂赛特,来呀,噢!上帝啊!是他救了我的命!一分钟也不要耽误,快戴上你的头巾。"

珂赛特以为他疯了,但还是顺从了。

他喘不过气来,用手捂住心口,要抑制心跳。他大步走来走去,抱住珂赛特亲吻:"噢!珂赛特!我真是个不仁不义的人!"他说道。

马吕斯万分激动,他恍惚看见,冉·阿让变成无比高大的悲苦形象。一种前所未闻的美德在他眼前显现,至高无上而又十分温和,高大中又透出谦卑。这名苦役犯圣化为基督了。马吕斯被这奇迹弄得眼花缭乱,他说不准看见了什么,只知道非常伟大。

不大工夫,出租马车来到门前。

马吕斯扶珂赛特上了车,自己也跟着跳上去。

"车夫,"马吕斯说道,"武人街七号。"

[二] 黑夜后面有光明

冉·阿让听见有人敲门,就转过头去。

"进来。"他声音微弱地说道。

房门打开了,珂赛特和马吕斯出现在门口。

珂赛特冲进屋。

马吕斯站在门口,身子靠着门框。

"珂赛特!"冉·阿让叫了一声,他从椅子上直起身,颤抖着张开双臂,只见他神情惶恐,脸色惨白,样子可怖,但是那目光却充满无限的喜悦。

珂赛特因激动而透不过气来,她倒在冉·阿让的怀里。

"父亲!"她叫了一声。

冉·阿让心慌意乱,结结巴巴地说:

"珂赛特!是她!是您,夫人!是你呀!上帝啊!"

他被珂赛特紧紧抱住,高声说道:

"是你呀!你来啦!你原谅我啦!"

马吕斯垂下眼睑,防止眼泪流下来,他上前一步,嘴唇因强忍哭泣而抽动,只是轻轻叫了一声:

"我的父亲!"

"你们总算来啦!彭迈西先生,你原谅我啦!"冉·阿让重复道。

马吕斯又听见冉·阿让这样说,心中汹涌的话语便找到个出口,奔泻出来:

"珂赛特,你听见了吗?他到了这种程度!还要我原谅他。珂赛特,你知道他是怎么对待我的吗?他救了我的命。不仅如此,他还把你给了我。他救了我之后,把你给了我之后,珂赛特,他又是怎么处理自己的呢?他牺牲了自己。他就是这样的人。而对我这样一个知恩不报的人,忘恩负义的人,无情的人,有罪的人,他还要说:谢谢!珂赛特,我一辈子匍匐在这人脚下,也报答不完。那街垒、那阴沟、那熔炉、那污泥坑,他全闯过去了,为了我,也为了你,珂赛特!他背着我,通过所有那些绝地,他冒着生命危险,将死神从我身边推开。所有勇敢、所有美德、所有英雄精神、所有圣洁,他无不具备!珂赛特,这个人,就是天使!

"我们要把您带走。噢!上帝啊!真想不到,我还是偶然得知这些情况的!我们要把您带走。您是我们家的一员。您是她的父亲,也是我的。在这破屋里,您一天也不能多待。不要以为明天您还会在这里。"

"明天,"冉·阿让说道,"我不会在这里,但是也不会在你们那里。"

"您这话是什么意思?"马吕斯问道,"告诉您,我们不允许您再去旅行,不让您再离开我们。您是我们的人,我们绝不放您走。"

"这回呀,可是说到做到,"珂赛特帮腔说,"我们雇的车就在楼下。我要把您劫走,必要的话,我就动用武力。"

冉·阿让听而不闻。只见他眼里慢慢漾出一大颗泪珠,那正是灵魂的幽暗珍珠。他喃喃说道:

"事实证明,上帝是仁慈的,她这不是来了吗?"

"父亲!"珂赛特叫他。

冉·阿让继续说:

"一点不错,在一起生活该有多好。树上落满了鸟儿。我可以和珂赛特去散步。活在世上,相互问好,在园子里相互召唤,这有多甜美啊。一早起来就能见面。我们每人侍弄一块园地。她摘了草莓给我吃,我也让她折我的玫瑰花。这该有多美呀。只不过……"

他顿了顿,又轻声说道:

"真可惜。"

泪珠没有滚落,又吸收回去,冉·阿让代之以微笑。

珂赛特握住老人的双手。

"上帝啊!"她惊问道,"您的手更凉了,您病了吗?您不舒服吗?"

"我吗?没有病,"冉·阿让回答,"我感觉很好。只不过……"

他又停下了。

"只不过什么?"

"等一会儿我就死了。"

珂赛特和马吕斯都猛然一抖。

"死了!"马吕斯惊叫。

"对呀,但是这不算什么。"冉·阿让说道。

珂赛特凄惨地叫了一声:

"父亲!我的父亲!您要活下去,您一定要活着。我要您活下去,明白吗?"

冉·阿让抬起头,以崇拜的目光望着她:

"哦，禁止我死吧。谁知道呢？也许我会听从。你们到来时，我正要死去，人一来就把我叫住。我觉得我又活过来了。""您充满活力和生机，"马吕斯高声说，"难道您想象人就能这样死去吗？您有过忧伤，今后不会再有了。是我请求您原谅，还要跪下请求！您要活下去，和我们一起生活，要活很久。我们这就接您回去。从今以后，我们两个在世上只有一个念头：您的幸福！"

"你们两个都是好人，"冉·阿让说道，"我这就告诉你们，是什么事儿令我痛苦。令我痛苦的是，彭迈西先生，您不肯动用那笔钱。那笔钱确实是您妻子的。孩子们，我来向你们解释，可以说正是为了这一点，我很高兴能见到你们。墨玉产自英国，白玉产自挪威。事情全写在这张纸上了，到时候你们看一看。在手镯工艺上，我发明了金属搭扣，取代焊接的金属扣环。这样既美观，质量又好，成本又低。你们明白这能大量赚钱。因此，珂赛特的财富确是属于她的。我把这些具体情况告诉你们，就是要让你们放心。"

看门的女人上楼来，扒开门缝儿往里瞧。大夫让她走开，却未能阻止那个热心的老太婆走之前向垂危的人嚷了一句：

"您需要神甫吗？"

"我有了一个。"冉·阿让回答。

他说着，手指往脑袋上方指了指，就好像他看见那里有个人。

那位主教大概真的来给他做临终圣事。

我们在所爱的人要去世的时候,目光就死死盯着,想把人留住。马吕斯握着珂赛特的手,站在垂危的人面前,两个人悲痛欲绝而浑身颤抖,惊惶得说不出话来。

冉·阿让渐渐衰竭,越来越弱,越来越接近昏天黑地。他的气息时断时续,喉中发出咕噜咕噜的阻断之声。他的手臂移动艰难,双脚一点动不了,而随着四肢麻木,躯干也越发委顿,灵魂庄严地往上升,在他额头展现。未知世界的光亮,在他的眸子里已隐然可见了。

他的脸渐呈灰白色,同时笑容可掬;脸上有了别的东西,生命却不存在了。他的气息逐渐微弱,眼睛逐渐张大。这是一具尸体,但令人感到长出翅膀了。

他招手让珂赛特靠近,又让马吕斯靠近,显然这是最后时刻的最后一分钟。现在,他对他们说话的声音极其微弱,仿佛来自远方,中间隔了一道高墙。

"你过来,两个都过来。

"我非常爱你们。哦!这样死了也瞑目!你也一样,你爱我,我的珂赛特。我完全清楚,你会哭一哭,对吧?但是也别太伤心。我不愿意你真的难过。我的孩子,你们应当多多享乐。我还忘记对你们说了,不用扣针的搭扣,这项工艺最赚钱了。十二打的成本只有十法郎,却能卖六十法郎。这确实是一桩好买卖。因此,彭迈西先生,赚了六十万法郎你不要奇怪。这是正路来的钱。你们享用这笔财产,可以心安理得。自己应当有一辆车,隔三差五定个包厢去看看戏,做几身漂亮的舞会服装,我的珂赛特,举行盛宴招待你们的朋友,日子要过得非常快活。刚才我给珂赛特写了封信，等一会儿你会看到的。壁炉台上的两支烛台，我就留给珂赛特。烛台是白银的，但对我来说是黄金，是钻石的。错烛插上去就变成圣烛了。我不知道把烛台送给我的那一位，在天上对我是否满意。我已经尽力而为了。我的孩子，你们不要忘记我是个穷苦人，随便找个角落埋了我就是了，只放一块石板当标志。这是我的遗愿，石板上不要刻名字。珂赛特能去看望几次，会让我高兴的。您也如此，彭迈西先生。我应当向您承认，我并不是一直对您有好感，在此请求您原谅。现在对我来说，她和您，已经合为一体。我非常感谢您。我觉得出来，您使珂赛特幸福了。要知道，彭迈西先生，她这美丽粉红的脸蛋儿，就是我的快乐；一发现她脸色有点苍白，我心里就忧伤。在五屉柜里有一张五百法郎的票子，我没有动用。那是要给穷人的。珂赛特，你的小衣裙放在床上，你看见了吧？你还认得吧？算来，也只有十年的光景。时间过得多快呀！那时我们有多幸福。已经结束了。孩子们，不要哭，我走不多远。从那儿我会看见你们的。等天黑的时候，你们只要望一望，就会看到我在微笑。珂赛特，你还记得蒙菲郿吗？你走在树林里，非常害怕。我抓住水桶的梁儿，你还记得吗？那是我头一回接触你可怜的小手，冰凉冰凉的！噢！小姐，您的双手，那时候冻得红红的，现在这么白了。还有那个大布娃娃！你还记得吧？你叫她卡特琳。你后悔没有把她带进修女院！我的温柔的天使，你常常逗我笑！下雨的时候，你就把草茎放进水沟，看着它漂走。有一天，我给你买了一把柳条拍子、一个黄蓝绿三色羽毛球。这事儿你忘了。

你小时候真调皮！特别爱玩，你将樱桃塞进耳朵里。都是过去的事了。一个人带着他的孩子经过的森林、散步的林荫路、藏身的修道院、各种游戏、童年的开心笑脸，这些全进入黑暗中了。我原以为这些是属于我的呢。我的想法多愚蠢啊。德纳第那家人非常恶毒。应当原谅他们。珂赛特，时候到了，我该把你母亲的名字告诉你了。她叫芳汀。牢牢记住这名字：芳汀。你每次提到这名字，就应当跪下。她受尽了磨难。她非常爱你。她的不幸同你的幸福成正比。这是上帝的安排。上帝在天上，他看得见我们所有人，该在他的大星球上做什么，他也胸有成竹。我要走了，我的孩子，你们要永远相爱。世上除了相爱，没有什么别的东西。你们要时而想想在这里死去的可怜老人。我的珂赛特啊！这段时间我没有见你，心都碎了，真的，这不是我的过错。我一直走到你那条街的拐角，看见我走过的人，一定觉得我是个怪人，我就像个疯子，有一次出门连帽子也不戴。我的孩子，我看不大清楚了。我还有话要说，不过，算了吧。稍微想念我一点儿，你们是上天保佑的人。不知道我怎么了，我看见光明，再靠近些。我幸福地死去。我最亲爱的，你们的头伸过来，让我把手放在上面。"

珂赛特和马吕斯不知所措，双双跪下，掩涕哽咽，每人都贴着冉·阿让的一只手。可是，这双可敬的手不再动弹了。

在两支烛光中，他仰面躺倒，苍白的脸望着上天，任由珂赛特和马吕斯频频吻他的手：他死了。

黑夜沉沉，没有一点星光。肯定有一个展开双翼的大天使，站在黑暗中等待这颗灵魂。

悲惨世界

[三] 荒草掩蔽雨冲洗

在拉雪兹神甫公墓这座墓城里，远离豪华区，远离那些向永恒展示死亡丑态的所有怪异坟墓，在普通区一个荒僻的角落，沿一道老墙走去，到一棵爬了牵牛花蔓的高大紫杉树下，就会看到荒草和青苔之间有一块石板。这块石板也不例外，受到岁月的侵蚀，斑斑剥痕，覆盖着霉绿苔藓和鸟粪。雨水使它发绿，空气把它染黑。它不靠近任何路径，周围草高容易湿鞋，因此没人愿意走近。太阳露点面的时候，蜥蜴却来光顾。四周野燕麦在风中沙沙作响。春天时节，莺儿在树上鸣唱。

这块石板光秃秃的。当初石匠只考虑凿一块墓石，长宽够盖住一个人的就行了。

石板上没有刻名字。

不过，在许多年前，不知谁用铅笔在上面写了四句诗，但是经雨水冲刷，尘土掩蔽，如今字迹大概已经消失了。四句诗复录如下：

> 他活着，尽管命运离奇多磨难；
> 他安息，只因失去天使才合眼。
> 生来死去，是人生自然的规律；
> 昼去夜来，也同样是这种道理。

（全文完）